KB126410

L'entre - monde

세계-사이

L'entre-monde

찢어진 예술,

흩어진 문학,

남겨진 사유

최정우 예술 일기

타이피스트

불가능한 일러두기/읽어 두기 010

제사題辭들 | Exergues 014
서序: 짬통 뒤에 살고 있는 개 두 마리 018

세계-사이 020
세계-차이 022
냄새의 지배, 색채의 각인 024
공간의 미학 025
세계-선언-소리 026
세계-이동 029
세계의 지워짐과 새로 쓰기 031
세계는 그러하다 033
계급-영화, 웃음의 불안한 현상학 036
사이-미학: 하나의 철학[사]적 관상학 043
미셸 푸코의 유고들 051
길 없음의 길 055
죽음 이후, 세계-흔적으로서의 비평 059
인간 너머, 사이-성좌 060
세계-쓰기, 쓰디쓰기 064
이명의 세계 065
미학의 수준 066
예술의 일종으로서의 즐거운 살인, 번역 불가능의 언어-사이 068
제프 벡과 기타 이야기 072
저주받은 몸 076
음악을 사유하기, 사유를 음악하기 080
사원소론의 음악 088
사회적 체계들 091
불가능의 사원 094
구조 신호 096
민주주의의 미래 1 — 모노드라마 097
기록하는 몸 100
서정시는 여전히 (불) 가능한가 102
불가능의 가능화 104
사랑의 단상의 단상 107
모디아노를 읽으며 110
원한의 경제 111
비틀즈의 하얀 앨범 114
산문집 시대 유감 117

찢어진 예술 119

무신론자의 감각 121
균형의 (불)가능성 124
우리의 예술엔 또 다른 상황주의가 필요하다 126
세계-바깥 127
세계-계절 128
예술의 진리 129
그 좋았던 시간에, 아픔을 132
수학자의 깊은 아침 134
스피노자에 대하여 136
스피노자의 집 140
스피노자와 페르메이르의 꿈 142
지젝을 읽는다는 것 143
가난한 연극을 향하여 146
장 주네에 대한 추억 150
음악과 몸 151
세계-공부 152
세계-총체 153
노노의 음악에 대하여 154
새해의 결심 156
괴물이 잠들면 이성이 태어난다 158
구조주의 160
레비-스트로스에 대하여 161
이질적 정체성의 혼란 164
Série I | 계열/연작 1 165
Série II | 계열/연작 2 168
비니바 보발리아, 음성학 171
지복의 천형 173
조난자의 노래 175
일상의 난파 177
글은 바깥에서 온다 179
작성되지 못한 유언장 180
균열에의 非-의지non-volonté 181
모두가 멈췄다, 움직인다 183
만화의 기호학 185
외국어 시험 188
체류의 자격 191
건강 검진 194
데이비드 린치에 대하여, 예술-삶 196
밤의 동물들 199
고엽枯葉, 사이-기원의 이름들 204
존재와 부재 사이, 기존既存 207

아도르노의 한 문장으로부터 208
들뢰즈와 과타리의 여러 문장들로부터 210
흔적들 211
예정된 실패의 예감 212
삶 없는 삶 213
프로이트, 유년의 기억 214
장-루이 크레티앙에 대하여 217
한국의 이름, K 220
수신자 없는 서신들 223
Un destin | 하나의 운명 226
Parasite | 기생충 227
축구와 혐오 229
미셸 세르의 부음 230
리게티의 음악에 대하여 232
삼인행필유아사언 三人行必有我師焉 238
레나타 수이사이드, 나, 파랑, 그리고 반시 240
조금만 더 노력을 243
성모와 예수 244
헛디딤 247
가면의 응시 248
옮겨지는 말들 250
그린다는 것은 무엇인가 1 252
내 안의 악마를 다스리기 256
그린다는 것은 무엇인가 2 258
인간적인, 너무도 인간적인 264
양손잡이의 혼돈 266
빗소리를 들으실래요? 268
딜레마와 좌우명, 동시에 | Un dilemme et une devise, à la fois 269
공포 영화 270
민주주의의 미래 2 — 도래 불가능의 사이-체제 272
민주주의의 미래 3 — 부재하는 신체의 허물 273
예술과 저항 사이의 유사성 | Une affinité entre l'art et la résistance 274
아감벤 읽기 1 276
아감벤 읽기 2 278
흩뿌리는 힘 280
지적/무지한 연대기의 몫 281
왜 철학은 끝나지 않는 사이들 사이의 여정인가 287
수줍은 걱정의 순간 288
루브르에서, 철학의 물질적 조건 289
희망의 기생, 절망의 공존 291
베베른의 음악에 대하여 292

다시, 루브르에서, 지옥도 293
인간적인 것과 신적인 것 296
돌아온 탕자의 세부 297
베드로와 바울의 無의미 305
아무도 수신자가 아니지만 동시에 모두가 수신자인 하나의 메시지 311
시가 도착한 날의 이유 313
비교 문학/번역 314
품절된 취향 315
이스탄불의 달 317
존재 유감 318
붓을 놓음으로(써) 다시 들기 위하여 319
가자 지구의 시간 321
잘못 발명된 신, 지옥-사이 323
예수의 미학 324
르 클레지오의 문장들 사이에서, 헛되이 328
악귀들의 귀여운 장난 329
낭시의 부음 330
선취, 재전유, 사후성 331
팔을 흔드는 밤들 332
그곳에 없었던 그림자 333
降雨 334
음의 완벽한 소거에 대한 불완전한 상상 335
시제들 사이의 낮과 밤 336
아감벤 읽기 3 339
민주주의의 미래 4 — 물음들의 사이 340
내 감각의 운chance 341
불가능을 요청하는 현실주의자 343
경제민주화 344
대심문관 345
초혼招魂의 경사傾斜 346
레드 제플린의 음악에 대하여 349
Between Utopia and Dystopia 350
광화문에서 352
신도시의 쇼핑몰에서 353
불의 몫, 시가 되지 못한 시 355
의식의 흐름, 프랑크푸르트에서 356
파리적인 것, 다시 사이-세계 358

흩어진 문학 360

수고를 쓰는 수고스러운 병증 361

봄, 오월 362
프랑스어로 쓰인 노래 363
민주주의의 미래 5 — 바이러스 368
거미 여인 372
부활 373
우리, 화전민 376
제국의 위안부와 이데올로기 377
종교의 형태/행태 381
오늘처럼, 폭우와 홍수처럼, 고요히 382
벤야민의 스펙트럼, 푸념의 형식 384
무엇을 철학(함)이라 부를 수 있나 385
한 (비)철학자의 자학적 자기 고백 387
별점의 평론, 비평의 별자리 389
비평에 대하여 390
과-미학화되는 세계의 진단과 기화되는 예술의 감지 사이 392
유리되는 현시 396
유혹의 환영, 시련의 물리적 실체 398
예민함과 섬세함, 일상의 소사들 사이에서 400
피할 수 없이, 예술의 정치 404
슈톡하우젠과 불레즈의 글들 405
다시 루브르에서, 푸생의 디오게네스와 아시리아의 사자 407
국가는 어디에 있었나 409
철학의 사명, 역사의 천사 412
장르 불문 415
Janus | 야누스 417
민주주의의 미래 6 — '예'와 '아니오' 사이를 넘어서 419
도주와 사랑 사이 421
추상과 여성주의 422
잡지의 물성 423
책을 읽는 여성/남성은 위험하다 424
콜론타이 426
레닌 사후 100주기에 부쳐 | Pour le centenaire de la mort de Lénine 428
바르부르크적 병치의 노래 430
미학의 전장, 정치의 지도, 종교의 중핵 434
민주주의의 미래 7 — 해석의 유혹, 취약함의 인간 436
알레르기와 알리바이 441
길을 정하지 마, 끝까지 그 길을 따라가 443
시의 확인사살 444
조르주 페렉을 기리며 446
파리, 사물들의 종류, 기억들의 분류 447

남겨진 사유 454

불가능한 일러두기/읽어 두기

1. 이 책은 한 권의 산문집이 아니라, 산문적인 정신으로 쓰인 시의 껍질들입니다. 그 반대는 아닐 것입니다. 그 껍질들에서는 마치 건조해 갈라진 피부에서처럼 허연 버짐들이 끊임없이 일어날 것입니다. 이 버짐들은 시간의 비늘이자 허물이며 그때[時]에 낀 때[垢]이기도 합니다. 시간은 공간에 그렇게 흔적을 남깁니다. 이 책은 바로 그곳/것들과 때들의 사이를 다룹니다. '미학 일지' 혹은 '미학 자서전'이라는 말은 아직 존재한 적이 없었다고 기억되기에 그러므로 이 책은 또한 어떤 의미에서 최초의 '미학적 자서전'입니다, 제가 이 책에 붙일 수 있는 순간적 규정은 그저 '자서전적 글쓰기écriture autobiographique'의 파편들 혹은—미셸 푸코Michel Foucault의 후기 용어들을 따라—'자기에의 배려souci de soi'나 '실존의 미학esthétique de l'existence'의 부분들이라는 것입니다. 파편은 깨지기 전의 온전한 전부를 상정하기 마련이고, 부분이라는 것은 대부분 전체를 전제하는 부분들을 말하기 마련일 것입니다. 그러나 비록 농도와 위계의 차이는 있을지언정, 부분과 전체는 그 각각이 모두 무한입니다 우리는 이것을 이미 게오르크 칸토어Georg Cantor로부터 배울 수 있었습니다. 따라서 이 책을 전체도 부분도 없는 무한으로 읽을 것, 이 지침이 첫 번째로 일러/읽어 두어야 할 것입니다. 우리는 언제나 그 두/여러 무한들 사이에 있는 또 다른 무한입니다.

2. 이러한 '무한'이라는 추상적 규정과는 다소 이질적으로, 이 책은 구체적으로 파리와 서울 사이, 프랑스와 한국 사이, 유럽과 아시아

사이에서, 특히 제가 프랑스로 이주했던 2012년부터 현재인 2024년 사이에 그러나 때로는 그보다 조금 앞선 2011년, 혹은 더 멀리는 지금으로부터 20년 전인 2004년까지도 소급되는 다양한 시기에, 그리고 저자의 모국어인 한국어와 그 밖의 외국어들 사이에서, 그렇게 동시에 '유한'하게 쓰였습니다. 한국어 사용자라고 해서 언제나 한국어에 대한 '가독성'을 꼭 갖고 있다고 말할 수는 없듯이 이 기이한 언어적 불가능성의 문제를 자연어의 익숙함을 넘어 인공어의 낯섦으로 인식해 봐야 합니다, 여기에 쓰인 모든 문자들을 독해 불가능의 외국어 문장으로 읽기를 바랍니다. 그리고 하나의 언어를 다른 언어에 대한 단순한 번역으로 읽지 말고 그 두 언어 모두를 서로에 대한/반하는 외국어로 읽기를 권합니다. 이것이 두 번째로 일러/읽어 두어야 할 지침입니다. 우리가 흔히 '자연스럽게' 잊고 사는 사실이지만, 나의 언어는 또한 타자의 언어입니다. 하여 하나의 언어를 다른 언어에 대한 단순한 번역으로 읽지 말고, 그 둘 모두를 각각의 외국어로 바라봐야 합니다. 동질성의 언어는 이질성의 언어에 기대고 있습니다. 한국어 사용자에게 한국어를 외국어로 읽어 보라는 불가능한 지침에 가까운 이 이상한 권유가 '실제적'으로 불러일으킬 효과를 저는 사실 알지 못합니다. 그러나 우리가 흔히 부정적인 비유로 사용하는 '색안경'을 끼듯이 언어를 바라보고 읽을 때 우리가 알고 있다고 생각하는 언어뿐만 아니라 모르는 언어조차도 우리에게 새로운 말을 걸어올 것입니다. 그 침묵의 언어와 수다의 고요를 들을 것. 곧 그 말들 사이 무한의 경계를 언어의 유한 속에서 읽을 것. 우리는 언제나 그 모든 곳들, 그 모든 때들, 그 모든 말들 사이에 있는, 순간을 영원히 떠도는 여행자들입니다.

3. 제가 프랑스와 한국 사이에서, 직업적으로는 프랑스 대학에 소속되어 프랑스 학생들에게 언어와 문화를 가르치는 외국인 노동자 교수로서, 또 두 나라 사이를 오가며 여전히 여러 언어들로 글쓰기와 작곡, 연주와 공연 일정을 이어 가는 소속 없는 독립적인 예술가로서, 역시나 여러 정체성들 사이에서 써온 이 글들에 붙여진, 일직선적 시간 순서로 배열되어 있지 않은 모든 부기된 날짜들은 허구에 '가장 가까운' 실제로 읽어야 합니다. 다시 말해 이 책을 위한 또 하나의 지침은, 언제나 이러한 모든 실재reality를 '실제에 오염된 허구의 흔적'이자 '허구로 꿰매어진 실제의 상처'로서 읽으라는 것입니다. 이것이 세 번째로 일러/읽어 두어야 할 지침입니다. 이러한 지침 아닌 지침이 '실제적'으로 불러일으킬 수 있는 심지어 '허구적'으로라도 나타날 효과나 변화는 아마도 당장은 미미할 테지만 이 역시 저는 사실 알 수 없습니다, 무심코 그날을 그저 그날로서만 받아들이며 당연한 듯 흘러가는 우리의 시간적 관성에 그저 작은 돌 하나를 던짐으로써 되감기거나 휘돌아 나가는 물결이 일기를 바랄 뿐입니다. 따라서 이 직선적이지 않은 연대기는 책의 시작과 끝을 스스로 지정하지 않고, 읽기의 순서를 전적으로 읽는 이에게 맡깁니다. 그 어디든 펴서 읽기 시작해도 좋고 그 어디든 접어서 읽기 그만둬도 좋습니다. 혹은 전체와 부분을 무한히 조합해 읽어도 무방합니다. 심지어 하나의 글을 마지막 문장에서 첫 문장으로 거꾸로 읽어 '올라'가도 상관없다고 생각합니다. 무엇

보다, 시간적으로 한정되어 있는 듯 보이는 글 역시 바로 그 시간에서 탈구시켜 읽기를 권합니다. 그러나 동시에 이 글들의 현재 순서는 매우 세심하게 배치되었기에, 물론 일반적인 일직선의 차례로—일견 일직선으로 보이는 그 차례의 모습은 아마도 궁극적으로 나선형이 될 것이기에—읽어 나가도 좋습니다. 이 책은 파편들의 집합이며, 바로 그러한 의미에서 다시 한번 여러 개의 알레프로 표기되어야 할 무한집합들이기도 합니다. 힐베르트Hilbert의 호텔이 그러하듯, 이러한 무한한 파편들의 집합은 또 다른 무한집합을 끌어안을 수 있습니다. 조각난 글들이 모여 전체보다 더 큰 전체를 드러/들어냅니다. 이 파편들은 또한 전체이며, 전체는 다시 그 파편들 하나하나 속에서 꿈틀거립니다. 마치 순간 안에 영원이 있고, 영원은 그렇게 오직 순간 속에서만 경험되듯이. 그러므로 무엇보다 그 벗어남과 겹쳐짐이 마주치고 헤어지는 시공의 틈, 언어들의 행간과 공백, 바로 그 사이를 읽을 것. 우리는 또한 그 모든 날들의 사이, 그 모든 책장들의 사이에 있습니다. 세계-사이, 그 사이란 어쩌면 허구처럼 보이지만 바로 그 허구의 사이가 실제를 이루는 세계, 우리는 그 실재réel-사이로서의 세계를 불사르는/가로지르는 화전민입니다.

"내가 밤이라고 부르는 것은 사유의 어둠과는 다르다. 밤은 빛의 폭력성을 지니기에. 밤은 그 자체로 사유의 젊음이자 도취이다."

— 조르주 바타유, 『죄인』

"Ce que j'appelle la nuit diffère de l'obscurité de la pensée : la nuit a la violence de la lumière. La nuit est elle-même la jeunesse et l'ivresse de la pensée."

— Georges Bataille, *Le coupable. Œuvres complètes, tome V,*
Gallimard, 1973, p.354.

"역으로, 유용성이 정당화하지 못하는 가능성들의 향유야말로 주권적이다. 여기서 유용성이란 생산적 활동을 자신의 목적으로 삼는 것을 말한다. 이러한 유용성 너머가 바로 주권성의 영역이다."

— 조르주 바타유, 『주권성』

"Réciproquement, est souveraine la jouissance de possibilités que l'utilité ne justifie pas l'utilité : ce dont la fin est l'activité productive . L'au-delà de l'utilité est le domaine de la souveraineté."

— Georges Bataille, *La souveraineté. Œuvres complètes, tome VIII,*
Gallimard, 1976, p.248.

"위험 요소들을 계산한다는 것, 그렇습니다, 하지만 동시에 계산할 수 없는 것에 대해 문을 닫지 않는 것, 다시 말해, 장래의[도래할] 것과 외부적인[이질적인] 것에 문을 닫지 않는 것, 바로 거기에 환대의 이중 법칙이 놓여 있습니다. 이러한 환대의 법칙이 전략과 결정의 불안정한 자리를 규정합니다. (……) 미묘한 동시에 근본적인 차이, '자기 내부'라는 임계점에 관해 제기되는 물음, 그리고 두 굴곡들 사이의 문턱에서 제기되는 물음. 이는 예술이고 또한 시학이지만, 하나의 정치 전체가 바로 여기에 달려 있으며, 하나의 윤리 전체가 바로 여기서 결정됩니다."

— 자크 데리다, 『타이프 용지』

"Calculer les risques, oui, mais ne pas fermer la porte à l'incalculable, c'est-à-dire à l'avenir et à l'étranger, voilà la double loi de l'hospitalité. Elle définit le lieu instable de la stratégie et de la décision. (……) Différence à la fois subtile et fondamentale, question qui se pose sur le seuil du « chez soi », et au seuil entre deux inflextions. Un art et une poétique, mais toute une politique en dépend, toute une éthique s'y décide."

— Jacques Derrida, *Papier machine*, Galilée, 2001, pp.274-275.

"이러한 증언의 책임성이란 또한, 시인이 그 자신의 자리에서 결정을 떠맡고 있는 한에서, 즉, 사이—더 이상 존재하지 않는 것과 아직 존재하지 않는 것 사이—의 결정불가능성을 떠안고 있는 한에서, 바로 시인 그 자신이 증명하는 것이기도 하다. (……) 이 이중 법칙의 사이 신들과 인간들 사이, 스스로/서로에게 말하는 신들[의 음성]과 인간들의 목소리 사이 는 여기서 시간 사이, 곧 신들의 사라짐과 나타남 사이의 시간, **이미-더는** 있지 않은 것과 **아직-아니** 있는 것 사이의 시간이 된다."

— 자크 데리다, 『응답하기 – 비밀에 대하여』

"Cette responsabilité du témoignage, c'est aussi ce dont témoigne le poète en tant qu'il porte la décision en son propre lieu, à savoir l'indécidable de l'entre, entre ce qui n'est plus et ce qui n'est pas encore. (……) L'entre de la double loi entre les dieux et les hommes, entre les dieux qui se parlent et la voix du peuple devient ici l'entre temps, le temps entre la fuite et la venue des dieux, entre le *déjà-plus* et le *pas-encore*."

— Jacques Derrida, *Répondre – du secret*, Seuil, 2024, pp.549-550.

"이는, 단지 새로운 종류의 허구뿐만 아니라 다른 종류의 공통감각을 생산하는, 곧 종속시키지도 않고 파괴시키지도 않으며 관계 맺게 하는 하나의 공통감각을 생산하는, 또 다른 지식의 사용이다."

— 자크 랑시에르, 『허구의 가장자리들』

"C'est un autre usage du savoir, qui ne produit pas seulement une nouvelle sorte de fiction mais une autre sorte de sens commun, un sens commun qui lie sans subordonner ni détruire."

— Jacques Rancière, *Les bords de la fiction*, Seuil, 2017, p.141.

서序: 짬통 뒤에 살고 있는 개 두 마리

— 하나의 우화

짬통 뒤에는 개가 두 마리 살고 있었습니다.

그들은 언제부터 자신들이 거기 묶여 있었는지 기억할 수 없었습니다.

다만 그들 둘뿐이라는 절박함만은 우정이나 의리처럼 절실히 공유하고 있었습니다.

한 번은 근처를 지나가던 늙고 현명한 고양이 하나가 그들에게 넌지시 이리 말했습니다.

— 너희는 사실 짬통 속에서 태어났지.

그들은 그게 사실일까 긴가민가하면서도

그들이 의식을 갖추게 된 후로는 쭉 지금까지

계속 눈앞에 보고 함께 살아온 것이 그 짬통이므로

그 고양이의 말은 어쨌거나 굉장히 설득력이 있다고 느끼기는 하였습니다.

어느 날 밤, 잠을 자고 있는데 그들에게 쥐 한 마리가 쪼르르 조심스레 다가오더니

그 둘을 흔들어 깨우며 이리 말했습니다.

— 너희들은 짬통을 먹지?

그래서 그들은 자신들이 먹는 밥이 짬통에서 나온다는 사실을 그제서야 알았습니다.

그 개 두 마리는 혼란에 빠졌습니다.

자신들이 태어난 곳이 짬통이라면 그 짬통은 자신들의 어머니 자궁쯤에 해당될 터인데,

그 짬통을 또 자신들이 다시 먹는다니,

'그럼 우리는 그동안 우리 엄마를 먹고 있었던 거야?'

그들은 스스로 소름이 끼쳐서 부르르 떨다가, 그렇게 떠는 김에 오줌도 갈기면서,

고민하고 또 고민했습니다.

결국 그 두 마리 개는 서로 고심과 논의 끝에,

그런 끔찍한 사실을 믿을 수는 없는 노릇이므로, 그건 그냥 고양이가 지어낸 이야기이고

또 쥐의 이간질이나 분탕질이라고 믿어 버리기로 했습니다.

그렇게 믿어 버리기로 결심한 다음 날 밤,

그런데 이번에는 고양이와 쥐가 사이좋게 함께 오더니,

시커먼 어둠 속에서 합창하듯 이렇게 말하는 것이었습니다.

— 너희 둘은 곧 짬통 속에서 죽을 거다.

2004. 2. 24.

세계는 사이이다.

세계는, 세계가 암호화되어 있다는 생각 자체로 암호화되어 있는 시공간이다. 우리는 세계가 비밀에 싸여 있고 그 비밀의 암호를 풀었을 때 세계의 진리가 드러난다고 생각한다. 그러나 세계는 오직 표면뿐이며, 숨겨진 진리가 존재한다는 생각 자체, 그 숨겨진 진리의 암호를 찾아야 한다는 당위와 의지, 바로 그것으로 움직이는 공간이자 시간이다. 만약 이러한 세계-은폐의 음모들이 없다면, 이렇듯 숨겨진 숨음의 의지가 없다면, 세계 자체도 없다. 진리는 밝혀지기를 기다리고 있는 것이 아니라 오히려 그렇게 계속 숨겨진 채 드러나지 않는다는 바로 그 생각에 의해 발생하는 세계-표면의 효과일 뿐이다. 그렇기에 이 세계에 암호를 푸는 비밀번호 같은 것은 존재하지 않는다. 반대로 비밀번호라는 개념 자체가 이미 표면인 세계의 내면과 심층이라는 개념을 다시 파생시키면서 이 세계를 숨겨진 채 드러나는 하나의 세계로 비로소 인식되게끔 한다. 열기 위한 열쇠가 없이, 오히려 아무것도 열 것이 없는 열쇠 그 자체인 세계, 바로 이 사실 자체가 곧 세계의 모든 비밀, 그러나 동시에 비밀 없는 비밀, 숨김없는 숨김, 심층 없는 심층과 내면 없는 내면으로서의 표면 없는 표면이라는 세계의 진리 그 자체이다.

세계-진리는, 그 너머로 가기 위해 무엇을 여는 문이 아니라, 그 너머에 어떤 실체도 따로 없는 문의 표면 자체, 혹은 문 없는 열쇠 그 자체이다. 이 문을 열쇠로 열어 넘어가려는 허상의 초월적 의지 자체가 바로 자물쇠 없는 열쇠, 문고리 없는 문 앞에서 사이로서의 세계를 드러낸다/들어낸다.

세계는 한 실체가 아니라 그 사이이다.

2022. 10. 26.

세계는 그렇게, 사이에, 차이에 있다.

그 사이의 틈에서는 냄새가 난다. 도취의 향기라기보다는 시공간의 체취이다.

공간에는 냄새가 있다. 도시마다 나는 냄새는 서로 다르다. 그래서 도시는 곧 냄새로도 기억된다.

시각의 광폭한 지배가 그 기억의 자력을 다할 때, 오히려 문득 예기치 못한 순간에 우리를 건드리는 것은 곳곳에 배어 있던 후각의 무의식적 추억이다.

도시의 광고판과 전단지에서는 냄새가 난다. 하나의 도시에 도착하여 그 도시에 젖어 들기 시작한다는 것은 광고판에 익숙해진다는 뜻도 된다. 축약된 공감각의 어법, 전혀 다른 이미지의 후각적 문법. 그 이질적 감싸 안음 속에도 역시 냄새는 들어 있다. 도시는 냄새를 생산하고 다시 그 냄새를 지운다. 그 지우는 과정에서 찌든 냄새들이 도시 곳곳에 지워지지 않는 향을 남긴다. 파리에서 간간이 볼 수 있는 청소 용역 회사 시바Shiva의 광고. "Avec Shiva, je fais briller mon métier." "시바와 함께라면, 내 직업은 반짝반짝 빛나요." 반짝반짝 닦아 내는 작업이 그 직업 자체를 광낸다. 흔히 직업에는 귀천이 없다고들 한다. 그렇다고 계급이 없을까, 인종이 없을까. 프랑스의 청소 노동자 대부분은 왜 흑인인가. 이 시각과 심성의 시차, 그 사회의 사회를 느낄 수 있으려면 그 자신이 외부인이어야 한다.

그러므로 이는 역설이다. 오직 외부자로서 살아가는 내부의 삶에는 사실 외부도 없고 내부도 없다. 그것은 문제이지만 시각을 날카롭게 벼릴 수 있는 것이 이점이라면 이점, 그러나 칼날 위에서 그 칼날보다도 더욱 예민하고 예리하게 계속 살아가는 일은 피곤한 것이다. 그런 의미에서 익숙해진다는 것은 그 이질성의 냄새를 잃어버리는 일이기도 한 것, 안정화는 곧 어떤 의미에서 후각의 마비를 의미하기도 하는 것. 위험과 위기가 없는 안전은 죽음이지만, 그 죽음 안에서 우리는 비로소 살 수 있기도 하다. 마비된 삶이 안전하다. 그러나 미쳐 날뛰는 삶은 언제나 죽음을 뒤돌아보게 한다. 그 때문에 삶 자체가 페르세포네처럼 돌덩이가 되어 굳어 버리는 한이 있더라도, 우리의 삶은 그 자신의 죽음을 매번 뒤돌아보는 지옥의 여정, 그 냄새이다. 그 냄새를 잊어버릴 수 없다. 우리는 이 기억 너머의 냄새로 세계-사이를 인식한다.

세계는 이 망각할 수 없는 냄새의 차이들, 그 사이에 있다.

2023. 1. 8.

냄새의 지배, 색채의 각인

2012년 10월 즈음 처음으로 파리에 도착하여 외국인 노동자로서 이주 생활을 시작했을 때의 가을 내음을 여전히 기억하고 있다. 내음에는 색채가 있다. 그 내음이 지배하는 풍경은 마음 한 구석을 텅 비우는 듯 매우 쓸쓸하면서도 사람을 잡아 이끄는 어두운 매력을 지닌 것이어서, 매번 이곳에 찬바람이 불기 시작하는 계절이 될 때면 그 첫 순간의 느낌도 함께 강력히 되살아난다. 그러므로 나는 이 느낌이 현재적으로 촉발되는 것인지, 아니면 기억이 재생하는 조건반사적 환영인지, 이제 와서는 알 수 없게 되었다. 아무도 없기에 가장 외롭지만 가장 자유로운 느낌. 그 느낌은, 다시 한 번 말하지만, 매우 쓸쓸하면서 어두운 것이다. 하지만 동시에 매우 편안하고 포근한 것이기도 하다. 그러나 나는 여기서 단순히 양가적인 감정이 공존한다고 말하고 싶은 것은 아니다. 오히려 내가 이러한 상충되는 형용사들을 통해 말하고 싶은 것은 그 공존의 역설이 아니라, 그것이 설명 불가능하다는 것, 또한 바로 그 이유 때문에 계속해서 설명되어야 한다는 것, 언제나 새로운 설명을 기다리고 있다는 것, 바로 그것이다. 아무도 없다, 아무도 존재하지 않는다는 이 느낌을, 그 어떠한 형용모순의 도움도 없이, 이맘때 즈음, 새삼 각인하고 싶다. 아무도 없다는 이 냄새 속에 포함된 모두가 있다는 색채의 감각을 어떻게 글로 담을 수 있을까, 이것은 사이-옮김을 스스로의 책무로 삼는 글 쓰는 자고로, 그 넓고 적확한 의미에서의 번역자의 과제이다.

2018. 10. 17.

安藤 忠雄 | Ando Tadao
Exposition « Tadao Ando - Le défi » au Centre Pompidou.

철학이든 예술이든 내가 가장 경계하는 것은 자연을 그저 자연으로 인식하는 것이다. 그런 인식은 자연을 너무 당연하게도 그저 자연으로 바라보는데, 반대로 내게는 자연이야말로 언제나 최고의 인공이다. 결국 철학과 미학도 그렇지만, 건축을 포함한 예술에서도 가장 근본적인 관건은 바로 이러한 인공으로서의 자연을 어떻게 구성하고 표현하는가 하는 문제로 귀착된다. 자연은 '자연스럽게' 존재하는 것이 아니라 인공을 통해 표현되는 하나의 '표상'에 지나지 않는다. 그러나 자연이 표상이라고 해서 허상이라는 뜻이 아니라, 오히려 자연은 그토록 하나의 표상이기에 우리가 '자연'이라는 말로 어떤 것들을 가리키고 경험하며 감각하고 인식하는지를 알려 주는 하나의 거대한 지표이다. 어쩌면 현대 건축에서는 바로 이러한 쟁점의 정점에 안도 타다오 安藤 忠雄 가 서 있지 않나 하는 생각이 들었다. 혹은, 어쩌면 건축이라는 인간적 분야 그 자체가.

공간의 인공적/자연적 의미에 대해, 그리고 소위 '일본적인' 모든 것의 의의와 효과에 대해, 다시금 깊이 명상하게 되었던 전시.

건축을 채우면서 비우는 허랑한 공간의 냄새가 또한 허망한 시간의 사이를, 그 차이의 결들을 비우고 또 채운다.

2018. 10. 14.

세계-선언-소리

— 철학/문학에 대하여, 제라르 주네트에 기대어

비우고 다시 채운다는 것. 여기에, 지워 덧대어 쓰기, 그 위에 얹어서 쓰기가 있다. 지워진 흔적 위로 새로운 문양이 새겨지고 새로운 글과 그림 들이 얹어진다. 기억은 그렇게 말소되어 희미해지고 그 위로 전혀 다른 기억이 기록되지만, 새로운 기록이 뚜렷하게 각인된 배경으로 그 희미한 망각의 흔적은 계속해서 잔존한다. 지워진 흔적은 그렇게 아래에서 위로 쉼 없이 떠오른다. 세계는 채 지워지지 못한 옛 기억의 흔적 위에 덧대어지고 겹쳐진 새 기억의 부재, 그 사라짐과 나타남의 사이이다.

Palimpseste, 그 모든 사이의 차이와 겹과 결들.

제라르 주네트Gérard Genette와 함께, 삶들의 겹쳐짐, 죽음의 덧댐과 시워심, 그럼에도 계속해서 다시 쓰이고 있음을 생각한다.

철학 혹은 문학은 예술적 전선을 긋는 강령이나 확고한 정치적 입장을 밝히는 어떤 선언이 아니라, 차라리 모든 것을 의심하고 또 의심하며 아주 사소하고 하찮은 단순화에도 온몸으로 반대하며 저 모든 복잡성 안에 머물면서 계속해 사유하고자 하는 외줄 타기의 시도이다. 그것은 언제나 흔들리고 기우뚱할 것이다. 그러므로 철학 혹은 문학은, 이러한 복잡성에 대한 고려와 고민, 그 안팎에서 자신이 실천할 윤리의 불가능성을 시험하려는 선언 아닌 선언kerygma에 다름 아니다. 그러한 복잡성의 비결정성이라는 근본적 불가능을 애써 방기하거나 이미 포기해 버린 철학/문학은 그 자체로 더 이상 철학/문학의 몸짓일 수 없다. 그러므로 또한 그것은 강령 아닌 강령, 윤리 없는 윤리, 선언하지 않을 때 비로소 이루어지는 선언의 순간이다. 그렇기에 철학/문학은 '정치적 올바름'과는 전혀 상관이 없거나 가장 먼 거리에 있는 도덕적이 아닌 '윤리적 케리그마'라고 해도 좋다. 철학/문학은 단순한 학문이나 분과의 이름이 아니라 그렇게 하나의 태도이자 원칙이다.

언어의 문제는 비단 인간만의 문제는 아니다. 더 큰 문제는, 인간의 언어 안에서조차 우리는 부재하는 '소통'을 끝없이 갈구할 정도로 매번 길을 잃고 있다는 사실일지도 모른다. 그것은 역사적 사실이며 지금도 반복되고 있는 일상적이기까지 한 사실이지만, 이러한 언어적 업보와 윤회의 사슬에서 벗어났다는 이를 아직 내 두 눈으로 본 적은 없다. 흑백 논리만이 점점 더 횡행하는, 그러한 논리만이 마치 매번 확실성을 보장해 주는 듯 보이는, 언어의 단수성과 단순성 안에서 갈 길을 잃은 폭력의 언어는 바로 저 다종의 복잡성을 망각함으로써만 얻을 수 있는 임시적 결론일 뿐이라는 사실은 실로 매우 자주 망각되곤 한다. 그것이 어쩌면 우리의 언어적 기억과 상실, 그 지워짐과 다시 쓰임 사이, 망각의 언어가 지닌 기억의 모습일 것이다.

개구리 떼가 운다. 새들이 삼삼오오 모여 노래하고 매미들이 떼를 지어 소리 낸다. 그 노랫소리 혹은 울음소리는 아무런 공동의 기준 박자도 공유하지 않는 무한한 폴리리듬 또한 폴리포니 의 세계이다. 이 소리는 그저 자연의 소리가 아니라, 자연을 구조화함으로써, 차라리 '자연'이라는 구조를 창안함으로써, 그렇게 비로소 청각화하고 음악화한 인간의 소리, 따라서 인위적 구성의 음악, 이미 그것은 그렇게 청각화되고 음악화된 순간에서 '구성된 자연'의 인공적 경험물이다. '자연'으로서의 세계는 이러한 구성과 해체의 사이에 있다.

2021. 4. 23.

달이 기울 때, 늑대들은 차고 넘친다. 이미 개와 늑대의 시간은 그 사이를 지운다. 달빛이 그 사이로 찰 때 빛은 비워진다.

달이 차고 다시 기울 때, 날은 차고 울음소리는 점점 더 상상된 자연을 닮는다. 밤이 자신의 냄새와 색채를 더욱 짙게 드리운다.

마치 세상의 종말이 곧 도래할 것처럼,
물병을 박스째로 사서 쟁여 놓는다,
마치 종말 이후를 준비하는 것처럼.
아니, 마치 종말 이후에도 더 준비할 것이 남아 있다는 듯이.

서로가 서로의 어깨에 깊이 파묻혀, 화산재를 피해 이리저리 몸부림치며 파묻히듯, 눈을 꼭 감고 불에 탄 화석이 되어 가는 서로를 느끼며 더 깊이 이해하게 된 연인의 풍경처럼. 그 풍경은 폼페이의 자연이 만든 인공의 예술, 삶이라는 인공의 표상이 주조해 낸 죽음이라는 자연의 작품이다.

삶은 그렇게 죽음으로 이동하고, 죽음은 다시 삶 속에서 주거한다.

(사이)

그 어떤 비행기 안에서도 비행기 추락에 관한 영화를 본 기억이 없다. 항공사들이 교묘하게 그런 장면이 있는 영화들만을 선별하여 제외했거나—비단 액운을 피하고자 하는 미신에서뿐만 아니라 승객의 심리적 불안을 야기할 수도 있는 일은 미연에 피하는 것이 좋은 것, 아마도 그렇게 좋은 것이 좋은 것일 테니까—어쩌면 나 자신이 비행기 안에서 무의식적으로 그런 장면의 가능성이 있는 영화들을 피했을 수도 있다. 사실은 확인할 수 없다. 이것은 그저 미신인가, 아니면 단순한 심리적 방어기제인가. 이것은 기억인가, 망각인가.

발설되는 것, 언급되는 것 자체가 금지된 것에서 느껴지는 해방감은, 그러한 발설과 언급이 그 자체로 어떤 실체를 갖게 된다는 미신과도 같은 언어적 힘에 대한 믿음 앞에서 아무것도 아니게 느껴진다. 폭발을 최대한 뒤로 미루는, 오직 영화 속에서만 가능한 것으로 만드는, 계속되는 내폭의 축적, 그 점화와 폭발 사이에서, 혹은, 그 설레는 이륙과 떨리는 착륙 사이에서.

2020. 3. 15.

이 세계의 모든 조건과 현상과 결과와 어긋남과 맞아떨어짐을 모두 한 책의 문장들이라고 생각해 보자. 내게는 모든 책을 읽는 우선의 자세가 있다. 그 모든 문장들이 우선은 다 참이라고 전제한 후 읽어 나가는 것. 그러한 참의 닫힌 세계 안에서 경험되는 책 속의 다른 세계는 다시금 세계의 거울을 비추는 또 다른 거울이다. 승강기 안에서 양쪽으로 마주 보게 설치된 거울들 사이를 오가는 그 모든 거의 동시적인 무한한 반복들. 참이라는 전제가 또 다른 참을 양산하는, 그 자체로 유한히 닫혔지만 바로 그 유한 안에서 무한히 열리는 거울들. 그리고 세계는 그 참이라는 전제들의 엄격한 적용 속에서야 오히려 자신의 오류들을, 그러나 동시에 가장 창조적인 오류들을, 곧 그 세계의 독해의 이유와 의의를, 그러니까 그 책 혹은 세계 자체를 가능케 했던 불가능성의 조건들을 드러낸다. 바로 이 역설적 드러남이 한 세계-책이 존재하는 이유이자 또한 그 세계의 사라짐-지워짐이 행해지는 이유이다. 이를 다시금 책-세계의 존재론이 지닌 palimpseste, 곧 덧대어 쓰기, 위로 다시 쓰기라고 불러 볼까. 그러나 쓰고 지우고 다시 쓰이고 다시 지워지는 이 세계의 모든 사이들은 유물론적이다. 이 세계-사이에, 그 보이지 않는 여백들 사이에, 마찬가지로 보이지 않게 꾹꾹 눌러쓴다, 그 유물론의 사이-흔적들을. 잉크가 다 닳아 알아볼 수 있게 쓰이지는 않고, 그저 날카로운 그 촉만이 허옇게 패인 자국만을 남기는 숨겨진 모스부호들의 단속적 이어짐처럼.

하여, 새로 쓴다는 것, 또한 세로쓰기와 가로쓰기 사이에서,

세
로
놓
인
가로놓인 것

사 이 에 서

2019. 5. 20.

거리는 붐볐다. 하늘은 석연치 않았다.

사람들 사이로 설레는 불운의 향기와 선부른 기대의 악취가 뒤섞였다.

그저 적당하다고 말할 수밖에 없는 구름이, 또한 그저 적당하다고밖에 말할 수 없는 햇빛을, 그렇게 그럭저럭 감추고 또 그럭저럭 드러내 주고 있었을 뿐이었다.

사람들은 마치 오늘이 세상의 마지막 날인 듯 비명을 지르며 집 밖으로 흩어지듯 뛰쳐나왔고, 또다시 사람들은 짐짓 이 세상에 언제나 내일은 찾아오리라 생각하면서 침묵 속에서 집 안으로 뿌리내리듯 틀어박혔다.

사람들은 항상 거기에 있었다. 그리고 사람들은 또한 항상 여기에 없었다.

세계는 그러하다, 그 부재와 존재 사이에서, 저 침묵과 비명 사이에서.

어제와 달라진 것은 아무것도 없었지만, 반대로 오늘만은 모든 것이 새로웠다. 거리는 휘황하고 허황했다. 집 안은 고요하고 소요했다. 사람들은 밖에서 열어젖힌 입을 안에서는 굳게 닫았다. 비일상적 비명은 일상적 침묵이 되었다. 혹은, 안에서 뚫었던 입을 밖에서는 굳게 걸어 잠갔다. 근본적 부재는 일시적 존재가 되었다. 그렇게 꼭 닫힌 입은, 바깥의 대기를 안의 공기 속으로 풀어놓지 못했고, 또한 안에서 삭힌 울분을 밖으로 발산하지도 못했다. 그러나 동시에, 침을 흘리는 바보들의 입처럼, 그것은 또한 언제나 한껏 벌어져 있기도 했다.

말을 시작하는 사람은 언제나, 그것이 아무리 작은 것일지라도, 어떤 손해와 상실을 각오해야만 한다. 말은, 그 말을 위한 입을 뗄 때부터, 그리고 글은, 그 글을 위한 펜을 들고, 펜을 든 손을 놀릴 때부터, 항상 어떤 텅 빈 부재와 치명적인 손실을 마주한다. 삶의 말은, 생명의 글은, 사실 그렇게 이미-언제나 죽음의 서설, 소멸의 예비학 Propädeutik이었다. 이 사실을 먼저 직시해야 한다. 그리고 그것을 그 자체로 수용해야 한다. 말을 시작하기 전에, 글에 착수하기 전에, 고로 너무 늦기 전에, 그러나 너무 이르지 않게, 그러나 동시에 항상, 바로 그 죽음과 소멸의 피할 수 없는 진리에 이를 수 있게, 이르지는 못하지만, 이르고자 하는 과정에서 이를 수 있도록, 그래서는, 너무 이르지도 않고 너무 늦지도 않은, 지금 이 순간도 계속 도래하고 있는, 저 가장 도착적인 도착에 이르기 위해서, 그렇게.

그렇게, 다시 한번, 세계는 침묵과 비명 사이에.

짧게는 한순간만 지속되는, 길게는 몇 년에 이르도록 진행되는, 어떤 침묵이 있다. 그 침묵은 세상에서 가장 수다스러운 침묵, 말과 글로 언제나 포화 상태에 이를 정도로 가득 차고 훌쩍 넘치는 침묵, 또한 항상 가장 어두운 빛을 유출하는, 그리고 그 빛을 언제나 범람케 하는, 처참한 가뭄과 풍요로운 홍수의 침묵이다. 이 침묵을 깨는 데에, 이 금언의 서약을 깨는 데에, 나에게는 어떤 엄청난 힘이, 그것도 저 죽음과 소멸에 가장 가까운 이웃인 어두운 힘이 필요했다. 말을 건네는 자는, 글을 던지는 자는, 그 스스로가 스스로에 대한 증인이 될 수밖에 없고, 또한 저 엄격한 침묵의 규칙과 금언의 서약을 자신 안에 깊이 품을 수밖에 없다는, 아마도 세상에서 가장 기이한 역설의 근본적이고 최종적인 담지자일 것이다. 그는 그렇게 처음부터 그 규칙과 서약을 깰 수밖에 없는 기이한 숙명의 소유자일 것이다. 이제 그것을 깨고, 나는 다시 나만의 말을 시작한다, 나만의 글을 열어젖힌다. 어떻게 침묵하면서 비명을 지를 수 있을까, 어떻게 소리를 지르며 입을 닫을 수 있을까, 아니 차라리, 어떻게 비명의 소리를 침묵의 언어로 옮길 수 있을까, 바로 그 사이에서. 열림은 이전의 닫힘에서부터 이미-언제나 예정되어 있었고 예고되어 있었으며 또한 예언되어 있었던 것이었다, 마치 이 하나의 열림이 또 하나의 닫힘을 이미-언제나 준비하고 있는 것처럼, 그렇게.

세계는 다시-항상 그러한 사이이다,
마치 침묵과 비명과 같은, 저 웃음과 울음 사이에서.

2014. 11. 9.

계급-영화, 웃음의 불안한 현상학

— 〈조커〉와 〈모던 타임즈〉의 웃음에 대하여

<조커Joker, 2019 >토드 필립스Todd Phillips 감독, 이 영화를 세 번이나 더 보았다. 이 영화가 처음 개봉했을 때 다양한 주제들에 대한 여러 갑론을박이 있었던 것을 기억하고 있다. 거기에는 물론 인종의 문제, 계급의 문제, 체제와 혁명의 문제 등이 어지럽게 얽혀 있었다. 개인적으로 어떤 영화가 처음 세상에 나왔을 때 그와 함께 일어나는 일종의 '스캔들'과도 같은 많은 언급들과 그를 둘러싼 그보다 더 많은 '댓글'과도 같은 이야기들로부터 단순히 별점을 매기는 일만큼이나 나는 최대한 비켜나 있으려고 노력한다. 영화는 영화일 뿐이라고 생각하기 때문이다. 그러나 이 말을 오해해서는 안 된다. 물론 나는 영화 예술을 너무도 사랑하며, 우리가 영화를 영위하는 이유는 다른 예술들과 마찬가지로 바로 그 영화/예술 자신을 넘어서기 위한 불가능한 의지이다. 하지만 영화에 기대어 그 모든 문제들을 이야기하기에는, 영화라는 형식과 영역이 이 세상에서 너무도 작고 좁은 부분이라고 생각하기 때문이다. 예를 들어, 영화를 볼 수 있다는 너무도 당연해 보이는 '조건'만 해도, 그것은 기본적으로 어떤 계급적 전제를 수반할 수밖에 없다. 모두가 영화를 볼 수 있는 것은 아니다. 그러므로 영화는 영화일 뿐이다, 당연하게도, 영화는 세상이 아니며, 세계도 영화가 아니다.

그래도 한 영화를 네 번 정도 보다 보면 아주 작게나마 떠오르는 것들이 있고 하고 싶은 말들이 생기기 마련이다. 일단 내가 이 영화를 네 번씩이나 본 이유에 대해서 말해야겠다. 작년에 이 영화를 보고

나서 계속해서 뭔가 불편한 느낌들이 잔존해 왔는데, 나는 그것의 정체를 잘 모르고 있었고 지금에 와서도 역시 잘 모르겠다. 하지만 그건 별로 중요하지 않다. 일체가 될 정도로 내면화가 잘되는 '편안한' 영화가 있는가 하면, 매일 생각하지는 않지만 가끔씩 떠올라 '불편한' 느낌을 안겨다 주는 영화도 있기 마련이다. 책도 그렇고, 음악도 그렇다. 문제는 이 '편안함'과 '불편함' 둘 모두에 언제나 이상하게 손이 자주 가고 생각이 자주 머무른다는 것이겠지만. 그러나 우리는 이러한 이질적 불편함을 끊임없이 상기시키는 예술에 더 오래 머물러야 한다.

〈조커〉를 보면서 오히려 〈조커〉의 화면에는 단 한 번도 주요하게 나오지 않는 다른 장면들을 떠올리게 되었다. 〈조커〉에 잠깐 주인공이 자신의 아버지라고 믿었던 사람을 극장으로 찾아가는 장면의 스크린 속 스크린에서 등장하는 찰리 채플린Charlie Chaplin의 영화 〈모던 타임즈Modern Times, 1936〉 때문이다. 나는 이 영화를 아주 잘 알고 있다, 아니, '너무' 잘 알고 있다고 말해야겠다. 국민학생 때였던 것으로 기억한다. 그 이전까지는 1950년대 미국에서 공산주의자로 찍혀 매카시즘에 희생되었던 채플린의 이미지 때문에 한국에서는 공식적으로 볼 수 없었던 그의 영화들 중 첫 번째로 〈모던 타임즈〉1936 가 세상에 나온 지 50년 만에 호암아트홀에서 개봉하게 되었던 것. 바야흐로 대대적인 해금의 시기였다. 당시는 노태우 정권이 막 등장한 시점이었는데, 이렇듯 다양한 소위 '해빙'의 분위기를 타고 그 이전까지는 공식적으로 출판될 수 없었던 카를 마르크스Karl Marx의 『자본』의 여러 한국어 번역본들도 새롭게 출간되기 시작한 시점이었다그때 처음으로 샀던 조선노동당 번역 『자본』을 나는 여전히 나의 서울 서재 람혼재 襤魂齋 에 소중히 소장하고 있는데, 지금 봐도 그 번역의 노고와—독일어 문장의 구조까지 번역하고자 한 의지가 돋보이는—의역의 정확성은 다른 (남)한국어 번역본이 따라올 수 없는 수준이다. 그러한 분위기 속에서 개봉하게 된 〈모던 타임즈〉였다. 그때 나는 어린아이였고, 그렇다고 단지 어린아이였기 때문에 그랬다고 말할 수는 없지만, 채플린이 보여 주는 이 '오래된 새로운' 세계에 완전히 빠져들어 열광했고, 박장대소를 하며 앞의 좌석까지 손으로 때리면서 웃는 바람에 앞자리의 '어른'으로부터 주의를 받기도 했을 정도였다. 영화를 너무나 열정적으로 재미있게 보고 나서 극장을 나온 그 '어린아이'는, 그 직후 채플린의 모든 영화들을 닥치는 대로 구해서 수백 번씩 보기 시작하고 자신의 방을 채플린의 사진들로 도배하기 시작하는데…….

혼미한 정신을 부여잡고 다시 〈조커〉로 돌아와서, 〈조커〉에 잠시 등장하는 〈모던 타임즈〉의 장면은, 억울하게 잡혀 있던 교도소 안에서 선한 일을 행하고 얻은 추천장으로 출소 후 백화점 야간 경비원으로 취직하게 된 떠돌이 찰리가 매장의 공사 상황을 알지 못한 채 눈가리개를 하고 롤러스케이트를 타는 위태로운 장면이다그리고 바로 그 위태로움과 눈을 가린 자의 태연함 사이에서 웃음이 발생한다. 자본주의 체제 하에서 비참한 생활을 이어 가는 노동자 계급의 문제를 배경으로 한 〈모던 타임즈〉를 오직 정장을 입은 부자들만 극장에 모여서 웃으며 관람한다는 〈조커〉의 티 나고 표 나는 설정은 잠시 잊자. 나는 〈모던 타임즈〉의 바로 그 장면 전후의 상황을 잘 알고 있다, 이미 수백 번을 넘게 본 영화라서, 마치 영화 속 찰리처럼 눈가리개를 하고서도 그 장면들 하나하나를 떠올릴 수 있을 정도니까. 아무튼 〈조커〉에 나오는 〈모던 타임즈〉의 그 장면 이후에 떠돌이 찰리는 놀란 소녀의 비명물론 무성이라 소리가 나지 않으며, 소녀는 놀라서 소리를 지르다 말고 자신의 입을 손으로 막는다에 눈가리개를 풀게 되고 자신이 그동안 공사로 인해 난간이 없어진 커다란 천장의 구멍 바로 옆에서 지금까지 롤러스케이트를 타고 있었다는 사실을 깨닫는다. 그 사실을 깨닫는 즉시, 그동안 눈을 가리고도 너무나 화려한 기교로 탈 수 있었던 롤러스케이트 위에서 말 그대로 허둥지둥 당황하며 제대로 걷지도 못한다. 그러나 이 다음으로 이어질 장면은 〈조커〉에 나오지 않는다. 눈을 가린 세상에서도 할 수 있었던 것은, 눈을 떠버린 세상에서 알 수 있었던 것으로 인해서, 더 이상 제대로 할 수 없는 것이 되며 그 상황을 더 이상 되돌릴 수 없다. 그러나 여기서 인식론적으로 꼭 '나이브'해질 필요는 없다. 눈을 떠버린 세상이라는 이 흔하디흔한 비유가, 그동안 가려져 있던 어떤 '진실'의 발견 혹은 그러한 '사실'과의 대면을 반드시 뜻하는 것은 아닐 테니까. 그러나 한 영화 속에 잠깐 등장하는 또 다른 영화의 서사를 온전히 꿰고 있는 나 같은 경우에, 이렇게 한 영화가 내 눈앞에서 상영되고 있는 동시에 또 다른 영화가 내 머릿속에서 릴을 돌리기 시작하게 되면, 이 '불편한' 서사의 의미와 무의미는 이중, 삼중으로 증식하게 된다. 그리고 이렇게 예술은 언제나 단순한 정치적 올바름으로부터 훌쩍 떠난다.

나는 코미디언으로서는 아무런 재능도 없는 것처럼 보이는 아서 플렉Arthur Fleck, 곧 조커Joker가 했던 가장 재미있었던 농담joke은, 그가 코미디 클럽에서 했던 한 농담, 정확히는 그 장면이 텔레비전에서 놀림감으로 방영되었던 바로 그 농담이었다고 생각한다. '어릴 때 코미디언이 되겠다고 하면 모두들 웃었는데, 지금은 코미디언이 되었는데도 아무도 웃지 않는다'는 바로 그 농담. 이 가장 희비극적이며 자학적인 농담이 또한 나를 '불편하게' 만든다. 이 웃음은 불편하기에 더욱 결정적이다. 마치 똑, 똑, 똑, 어디 한번 웃겨 보라고 짐짓 웃지 않으려는 다짐을 한 관객의 굳건히 닫힌 문에 헛되이 노크를 하듯, 세 명의 망나니 화이트칼라를 죽인 일이 바로 그 자리에서 더 이상 아무도 웃지 않는 농담 아닌 농담이 되었듯이. 아마도 앨런 무어Alan Moore가 〈왓치맨Watchmen, 1986~1987〉그래픽 노블 원작에서 보여 주고자 했던 '코미디언'의 역설적 희비극도 바로 이러한 조커의 자학적 이미지와 그 '세계사적' 의미/무의미에 걸쳐져 있었던 것 같다. 〈왓치맨〉에서 코미디언이 갖고 있었던 그 스마일 배지smile badge, 그리고 그의 죽음과 함께 피 묻은 죽음의 부장품이 되어 버리는 그 스마일 배지……. 내 머릿속에서는 바로 그 이미지가, 이후 조커가 될 인물이 회사에서 해고된 후 계단을 내려오며 "Don't forget to smile"에서 "forget to"를 검은 펜으로 지워 버리고 오직 "Don't smile"만을 남기는 장면과 겹쳐지면서, 나만의 괴이한 미소로 바뀐다. 이 웃음은 다시금 불편하다. 웃지 말라는 잔혹한 농담에 웃게 되어 버린, 웃을 수도 웃지 않을 수도 없게 된 어떤 사이. 웃지 말라는 단언으로 씁쓸히 웃게 되는 이 장면. 이 웃음은, 나의 불편한 미소smile, 웃지 않으면서도 웃는, 웃는 것을 잊어서는 안 되지만 또 반드시 잊어야만 하는, 아니 어쩌면 '잊는 것' 그 자체를 잊어버리고 지워 버려야 하는 어떤 기이하게 뒤틀린 미소로 뒤바뀐다.

영화 속 영화로 되돌아가, 이 시점에서 다시 〈모던 타임즈〉의 기억으로 귀환해, 내 머릿속에서 〈조커〉와 같은 시간대로 함께 재생되고 있던 그 '동시 상영'의 릴을 되감아 보자면, 〈모던 타임즈〉의 그 유명한 마지막 장면에서 겨우 자리 잡았던 식당까지 쫓아온 고아원 직원들과 경찰들에 쫓겨 도망쳐 나온 떠돌이 찰리는 절망에 빠진 소녀에게 그래도 웃으라고smile 스스로 손가락을 들어 자신의 입꼬리를 귀에까지 허공에 길게 그린다. 아마도 매우 어두운 영화적 마니아의 상상이 되겠지만, 나는 어쩌면 〈모던 타임즈〉의 이 유명한 마지막 장면 속 그 'smile' 안에 저 모든 '조커'와 '코미디언'의 웃음이 지닌 어떤 원형이 있다고 생각한다. 절대적으로 웃을 수 없는 상황에서 절대적으로 손으로 그려 가면서까지 얼굴 위 허공에 서야 비로소 만들어야만 하는 웃음의 실재, 아마도 내 불편함의 어떤 '원형'은 거기에 있을 것이다. 그리고 또한, 아무도, 아무것도, 없을 것이다. 그러므로 모든 세계로부터 쫓기는 저 떠돌이 찰리의 긍정적 억지 미소가 대를 이어 피로 얼굴에 그 미소를 만들어 긋는 조커의 웃음이 될 것이고 또 그렇게 되었다고 예상한다면 그것은 너무 염세적인 상상일까. 그러나 다시 한번, 내게 진정 가슴 깊이 박히는 웃음은 바로 그러한 불온하며 불안한 웃음의 과거와 미래, 지금의 이 미친 웃음이다, 마치 모든 '진정한' 예술이 그렇게 미쳐 있고 또 그렇게 미친 듯이 웃을 수밖에 없듯이.

2020. 6. 12.

사이-미학: 하나의 철학[사]적 관상학

L'esthétique d'interstice : une physionomie philosophi[co-histori]que

지금까지 스피노자Spinoza의 『윤리학*Ethica*』을 읽어 온 내 지극히 개인적인 하나의 인상 혹은 관상은, 스피노자의 '데카르트적 극단/급진주의radicalisme'는 기하학적 순서/질서의 내용-형식, 신-자연의 불가능한 개념과 실체, 인간의 지성과 감성의 정체와 활용, 노예 상태와 해방 상태에 관한 정치이론에 있어서 완벽하다는 것, 그래서 『윤리학』이 그리고 있는 하나의 정점 혹은 이상 그 자체는 인간이 도달할 수 있는 한계-경험을 생각할 때 너무도 완전하다는 것이다 이러한 느낌은, 마치 인간이 도달할 수 있고 도달해야만 하는 종교적 정점이 불교에서—종교 그 자체를 벗어나—가장 근본적이고 결정적으로 드러난다고 생각하는 나의 지론과도 비슷하다. 이 점에서 나는 인간계의 경전이 앞으로도 존재할 수 있고 또 계속 존재해야 한다면, 그것은 성경도 불경도 코란도 아닌 『윤리학』이 될 수 있고 또 그렇게 되어야 한다고까지 생각하는 편이다. 기독교에서는 오직 예수의 발언들만을 기록한 Q(Quelle)-어록의 '현실판'에 해당하는 도마 복음 정도가 이와 비슷하게 '해석'될 여지가 있다고 생각하는데, 얼마 전 나는 파리 국립 도서관에 펼쳐져 전시되어 있는 『직지심체요절直指心體要節』의 두어 장을 읽어 보면서도 그와 유사한 느낌을 가질 수 있었다.

예를 들어, 아마도 불교 탄생의 이상이, 초기 기독교예수 운동의 지향이, 비록 그 언어적/문화적 표현 방식은 달랐을지언정, 스피노자의 『윤리학』이 말하고 있는 상태와 크게 다르지는 않았을 것이라 개인적으로 생각해 오고 있다. 그러나 불교와 기독교 또는 그 여타의 종교들 모두 그것이 가르침-깨달음으로서의 '교敎'가 아니라 이미 제도적이고 동시에 세속적인 '종교'가 되어 버린 이상, 스피노자가 가장 근본적/급진적으로radicalement 의미했던 바 그 가장 충실한 의미에서 책의 제목으로 정해진 '윤리학ethos의 의미에 가장 충실한 ethica'의 드물고 고귀한 이상이 이 헤프고 남루한 인간세계 일반에게 널리 그리고 오래 공유되기란 그 역시 참으로 드물고 고귀한 일이라고 또한 생각한다인간을 위한 윤리학이 인간 일반에게 거의 도달 불가능해 보이는 이 역설적 상황과 더불어, 최근 '생성형' 인공지능과 관련해 더욱 활발해진 인간 지성/감성에 대한 논의의 사태를 맞이하여, 거의 인류의 전체 의식/인식사와 궤를 함께해온 이러한 '윤리학'의 패러다임은 돌이킬 수 없는 어떤 결정적 한계-경험에 다다른 듯 보이기도 한다. 스피노자의 『윤리학』을 닫는 저 유명한 문장과 정확히 똑같이, "그러나 모든 고귀한/탁월한 것은 지난하고도 희박하다Sed omnia præclara tam difficilia quam rara sunt." 그러나 내가 나의 책 『드물고 남루한, 헤프고 고귀한』에서 끝없이 말하고 싶었던 것처럼, 드문 것이 바로 남루한 것 위에, 동시에 헤픈 것이 바로 고귀한 것 아래에, 계속해서 잔존/후생survivance하는 것이라면?

그래서 마슈레Macherey의 유명한 책의 제목을 [그가 그랬듯, 마치 "신즉자연神卽自然, deus sive natura"처럼] 따와 '스피노자 혹은 헤겔Hegel'차라리 "스즉헤겔"이랄까 이 어쩌면 나의 지극히 개인적인 철학[사]적 관상학을 미 완성시키는 것처럼 느껴지기도 한다. 헤겔은 그의 '체계적' 철학 서술에도 불구하고 언제나 그 모순/반제Widerspruch/

Antithese로 인해 이미-항상 '역사적으로' 불안정하고 불완전해 보인다. 그럼에도 불구하고 내게 특히나 인상적/관상적으로 흥미로운 것은, 바로 이러한 개인적 각인으로 인해 스피노자와 헤겔의 관계가 마치 에우클레이데스Εὐκλείδης와 괴델Gödel 사이의 관계처럼 보이게 되는 현상이다. 헤겔에게 '증명'의 의도는 없었던 것으로 보이나, 어쩌면 그도 모르는 사이 헤겔의 '불완전한' 변증법은 스피노자의 '완전한' 체계에 대한 일종의 불완전성 정리 증명으로 기능하게 되었다는 것이 나의 지극히 개인적인 철학[사]적 인상학/관상학의 정체이다. 심지어 안에서 완벽히 벗어나는 밖이 존재할 수 없다고 하더라도, 철학의 외부가 철학적 체계 자체 내부에서는 결코 드러날 수 없다는 것, 심지어 나는 니체Nietzsche의 사유 자체가 바로 이러한 이자관계 속에서 탄생한 철학적 외부의 한 이질적인 거대한 물줄기라고 해석하는 편이다. 하여 어쩌면 스피노자는 헤겔의 이상적 체계, 헤겔은 스피노자의 실제적 정신, 니체는 이 둘 사이에서 몸을 입고 태어난 또 다른 육화의 예수일지도 모르겠다.

이에 내가 바타유Bataille를 경유해 푸코에 대해서 갖고 있는 오랜 친밀감의 정체, 그 또 다른 인상학/관상학에 대한 이유도 어느 정도 설명이 가능할 것 같다. 푸코의 사유는 어떤 의미에서 바타유-블랑쇼Blanchot의 한계-경험을 그 가장 온전한 지지대로 삼기에 언제나 불가능해지는 불완전성 정리의 완전한 육화라고 느껴지는 것이다. 다르게 말해서 어쩌면 이는 푸코가 자신의 결정적 변곡점으로 기대고 있는 니체 사유의 성격에서 유래하는 '계보적' 경향이 강하기 때문이라고 할 수도 있다. 크게 보자면 니체-바타유-푸코의 계보이며, 여기에서는 바타유에 의해 더욱 극단적/급진적으로 그러므로 다시금, radicalement 해석된 니체적 운chance과 의지volonté의 개념/경험이 결정적일 수 있을 것이다. 니체적 힘[에]의 의지Wille zur Macht / volonté de puissance는 바타유에게서 운[에]의 의지volonté de chance가 되며 이는 다시 푸코에게서 앎/지식[에]의 의지volonté de savoir가 된다. 통제할 수 없는 것에 대한 열정, 전혀 필연적이지 않은 것에 대한 우연을 향한 의지를 느끼고 행한다는 것은 무슨 뜻인가, 다시 말해, 그러한 열정과 의지란, 얼마나 남루하고 헤픈 것이기에 오히려 그만큼 더 드물고 고귀한가, 이 불완전성의 운을 따르는 역설적 의지와 이질적 해방의 길이란 또한 저 완전과 완벽이 자신의 '의지'와 다르게 낳아 놓은 필연적 노예상태에 비해 얼마나 지난하고 희박한가.

그에 반해, 그에 대한 내 깊은 존경심과 남모르는 애정에도 불구하고 내가 미묘하게 들뢰즈Deleuze의 사유와 거리를 두고 어떤 위화감을 느끼는 이유도 이와 관련해서 [정신]분석해 볼 부분이 있을 것 같다. 마치 스피노자의 윤리학이 그러했듯이, 스피노자-들뢰즈의 사유는 내게 차이와 반복을 경유한 가장 완벽한 체계로 느껴진다. 우리의 모든 '-되기devenir-'는 스피노자의 '윤리학'적 이상이 완전한 내용-형식을 통해 근본적/급진적으로 체화된 가장 온전한 해방의 실천철학이라고 생각해 오고 있다. 이 점은 내게 너무도 분명하다. 그러나 뒤집어서, 문제는 오히려 여기에 있다고 말해야 한다. 분명 들뢰즈에게 있어서 역시나 중요한 니체적 계기가 스피노자적 정점에 비해 경시되어서는 안 되며, 거꾸로 스피노자에 관한 샹탈 자케Chantal Jaquet의 중요한 책들도 결코 잊어서는 안 되겠지만, 이에 반해서 푸코가 니체-바타유를 경유해 도달한 '몸corps-담론의 계보학'과 '성sexualité-실천의 역사학', 그리고 그 정점에서 가장 불완전하고도 미완성적으로 완성되어 사유되는 '실존의 미학esthétique de l'existence'이란 그 얼마나 취약한fragile 것인가. 그러나 바로 이 불완전한 취약성이 나를 사로잡는다. 그리고 내 모든 거리감과 친밀감의 정체는 어쩌면 바로 이러한 차이에 있을지도 모른다혹은, 이렇게 말하면 어떤 의아함을 느낄 독자도 있을지 모르겠으나, 이는 부분적으로 시몽동Simondon/과타리Guattari의 영향 아래에 있는 들뢰즈와 바슐라르Bachelard/캉길렘Canguilhem의 영향 아래에 있는 푸코 사이의 어떤 '결정적' 차이에서 기인하는 것일지도 모른다. 이 흔들리는 사이의 차이가 또한 나를 사로잡는다.

하여 개인적으로 가장 높게 평가하고 내게 많은 영향을 준 들뢰즈의 책을 꼽자면 나는 서슴없이 그의 『푸코*Foucault*』를 꼽는다. 푸코의 사유를 푸코 자신보다 더 잘 설명한 책은 내 과문한 지식에 비추어 이 책이 거의 유일하다고 생각할 정도이다. 이에 관해서는 그 역시나 다소 인상적/관상적인 설명이 필요하다. 이 필요성을 또 다른 우연성을 통해 우회하여 말하자면, 곧 그 사이의 차이에서 말하자면, 나는 들뢰즈와 푸코의 저 모든 주저들masterpieces 너머로, 오히려 그들의 일견 사소해 보이는 여러 자잘한 주저들hesitations이 느껴지는 두 저작에 오랫동안 더 주목하고 싶었다. 그것은 들뢰즈가 『자허-마조흐 소개*Présentasion de Sacher-Masoch*』에 담았던 글 「냉혹함과 잔혹함Le froid et le cruel」, 그리고 푸코가 바타유에 대해 썼던 [불]온전한 글 「위반[에]의 서문Préface à la transgression」이다. 나는 이질적이고 기이하게도 이 두 글에서 들뢰즈의 스피노자-베르그손주의로 집필될 수 있었을 어떤 '성의 역사histoire de la sexualité'와, 그리고 푸코의 헤겔-바타유주의로 집필될 수 있었을 어떤 '[무]의미의 논리logique du [non-]sens'와 불안하게 조우하게 된다. 그리고 이는 내게 매우 중요한 사유의 한계-경험을 이룬다. 이 한계-경험이란 또한 가장 근본적인 사이-경험이자 차이-실천이기도 하다.

현재 개인적으로 매우 오랜 시간 공들여 집필 중에 있는 『현대 미학-정치의 네 가지 범주가제』를 이루는 가장 근본적인 사유-경험이란, 내게 이런 인상학/관상학적 배경을 갖고 있는 것이다그래서 또한 바로 이 책의 결론부가 푸코의 '실존의 미학'과 '진실의 용기courage de la vérité'를 그 자신의 주요한 통주저음으로 삼게 될 것이다. 드물고 고귀한 완전성의 불완전하게 취약한 이 사이/시차의 남루함이 나를 사로잡는다. 만약 언젠가 내가 나만의 '세계철학사'를 쓸 수 있을 때가 온다면그러나 동시에 그때는 '역사적으로' 불가능하다, 그 내용-형식은 아마도 푸코식의 '사유 체계들의 역사histoire des systèmes de pensée' ver. 2.0의 형태를 띠게 되지 않을까. 그런데, 바로 이 지점에서 또한 바타유가 그 자신의 생전에는 결코 자신이 생각한 대로, 혹은 더 나아가 그 자신이 미처 생각하지 못했던 방식으로도 완성할 수 없었던, 다시 말해 미완성의 형태로 완성할 수밖에 없었던 저 '보편사/세계사histoire universelle'의 기획을 끊임없이 그리고 유보 없이 시도했다는 사실을 떠올려야 한다, 니체가 비단 『도덕의 계보에 대하여*Zur Genealogie der Moral*』에서뿐만 아니라 그 자신의 모든 단장들과 잠언들을 통해 그렸던 것이 이미 하나의 '역사'였듯이. 그 '역사' 안에는 아마도 기존하는 인물의 이름이나 이미 벌어진 사건의 날짜, 고대와 중세와 근대 등의 시대 구분 같은 것은 없을 것이다. 니체의 이 '역사'는 그 자신의 말을 빌리자면 가장 "반시대적인unzeitgemäß" 시간, 들뢰즈의 말을 빌리자면 "시의적절하지 못한intempestif" 때이기 때문이다. 그런데 이 시대착오적인 anachronique 시간이 진정한 의미에서의 '역사의 시간'을 이룬다. 그것은 아마도 가장 완벽한 개념과 담론들의 가장 불완전한 실천들의 범주와 실존으로, 따라서 또한 하나의 '미학' 역시나 esthétique의 가장 근본적/급진적/극단적 의미에서 으로 채워지는 동시에 비워지게 될 것이다. 그렇게 존재하며 부재하고, 나타남과 동시에 사라지게 될 것이다. 시간은 비시간 속에 있고 공간 역시 비공간 안에 있으며 그렇게 세계는 다시 사이에 있고 없다. 어쩌면 니체가 『이 사람을 보라*Ecce homo*』를 쓸 수밖에 없었던 것과 너무나 유사하게, 혹은 바타유가 『내적 경험*L'expérience intérieure*』을 써야만 했던 것과 지극히 비슷하게, 아니면 푸코가 『성의 역사*Histoire de la sexualité*』의 전체 기획을 완성할 수 없었고 동시에 들뢰즈가 마르크스에 대해 구상했던 자신의 마지막 글을 완성할 수 없었던 것과 정확히 상동적으로, 바로 저 완전성과 불완전함 사이의 현기증 나는 왕복의 나선운동spirale과 동요의 판단중지 époché 속에서. 세계는 다시금 이 사이들이다.

2023. 5. 28.

미셸 푸코의 유고들

오랫동안 고대하던 책이 이번 달에 막 출간되었다. 미셸 푸코가 1966년 여름 동안 집필했던 총 15개의 장으로 이루어진 209페이지의 수고 파리 국립도서관 푸코 자료 번호로는 58번 상자로 분류되어 있던 『철학적 담론』, 곧 *Le discours philosophique*, Seuil/Gallimard, coll. "Cours et travaux de Michel Foucault avant le Collège de France", 2023, 이 책이 바로 그것이다.

푸코 사후 오랜 시간 끈질긴 노력으로 진행되었던 콜레주 드 프랑스 시기 푸코 강의록 완간에 이어 그 후속 작업으로 2018년부터 현재까지 이어져 오고 있는 "콜레주 드 프랑스 이전 미셸 푸코 강의/작업" 총서 지금까지 총 네 권이 출간되었고 이번이 그 다섯 번째 책이다 의 일환으로 발간된 이번 『철학적 담론』은 출간 전부터 내게도 초유의 관심사였는데, 개인적으로 가장 사랑하고 흠모하는 푸코의 두 책, 특히 시기적으로 그의 『말과 사물*Les mots et les choses*』1966 과 일종의 쌍생아 관계를 이루는 저작이기도 하며, 향후 『앎의 고고학*L'archéologie du savoir*』1969 에서 더욱 발전된 형태로 전개될 그의 고고학적 방법론을 보다 분명히 예고한다는 점에서 또한 놓칠 수 없는 수고의 첫 출판이기 때문이다.

이는 어쩌면 이보다 한참 후에 등장할 들뢰즈와 과타리의 마지막 공동 저작의 제목을 빌려 오자면 푸코식으로 집필된 『철학이란 무엇인가*Qu'est-ce que la philosophie?*』, 아니 차라리 "철학함이란 무엇인가Qu'est-ce que philosopher?"에 해당되는 저작이라고 할 수 있다. 니체의 사유를 그 이전과 이후 사이의 결정적 분수령으로 삼는 이 저작에서 가장 중요한 물음은 '인간의 죽음 이후에 철학함이란 무엇을 뜻하는가'라는 질문을 둘러싸고 펼쳐지기 때문이다. 다만, 주지하다시피 『말과 사물』이 소위 '인문과학의 고고학'을 표명했다고 한다면, 이 수고에서 보다 집중적으로 다루고 있는 문제는 반갑게도! 철학 혹은 철학적 담론 그 자체이다. 그런데 푸코에게 대관절 철학이란 무엇인가?

니체 이후의 철학적 담론을 "현재의 진단le diagnostic du présent"으로 정의하는 푸코의 서술은 이 수고 안에서 일종의 푸코식 철학사 그러나 기존의 철학에 대한 역사적 서술과는 결별하는 고고학적 방법론의 데카르트Descartes 이후 철학사 를 구성한다. 하여 우리는 또한 바로 이 지점에서 들뢰즈가 썼던 『푸코』의 그 탁견들과 빛나는 술어들을 다시금 생생하게 기억해야 한다. 그렇기에 여기에서 철학적 담론의 고고학은, 『말과 사물』에서 그가 천착했던 인문과학의 고고학과는 다소 다른 방향에서, 과학적 담론, 허구적 문학적 담론, 종교적 해석의 담론과의 틈interstice을 드러내며, 그러한 차이들의 담론적인 구성이 바로 이러한 푸코식의 역사가 대상으로 삼는 고고학적 문제가 된다.

이번 책에서 우리가 가장 주목해야 할 개념들 중 하나는 "담론-문서/기록archive-discours"이라고 할 수 있을 텐데, 이는 사실 푸코의 다른 책들에서는 잘 볼 수 없었던 개념이기도 하다. 이 개념이 『말과 사물』에서 본격적으로 탐색되고 또 『앎의 고고학』에서 방법론적으로 정립되는 "고고학archéologie"과 맺고 있는 관계를 살펴볼 수 있는 것도 이번 수고의 출판이 갖는 장점이자 매력이 되겠다. 바야흐로 니체 이후의 철학이 그 자신의 순간moment을 말하게 되고 또 현재présent의 진단이 될 수 있는 것은, 철학이 자신의 내재성이 아니라 바로 그 자신에 외재적인 바깥일 수 있게 된 것, 곧 철학적 담론 자체의 외출hors de lui-même 때문이라는 테제가 이 책의 핵심들 중 하나를 이룬다. 그러한 의미에서 영원성l'éternel의 담론이 아니라 사건l'événement의 담론이 바로 철학을 구성한다는 점에서, 푸코가 그 스스로 언제나 부정하고 의심했던 하나의 불가능하고 기이한 정체성으로서의 '철학자'가 비로소 가능해진다. 바로 이 지점에서 다시 한번, 푸코가 실천하고자 하는 철학이란 현재와 사건의 철학이 되며, 또한 그것이 바로 그가 칸트Kant를 경유해 다시금 새롭게 정의하고 있는 비판Kritik/critique의 의미에 가닿는다.

철학함의 의미는 그래서 현재성l'actualité을 진단하고 동시에 바로 그 힘들forces의 작용을 진단하는 철학자-되기에 다름 아니다. 물론 이러한 관점은 향후 푸코의 저작들에서 다양하게 변용되며 심지어 폐기되기도 하는 것처럼 보이지만, 1980년대 『성의 역사』 2, 3권을 둘러싼 푸코의 후기 작업에서 다시 "자기의 배려souci de soi" 또는 "파르레시아적 기획entreprise parrèsiastique"이라는 또 다른 경로들을 통해 '철학'으로 되돌아오기까지 그의 술어들에서 '철학' 자체를 찾아

보기 힘들다는 사실만으로도 이 수고의 출판은 푸코 사유의 진화에서 아주 중요하고도 예외적인 위치를 차지할 것이라고 생각한다. [또한 이러한 관점에서 2022년에 출간되었던 1954~55년 강의록 『인간학적/인류학적 질문*La question anthropologique*』 콜레주 드 프랑스 이전 푸코 강의/작업 총서의 네 번째 책과의 공명도 주요하게 살펴볼 주제들 중 하나라 하겠다.] 이 예외적인 위치가 발하는 사이와 차이, 그 틈에 주목한다. 아마도 하나의/여럿의 '역사들', 그것들은 바로 이 사이에서 발생할 사건들이기에.

덧붙여, 이 총서의 완간을 끝까지 보지 못하고 2023년 2월 7일에 타계한 다니엘 드페르Daniel Defert를 안타까운 마음으로 추모한다.

2023. 5. 13.

미약하나마 프랑스에서 10년 이상 가르치는 일에 정성을 다해 임했으니 한국에서의 경력까지 치면 15년 이상, 이제 가르치는 일은 그만할 때가 되지 않았나 하는 생각을 요즘 가끔씩 하게 된다. 간단히 말하자면, 그저 그만하고 싶은 것이다. 뭔가 다른 일을 해보고 싶은데, 배운 게 도둑질이고 목구멍이 포도청이라, 관성에 빠져드는 일이 더 잦고 쉽다. 내 천성 중의 하나인 정신과 육체의 그러므로 다른 말로, 심리적이고 또한 지리적인 역마살이 마치 역린을 수없이 건드린 듯 따가울 정도로 간지럽고 쓰라릴 정도로 거슬리게 된 지가 꽤 오래된 느낌이랄까.

내가 참 좋아하는 프랑스어 단어 중에 impasse라는 말이 있다. 어원적/어의적으로 따지면 희랍어 *ἀπορία*와 같은 의미/구조인데, 말 그대로 im-passe 또는 *ἀ-πορία*, 곧 "길이 없음", "막다른 길"을 뜻한다. 내 다른 책들을 읽은 이들은 내가 이 '이론적' 단어/개념에 철학적으로 부여하는 그 '실천적' 함의에 아마도 이미 익숙하리라. 길이 없음, 바로 거기에서 비로소 보이지 않던 길이 생긴다, 우리는 이렇게 말하고 싶은 쉬운 충동에 익숙해 있다. 막다른 길밖에 없는 곳에서 언제나 보이지 않는 길이라도 보고자 하는 작은 희망 때문이리라. 그러나 이것은 너무도 뻔한 거짓말일 것이다. 길은, 눈을 씻고 다시 봐도, 여전히 없다. 문제는, 길이 없음이라는 '부정적' 상황에서 비로소 구해지는 또 다른 길의 '긍정적' 가능성 같은 것이 아니다.

오히려 이 impasse/*ἀπορία*라는 단어/개념의 저 시커먼 아가리 속을 마주 봐야 한다. 나는 동굴 속에 있고, 동굴에 비친 그림자가 '진짜'가 아니라는 사실을 알면서도 그 차원을 물리적으로 벗어날 수 없는 존재이다. 비극은 거기에 있다그러나 비극이 바로 슬픔을 뜻하는 것이 아님에 또한 유의하자. 그 막다른 어둠 속에는 아무것도 보이지 않는데 하물며 길이 있을 리가. 또는 더 적확하게는 이렇게 말할 수 있다. 나는 동굴에 비친 그림자가 '진짜'가 아니라는 사실을 알지만 그렇다고 그림자를 만들어 낸 빛의 근원 역시 '진짜'라고 확신할 수 없는 존재, 그러한 인식의 한계 내에서만 바로 그 인식을 재귀적으로 인식하는 존재이다그러므로 '진짜' 슬픔이 있다면 아마도 바로 여기에 있을 것이다.

그래서 어쩌면 '진짜' 문제는 길이 없다는 사실, 그 불가능성 자체를 직시하는 일일 것이다. 역설적이게도, 나는 바로 이 불가능성과의 마주함 안에 바로 '아포리아'의 실천성이 도사리고 있다고 오랫동안 생각하고 있다. 하여 문제는, 비관 안에서 드디어 모습을 드러내는 어떤 귀한 낙관의 가치 같은 것이 아니라, 부정할 수 없는 그 부정성 자체 속에서 어떤 '긍정적 살해'에도 불구하고 살아 꿈틀거리는 역설의 운동이다이렇듯 나는 나의 '숨겨진' 아도르노Adorno적 욕망, 심지어 헤겔적인 욕망을, 바로 이 부정성 안에서 니체적으로 긍정하고 있다. 우리는 사이에서 머물 수 없다. 사이 자체가 정주할 수 없는 '곳', 그렇게 곳 아닌 곳, 때 아닌 때이기 때문이다. 그러나 사이가 없다면, 그 사이들을 오가는 옮김이 없다면, 그때 그곳을 우리는 삶이라 부를 수 있을까.

변화시키고자 하는 욕망은 그보다 더 뿌리 깊이 박혀 변화하지 않는 것들의 욕망과 수없이 마주하고 있다. 내 책들의 의지가 그렇고 내 음악들의 방향이 그렇다. 그러나 그것들은 지금 이 순간에도 알게 모르게 스멀거리고 꿈틀거리며 변화하지 않는 듯한 세계에 균열들을 내고 있음을 알고 있다. 균열이라는 사이의 운동. 동굴을 벗어날 수 없음을 알지만 그 동굴은 끝없이 갈라지고 있다. 보이지 않고 드러나기를 기다리는 다른 길이 따로 있는 것이 아니라, 이 갈라짐 자체, 이 틈과 균열과 사이 자체가 바로 길이다. 나의 부정성이란 그런 것이다. 뜬금없이 작은 소원이 하나 있다면, 어느 한적한 곳에 개인적 연구/창작 공간을 간소하게 마련해 그곳을 자유롭게 찾는 이들과 서로 가르침을 공유하며—가르치는 일이 지겹다고 말하면서도!—그 어둠의 동굴 속에서[도] 변화의 기저를 점점 더 넓히는 일, 말 그대로 암약暗躍하는 일이다. 사이의 길은 이렇듯 또한 어둠이다.

변화해야 한다는 당위는 언제나 넘쳐 났지만, 실제로 변화시키기 위한 실천들은 답보 상태에 있거나 오히려 후퇴하고 있는 듯 보이는 이때에, 진실로 필요한 것은 바로 그러한 암약, 그러니까 저 시커먼 어둠과 막다른 곳에서 아무것도 아닌 것처럼 보이는 일들을 꾸미고 접었다 펼치는 일, 막다른 길에서 또 다른 길의 가능성을 보지 않고 그저 그 길의 불가능성을 먹어 삼키는 일일지도 모른다. 말하자면 내가 보지 못할 수도 있는 변화의 가능한 조건들을 그 불가능성 안에서 예정[되었을 뿐 아니라 이미-언제나 실현]된 실패를 위해 시도하고 감행하는 일, 어쩌면 지금까지 그래 왔듯, 그러나 동시에, 지금까지 와는 전혀 다르게 나아가듯. 하여 다시 한번, 길 없는 곳에 기어코 길을 틈으로 내는 작업은, 또 하나의 palimpseste가 되는 것, 길이 지워진 곳 위로 다시 길을 그리는 일, 그것도 어둠 속에서 그렇게 하는 일, 보이지 않는 것을 보이게 함과 동시에 명백히 가시적이었던 것의 비가시성을 드러내는 일이다.

2023. 4. 14.

죽음 이후, 세계-흔적으로서의 비평

— 황현산 선생에 대하여 1

다시 찾은 서울의 여름, 황현산 선생을 추억하며, 선생이 생전에 내게 남겨 주신 육필들 중 하나를 펼쳐 본다. 선생이 번역하신 앙드레 브르통André Breton의 『초현실주의 선언』은 서울 집에, 선생의 저작 『잘 표현된 불행』은 파리 집에……. 서울 집에서 초현실주의 선언을 소중히 펼쳤듯이, 파리로 돌아가면 가장 먼저 잘 표현된 불행이라는 이름으로 내게 남겨진 행운을 다시 펼쳐 보리라. 흔히들 여러 다른 판본들로 반복해 하는 말이겠지만, 오늘만큼은 더 특별히, 더 아프고 더 감사하게, 삶은 너무도 짧은 고통일지 모르나 문학은 그 삶을 껴안고 더 길고 더 멀리 아름답게 가리라, 이 말을 입 밖으로 뱉어 소중히 발음해 보고 싶다. 나의 이전 세대에 비평가 김현이 있었다면, 나의 세대에는 비평가 황현산이 있었다고, 우리는 아마도 이렇게 말할 수 있을 것이다. 다시금 문제는 '평론'이 아니라 비판Kritik/critique으로서의 '비평'이다. 비평은 언제나 덧대어 쓰는 글로부터 출발하는 듯 보이지만, 숙주와는 아무런 상관도 없는 기이한 기생자parasite, 그 기생의 방식이 기댐 없이 기대고 있는 잔존/후생Nachleben으로 나타나는 기원 없는 흔적이다. 비평은 그래서 또한 세계-흔적이다.

2018. 8. 8.

인간 너머, 사이-성좌

— 황현산 선생에 대하여 2

황현산 선생이 아들에게 보내는 편지의 형식으로 쓰셨던, 스테판 말라르메Stéphane Mallarmé의 『시집*Poésies*』 한국어 번역본의 옮긴이 해설 「말라르메의 언어와 시—해설을 대신하여 옮긴이가 아들에게 보내는 네 통의 편지」의 마지막 부분을 다시 읽는다.

황현산 선생의 장례식에 참석했을 때에도 이 문장들을 들을 수 있었지……. 내가 마음이 흔들릴 때마다—다시 말해서, 이미-언제나—머릿속으로 생생히 떠올리고 또 틈틈이 책을 펴 눈으로 직접 찾아 읽게 되는 구절: "생각하는 것의 끝에까지 간다는 것은 어쩌면 인간적인 것이 아닐 수도 있다. 그러나 인간 너머를 생각하지 않는 인간적인 삶은 없다."

그렇다, 참으로 역설적이게도, 그리고 그 역설이 가장 결정적이게도, 인간 너머를 생각하지 않고서는, 그렇게 인간의 끝에까지 다다라 그 끝을 넘어서려는 의지가 없고서는, 결코 '인간적인' 삶이란 없다는 것, 바로 이 역설, 바로 이 사실 같지도 않은 사실이야말로 인간성 humanité 그 자체일 것이라는 선언 아닌 선언, 어쩌면 이야말로 가장 '비인간적인inhumain' 것이 지닌 최고의 인간적 역설의 진실이자 인간 최후의 결정적 요체가 아니겠는가. 인간은 그렇게 또한 사이-한계에서 가장 인간적이 된다. 그래서 나는 오직 이 단 하나의 문장만으로도 황현산 선생을 영원히 기억해야 할 이유가 충분히 있다고 항상 생각하고 있다.

(사이에서)

황현산 선생은 나의 글을 이해해 주시고 아껴 주시는 세상에 몇 안 되는 귀인이셨다. 내 글을 읽지도 않은 이들이 내 글을 폄훼하곤 하는 일들이 잦은 세상에서, 선생에게 그 점이 항상 감사했다. 선생의 죽음 때, 선생의 글을 더 이상 읽지 못한다는 슬픔만큼 컸던 것은, 바로 이러한 이해와 아낌의 크고 넓은 마음이 이 세상에서 하나 사라졌다는 비애감이었다. 그렇게 당신 자신이 하나의 세계이자 우주인 인간이 드물게 존재하며, 그 하나의 세계는 또 다른 사이의 우주들을 낳는다. 좋은 글을 쓰고 부끄럽지 않은 책을 내며 아름다운 음악을 만들고 귀한 곡과 앨범을 발표할 때, 그 진가를 진정으로 이해하며 그것의 미를 진정으로 아끼고 누릴 줄 아는 정신을 만난다는 일은, 사람들이 생각하는 것보다 훨씬 더 드문, 그래서 더욱 고귀한 일이다. 그것을 알고 느끼는 이들이 점점 더 줄어들고 있다는 절박함과 안타까움의 마음이 내 안에서 시간과 함께 점점 더 커져 오고 있다. 세계는 자신이 알고 있다고 생각하는 그 얄팍한 것과 정확히 일치한다고 느끼는 것에서만 마치 스스로를 확인 사살하듯 소위 '힐링healing'을 얻는 데에 익숙해져 있다. 자기 계발서가 판을 치는 현상보다 더 심각한 것은, 값싼 공감의 미학을 앞세우는 수많은 수필과 산문의 범람이다. 쉽게 쓰이는 것 앞에서 그보다 더 쉽게 소비되는 공감이 자기회로만을 끝없이 돌리며 스스로의 회선을 갉아먹고 태워 버린다. 그러한 점에서, 정해진 한 점이 아닌 불투명하고 불온한 사이들을 건드리는 한계-

경험을 밀고 가는 작업을 마주하고서, 그 앎과 느낌의 주체는 그가 알고 느낄 대상만큼, 아니 그 대상보다 훨씬 더 깊고 어려운, 그래서 더 드물고 고귀한 길을 건너왔을 것이기에, 그리하여 인간으로 머물 수밖에 없지만 언제나 그 인간 너머를 생각하지 않을 수 없었을 것이기에, 그러한 존재들에 대한, 그 존재들의 부족과 부재에 대한 나의 아쉬움과 안타까움은, 시간과 함께 거꾸로 점점 더 귀하고 커져 갈 수밖에 없는 것. 그리고 또한 바로 그렇기에, 내가 아는 한 현존하는 그러한 존재들에 대한 애정과 존경 역시, 시간과 함께 점점 더 드물고 소중해질 수밖에 없는 것. 그 예민하고 섬세한 정신, 그 아름답고 소중한 마음이, 언제나 고프고 마르다.

그리고 그때마다 다시금 황현산 선생의 저 한 문장을 새삼 떠올린다: “그러나 인간 너머를 생각하지 않는 인간적인 삶은 없다.” 그러한 의미에서 우리의 시대는 얼마나 ‘비인간적인’ 것들로 점철된 삶들의 시간인가, 또한 그럼에도 나는/우리는 인간을 끊임없이 넘어갈 저 가장 인간적인 것을 또 얼마나 치열히 붙들어야 하는가. 내가 한 명의 철학자이자 한 명의 음악가로서, 곧 내가 한 명의 ‘시인’으로서—그러므로 내가 생각하는 가장 넓은 의미에서의 ‘시인’에 대한 진정한 정의란 바로 이런 것이다—끊임없이 놓아두지 못하고 붙잡게 되는 것은, 바로 이 ‘인간’의 영육 안에서 마르지 않고 지속되고 있는 ‘인간 너머’의/에 대한 요청이다. 우리는 인간으로서 이러한 인간 너머로의 요청을 너무도 자주 잊고 산다, 마치 그런 것은 애초에 없었던 것처럼,

지금의 개인적 슬픔을 긍정하고 그것을 따뜻하고 안온하게 안아 줄 것들만을 게걸스럽게 찾아 게으른 움직임을 움직인다. 따스하게 역겹다.

말라르메의 '또 하나의' 유명한 시 「한 번의 주사위 던지기는 결코 우연을 폐기하지 않으리라Un coup de dés jamais n'abolira le hasard」 속의 조각나 이어져 있는 저 문장처럼, "RIEN (……) N'AURA EU LIEU (……) QUE LE LIEU (……) EXCEPTÉ (……) PEUT-ÊTRE (……) UNE CONSTELLATION". 여기에 나만의 비틀어진 해석을 또한 그렇게 비틀어 살포시 얹자면, 무無, rien가 일어나지 않으면서도 동시에 일어나는 바로 그곳, 곧바로 그 무가 자신의 자리lieu를 찾는 것/곳만을, 우리는 하나의 진정한 성좌/배치constellation라고 부를 수 있고 또 그렇게 불러야 하지 않을까. 성좌는 곧 별들의 자리, 그러나 그 별들이 만들어지는 성운의 뿌연 구름과 안개 속, 그 모든 사이-시공간들의 어슴푸레한 좌표이기도 하다. 그 사이 없이는 그 어떤 세계도 발생하지/자리 잡지 못하리라. 글쓰기는 그러한 불투명한 성좌의 좌표를 찾는 사이의 망원경, 그 사이의 우연들을 필연의 실패로 매번 감행하는, 결코 한 번이 될 수 없는 주사위 던지기이다. 글쓰기라는 주사위를 던지며 나는 그렇게 매번 또 다른 사이의 한계를 시도한다.

2020. 9. 24.

세계-쓰기, 쓰디쓰기

무한한 주사위의 놀음, 쓴다는 것밖에는 할 일이 없다고 느껴질 때, 삶은 얼마나 유한하게 느껴지는지, 또한 동시에, 바로 그 순간 속에서 또 얼마나 영원하게 느껴지는지, 그렇게 채 한 줌의 시간조차도 안 되는 삶의 순간들 속에서, 나는 어떤 무한을 상상하고 있었다, 영생이란, 영원한 삶의 지속을 뜻하는 것이 아니라, 끈질긴 삶의 반복을 가리키고 있음을, 그 무한한 반복의 영원한 회귀를 예고하고 있었음을, 그렇게 글을 쓴다는 것은, 또한 '쓰다苦'라는 형용사임과 동시에 저 쓰디쓴 동사 '쓰다'임을, 곧 '사용하다用'임과 동시에 '착용하다着'임을, 스치는 바람에, 문득 깨닫는다, 깨닫는다고 느낀다, 그렇게 착각하고 다시금 깨어져 깨닫는다, 부디 나의 이 글들을 100년 뒤에, 1,000년 뒤에 읽기를 권한다. 그렇게 깨어진 상태에서, 바로 그 깨어진 틈 사이로 느끼는 어떤 독의毒/讀意를 품고.

2014. 12. 20.

이명의 세계

— 노기훈 작가의 사진들에 대하여

노기훈 작가의 개인전 〈mise-en-scène〉의 도록이 도착했다. 고대하고 있던 그의 사진들이, 그만의 목격들이, 그의 눈이 말없이 머물러 있던 그 모든 자리들이, 무척이나 반갑다, 그리고 또한 아프다. 그 찰나, 노기훈 작가가 내게 써 보내온 작은 글귀 하나가, 내 눈을 사로잡고, 끝내는 울컥하게 만든다: "우리의 평화는 연약하지만, 미래는 연약하지 않다는 마음을 다해 드립니다." 우리는 광화문 광장에 이리도 아무렇지 않게 버티고 서 있는 저 이순신의 허상을 언제쯤 무너뜨리고 뿌리 뽑을 수 있을까, 역사를 화석화하는 세종대왕상은 언제쯤 진정으로 화석이 될 수 있을까, 그날은, 더 이상 연약하지 않은 미래일까, 아니면, 또 다른 연약함만을 재확인하게 되는, 오늘의 연장이자 현재의 계속일까. 이제는 이국적인 풍경이 되지 못하는 저 에펠탑과 개선문 사이에서, 나는 그렇게 광화문과 세종대왕상과 이순신상 사이를 생각하고 있었다. 아픈 몸과 혼란한 머리 안에서도, 저 글귀 하나가, 그리고 그 글귀 하나가 낳은 또 다른 물음 하나가, 거대하고도 연약한 이명耳鳴처럼 울리고 있다. 노기훈 작가의 사진이 내게 보여 준 시각의 아픔은 기이하게도 그렇게 귓속에서 어떤 청각의 착란처럼 역사와 미래라는 지금 이곳의 또 다른 이명을 축복이자 동시에 저주처럼 안겨 주고 있었다.

2015. 12. 9.

넷플릭스 다큐멘터리 〈나는 신이다〉의 모든 에피소드들을 보면서 들었던 단 하나의 생각은, 한국 사이비 종교의 심각성도 아니었고 그러한 종교들이 반영하는 나라 전체의 심성도 아니었고, 오히려 한국 사회의 '미학적 수준'이라는 문제였다. 저 한 줌의 쓰레기조차도 되지 못하는 인간들을 신으로 떠받들며 그 신격화를 위해 연출되는 '무대'에서 날것으로 드러나는 바로 그 미학적 기반과 취향, 그 깊은 저열함과 척박함이 바로 우리 '정치'의 현주소이다. 철 지난 유원지나 쇠락한 곡마단에서도 행하기 민망해할 것 같은 연출에 열광하며 광신하는 인간들. 미학은 그렇게 '우리, 광신자들'의 정치를 호명하고 그 지반을 드러낸다. 그렇게 미학은 '우리'의 의식과 문화와 행동 수준의 가장 정확한 지도를 그려 낸다. 이는 이미 내가 나의 두 번째 책 『드물고 남루한, 헤프고 고귀한』을 통해 표출하고 심화했던 문제의식이었다. 〈나는 신이다〉가 보여 주는 실태는 일부 무지몽매한 광신도들만의 문제가 아니다. 한국 사회의 전반적인 구조 자체가 바로 이러한 광신과 신격화의 추잡한 미학적 수준 위에 서 있다. 모든 억압된 것들의 전면적인 회귀로서의 표면적 정치가 그러하고 그러므로 어떤 정부의 선출은 실수나 실패라기보다는 최종적으로 도래하는 하나의 결정적 징후에 가깝다, 그러한 정부를 가능하게 만들었던 '민주 국민'의 전체적인 미학적 수준이 그러하다 또한 그렇기에 저 '국민'이라는 이름 자체가 치료를 요하는 하나의 근본적 증상에 가깝다. 우리는 '정치'에게 '정치적이지 말 것'을 요구하는 괴상한 역설의 존재이다 정치인들조차 자주 상대 정치인들에게 '정치적 행위'를 삼갈 것을 요구한다. 그러나 사실 오히려 우리가 부활시켜

야 하는 것은 바로 그 '정치적인 것the political'에 다름 아니다. 그런데 정치적인 것의 부활은 미학의 분할 방식에 대한 쇄신, 곧 미학적 혁명을 요청한다. 내가 생각하는 미학이란 이런 것이다. 미학은 단순한 예술론이나 미의식에 관한 철학적 요설이 아니라 우리 정치와 사회와 경제와 문화와 사유의 기반이 서 있는 감각적 질서의 지도, 그 구획을 분할하는 경계와 한계에 다름 아니다. 그러므로 미학은 다시 한번 바로 그 미학 자신을 넘어설 것을 요청하는 하나의 '정치적인 것'이다.

덧. 지금껏 수도 없이 겪었던 많은 이들의 오해를 피하기 위해 이 덧을 붙이자면 그러므로 이 '덧'이란 또한 '덫'이 되기도 하는데, 여기에서 미학적 수준이란 것은 단순히 문화적 '수준'의 높고 낮은 위계를 뜻하지 않는다. 상부구조의 하나로 이해되는 '독립된' 분야인 문화를 이야기하는 것이 아니라 말 그대로 우리의 거의 모든 것들을 규정하고 구획하고 있는 미학적/감성적esthétique 지도 전체의 구조를 말하고 싶은 것이다. 그러나 이러한 오해는 물론 내게 오랫동안 아주 익숙한 적과 같은 동지이다. 미학으로 오직 예술만을 말한다는 것 자체가 또한 '우리' 사회의 미학적 수준 그 자체일 것이므로.

2023. 3. 14.

토머스 드 퀸시Thomas de Quincey는 「〈맥베스〉에서 문을 두드리는 소리에 대하여On the Knocking at the Gate in *Macbeth*」라는 에세이에서 살인자와의 "공감sympathy"이라는 단어를 사용하면서 다음과 같은 주석을 첨가하고 있다. "이 [공감이라는] 말은 증오, 분노, 사랑, 동정, 상찬 등 타자의 여러 감정들을 우리 마음속에서 재현하는 활동이라는 그 적확한 의미 대신에 이제는 그저 '동정pity'이라는 단어의 단순한 동의어가 되었다. 그렇기에 많은 작가들은 "타자'와의' 공감sympathy 'with' another"이라고 말하는 대신 "타자를 '위한' 공감sympathy 'for' another"이라는 말도 안 되는 야만적인 표현을 채택하고 있는 것이다*by which [sympathy], instead of taking it in its proper sense, as the act of reproducing in our minds the feelings of another, whether for hatred, indignation, love, pity, or approbation, it is made a mere synonym of the word 'pity'; and hence, instead of saying "sympathy 'with' another," many writers adopt the monstrous barbarism of "sympathy 'for' another"*." [한국어 번역이 존재하는 이 문장을 나는 내 방식대로 조금 바꿔 다시 번역했다.] 이 문장을 읽고 두 가지 생각이 떠올랐다. 롤링 스톤스The Rolling Stones의 1968년 노래 제목 "Sympathy for the Devil"이 지닌 드 퀸시의 표현에 따르자면 어떤 '야만성barbarism'에 대한 생각이 그 첫 번째. 그리고 두 번째는 번역자의 어떤 '고뇌'에 대한 것이다. "sympathy 'for' another"라는 표현을 다시금 드 퀸시의 논의에 따라 어떻게 한국어로 옮길 것인가 하는 고민이 분명 번역자에게 있지 않았을까 하는 생각이 바로 그것이다. 곧 이를 "타인을 '위한' 공감"으로 옮길 것인가, 아니면 "타인을 '위한' 동정혹은 연민"으로 옮길 것인가 하는 고민. 나는 이 둘 중 한 번역이 다른 번역보다 더 '옳을' 것이라는 말을 하려는 것이 아니다. 그저 나는, 일견 매우 사소해 보이는 이 '고뇌' 안에, 역설적으로 번역에 관한 '거의 모든 것'이 들어 있다고, 그렇게 생각한다는 점을 말하고 싶었다. 한국어 단어의 의미 변화는 물론 영어 단어의 의미 변화와는 여러 측면에서 그 결을 달리한다. 하지만 넓은 의미에서의 다양한 공감共感이 단순히 동정이나 연민을 축소하여 의미하게 된 언어의 풍경은 한국어에서도 크게 다르지 않다.

예를 들자면, 이런 사이의 문제들. 사법 체계의 정당성에 대한 불신이 횡행하는 사회에서 그 불신만큼이나 횡행하게 된 사적 복수와 직접 처벌의 욕망은 공감의 표현인가 연민의 발현인가. 조이스 캐럴 오츠Joyce Carol Oates가 『좀비*Zombie*』에서 희대의 살인마 제프리 다머Jeffrey Dahmer를 모델로 하여 그리고 있는 주인공에 대한 우리의 감정은 공감일까 연민일까. 공감 능력을 완전히 결여한 듯 보이는 사회적 악으로 확정된 어떤 사건이나 인물에 대해서가 아니라, 그러한 사건과 인물을 대할 때 우리가 갖게 되는 '공감 능력'의 실체에 대한 질문과 그에 대한 답을 우리는 그동안 너무 당연시해 왔던 것은 아닐까. 예를 들자면, 이런 사이의 물음들. 틈들, 균열들.

대학 시절, 지금은 돌아가신 할머니와의 일화가 떠올랐다. 학교로의 출타를 위해 현관에서 신발을 다 신은 나는 마침 그때서야 지하철에서 읽을 책을 내 방에 두고 나왔다는 사실을 깨달았다. 신발을 다시 벗고 방에 들어가기가 귀찮아진 나는 문 앞까지 배웅 나오신 할머니께 내 방에 있는 에르네스트 만델Ernest Mandel의 책 『즐거운 살인 *Delightful Murder*』을 좀 가져다주십사 부탁드렸다. 이 책은 '범죄 소설의 사회사'라는 부제가 붙어 있는, 추리/범죄 소설의 부르주아 사회학적 의미를 마르크시즘적으로 추적하는 책이었다. 할머니는 친히 내 방으로 들어가셔서 말씀하셨다. "그런 게 어디 있어?" 나는 다시 대답했다. "잘 보시면 바로 제 책상 위 왼편에 놓여 있어요!" 할머니는 책을 찾아 나와 내게 건네주시며 다음과 같이 덧붙이셨다. "아니, 그게 아니라, **그런 게** 어디 있냐고." 그렇다, 어쩌면 '즐거운 살인'이라는 것, 그런 말은 어디에도 있을 수 없는 지극히 지독한 형용모순일지도 모르겠다. 나의 발화와 할머니의 발화 사이에 놓인 똑같은 한국어임에도 불구하고 "lost in translation"의 상황, 단순히 화용적인 언어 사용에서 발생하게 된 보다 추상적이고 개념적인 근본 물음, 그 말들의 사이에도 그렇게 어떤 공감의 결여라는 또 다른 공감, 번역의 부재와 필요성이라는 또 다른 번역의 예감이 존재한다. 파토스를 공유한다는 것, 그리고 바로 그 파토스가 해체되는 순간을 목격한다는 것은, 그래서 곧 로고스를 되묻고 에토스를 의문시한다는 것과 다르지 않다. 나는 그때 비로소 그 사이에서 저 '즐거운 살인'이라는 형용모순을 단지 기발한 표현에 불과한 하나의 예외적 '모순'이 아니라 현상 일반에 대한 하나의 정확한 '형용'으로 이해하게 되었다. 이 아픈 공감, 이 즐거운 이탈. 나는 그 사이에서 길을 잃었다가 길 자체를 다시 그린다. 즐거운 살인 같은 것도, 살인의 추억 같은 것도, 있어서는 안 되는 것이겠지만, 실은 모두 그렇게 있다.

2014. 3. 12.

제프 벡과 기타 이야기

기타는 기타를 벗어날 때 비로소 기타 그 자체가 된다.

이는 내가 제프 벡Jeff Beck이라는 기타리스트를 통해 얻을 수 있었던 하나의 '진리'였다.

존경하는 음악가 제프 벡의 타계라는 비보를 맞아, 몇 가지 추억들이 떠오른다. 몇 해 전에 파리에서 드디어 그의 공연을 볼 수 있는 귀한 기회를 이놈의 코로나Covid-19 창궐 때문에 놓쳤던 것이 못내 더욱 아쉬워진다.

나의 특히 일렉트릭 기타 스타일을 잘 아는 이들은 내가 어린 시절부터 얼마나 제프 벡의 영향을 강하고 짙게 받았는지를 잘 느낄 수 있으리라. 그는 내게 언제나 단순한 기타 영웅guitar hero을 넘어서는 기타의 구루guru와도 같은 존재였다. 중학교 시절부터 그의 주요 앨범들을 모두 LP로 구입해 수집하며 나는 도대체 종잡을 수 없는 기타의 거대한 혼돈과 우주를 보여 주는 그의 퍼포먼스에 시종일관 압도당했었다. 그의 음악은 장르들로 구분되지만 동시에 그 안에 장르 같은 건 없는 듯이 느껴졌다.

내가 특히 열광하는 그의 예술적 최고 시기는 1970년대와 1990~2000년대인데, 내가 가장 소중히 아끼고 높이 평가하는 앨범들이 바로 이 시기에 포진해 있다. 따로 설명할 말이 필요 없을 정도로 유명한 ⟨Blow by Blow⟩ 앨범 1975 , 그리고 ⟨Wired⟩ 앨범 1976 , 이 두 음반들을 얼마나 닳고 닳도록 들었던가[과연 누가 "Cause We've Ended as Lovers" 스티비 원더Stevie Wonder의 원곡와 "Led Boots"가 우리의 청각에 안겨 줬던 그 강렬한 독창성의 충격을 잊을 수 있을까]!

그러나 내가 70년대 그의 앨범 중 개인적으로 최고의 작품으로 꼽으며 여전히 서울 집 람혼재에서 계속 LP로 듣고 있는 앨범은 따로 있는데, 그것은 그가 키보디스트 얀 해머Jan Hammer와 함께 녹음한 라이브 음반인 〈Jeff Beck with the Jan Hammer Group Live〉 앨범1977이다. 그의 실황 연주의 가공할 마력과 그의 음악 세계가 지닌 광활한 스펙트럼이 잘 드러난 음반으로서 지금도 여전히 내 가슴속 최고의 앨범으로 남아 있다. 대부분의 사람들은 잘 모르지만 70년대 그의 작품들 중 빼놓을 수 없는 음반이 하나 더 있다. 그것은 카마인 어피스Carmine Appice와 팀 보거트Tim Bogert와 함께 트리오를 이뤄 녹음했던 〈Beck, Bogert & Appice〉 앨범1973이다. 어릴 때부터 Cream과 Rush와 Budgie 등등 유독 3인조가 뿜어내는 록 사운드에 강박적으로 꽂혀 있던 나에게 이 앨범은 잊을 수 없는 또 다른 성지였다.

그리고 그의 1990~2000년대 시기 작품들을 이야기하지 않을 수 없다. 꽤 오랜 공백 이후에 제프 벡이 다시 '돌아왔던' 것은 〈Who Else!〉1999 앨범을 통해서였는데, 이 앨범이 발매되자마자 CD로 구해 수도 없이 반복해 들었던 나는 그 독창적 사운드와 구조에 놀라움을 금할 수 없었다. 말 그대로 제프 벡이 그 자신을 스스로 넘어서는 변신이자 진화였다. 이후 2년 간격으로 발표했던 다른 두 작품, 곧

〈You Had It Coming〉 앨범2001과 〈Jeff〉 앨범2003에 이르기까지, 그의 기타가 완전히 새로운 단계와 전무후무한 미답의 경지에 이르렀음을 보여 주는/들려주는 앨범들 모두가 내게 너무나 소중한 음반들이다.

모든 곡들이 하나도 버릴 것 없이 저세상 텐션을 느끼게 해주지만, 특히 〈Who Else!〉 앨범 중 "Angel Footsteps"와 〈You Had It Coming〉 앨범 중 "Nadia", 이 두 곡은 제프 벡의 기타가 얼마나 독창적이고 신적인 경지에 올랐는지를 잘 드러내 주는 이 시기 최고의 명곡들이다.

특히 이 시기 그의 기타 연주가 내게 끼쳤던 영향력은 절대적이었는데, 내가 클래식 기타와 어쿠스틱 기타는 원래도 피크로 연주하지 않았지만 일렉트릭 기타에서 대부분의 경우 피크를 쓰지 않고 핑거링의 다양한 미학적 효과에 눈을 뜨고 귀를 뜨게 된 것은 전적으로 제프 벡의 1990~2000년대 음악 세계 덕분이다.

이때부터 그의 연주는 뭐랄까, 단순히 최고의 기타 연주를 들려준다는 수준을 훌쩍 뛰어넘어서, 그 자신이 하고 싶은 말, 그 언어를, 그리고 그 자신이 부르고 싶은 노래, 그 선율을, 아니 차라리, 그 자신이 품고 있는 마음, 그 틈과 결을, 단지 기타를 '[관]통함'으로써 그렇게 말하고 노래하고 품어 낸다는 느낌으로 다가온다. 단순히 기타로 음악을 '연주'하는 것이 아니라, 다차원의 우주 하나가 기타라는 단

하나의 차원을 통과해 '유출'되는 느낌, 말 그대로 그렇게 '흘러나오는' 느낌, 그것이 바로 내가 인지하고 감응하는 제프 벡만의 음악 세계이다.

덧 1. 마지막으로 그가 2016년에 발표했던 음반 〈Loud Hailer〉 앨범 역시 잊지 말라는 당부!를 하고 싶다. 이 앨범에 수록된 "Thugs Club"을, 꼭 그 가사와 함께, 그리고 경쾌하면서도 고통스럽게 울부짖듯 질주하는 제프의 기타를 깊이 느끼며, 반드시 들어 보기를, 강권하는 바이다. 혁명은 아직—시작되지도 않은 것처럼—끝나지 않았다.

덧 2. 영국 런던의 Ronnie Scott's에서 드러머 비니 콜라이우타Vinnie Colaiuta와 베이시스트 탈 윌켄펠드Tal Wilkenfeld 등과 함께 한 공연 실황을 담은 라이브 음반 〈Performing This Week… Live at Ronnie Scott's〉 앨범2015 역시 필청을 요한다. 거기엔 그의 원숙기 모든 절창들이 담겨 있고 그에 대한 당시의 진일보한 새로운 해석들이 또한 담겨 있다. 그의 죽음 후 다시 듣는 이 앨범은 마치 그가 우는 백조의 노래처럼 새롭게 다시 들린다.

Rest in Peace with/in your multiverse of music, Jeff Beck…… You were, are and will be always on my mind, with my fingers and within my ears.

2023. 1. 12.

저주받은 몫

— 내 영혼 없는 영혼의 동반자에게

나의 번역으로 문학동네 출판사를 통해 조르주 바타유Georges Bataille의 『저주받은 몫*La Part maudite*』이 한국에서 막 출간되었던 올여름, 지난 2022년 7월 초 당시, 나는 프랑스 친구들에게 부탁하여 바타유의 무덤이 있는 파리에서 자동차로 약 세 시간 거리에 있는 베즐레Vézelay에 함께 다녀왔다.

이전 20년간 한국에서 유일하게 통용되던 구舊 번역본인 『저주의 몫』이 지닌 여러 오역과 문제점들을 일소하고자 개인적으로 새로이 번역에 착수한 뒤로 출간에 이르기까지 거의 10년이 걸린 작업이 바로 나의 『저주받은 몫』문학동네, 2022 이다. 어떤 의미에서 이는 바타유에 대한 오랜 '오해'와 또한 개인적으로도 싸워 왔던 시간의 기록이기도 했다.

그러나 그럼에도 언제나처럼 '완벽한' 번역본은 없다고 생각한다. 다만 개인적으로, 내가 고등학교 때 이후 바타유의 글을 계속 읽으면서 그와 함께, 그리고 그의 안과 밖에서, 사유하고 실천했던 그 모든 시간들이 바로 이 번역본 『저주받은 몫』으로 일단락을 보고 동시에 그것이 내게 또 다른 분수령이 되어 준 듯한 느낌이 있어, 이 책을 그의 무덤에 바치는 나만의 희생제의sacrifice를 치르고 싶었다. 언제나 유용성을 초과하는 무용성을 기리기 위해, 항상 속俗의 일상적 질서 안으로 불온하게 침범하는 성聖이라는 바깥의 무질서를 따르기 위해, 그 온전히 불태우는 소비/소진의 '저주받은 몫'을 위하여.

그날따라 태양은 자신의 빛나는 항문을 한껏 드러내었고, 나는 바타유1962년 사망의 평평한 묘석—그러나 세월의 풍파 때문인지 돌 위에서 그의 이름은 거의 지워져 있었기에 무덤을 찾는 데에 시간이 좀 걸렸다—위로 내 번역본을 포함한 그의 다른 몇 권의 프랑스어 책들을 마치 희생제물들victimes처럼 늘어놓았으며, 그렇게 베즐레의 땅 위로 새로이 아즈텍의 태양신을 불러내었다. 그 책들의 심장은 또한, 내가 오랫동안 언제나 '내 영혼의 영혼 없는 동반자'라 불러 왔던 바타유와 함께 공유하고 분유했던, 나의 여러 심장들이기도 하다. 그 심장을 꺼내 바치고 불태운다.

부디 독자 제현이 이 영원한 매력과 무궁한 마력의 '저주받은' 사상가 조르주 바타유의 귀한 주저『저주받은 몫』을 깊이 읽기를 간절히 바라는 마음, 그래서 다시금 '지금 여기'의 우리 세계를 다르게 생각할 수 있는 낡고도 새로운 계기를 얻기를 바라는 마음을, 마치 내 심장을 꺼내 올리듯, 그렇게 전해 올린다.

덧 1. 그런 의미에서 책의 말미에 수록된 나의 역자 해설 「바타유는 왜 우리에게 여전히 '저주받은' 내재성의 경험으로 도래하는가」는 바타유의 이해와 오해에 바치는 또 다른 나만의 희생제의적 글쓰기이기도 하다. 내 '영혼의 영혼 없는 동반자' 바타유에게 헌정하는 나만의 번제燔祭로서의 글.

덧 2. 책이 나온 후 수많은 편집 과정 중에서 미처 발견되지 못하거나 어쩔 수 없는 "악마의 장난이것은 내가 그의 책 속 몇 가지 오류들을 지적했을 때 장-뤽 낭시Jean-Luc Nancy가 농담 반 진담 반으로 직접 내게 전했던 표현이기도 한데"으로 남겨지게 된 오류들이 있다. 책의 출간 후에 그 오류들을 바로잡는 것을 전통적으로 "Erratum"이라고 부른다. 본래는 그저 '오류를 범했다'는 뜻인데 사실 지금은 그 오류를 사후에 바로잡는다는 뜻이 더 강하다. 하여 이곳에 나만의 Erratum을 남긴다. 내 번역본 『저주받은 몫』의 초판에서 지금까지 발견된 오류는 두 가지이다. 첫째, 188쪽의 셋째 줄 "전자본주의적 경제가 가톨릭과 맺고 있는 관계"에서 "있는"이 단지 "있"으로만 표기된 어이없는 탈자가 있다이는 아마도 조판 과정에서의 탈자로 여겨진다. 둘째, 이는 아마 바타유의 전집을 그 서지사항에 대한 꼼꼼한 확인과 함께 프랑스어로 직접 읽은 이가 아니고서는 아무도 모를 오식이겠으나, 336쪽 역자 해설의 주 9번에서 전집 1권의 출판 연도가 1979년으로 잘못 표기되어 있다정확한 1권의 출판 연도는 1970년인데, 이는 분명 내 손가락의 실수이다. 세상에 완벽한 번역이 없듯 완벽한 오류 수정도 있을 수 없을 테니, 부디 독자제현이 따로 발견하는 오류가 있거든 언제든 꼭 알려주시기를 요망한다.

덧 3. 그러니, 새삼스레 깨닫게 되는 바, 책을 낸다는 이 불완전한 일이야말로 그 얼마나 '저주받은 몫'이라는 인간적 축이자 성스러운 부분에 완벽하게 들어맞는 일인가. 유용성을 언제나 넘어서고 마는 저 무용성의 성스러움에 또한 이 책을 바친다.

2022. 10. 3.

람혼 최정우 공연 "음악을 사유하기, 사유를 음악하기",

2022년 12월 2일, 벨기에 브뤼셀 한국문화원.

Le concert de Ramhon Choe Jeong U, "Penser la musique, jouer la pensée",

Centre culturel coréen, Bruxelles, Belgique, le 2 décembre 2022.

지난 2022년 12월 2일, 브뤼셀에 위치한 벨기에 한국문화원에서 열렸던 나의 단독 공연, K-pop만 존재하는 것은 아닌 한국 대중음악에 대한 나의 토크-콘서트 "음악을 사유하기, 사유를 음악하기 | Penser la musique, jouer la pensée"에 대한 다소 늦은 개인적인 후기를 올리면서, 이론과 역사와 음악에 대한 평소 나의 이상과 현재 나의 생각들을 두서없이 써보고자 한다.

나의 이 공연은, 현재 전 세계의 한국문화원들 중에서 어쩌면 가장 활발하고 획기적이며 진취적인 활동을 보여 주고 있는 곳이라고 할 수 있을 벨기에 한국문화원이 한국 음악의 보다 다양하고 이채로우며 역동적인 상을 들려/보여 주고자 작년 2022년 하반기에 야심 차게 준비한 연속 공연 페스티벌 "Sound Korea 2022" 9월~12월 기획의 일환으로 열렸는데, 김재환 문화원장의 높은 문화적 혜안과 음악적 감성, 벨기에 한국문화원 전체의 출중한 기획력과 수준 높은 배려, 그리고 나희덕 시인의 적극적인 추천을 통해 성사되었다. 문화원과 함께한 기획에 대한 논의는 이미 2022년 초부터 지속적으로 이루어졌기에, 내게는 공연 자체의 성격과 의의를 생각해 보고 그 형식을 고민하며 준비할 수 있는 시간이 아주 넉넉했다. 이토록 좋은 환경을 만들어 주신 벨기에 한국문화원에 새삼 깊은 감사의 인사를 올린다.

"Sound Korea 2022"는 현재 유럽에서 큰 인기와 반향을 일으키고 있는 BTS나 블랙핑크 등의 소위 'K-pop'으로 불리는 음악 외에도 우리에게 한국 대중음악사 자체가 어떤 역사적/사회적/정치적 특수성을 갖고 있으며, 그 음악 자체가 예술적/문화적으로 어떤 의의를 갖고 있는지를 돌아볼 수 있는 시간을 갖게 하기 위해 만들어진 훌륭하고 뜻깊은 기획이다. 바로 이 기획 속에서 작년 9월부터 12월까지 나의 공연을 포함해, 블랙스완, 리사운드 한국 대중음악박학기, 이은미, 박승화, 정동하, 알리, 함춘호, 이날치, 클라라 주미 강 & 김선욱, 말로특히 이 재즈 보컬리스트 말로 누나의 공연은 기획 단계에서부터 특히 내가 열렬히 추천했던 바이다, 김준영 & 보두앵 드 자에르Baudoin de Jaer, 임지영 & 최하영 등등, 그 면면만으로도 매우 다채롭고 풍부한 음악가들의 연속 공연이 열렸다. 이 기획의 일환으로 공연할 수 있게 되었던 것을 다시금 매우 기쁘고 영광스럽게 생각한다.

바로 이러한 기획의 취지에 맞게 내가 생각한 공연의 형식은 토크-콘서트였다. 전체적인 공연의 구성은, 단독 공연에 맞게 나의 기타 독주 작곡 작품집 〈성무일도 Officium divinum〉 앨범의 전곡 13곡을 연주함과 동시에, 그 중간에 한국 대중음악의 태동기인 1960년대부터 소위 아이돌 그룹 음악 산업이 본격적으로 시작되기 전인 1990년대까지 대표적인 한국의 음악들을 내 스타일로 바꿔 부르고 연주함으로써, '나'의 음악과 '우리'의 음악과 '그들'의 음악 사이에 놓인 시공간의 공통점과 차이점, 음악과 함께 변화하고 또 음악을 함께 변화시킨 한국 사회의 환경과 그 역사, 그리고 세계와의 관계를 함께 이야기하는 형식을 생각한 것이었다. 그러므로 이는 또한 나만의 방식으로 구성한 한국 대중음악사 콘서트이기도 했다.

이에 나는 브뤼셀 관객들과의 직접적인 소통을 위해 공연 전체를 프랑스어로 진행하였고, 각 시대를 대표하는 음악들로 신중현의 "미인", 한대수의 "물 좀 주소", 김민기의 "아침 이슬", 조용필의 "꿈", 서태지와 아이들의 "난 알아요"의 다섯 곡을 정하여 이 곡들을 내 방식대로 편곡하여 내 작곡 작품들 사이에 부르고 연주하며 그 각각의 음악이 사회나 역사와 맺고 있는 관계, 그리고 나의 음악과 직간접적으로 맺고 있는 연결들을 설명하였다. 말하자면 이는 내가 나만의 방식으로 사유/공연한 '한국 팝의 고고학L'archéologie de la pop coréenne'이라고 말할 수 있을 텐데, 이를 위해 내가 정한 전체 공연 제목이 바로 "음악을 사유하기, 사유를 음악하기 | Penser la musique, jouer la pensée"였던 것.

이는 사실 나의 음악에 대한 오래된 이상과 밀접한 관련을 맺고 있기도 한 것인데, 나는 음악이 '언어화'할 수 없는 어떤 사유를 위한 하나의 시간적 표현이라고 생각하며 동시에 사유가 '음악화'되어야 하는 어떤 언어를 위한 하나의 공간적 구조라고 생각하기 때문이다. 사유와 음악은 그렇게 내게 하나의 시공간을 이르는 비 언어가 된다. 그리고 이 말은 그 어느 때보다도 더욱 깊이 음미되어야 한다. 이는 나의 첫 번째 저작인 『사유의 악보 — 이론의 교배와 창궐을 위한 불협화음의 비평들』2011 에서부터 이미 정식화되어 표명된 것이었으며, 나의 두 번째 저작 『드물고 남루한, 헤프고 고귀한 — 미학의 전장, 정치의 지도』2020 를 통해 더욱 구체화되어 제시된 것이었다. 이는 물론 내가 지금까지 모든 작곡과 연주와 녹음과 제작에 참여했던 나의 모든 앨범들, 곧 3인조 음악 집단 '레나타 수이사이드'의 앨범 〈Renata Suicide〉2019 , 기타 독주 작곡 작품집 앨범 〈성무일도聖務日禱 Officium divinum〉2021 , 포크 듀오 '기타와 바보'의 앨범 〈노래의 마음〉2022 에도 모두 해당되는 하나의 원칙이자 이상이었다.

"음악을 사유하기, 사유를 음악하기" 공연은 개인적으로도 매우 인상 깊게 잘 이루어졌다. 관객과의 호흡도 흡족했으며, 비록 작은 시작이었으나 이러한 음악-사유의 관계에 대한 나의 생각과 연주를 보다 많은 분들과 소통하고자 하는 나의 이상에 큰 용기를 주는 공연이었다고 자평한다. 일례로 재미있는 일화를 소개하자면, 나의 곡들은 희랍어나 라틴어에 기원을 둔 제목을 여럿 갖고 있기에, 그에 관한 음악-개념적 이야기들도 공연 중에 이어 갔는데, 공연이 끝난 후 관객들과의 만남에서 우연히 공연에 참석한 그리스 분들을 만나서 함께 이 어원들에 대해 맞장구를 치며 즐겁게 이야기했던 경험은 아마도 오랫동안 잊지 못할 것이다. 〈성무일도 Officium divinum〉 앨범 발매 이후 지금까지 1년에 한 번씩 이어 가고 있는 '성무일도 연속 공연'의 다음 회 아마도 2023년 여름의 서울이 될 것이며 이는 앞으로도 계속 쭉 이어질 것이다 에서는 바로 이 벨기에 공연의 형식을 적용/확장해 보고자 한다. 또한 파리 한국문화원에도 같은 형식의 공연을 제안해 보고자 한다. 그래서 '우리'를 구성하며 둘러싸고 있는 음악의 현재와 과거, 지금과 앞날에 대한 사유를 여전히 여러 분들과 지속적으로 함께 나누면서 더욱 넓히고 심화시키고 싶다.

가까운 주변 분들에게는 가끔씩 최근 몇 년 동안의 나의 고질적인 사적/공적 고민들을 토로하곤 한다. 최근이라고 말은 떼었으나 실은 오래된 고민들이다. 음악 자체가 더욱 산업화되고 거대 문화 자본의 광고력에 더욱더 의존하게 된 세상, 그래서 미학적 혁명은 고사하고 문화 산업적 속박만이 고착화되는 세상, 그래서 '음악' 그 자체가 희미해진 세상, 철학적 사유의 끈질긴 추구는 실종되고 단말마적인 반지성주의가 오히려 판을 치게 된 세상, 웅숭깊은 사고의 고된 창조적/이질적 결과물들은 외면받고 오직 감상적 '힐링'과 자기-동질성의 정당화만을 위한 참을 수 없이 가벼운 에세이나 입에 대고 떠먹여 주는 요약본들만이 소위 시장성을 갖게 된 세상, 그래서 '사유' 그 자체가 희박해진 세상, 이러한 세상에서 과연 음악을 계속하고 사유를 지속한다는 것은 어떤 의미를 갖는가. 오래된 세계의 오래된 고민, 새로운 세상의 새로운 고뇌들이다.

한국에서도 나는 간간이 대학 강단이나 사설 아카데미 등등에서 철학과 미학과 비평을 가르쳤고 프랑스로 이주한 지 거의 10년이 된 지금도 프랑스 대학 교수로서 한국어와 한국 문화를 가르치는 일을 계속하고 있지만, 나는 사실 나의 본령이 가르치는 일에 있다고 전혀 생각하지 않는다. 어떤 의미에서 이는 내가 이 세계를 살아가기 위한 가장 기본적인 경제적 활동, 곧 호구지책에 지나지 않는다. 나는 전혀 '가르치고' 싶지 않다. 물론 내가 나의 친애하는 학생-동지들 나는 나의 학생들을 항상 이렇게 'mes élèves-camarades'라고 부른다 을 통해 이 직업에서 얻는 기쁨과 보람은 상상을 초월한다. 아마도 오랜 시간이 지난 뒤 다시 돌아볼 때 이 모든 시간들은 내게 가장 소중하고 값진 경험들로 기억될 것이다. 그러나 나의 본령은 이 세상에 더 많은 하지만 그렇게 자주는 아닌 음악과 더 많은 하지만 그렇게 흔하지는 않은 사유를 토해 내는 일이라고 생각한다. 나는 가르치지 않고 자극하고 싶다, 떠먹여 주지 않고 뒤흔들고 싶다. 나는 보여 주지 않고 들려주며, 읽히지 않게 쓰고 싶다.

물리적이고 생물적인 시간은 한정되어 있으나 내 정신과 역사의 시간은 그를 훨씬 초과한다. 내 음악의 연장과 내 사유의 지속은 아마도 분명히 '나'라는 몸을 가진 존재의 물리적 시공간을 훌쩍 벗어나 있을 것이다. 그럴 수 있을 것이고 또 그래야만 할 것이다. 어쩌면 바로 그것이 문제일 터, 그러나 후회는 없다. 사실 더 큰 문제는 앞으로의 시공간이다. 프랑스라고 해서 크게 다를 것도 없고, 한국이라고 해서 크게 같을 것도 없다. 내 시공간은 단지 국경으로 구획되는 세계는 아니다. 어쩌면 이를 공간 없는 국제주의, 시간 없는 역사주의라고 말해 볼까. 내게 진정한 '노동 해방'이 존재할 수 있다면, 그것은 현재까지 나를 구속하고 있는 이 모든 '유용한' 노동으로부터의 해방일 것이다. 나는 오직 '무용한' 노동만을 하고 싶다. 어딘가로부터 주어진 일은 아무 일도 하고 싶지 않고, 오직 내가 선사함으로써 내게 주어진 모든 일만을 하고 싶다. 그러나 물론 이것이 지난한 일임을 잘 알고 있다. 오랫동안 스스로를 지독한 좌파로 규정지으며 살아온 내가 이렇듯 지독한 '무용성'을 하나의 해방으로 생각한다는 것 또한 어쩌면 출신 성분이 '강남 좌파'인 나로서는 벗어날 수 없는 속성 같은 것일지도 모르겠으나, 시쳇말처럼 흩어지는 하나의 문장처럼, 인생은 짧고 예술은 길다. 진부한가. 그러나 또 다른 시쳇말이 흩뿌리는 것처럼, 길고 짧은 것은 또한 대봐야 안다. 이 역시 진부한가. 그럼에도 나는 생각한다, 고로 부재한다. 선택의 시간은 준비하며 기다리는 것이 아니라 아마도 그저 선택할 수 없이 도래함을 기다리는 것일 터, 그것이 '선택'에 대한 나의 역설적 정의이자 반어적 이상이다.

음악을 사유하고 사유를 음악하기 위해 살아가는, 그렇게 살기 위해 죽어 가며 또한 그렇게 죽기 위해 살아가는 나의 여정은 아마도 계속될 것이다. 그렇게 음악과 사유는 동떨어진 두 개의 영역이 아니라 어쩌면 그 둘 사이의 끝없는 한 '사이'이다. 나는 언제나 그 사이의 대화가 불러일으킬 파란을 꿈꾸고 감행한다. 그러나 지금은 암흑의 시간, 하지만 빛을 기다리는 정체의 시간이 아니라 어둠 그 자체를 온전히 받아들이기 위한 흡수의 시간, 그렇게 빛나는 암흑이 나의 어두운 광명이 되리라는 믿음 아닌 믿음, 신앙 아닌 신앙, 고해 아닌 고해를 흩뜨리며, 오늘 나의 또 다른 '성무일도聖務日禱'는 이렇게 시작되고 또 종료된다. 저녁의 기도는 다시금 아침의 숨을 준비한다. 그렇게 마무리하듯, 첫 걸음을 뗀다. 마치 끝을 내듯, 다시 처음부터, 저 모든 사이들로부터.

2023. 2. 3.

사원소론의 음악

— 바슐라르의 물질적 상상력이 펼쳐 준 영감 사이에서

오래된 독서광의 46세 생일맞이 기념으로, 사원소론을 다시 생각한다.

올여름부터 실로 오랜만에 다시 깊이 들여다보기 시작한 가스통 바슐라르Gaston Bachelard의 책들이 내 눈앞에 놓여 있다. 올여름에는 서울에서 그의 "공기air"에 대한 이야기를 들여다봤다면, 파리에 돌아와서는 그의 "불feu/flamme"에 관한 여러 이야기들부터 세심히 톺아보고 있다. 어떤 의미에서 사원소를 관통하는 그의 이미지/상상image/imagination의 문예 이론은 바로 이 "불feu"로 시작하여『불의 정신분석*La psychanalyse du feu*』, 1949 또한 바로 이 "불꽃flamme"으로 마무리된다『한 촛불의 불꽃*La flamme d'une chandelle*』, 1961 라고 말할 수 있다. 이를 처음과 끝으로 삼아 바슐라르의 불, 물, 공기, 대지흙 라는 저 고색창연한 사원소에 대한 이야기들을 순차적으로 다시 짚어 보려고 하는 것이다.

이러한 진득한 독해에는 사실 어떤 개인적인 이유가 있다. 작년과 올해 여름, 2022~2023 기간에 전곡의 녹음을 완료한 나의 다음 솔로 앨범인 일명 "사원소론"이 이제 믹싱과 마스터링만을 앞둔 채 발매를 위한 마지막 과정에 와 있다. 한 곡당 10분에서 20분 사이를 오가는 '대곡'들 단 4편불, 흙, 공기, 물 만으로 구성될 이 앨범에는, 소싯적 나를 프랑스의 과학적/철학적 인식론과 상상력의 문예 이론에 경도되게 만들었던 바슐라르의 책들에 대한 추억이 녹아 있다. 그리고 일견 현재의 '과학'과는 거리가 멀어 보이는 이 4개의 물질/재료matériau는, 사실 이 4개에는 포함되지 않지만 그 사원소 자체가 보이지 않게 드러내는 다섯 번째의 길을 가리키고 있다. 사원소의 상상력에서 중요한 것은 오히려 바로 이 제5원소라 믿어 의심치 않는다. 그런데 음악에서 그것은 과연 무엇이 될 수 있을까. 나는 이제 머지않은 미래에 나올 나의 이 앨범을 통해 바로 이 보이지 않고 들리지 않는 제5원소를 가시화/가청화하고 싶었다. 부디 나의 이 전언과 소망이 귀를 갖지 못하고 눈을 갖지 못한 것들에게도 가 닿을 수 있기를…….

바슐라르가 직접 그의 책 『공기의 꿈들*L'air et les songes*』에서 썼던 말을 그대로 인용하자면, "우리는 언제나 상상력이 이미지들을 형성하는former 능력이기를 원한다. 그런데 상상력이란 차라리 인식을 통해 마련된 이미지들을 탈형성하는déformer 능력이며, 무엇보다 우리를 원래의 이미지들로부터 해방시킴으로써 그 이미지들을 변형시키는 능력이다 On veut toujours que l'imagination soit la faculté de former des images. Or elle est plutôt la faculté de déformer les images fournies par la perception, elle est surtout la faculté de nous libérer des images premières, de changer les images." 하여 나는 또한 이 '제5원소'로서의 상상력이—그렇다, 상상력이야말로 그 제5원소이다—바로 가장 근본적인 의미에서 미학-정치적인 것이기를 바라며, 그 불과 물과 흙과 공기가 비가시적인 것의 가시화를 가능케 하는 불가능의 물질/원소들이기를 바란다. 나는 이러한 '염원'을 이번 앨범에 꼭꼭 눌러 담고 싶었고, 그를 위해 실로 오랜만에 바슐라르에 대한 재독再讀과 중독中毒/重讀에 들어갔던 것이다그와 동시에 나는 희랍의 철학자, 사원소론의 '원조'들 중 하나에 해당하는 엠페도클레스Ἐμπεδοκλῆς의 글들을 함께 읽고 있기도 하다.

그러므로 내가 세상에 화평을 주러 왔다고 생각하지 말기를, 나는 불을 질러 태워 버리고 물을 엎질러 범람시키며 공기를 퍼뜨려 과 호흡하고 땅을 파내어 안팎을 갈아엎기 위해 왔다. 그리고 우리 모두 그렇게 도래해야 한다. 그러므로 저 사원소의 상상력이란 나만의 이야기가 아니라 우리 모두의 이야기이다. 그 사이로부터 무엇이 다시 나올 것인가. 나는 이렇게 우리와 함께, 저 4개의 원소들 사이에서, 그 도래하지 않을—그러나 동시에 이미 언제나 도래하고 있는—제5의 것을 기다리고 있다.

2023. 10. 16.

사회적 체계들

— 니클라스 루만에 대하여

일전에는 그저 드문드문 읽었던 니클라스 루만Niklas Luhmann의 이 책의 독해를 불역본의 도움에 힘입어 재도전하게 되었다. 루만의 주요 저작들을 다시 꼼꼼하게 읽는 대장정(!)에 앞서, 아주 오래전에 한스-게오르크 가다머Hans-Georg Gadamer의 『진리와 방법*Wahrheit und Methode*』을 어렵사리 완독했던 경험이, 왜 지금의 내게 어떤 무모한 용기를 안겨 주는지, 나 자신도 그 이유를 잘 이해할 수 없지만…….

이 책의 첫 문장은 여전히 어떤 차가운 반향과 떨리는 여운으로 나를 휘감는다. 아마도 이론의 열정이란 이렇듯 차갑게 화르르 불타오르는 지속적인 정신의 얼음-불이자 그로 인한 계속적인 육체의 열상熱傷이고 동상凍傷일 것:

"Die Soziologie steckt in einer Theoriekrise."

Sosoe의 불역: "La sociologie se trouve dans une crise théorique."

과문하기 그지없는 나는, 이렇듯 경험과 과학 사이, 혹은 실제와 이론 사이라는 근대성의 위기의식이, 마르크스Marx의 저 오래된 실천-이론적 문제의식을, 비단 사회학이라는 분과에만 국한시키지 않고, 체계Systeme라는 영역, 혹은 이론-학문Theorie-Wissenschaft이라는 영역 전반에 걸쳐, 루만 특유의 방식으로 급진화한 테제라는 생각에 미치게 된다.

그러므로 루만의 사회학적 본령이라 할 것이 있다면, 그것은, 이러한 근대성의 자기-지시성 혹은 자기-관찰성이라는 모종의 딜레마Dilemma를 해결하거나 해소하려 하지 않고, 오히려 그러한 딜레마의 불가능성 위에 바로 [사회학의] 이론적 가능성을 '정초'하고자 하는 것일 터이다. 내가 『사유의 악보』와 『드물고 남루한, 헤프고 고귀한』에서 정식화했던 나만의 방식으로 이를 다시 말하자면, 그것은 '실천의 아포리아'만을 문제 삼는 것이 아닌, 오히려 "아포리아의 실천"이라는 불가능성을 [일반]이론의 가능 조건으로 기획하려는 것 나는 이 "아포리아의 실천"이라는 불가능한 용어를 나의 책 『드물고 남루한, 헤프고 고귀한』에서 이미 정확히 제시했던 바 있다.

그러한 의미에서 어쩌면—이러한 '자연과학적' 유비가 단순한 외양적 유비가 아니라 핵심적이고 내적인 구조적/방법론적 동상同相/同像을 확언할 수 있는 것이라면—루만의 기획은 인문학 전반에 대해 적용되는 [양자역학적] 불확정성의 원리, 철학-사회학 일반이론에 대해 증명되는 [괴델적] 불완전성 정리라는 의미를—아니, '의미'라는 관용어 대신, 차라리 어떤 '기능'을—갖는다고 말할 수 있을 것이다.

개인적으로는 사회/체계의 개념과 연구에 관련하여, 일종의 쿠르트 괴델Kurt Gödel 식의 '불완전성 정리incompleteness theorem'를 그 존재론적 조건으로 갖는, 또한 일종의 베르너 하이젠베르크Werner Heisenberg 식의 '불확정성 원리uncertainty principle'를 그 현상학적 한계로 갖는, 모종의 비 기원적 '불가능성의 가능조건들'의 구조와 그에 대한 '사회학적' 근본 인식이 루만 사회학 안에 가로놓여 있는 것 같다는 인상을 포착할 수 있다는 사실이 매우 흥미롭다. 왜냐하면 이는 어쩌면 특히나 바타유-데리다Derrida의 계보와 이론적 노선을 함께할 수 있는 숨겨진 맥락이자 저류이기 때문이다.

그러므로 여기에서도—물론 루이 알튀세르Louis Althusser는 이 표현을 전혀 다른 문맥과 계보에서 사용했지만—어떤 "마주침의 유물론이라는 지하의 흐름le courant souterrain du matérialism de la rencontre"이라는 은밀한 맥락과 저류가 존재하는 것이다. 언어의 파고와 전이, 사유의 이행과 변화, 바로 그 사이.

2022. 12. 21.

생각만 해봐야 아무짝에도 쓸모가 없는 상념 한 자락, 사원 입구에 살짝 내려놓고자 해도. 주변이 무탈하고 마음이 평안해야 좋은 작업이 나올 수 있는 것일까, 아니면 마음을 시종일관 괴롭히는 큰 위기 속에서[만] 좋은 작업이 나올 수 있는 것일까. 마음은 한없이 어둡고 마치 막다른 길을 수도 없이 되짚어 걸어가고 있는 것만 같은데도, 그 길 위에선 아무런 영감도 주어지지 않고, 아무런 일도 손에 잡히지 않을 때, 문득 두 명의 이탈리아인들, 안토니오 그람시Antonio Gramsci나 프리모 레비Primo Levi 같은 사람들을 떠올리게 되면, 무한한 존경심을 넘어 심지어 그들이 아예 인간 같아 보이지도 않는다. 그 인간 이상의, 인간 너머의, 인간이라는 기준을 훌쩍 초과하는 지독한 고독을 홀로 상상해 보면서, 적어도 사유의 일부를 공유할 수 있는 또 다른 영혼의 저장소가 있었으면 하는 헛된 꿈을, 오늘도 그렇게, 편하게 나른한 꿈속에서가 아니라 지독히도 징그러운 현실 속에서, 알을 품듯 품고 칼을 갈듯 간다. 그 서슬 퍼렇고 앞이 캄캄한 마음을 한 자락, 두어 조각, 서너 부분, 사원의 입구에 내려놓고 오고자 했으나, 마음은 그리 쉽게 몸을 떠나지 않고, 오히려 더더욱 무거운 몸무게의 일부가 되어, 다시 어제의 내일을, 내일의 어제를 내리 짓누른다.

오늘의 시가 되지 못한 시는 어제와 내일 모두의 지나간/갈 불가능을 꿈꾼다.

그런데 이렇듯 시가 미처 되지 못한 어떤 몸짓이야말로 저 ‘시’라는 이름에 가장 부합할 어떤 헛짓거리는 아니겠는가, 실패가 예정되어 있음을 알고도 그 속으로 몸을 곤두박질치게 하는 이 모든 몸짓들의 침묵과 바로 그 침묵의 수다스러운 언어. 그 몸들이 풀어져 곧 잠겨 버릴 사원 하나를 뚝딱 짓는다.

2016. 10. 11.

구조 신호

누군가의 글은 모두 그가 그 시절에 보냈던 구조 신호가 아니었을까 하는 생각에

문장들의 첫 글자들만 이어 보거나 가로로 쓰인 글을 세로로 읽는다거나

그렇게 해본 이들은 구조 신호가 글에 숨겨져 있는 게 아니라
쓰인 글 자체가 구조 신호라는 사실을 깨달을 때쯤
아, 그러니까 이 글을 쓴 이는 결국 구조되지 못했음을
글 자체가 바로 그 실패한 구조의 증거임을
그리 자세히 알 것도 없이, 바로 알게 된다.
그리 대단히 놀랄 것도 없이, 비로소 소스라치게 놀란다.
글은 시체 같다 그때부터
그 시체가 보내는 구조 신호였다 모든 글들은

2022. 9. 11.

민주주의의 미래 1

— 모노드라마

"남한은 앞으로 5년 동안—만약 5년이나 간다면—한 번 크나크게 망하거나 완벽하게 꺾이게 될 것 같아. 이는 어쩌면 예언이 아니라 당위 같은 것일 텐데, 그렇게 되지 않고서는 그 이후도 없을 것이기 때문이라는 어떤 절박감이 바로 그 당위의 이유지."

사실 매번 '대통령'으로 표상되는 대표적 개인의 이름으로 행해지는 모든 비난에 가까운 비판은 기실 별 의미가 없는 것이다. 사실 이는 소위 국가의 '국민' 대다수의 문제이다. 한 번도 스스로 '시민'이 되었던 경험이 없거나 그 경험 자체를 상실하고 망각한 이들의 민주주의. 그동안 여러 번 많은 운동과 흐름 속에서 끝끝내 많은 것들을 쟁취한 듯 보였으나 다시금 그보다 더 못한 상태로 처박히고 만 어떤 군중우리는 수도 없이 그 무형의 실체, 실체 없는 유형의 존재를 군중, 민중, 국민, 서민, 민심, 다중 등의 이름으로 불러 왔다.

(사이. 배우는 무대 위를 서성인다.)

과거와 역사에서는 아무것도 배우지 못한 채 오직 반대만을 위한 반대라는 명분으로 아무런 생각도 없이 자신의 '소중한' 권리를 행사하는 '군중 선거 민주주의'에는 그 어떤 미래도 없지만, 그러나 동시에 민주주의가 그 어느 곳에서보다도 가장 역동적인 여정을 걸어온 남한에서 앞으로 몇 년 동안의 시간은 또한 그 가장 극단적이고 급진적인 변화의 모습을 몸소 겪고 보여 주게 될 것이다. 크게 망하거나 꺾여야 한다는 절박한 당위는 바로 거기에서 나온다. 이러한 역사적 조급증이 오직 나만의 병증이기를 바라는 마음뿐이지만, 기다리는 이에게 행여 복이 있을 리가, 그저 오직 기다리기만 해야 할 복이 터지고 넘칠 뿐.

(무대 위의 배우는 가슴을 치고 입을 벌리며 침묵으로 비명을 지른다.)

남한에서 민주주의의 의미는 어떤 의미에서 사실 이미 크게 꺾이거나 한창 깊이 침몰 중이지만, 바로 그 낙차 속에서 예상하지 못한 가장 급진적인 길들이 나타날 수 있다. 그래서 어쩌면 오늘날 철학과 사상의 역할이자 위치란, 정치의 미래를 '점'치거나 '예언'하는 사리가 아니라, 바로 그 위기의 도래 가능성을 '예지'하는 자리인지도 모른다. 그래서 그 자리의 때란 결국, 미래를 앞당기는 전위의 의미가 아니라, '미래'라는 말로 희석되고 유예되는 그 모든 것을 바로 지금 여기에서 끝장낼 장기 지속의 의지, 그 필연적 위기 속에서 발견되는 더 큰 기회의 우연인지도 모른다. 절멸의 불가능성이라는 극단을 언제나 그 자신의 근본적 정치의 조건으로 염두에 두는 미래 없는 미래, 그것이 바로 우리에게 이미 도래한, 그리고 계속해서 도래하고 있는, 저 민주주의의 '미래'가 될 것이다. 그 미래에 '우리'의 이름은 또 무엇이 될 것인가.

(사이. 노을이 지고 사위가 어두워지자 어디선가 올빼미가 날아오른다.)

시민이 주인 되는 민주주의 자체의 개방된 정치의 가능성을 완전히 실종시킨 밀실의 협잡, 역사의식과 정치철학이라는 말 자체를 완전히 비현실적인 사치재로 만들어 버린, 원칙도 반성도 없는 순전한 무지의 반동, '반지성주의'라는 흐름 자체를 아무런 부끄러움도 없이 그 스스로 완전히 받아들이고 열어젖힌 몰지각한 반민주주의 '자유민주주의' 정권, 언제나 현재적으로 도래하는 이 모든 억압된 것의 회귀를 지칭하고 규정할 수 있는 이 모든 슬프고 우울한 술어들이 서서히 완성된다. 그 더러운 '완성'의 끝에서 완전히 깨끗하게 '해체'되고 말 우리의 망각된 유산은 과연 무엇일까. 그래서 우리는 언제까지 저 민주주의의 도래하지 않을 미래에 대해서만 말해야 하는 걸까.

2022. 8. 2.

기록하는 몸

— 몸은 쓴다

Le corps écrit

장 스타로뱅스키Jean Starobinski와 마치 직접적으로 영혼이 통해 버린 듯한 이 성스럽고도 짜릿한 느낌. 내가 올해 발표한 기타 독주 작곡 작품집 〈성무일도 Officium divinum〉 앨범에는, 내가 1999년에 작곡했던 “오후 — 기록하는 몸Un après-midi — le corps qui écrit” 이라는 곡이 수록되어 있다. 지난 2019년에 타계한 스타로뱅스키의 첫 번째 유작인 『몸과 그 이유들*Le corps et ses raisons*』Seuil, 2020은 1950~1980년 사이에 그가 썼던 여러 글들을 묶은 책으로 그의 타계 바로 다음 해에 마르탱 뤼에프Martin Rueff의 편집으로 출간되었는데, 이 책이 담고 있는 몸의 그 여러 이성/이유들raisons 중의 하나로 내가 이 책을 이루는 하나의 장의 제목인 “le corps écrit”를 발견했을 때의 이 드물고도 소중하며 고귀하고도 짜릿한 느낌이 과연 제대로 이해되고 전달될 수 있을까. 바로 이 제목 자체 “le corps écrit”는 프랑스어에서 “몸은 쓴다/기록한다”는 뜻의 주어와 자동사를 포함하는 문장영어로는 곧 “the body writes”으로 읽힘과 동시에 “쓰인/기록된 몸”이라는 뜻의 과거분사를 형용사로 갖는 명사영어로는 곧 “the written body”로도 읽히는, 두 가지 형태의 의미작용으로 드러난다. 나의 음악이 바로 이러한 두 가지의 몸으로 현현하기를, 이전에도 바랐고, 지금도 바라며, 또 앞으로도 바랄 마음으로, 나는 나의 제목과 그의 제목이 묘하게 어긋나며 겹치고 있는 바로 지금-시간의 이 귀하디귀한 변증법적 순간을 몸으로 끌어안아 또 다른 몸이 된다. 몸은 언제나 쓰이고 기록된 몸임과 동시에 그 자체가 쓰고 기록하는 몸이다. 몸은 그렇게 다시금 쓰고 기록한다.

2021. 12. 24.

서정시는 여전히 (불)가능한가

— 나희덕 시인에 대하여 1

나희덕 시인의 새 시집 『파일명 서정시』가 프랑스에 무사히 도착했다. 틈틈이 한 편 한 편 아껴 가며 또 아파하며 읽고 있고, 또한 간간이 시인의 바로 이전 시집인 『말들이 돌아오는 시간』을 다시, 함께 읽으며, 시인의 닻이고 돛이자 덫인 이 모든 시 속으로 침잠한다.

나희덕 시인은 『파일명 서정시』 말미에 붙인 「시인의 말」에서 이렇게 쓰고 있다: "이빨과 발톱이 삶을 할퀴고 지나갔다./ 내 안에서도 이빨과 발톱을 지닌 말들이 돋아났다.// 이 피 흘리는 말들을 어찌할 것인가.// 시는 나의 닻이고 돛이고 덫이다./ 시인이 된 지 삼십 년 만에야 이 고백을 하게 된다."

나는 이러한 시인의 말을 읽고 나서 내 나름대로 또한 이렇게 화답한 적이 있었다: "뿌리내려 정박할 수 있게 해주는 닻이자, 다시금 그 정주의 결계를 풀고 바람 따라 날아갈 수 있게 해주는 돛이자, 끝끝내 그 모든 의지들의 실패를 고지하고 마는 덫……. 시는 어쩌면 그렇게 걸리고 만 덫, 그 덧나 버린 덧없는 곳에서 다시금 필사적으로 닻을 내리고 다시 돛을 내거는 불가능성의 모든 이름인지도 모르겠습니다."

지난주에는 한국 문학에 관심이 많은 한 프랑스 작가에게 이 시집 이야기를 한참 하며 그에게 나희덕 시인을 소개한 적이 있었다. 우리 모두는 어쩌면, 우리 스스로가 붙이지는 않았으나 언제나 우리 주위를 맴도는 이 '서정시'라는 이름의 죄의식 때문에/덕분에, 결국은 시를 계속 쓰게 되고 또 계속 읽게 되는 것이 아닐까, 하는 사족의 말을 덧붙이면서 말이다.

그 아픈 마음으로, 그 사족과 함께 읽는다. 나의 이 덫은 또한 나만의 덫이자 돛이자 닻이 될 것이다.

『파일명 서정시』는 그래서, 서정시가 더 이상 불가능해 보이는 또 다른 아도르노적 시대에 내가 붙들게 되는 알리바이이자 아포리아, 그 사이와도 같다.

2018. 12. 9.

불가능의 가능화

— 나희덕 시인에 대하여 2

나희덕 시인께서 친히 보내 주신 새 시집 『가능주의자』 문학동네, 2021 가 파리에 소중히 도착하였다.

지금까지 내 비평적 철학의 언어들 중 가장 핵심적인 징후들을 고르라고 한다면, 그중 하나는 아마도 "불가능성의 가능성" 혹은 "모든 가능성들의 불가능한 근본 조건"이라는 하나의/여럿의 진단으로 요약될 수 있을 것이다 물론 나 역시 이러한 '불가능한 요약'은 별로 좋아하지 않는다. 이것은—한 명의 철학자/비평가가 자신의 업무 비밀이나 비밀장부 같은 계보를 공개하는 것을 무척 꺼려함에도 불구하고 굳이 이야기해 보자면—내가 칸트, 바타유, 아도르노, 블랑쇼, 데리다로부터 직접적으로 수혜를 받은 비평/철학적 증상-기호라고 말할 수 있다. 그 수많은 실례들 중 하나로, 나는 나희덕 시인의 바로 이전 두 시집 『말들이 돌아오는 시간』과 『파일명 서정시』를 논하는—아니, 차라리 그와 함께 쓰는—한 편의 비평을 통해서도 나희덕 시인의 언어가 갖는 바로 그 '불가능성의 가능성'에 이미 깊이 주목한 바 있었다. 하여 나희덕 시인이 얼마 전 파리를 방문하여 당신의 새 시집 제목이 "가능주의자"임을 미리 알려 주셨을 때 무척이나 반갑고도 궁금했던 마음이 일었던 일을 소중히 기억하고 있다. 그리고 이제 바로 그 시집이 내 앞에 놓여 있다.

'불가능의 가능성'이 중요해지는 이유는 무엇일까. 「시인의 말」 5쪽 에서도 잘 드러나듯, 시가 영원히 그 편에 서야 하고 또 그 편에 설 수밖에 없는 존재들, 그러한 부재의 존재들이 있기 때문이다, 없는 듯 여전히 있고, 부재하는 듯 계속해 존재하기 때문이다. 어쩌면 시란, 그 편에 서서 그 편의 "슬픈 노랫소리"를 듣고 그 편의 "견딜 수 없는 눈동자"를 바라봐야 하는 운명을 지닌 것, 그래서 "더 이상 어디로도 가지 않으려 할 때 (……) 문득 사라지" 29쪽 게 되는 벽의 '불가능한 가능성' 그 자체, 곧 그 벽이 지닌 반대말로서의 해변에 끊임없이 쓸리고 밀려 가 닿기를 기도하는 '가능성의 불가능성'일 수밖에 없을 것이다. 그래서 저 모든 뒤집힌 성서적 비유들, 곧 "빵"을 원한다 해도 고작 얻을 수밖에 없는 "돌", "물고기"를 달라고 해도 그저 받을 수밖에 없는 "뱀", "달걀"을 구한다 해도 겨우 쥘 수밖에 없는 "전갈" 48쪽 등이, 또한 어쩌면 저 시적 '불가능성의 가능들'이 지닌 여러 다른 이름들일 것이다. 그 불가능한 시선과 청취를 시적 가능성이 끊임없이 기도해야 하는 이유가 있다면, 그것은 시가 "너무 늦게 죽은 사람들을/ 너무 일찍 잊어버린 사람들 속에 오래 서 있었" 63쪽 던 자신의 모습을 바라보기 때문이고, 또한 "어떤 목소리도 들리지 않는 것처럼" 65쪽 타자의 소리를 듣기 때문일 것이다. 요는, 시라는 것이 결국, "사라지는 것들은/ 어느새 사라진 것들이 되었" 73쪽 던 저 풍경을, 다시 말해, 현재적으로 사라지는 모든 것들이 단지 그저 사라진 과거의 것들이 되어 갔던 저 침묵을, 참지 못하고 기술하고 증언하며 재생할 수밖에 없는 운명을 갖고 있기 때문일 것이다. 그러므로 다시금, 그 시가 말하는 어떤 '불가능의 가능성'이란, 그 가능성의 꿈을 스스로 "얼마나 가당찮은 꿈인가요" 101쪽 라고 되물을 수밖에 없는, 이 선언 아닌 선언, 기도 아닌 기도 속에 있을 수밖에 없다. 불확실한 의문의 형식을 절실한 반문의 형식으로, 그리고 다시 그 반문의 형식을 불안한 단언의 형식으로 바꾸자면, 그러한 '불가능의 가능'을 꿈꾼다는 것은 언제나 "어떤 어둠에 기대어 가능한 일"이자 "어떤 어둠의 빛에 눈멀어야 가능한 일" 101쪽 이기 때문이다. 그리고 그것이 시가 비로소 시가 되며 동시에 시가 아니게 되는 지점이다. 시는 바로 이렇듯 '시-임'과 '시-아님'이라는 가능과 불가능 사이를 오가는 또 하나의 '불가능한 가능성'이다. 그러므로 또한 이는 이별의 시점에서 말하는 또 다른 만남과 건너감의 형식은 아닐 것인가. 왜냐하면 시란, "언제 헤어졌냐는 질문에// 손에서 으깨진 나비에 대해서는/ 말하지 않기로 한다/ 찢긴 날개에 대해서는/ 진액과 인편으로 더러워진 손가락에 대해서는/ 그날의 나비와 오후의 햇빛에 대해서는" 121쪽 이라고, 마치 대답하지 않는 듯 대답하면서, 그렇게 기억과 망각 사이에서, 이별과 재회 사이에서, 곧 존재와 부재 사이에서, 그 존재하지 않는 가능성을 끝없이 불 가능하게 바라보고 노래하는 것이기에. 시의 가능주의는 바로 이러한 불가능들의 사이에 있다.

2021. 12. 25.

사랑의 단상의 단상

— 롤랑 바르트의 '번역'

얼마 전 지인께서 올려 주신 어느 책의 한 부분을 우연히 보게 되었는데, 그 번역 상태가 별로 마음에 들지 않아 해당 부분을 내가 새롭게 번역해 보았다. 개인적으로도 소싯적부터 매우 사랑해 온 귀중한 책이기에 오랜만에 좀 덤벼들어 첨언하고자 하는 마음이 일었다. 해당 책은 롤랑 바르트Roland Barthes의 『사랑의 단상*Fragments d'un discours amoureux*』물론 이 제목도 더 적확하게 번역하자면 "어느 사랑 담론의 단상들" 정도가 되어야 할 테지만 이고, 문제의 부분은 그중 "검은 안경les lunettes noires - 숨기기cacher"에 대한 장 가운데 2절이다. 이에 대한 나의 번역은 다음과 같다:

"2. 나는 이중의 담론에 빠져, 그 밖으로 나갈 수 없다. 한편으로 나는 생각한다, 만약 타자가 그 자신의 구조가 지닌 어떤 기분에 몸을 맡긴 채 내 요구를 필요로 했다면? 그렇다면 문자 그대로의 표현에 나 자신을 내맡기는 것으로, 곧 내 '열정'을 서정적으로 말하는 것에 나 자신을 내맡기는 것으로, 나는 정당화되지 않았을까? 과잉과 광기가 나의 진실이자 나의 힘이 아닐까? 그리고 만약 이러한 진실과 이러한 힘이 결국에는 타자에게 깊이 각인되는 것이라면?

하지만 다른 한편으로 나는 생각한다, 이러한 열정의 기호들은 타자를 숨 막히게 할 위험이 있다고. 하여, **내가 그를 사랑한다는 바로 그 이유 때문에**, 나는 내가 그를 얼마나 사랑하는지를 그에게 숨겨야 하는 것이 아닐까? 나는 그 타자를 이중의 시선으로 바라본다, 때로는 대상으로, 때로는 주체로. 나는 폭군과 숭배자 사이를 오간다. 그렇게 나는 스스로를 겁박한다. 만약 내가 그 타자를 사랑한다면 나는 그의 행복을 빌 수밖에 없지만, 그것은 나를 아프게 할 수밖에 없다. 함정이다. 나는 성자가 되거나 괴물이 되는 형벌에 처해진다. 성자는 될 수 없고, 괴물은 되고 싶지 않다. 그리하여 나는 주저한다, 나는 그저 내 열정의 아주 조금만을 드러낸다."

관심 있는 이들은, 그리고 기존의 한국어 번역본을 갖고 계신 이들은, 이미 출간된 해당 부분의 번역과 위의 내 번역을 한번 비교해 보기를 바란다. 문득 90년대 말, 당시 홍수처럼 쏟아지던 프랑스 현대철학 번역서들의 상태를 도저히 참을 수 없어, '에라이, 차라리 내가 불어를 직접 배워 원문으로 읽고 만다'는 분에 찬 치기로 프랑스어 독학을 시작하며 여러 책들을 말 그대로 '맨땅에 헤딩하듯' 더듬어 가며 읽어 나가던 때가 떠올랐다. 굳이 발터 벤야민Walter Benjamin까지 언급하고 싶진 않지만 그의 글은 요즘 쇼펜하우어Schopenhauer의 그것처럼 한국에서 거의 아무 곳에서나 인용되고 있다, '번역가의 과제'라는 것이 무엇이 되어야 하는지는 언제나 예리하게 생각되고 근본적으로 되물어져야 할 무엇이다. 사실 개인적으로 새롭게 번역되어야 할 책들이 여전히 많다고 생각하지만, 또 그것들은 그것대로 우리 '번역의 한 역사'를 이루고 있으며, 우리는 아마도 그 역사를 통해 진보하면서 동시에 퇴보할 것이다. 이해와 오해라는, 결코 분리될 수 없는 이 동전의 양면을 통해, 동시에 아이이자 어른인 어떤 기이한 겹침의 비 성장 상태를 통해. 뛰는 것이 아니라 걸어가는 것에 대해 명상한다. 그리고 아마도 이것이 나만의 '명상의 방법méthode de méditation'이자 또 하나의 '희생제의sacrifice'일 테다.

2022. 1. 25.

모디아노를 읽으며

— 모스크바 공항에서

가끔씩 프랑스어를 특히 文語的으로 공부하기 시작하는 이들에게 이야기해 주고 싶을 때가 있다, 프랑스어 문장을 공부할 때 읽을 수 있는 가장 간결하게 아름다운 작가들 중 하나가 바로 파트릭 모디아노Patrick Modiano라고. 파리에서 모스크바 공항으로 와 다시 서울행 비행기로 갈아타기를 기다리면서, 나는 지금 다시 그의 문장들을 읽고 있다. 『잃어버린 젊음의 카페에서*Dans le café de la jeunesse perdue*』. 개인적으로 의도한 것은 전혀 아님에도 기이하게도 모디아노 작품들의 독서는 거의 언제나 내 여행의 궤적과 깊은 연을 맺고 있다. “Ça y est. Laisse-toi aller.” 괜찮아, 다 괜찮을 거야, 그러니 어서 가려무나, 떠나려무나, 멀리, 더 멀리, 날아서도 갈 수 없는 곳으로, 걸어서, 기어서, 아무 소리도 없이, 먼지와 연기를 일으키며, 그렇게 고요와 폭풍 사이로.

2019. 7. 23.

배은망덕한 존재들. 갑자기 머릿속에 떠오른 한 원한ressentiment의 어구. 나는 나 자신이 딱히 도덕적으로나 지성적으로 다른 사람보다 우월하거나 열등하다고 생각해 본 적은 없다. 특히나 도덕적으로는 더더욱. 또한 나는 기본적으로 감정이 대단히 차가운 사람이고, 극소수의 아끼는 사람들을 제외하고는 어떤 이에게 특별히 크게 정을 주려고 한 적도 없다. 그리고 부모님을 제외한다면 누군들 그렇지 않을까마는 동시에 누군가에게 크게 신세를 지고 산 적도 없다. 그러니 딱히 "배은망덕"이라는 말을 떠올렸다고 해서 그것이 누군가 내 '은혜를 배신'하고 내 '덕분을 망각'했다는 뜻은 아닐 것이다, 아닐 것이라고 생각한다. 사람들은 원래 그러니까, 그게 사람이니까, 특별히 분개할 필요도 없다고 생각한다. 나는 아래위로 훑어보는 사람들의 시선이 싫다, 그 시선의 천박함이 너무도 싫다, 그 시선의 천박함을 통해 그들 스스로 드러내는 자신들의 천박함이 견딜 수 없이 싫다, 그뿐이다. 사람들은 금방 잊는다, 금방 돌아선다. 특별할 것이 없다. 열과 성의를 다해 어떤 것에 오랜 시간 매진한 적이 있었다. 그것을 우정이나 사랑이라고 해도 좋고, 그저 관계나 작업이라고 해도 좋다. 지금껏 살면서 여러 가지 일들이 있었으니까, 다른 이들과 단순히 비교해 봐도 특별하게 많다 싶은 생각이 들 정도로, 그렇게 여러 가지 일들이 있었으니까. 일단 과거형으로 말하긴 했지만, 솔직히 고백하면, 거의 모든 주어진 일에 열과 성의를 다하는 형태로 나는 애초부터 만들어져 있는 것 같다고도 생각한다. 그러나 모든 이에게 주어진 에너지에는 공평한 총량이라도 있는 것일까, 어느 순간부터 그 에너지가 고갈되고 있음을 느끼는데, 왜냐하면 그 어떤 에너지도 무한정이 아니기 때문일 것이고, 또한 아마도 무언가에 대단히 크게 지쳤기 때문일 것이다. 인간을 혐오하는 척하면서도 사실, 나는 단 한 번도 인간을 혐오하는 인간을 스스로 내 안에서 상상해 본 적이 없다. 낭만주의자나 인간주의자라는 규정을 극도로 혐오하고 수치스러워하는 모순적인 낭만주의적 인간주의자라고 할까. 그러나 요즘은 그런 스스로를 의심하고 있다, 나는 인간을 뿌리부터 혐오하는 또 다른 한 인간이 아닐까 하고. 그러한 인간혐오자misanthrope가 아닐까 하고, 이기적인 인간들, 저 자신밖에 모르는 인간들. 물론 생각들과 관념들은 거저 오지 않는다, 어떤 관념의 형성과 어떤 생각의 구체화에는 그만한 원인이 있다고 무조건 생각하는 것이 인과론적 오만이라고 한다면, 반대로 그런 형성과 구체화가 공짜로 이뤄지지 않는다고 생각하는 것은 일종의 경제적 정의에 해당할 것이다. 그렇다, 나는 사실 이렇게 어떤 형태의 감정과 심리의 경제 위에서 나의 관념과 행동 방식을 형성하고 사고한다. 배은망덕한 존재들, 나는 그 존재들을 기억하지 않고 그저 잊어야 한다, 또는, 어떤 존재들 안의 그러한 속성들만을 골라서 분쇄하고 망각해야 한다, 복수가 불가능하다는 것을 인식하는 기이한 복수심. 그것도 내 안에서, '내면'이라고 하는 하나의 진화론적 화학 체계 안에서, 부식시키고 도려내야 한다. 그러나 문제는 다시 한 번, 그 어떤 관념이나 결정도 거저 만들어지거나 공짜로 이뤄지지 않는다는 사실, 곧 나는 그렇게 바로 나 자신을 분쇄하고 망각하며 스스로를 부식시키고 도려내야 한다는 사실이다. 배은망덕한 존재들이 바로 내 안에서 오직 온전하게 나만의 상처로만 남게 되는 '경제적'이자 '위상학적'인 이유이다. 그 토폴로지의 공간 분할과 이코노미의 시차 이익 사이에서.

2016. 1. 22.

1. 특별한 이유는 없다. 물론 '음악적'으로는 개인적인 이유들이 있지만, 그것들을 굳이 '특별히' 예술적으로 설명하고 싶지는 않다. 개인적으로 어릴 때부터 비틀즈The Beatles의 음악보다는 항상 롤링 스톤스의 음악에 더 깊이 끌렸고[내 유년 시절의 송가는 항상 그들의 "I Can't Get No Satisfaction"과 "Sympathy for the Devil"이었다], 딥 퍼플Deep Purple의 음악보다는 언제나 레드 제플린Led Zeppelin의 음악이 몇 수는 더 위라고 생각했다예를 들면, 딥 퍼플의 음악은 내게 레드 제플린이 10장의 앨범을 통해 지속적인 방식으로 성취했던 저 완벽에 가까운 통일성의 세계에 한참 못 미치는 것으로 느껴졌다.

2. 그 와중에서도 몇 가지 예외적인 생각들이 있었는데, 예를 들면 롤링 스톤스는 1970년대 초반 〈Exile on Main St.〉 같은 앨범에 이르러서야 비틀즈가 1960년대 후반에 이미 달성했던 '앨범으로서의 작품'이라는 개념에 도달하는 데에 겨우 '성공'했다고 말할 수 있을 텐데, 물론 그 '수준'은 비틀즈가 이미 〈Sgt. Pepper's Lonely Hearts Club Band〉1967, 〈The Beatles The White Album〉1968, 〈Abbey Road〉1969 등의 앨범들에서 도달했던 영역과 경지에 비한다면 극히 미미한 수준이라고 할 수 있다. 그러한 의미에서 롤링 스톤스는 음악적으로는 비틀즈보다 혹은 비틀즈만큼 깊은 곳으로 파 내려갔다고 할 수 있겠으나 '작품'으로서는 실패했다고혹은 '작품'이라는 개념 자체에는 크게 개의치 않았다고 말해야겠다.

3. 레드 제플린과 딥 퍼플에 대해서도 이와 비슷하지만 또 다른, 어떤 '역전된 격차'에 대해 말할 수 있다. 물론 나는 개인적으로, 록rock 음악에서 작곡의 구성, 하나의 곡이 지향해야 할 이상향, 기타라는 악기의 연주가 지녀야 할 진행의 방향성과 그 영향력에 대해서는 레드 제플린 더 정확하게는 지미 페이지Jimmy Page라고 해야겠지만 에게서 '거의 모든 것'을 배웠다고 말할 수 있지만, 실황 연주에 있어서만큼은 언제나 딥 퍼플의 저 저돌적인 연주력과 마력적인 장악력에 항상 더 감탄하곤 했다. 예를 들어 실황 녹음의 전설적 명반들 중 하나인 딥 퍼플의 〈Made in Japan〉 같은 앨범에서 그 특징은 가장 여실히 드러난다 물론 레드 제플린의 연주력 역시 지상 최강이고, 그들의 실황 녹음인 〈The Song Remains the Same〉 앨범 역시 훌륭하기는 하지만 딥 퍼플이 보여 준 임기응변에 가까운 무한한 즉흥성과 음악적 자유로움에 비할 바는 못 된다.

4. 파리에 와서 실로 오랜만에 다시 구입해 듣는 음반 중에 비틀즈의 〈The Beatles〉 앨범 일명 "The White Album" 앨범 이 있다. 이 앨범은 앞서 이야기했던 비틀즈의 '앨범으로서의 작품' 개념이 잘 구현된 세 개의 앨범들 중에서도 매우 독특한 위치를 차지하고 있다. 예를 들어 그들의 〈Sgt. Pepper's Lonely Hearts Club Band〉 앨범과 〈Abbey Road〉 앨범이 각기 다른 방식으로 한 편의 잘 짜인 통일적 구성의 '교향곡'이라는 형식들을 보여 줬다면, 이 하얀색 앨범은 통일적인 하나의 전체라기보다는 소품들 또는 연습곡étude들의 모음 또는 조곡suite이라는 형식을 띠고 있다. 그런데도 그 모든 조각들이 모여 하나의 흩어진

통일성의 또 다른 '세계'를 그려 낸다. 비유하자면, 다른 두 앨범이 일종의 통일적 건축물이라고 할 때, 이 하얀 앨범은 이곳저곳에 벌어지고 펼쳐진 공사장 같은 느낌을 준다. 그런데 또한 비유하자면, 그것은, 마치 저 몽테뉴Montaigne의 『수상록*Les Essais*』이 그러한 것처럼, 어떤 '파편들의 통일성'을 간직하고 있는 것이다. 하여 이 앨범을 전체로 모두 들었을 때 내가 앞서 말한 모든 앨범들은 오직 전체로 들었을 때에만 그 진가가 확연히 드러난다고, 개인적으로 꼭 이야기하고 싶다 느껴지는 이 '조각난 통일성'과 '파편적 일체성'에 나는 그토록 오래도록 매료되는 것이다. 오늘 새벽, 나는 다시금 이 앨범을 처음부터 끝까지 듣는다. 이 밤이, 어둡게 하얗다, 그렇게 컴컴하게 밝아 온다. 조각난 통일성과 일치된 파편들 사이에서.

2014. 12. 28.

산문집 시대 유감

— 이영광 시인의 언어에 기대어

언젠가부터 한국 출판계에서는 소위 '산문' 혹은 '산문집'의 발간이 홍수까지는 못 돼도 마치 대세를 이루고 있는 듯한 추세다. 산문의 시대? 웃기는 소리이다. 이 사실을 어떻게 봐야 할까. 이 시대의 소위 '힐링' 문화가 출판의 어떤 수요에 반영된 결과일까, 아니면 우리 시대 쓰기와 읽기의 스타일 마케팅이 창출한 어떤 공급의 붐일까. 여기에서 우리가 현재 '산문'이라는 개념과 단어를 단순히 일반적 문학의 허구가 아닌 형식이나 운문에 대비되는 장르의 이름으로 쓰고/소비하고 있지 않다는 사실은 분명하다. 이러한 '산문'의 징후를 비평적으로 감각하는 일은, 바로 이 부정성이 무엇을 뜻하고 또 무엇을 감추고 있는지를 살펴보는 일로부터 출발하게 될 것이다.

그래서 이영광 시인의 저 날카롭게 찌르는 시적 제안을 따라, '힐링healing'과 '허팅hurting'을 서로 마주 보게 해볼까. 한편에 '내'가 알고 있고 느끼고 있었지만 지금껏 말로 표현할 수 없었다고 착각하는 것을 다시금 재확인하여 '힐링'받는 거짓의 위안이 있다. 그것이 바로 힐링의 위안이며 현재 창궐하고 있는 산문집이라는 것이 바로 이러한 거짓 위안의 수요에 부응하는 공급이라는 형태로 드러난 것이라고 나는 생각한다, 고로 이 형태는 종이의 엄청난 낭비라는 점에서 기후 위기 시대에 환경의 파괴를 촉진하는 일이기도 하다그래서 힐링의 위안이란 또한 반환경적이다. 이렇듯 아무런 소여도 산출도 없는 책은 그만 던져 버리고, 내가 지금껏 전혀 몰랐고 알 수도 없었고 느끼지도 못했지만 전혀 낯선 새로운 말이 되어 나타나는, 그렇게 아프고 귀하게 찌르며 틈을 내면서 '허팅'하는, 상처를 내고 흔적을 남기며 각인을 깊이 새기는 책을, 이제 듣고 읽으며 쓰고 채우며 또한 비워야 하지 않을까.

그러므로 이 시대가 만약 산문집의 시대라고 한다면 나는 그러한 시대에 유감이 있다. 이 시대는 '힐링'받는 산문의 시대가 아니라, 그럴수록 더더욱 '허팅'하는 시의 시대가 되어야 한다. 동일성의 재확인이라는 자기-반복적이고 봉합적이기만 한 위안의 산문이 아니라, 이질성의 재발명이라는 자기-파괴적이고 혼돈적인 상처의 시가 필요하다. 우리는 바로 지금 그 산문적인 것과 시적인 것 사이의 위기에 있다.

2021. 12. 17.

'힐링'의 산문, 우리는 그렇게 위로받기를 원한다.
우리는 지쳐 있다고 느낀다.
그러나 진정 위로받아야 할 것,
결단코 애도해야 할 것은 무엇인가.

상처의 봉합이 아니라 오히려 그 절개의 개복開腹으로 드러나는 것,
배를 벌리고 그 속을 죄다 까발리고 있는 것,

냄새나는 것, 그러나 우리는 코를 막고 있다.
소리 나는 것, 그러나 우리는 귀를 막고 있다.
그렇게 우리는 우리 내면의 소리에 귀를 기울인다고 생각하면서
제 몸에다가 제 코를 대고 킁킁거린다.

예술의 진단은 봉합되지 않는 개복의 집도의執刀醫를 필요로 하는 것,

예술은 찢어진 것이나,
그렇게 찢어진 상처를 억지로 메우려 하면서 값싼 구원을 찾을 때,

그 찢어짐의 예술이 우리를 다시 찢어발겨 구원 없이 구원할 것이다.

숨은 신神은 저 열린 상처 속에서, 그 밖으로 현현한다.

날짜 없음

믿음이 돈독한 무신론자

감각이 서서히 내 손끝을 떠나던 날의 감각들,

손의 신경 하나하나가 그렇게 기억하고 있다.

나는 기타의 줄을 튕기고 피아노의 건반을 누르며 거기에 없는 신을 느낀다.

물리적으로 저리도록 자신의 마지막 한 조각까지,

그 모든 감각을 기억하게끔 만들고 새기고 떠나갔던.

묵직한 저림은 흔적이었고 가벼운 흐림은 파편이었다.

그러므로, 이제는 그것이 아예 감각이었는지 기억인지도,

전혀 기억나지도 않고 감각되지도 않는, 그런 하나의 신학.

내게는 그런 불가능한 감각과 비가역적인 기억이 있다.

사랑은 교육될 수 없는 어떤 것, 교육은 사랑할 수 없는 어떤 것,

병치되고 도치된 감정들만이 남았던가,

감각도 기억도 없는 곳에서,

감각이 기억될 수도 없고 기억이 감각될 수도 없었던 때에, 바로 그때,

머리를 파르라니 밀다가 생채기가 나, 마치 제자리를 찾듯 입술 속으로

그렇게 너무도 자연스레 스르륵 흘러 들어가 맛보게 된 어떤 것,

찝찝한 것이 맛있다고 생각했다. 더러운 것이 깨끗할 수 있다고 느꼈고,

그 피 속에서 마치 비를 맞듯 찾았던 감각, 찾았다고 기억하는 감

각, 그 조각.

슬피 울고 싶었으나,

울어지지 않는다기보다는 슬픔을 알 수 없었던,

또는, 슬픔이라는 감정이 반드시 울음이라는 행위를 동반해야 한다는 사실을,

단 한 치도 이해할 수 없었던, 이해가 없었기에 감각도 기억도 지워졌던 밤.

자정 직전, 그렇게 0시가 넘어가면

마치 모든 것들이 재부팅될 수 있을 것만 같은, 같았던,

이 모든 환상 같은 실감들 속에서, 다시 감각을 기억할 수 있게 되었다는 믿음.

죽일 수 있었을 때 죽이지 못한 것들은 기필코 돌아오고,

거기에는 유령의 모습도 모습의 유령도 없이,

단지 그 모습 없는 모습이 그리도 그리워서,

잊지도 않고 있지도 않은 유령을 그저 유령이라고 불렀고,

그저 되돌아오게 만들기 위해 차마 죽일 수 없었던, 널린 필연의 미련.

오직 되돌아오게끔 부르기 위해서만 차마 지울 수 없었던, 숱한 감각의 기도.

그 기도는 무신론자의 자문자답과도 같은 교리문답catéchisme,

무당도 빙의도 없는 초혼招魂의 윷놀이, 제 몸을 던져서 우연의 궤를 뽑는.

실감 없는 감각 속에서, 얼굴 없는 입만이 몸을 입어 빙그레 웃는다.

2021. 12. 11.

나의 구독 생활 속 임시적인 일종의 '균형감각':

Nature & Philosophie magazine.

그렇게, 과학 잡지 하나와 철학 잡지 하나.

철학과 과학 사이. 거대하고도 동시에 소소한 변환들그러나 그 '크고 작음'이란 언제나 야누스의 두 얼굴이 아니었나, 앞날을 한시도 예측할 수 없는 병리적 전환의 연속그러나 '예측'이란 결국 시간에 대한 깊고 오래된 어떤 지독한 오해의 결과물은 아닌가, 그럼에도 불구하고 절멸되지 않고 지속되는 삶의 이 (불) 가능성그러나 어떤 것이 '불가능'하다는 사실에 대한 인식을 그것이 '가능'해야 한다는 당위에 대한 관철로 자연스럽게 이어 가서는 안 되지 않나, 그러나 동시에 나는 이렇게 이중부정의 반문이라는 형식으로 다시금 저 '당위'를 '관철'시키는 중이고…… 하여, 이러한 사실과 당위 사이의 회로야말로 자연에도 불구하고 가장 자연적인 불구는 또한 아닐 것인가…….

그러므로 이 모든 것이 어쩌면 또 다른 '자연[적] 철학philosophie naturelle' 혹은 '철학[적] 자연nature philosophique'이라는 저 끔찍하게 익숙하고도 낯선 유령을 다시금 우리 앞으로 소환하는 일일지도 모른다. 그 유령은 모습이 없으나 바로 그의 모습-없음이야말로 유령이 가질 법한 모습, 환영과 실제의 사이일 것. 우리는 초혼을 통해 사실 그 사이를 소환한다.

하여, 무엇보다 여기에서 '균형'이란 가장 환상적인 당위이며 그에 따라붙는 '감각'이란 것 역시 가장 환영적인 사실일지도 모르겠다. 하여 외줄 위에서의 균형이란 이쪽도 저쪽도 아닌 오직 사이를 위태롭게 걷는 것, 헛디디면서도 떨어지지 않고, 매번 떨어질 듯 헛디디며 그렇게 걸어가는 것.

2021. 12. 2.

예술이 이토록 허무하게 '상황주의적'임을 넘어서 차라리 '상황의 존적'이라 해야 한다는 사실 어쩌면 이것이 예술의 양면적 '사회성'이라고 해야 할 텐데 을 20세기 후반 이후로 오늘날처럼 이렇게 절실하고 격렬하게 느꼈던 적이 또 있을까 생각했다 물론 여러 가지 의미로 이러한 때와 곳은 더 많겠지만. 예술가로서의 내 피는 시간이 지날수록 점점 더 뜨거워지고 끓어넘쳐 거의 곰탕 수준으로 우러나고 있는데, 그에 못지않게 이를 위한 '상황적'이고도 '사회적'인 가능 조건들은 나날이 싸늘하게 식어가고만 있음을 체감하며 무력감에 휩싸일 때가 점점 더 잦아지고 있다. '이 또한 지나가리라'라는 진부한 경구가 무색하게도, 지나간 것이 지나가면 다시 지나갈 것이 또 지나간다. 아마도 이 모든 '지나감'들의 연속과 결절 속에서 피어나거나 시드는 것이 또한 '예술사'일 것이다. 이 하나 혹은 여럿의 '역사들'를 어쩌면 가장 '비역사적'으로, 곧 가장 시대착오적이자 비시의적으로, 그러니까 다시 말해 바로 지금-시간이라는 '순간의 변증법'으로 이해하고 실행하며 돌파할 힘이 필요하다. 그러나 이 또한 돌파하리라, 돌파되리라. 저 모든 지나간 돌파들처럼. 그 돌파의 끝에는 무엇이 남나, 그리고 그 돌파의 시작에는 무엇이 있었나. 모든 것이 영원했다, 그 모든 것이 사라지기 전까지는. 그리고 모든 것은 영원할 것이다, 그 모든 것은 계속해서 사라지고 있으므로. 그러므로 내게 순간이란 영원이며, 반대로 영원은 오직 그 순간 속에서만 감각될 수 있는 감각 불가능의 것이다.

2021. 12. 2.

차라리 어둠으로, 안보다는 바깥으로.

빛 속에서 눈이 멀어 암흑을 응시한다.

Plutôt vers l'obscurité, dehors que dedans.

Regarder les ténèbres, aveugle dans la lumière.

2021. 10. 19.

가을이 여기에, 저만치 멀다.

내 눈은 어느 구석을 헤맨다.

L'automne est là, et tellement loin.

Mes yeux errent dans un certain coin.

2021. 10. 29.

살아 있든 죽었든, 유명하든 무명이든, 내가 사랑하고 존경하는 예술가들이 모두 도덕적인 군자들이거나 무결점의 성인들인 것은 물론 전혀 아니다. 예술가도 하나의 인간인 한에서 결점투성이인 경우가 오히려 더 허다하다 때때로 우리는 그러한 결여마저 그 예술의 일부분으로 사랑하지 않는가. 하지만 최소한—이것을 "최소한"이라고 이야기해야 한다는 사실 속에 바로 내가 느끼는 어떤 자괴감의 정체가 있다—그들의 예술 속에는 알랭 바디우Alain Badiou의 용어로 말하자면 분명 어떤 눈부신 어둠을 띤 '진리 출현'의 계기가 존재한다. 그렇다, 예술은 그렇게 이 세상 속에서 진리를 산출하고 계시/개시하는 하나의 공정이다 여기서 "진리vérité"라는 것이 어떤 언어적 '당위 명제'나 '진실' 혹은 '진위' 여부 등을 가리키는 것이 아님을, 주지하다시피 주지할 필요가 있다. 그리고 바로 이 점이 나로 하여금 그들을 사랑하고 존경할 수밖에 없도록 만드는 요인이기도 하다. 반면에, 프랑스에 살면서 오히려 더 자주 그리고 어쩌면 더 '옅게' 느끼게 된 것인데, 이곳은 참으로 스스로 '예술가입니다'라고 말하고 살기가 정말 편한 곳이라는 생각이 들곤 한다. 더 정확하게는, 내가 보기에 그 어떤 진리도 산출되지 않는 지점에서 자신이 예술을 하고 있다고 말하며 그 자신을 예술가로 칭하는 이들이 참으로 편하게 잘 살 수 있는 곳이라고 말해야겠다 그러나 이를 비단 프랑스만의 특별한 상황이라고 할 수 있을까. 물론 당신은 이러한 나의 생각과 느낌을 지독한 '예술적 엘리트주의'의 잔재라고 비난할 수도 있겠다. 정당한 비판이다, 예술은 누구에게나 열려 있고 평등한 것이라고 우리는 언제나 말하고 또 그렇게 말할 수 있으므로…… 그 무차

별의 평등이 여기, 그리고 어딘가에 만개한 듯 보인다. 하지만 나는 그러한 것들이 빈번히 '예술'이라는 이름으로 발설되는 모습들에 참을 수 없는 가벼움을 느끼곤 한다. 겉보기에 무던한 나는 그렇게 생각하지만 이는 물론 보는 이에 따라 다를 수 있겠다 나도 이러한 상황들을 여러 번 목격하다 보면, 실소를 넘어선 실성의 기미마저 살짝 느끼곤 하는 것이다. 왜 사냐건, 그냥 웃겠다. 물론 내가 느끼는 이러한 소위 '예술적 자괴감'이, 학살의 주범이자 반란의 수괴이며 민주주의의 파괴자인 한 인간전두환의 죽음에 '국가장'을 치를 수 있는 자격을 부여하는 일에 비하자면, 실로 괴로움 축에도 낄 수 없는 '소소한' 일일 테지만, 그러나 여기에서, 나의 거의 모든 글들을 통해 이야기하고 있는 점을 한 번 더 반복하자면, 우리의 정치적 지도는 바로 우리의 미학적 전장을 통해 구성되는 것이다. 다른 말로 또 다시 한번 더 반복하자면, 우리의 정치는 바로 우리의 미학을 드러내는 증상인 것, 우리의 정치적 의식은 다름 아닌 바로 우리의 미학적 무의식 위에 서 있다. 그 무의식에는 높고 낮음 사이의 위계라든가 천박함과 고결함 사이의 구별 같은 것은 물론 없겠으나, 그럼에도 진리일 수 있는가 아닌가 사이의 대립은 언제나 존재하는 것이다. 그러나 무의식의 '진리' 같은 것은 없다. 그러므로 또한 사이란 진리와 거짓 가운데에 있지 않다. 사이는 오히려 병인과 증상 가운데에, 차라리 세계라고 인식되는 우리의 모든 표상들 가운데에, 그렇게 사이의 사이에 있다. 그 사이사이를 탐색하는 일이 아마도 예술이라는 지난한 작업의 정체가 될 것이다. 오직 바로 이러한 의미에서만, 예술은 섬세한 것이며 또한 그렇게 끔찍하리만치 섬세한 것이 되어야 한다.

2021. 10. 27.

그 좋았던 시간에, 아픔을

— 김소연 시인의 『그 좋았던 시간에』에 부쳐

조금 멀리 떠나온 날을 일부러 기다려,
함께 가져온 그의 책을 드디어 열었다.
일부러 서울에서 외떨어진 시골 방을 하나 얻어 며칠을 머물렀다.
어쩌면 이 책과 함께,
비로소 떠나고 싶었던 것인지도 모르겠다.
오늘은 그의 시에 대해서 이야기하지 않으려 한다.
오직 그가 떠나왔다가 다시 돌아간 흔적들에 대해,
그가 떠나갔다가 다시 돌아온 발걸음들의 기록에 대해서만
이야기하려 한다.
그러므로 이 모든 건 '의도치 않게',
결국 시에 관한 이야기가 될 것이[었]다.
"미끄러진다" 61쪽 는 한글 표지판이
날선 경고가 아니라 평온한 묘사로 느껴질 때,
그것이 주의할 것이 아니라 오히려 향유할 것으로 읽힐 때,
하여, 그것이 한 금지의 문장이 아니라
차라리 어떤 속 깊은 권유의 언어로 다가올 때,
나는 그 사진 앞에서 그렇게 미끄러지듯,
흘러 들어가듯, 오래 머물렀던 것 같다.

이 책은 시와 여행기와 사진들로 따로따로 이루어진 것이 아니다. 이 책을 이루고 있는 운문과 산문과 사진들은 모두 그 자체로 하나의/여럿의 '시들'인 것. 그렇게 이 책 전체가 시로 느껴지고 읽히고 다

가오는 것이, 그게 참 좋았다. 금방이라도 흩어질 것만 같은 이미지는 시가 되고, 문자로 이루어진 시의 문장들은 그 이미지들만큼이나 쉽게 흩어져 사라진다. 시는 그렇게 나약하게 강건하다.

이를 테면 내게 아주 "사소하게 완벽해지는" 부분들, 그렇게 "완성"되는 아주 작은 것들, 예를 들어, "두 사람"에 대한 운문104~105쪽과 "two people"에 대한 산문108~109쪽이 서로 묘하게 어긋나는 듯 겹쳐지는, 섬세하게 떨리는 간극의 지점 같은 것들, 혹은 "어떤 경우에도" 꼭 "최종 여행지" 같은 것으로 종지부를 찍을 수는 없는, 여정-삶과 책들 사이의 등가와도 같은 끝과 시작의 운명이 그렇다.

그리하여 이 책을 처음부터 끝까지 읽었던 한 시골의 방은 내게 시작도 끝도 없는 최종 도착지임과 동시에 최초 출발지가 되었다.

아름답게 아픈 책은 손에 쥐고 읽는 것이 아니라 바로 그 손으로 쓰다듬고 보듬게 되는 것, 그 방의 감각을 영원히 기억한다, 순간으로 망각한다.

2021. 8. 3.

수학자의 깊은 아침

— 김소연 시인의 시에 덧대어

시와의 만남은 거의 폭력에 가까운 우연처럼 추락하듯 당도한다. 오랜만에 파리 집에서 김소연 시인의 시집들을 뽑아 들었다. 이럴 때면 그의 첫 두 권의 시집이 서울 집에 있다는 사실이 못내 아쉽다. 『수학자의 아침』에서 개인적으로 유달리 도드라지게 느껴지곤 하는 4부를 펼쳐 읽는다. 그리고 어김없이 괄호 안의 글자들을 읽는다, 모든 괄호들은 내게 단순한 첨언이나 부기가 아니라 오히려 가장 깊숙이 내쳐진 핵심들이다. 예를 들어, "깊은 밤이라는 말은 있는데 왜 깊은 아침이란 말은 없는 걸까" 93쪽, 이 깊어 가는 오후에, "깊은 밤"이라는 있는 말과 "깊은 아침"이라는 없는 말을, 그렇게 괄호 안에서, 괄호 안으로, 읽는다. 그 문장을 읽는 내 감각은 괄호 바깥이다. 그 말이 없다는 것을 굳이/감히 말하는 말이 있음으로 해서, 이 깊은 오후에 그 말은 잠시 존재했다가 다시 사라진다. "세찬 비는 어제의 일이고 거센 강물은 오늘의 일이 되는 시간." 95쪽 하여 나는 생각한다. 어제라는 말과 오늘이라는 말은 있는데, 그 말들은 어제도 오늘도 그렇게 계속 있어 왔는데, 왜 내일이라는 말은 언제나 마치 없는 것처럼 느껴질까. 단 한 번도 없었고 단 한 번도 오지 않았던 것처럼. 그 형용사적 수학자의 아침에, 이 부사적/명사적 철학자의 오후를, 마치 언뜻 어슷썰기를 하는 듯이, 그렇게 각기 자르고 서로 겹쳐 보는 것이다. 수학자와 아침 사이에서, 깊음과 없음 사이에서, 괄호의 시작과 끝 사이에서, 그래서는 결국 그 안과 밖 사이에서. 그래서 또한 사이란, 내가 거하기로 작정한 규정된 공간이 아니라, 내가 어쩔 수 없이 처하게 된 흩어진 시간의 이름이다.

2016. 6. 11.

스피노자에 대하여

— 게루와 마슈레 사이

나에게 스피노자의 철학과 『에티카』의 여러 의미망들을 처음으로 소상히 '가르쳐' 줬던 것은 마르샬 게루Martial Gueroult의 책들이었다고 생각한다.

코로나가 정점을 찍는 이 시기, 자가 격리 중에 서울 람혼재 서가에서 꺼내 실로 오랜만에 다시 펴보니, 20대 때의 내가 그때는 잘 알지도 못했던 프랑스어로 그렇다고 지금은 프랑스어를 그렇게 잘하게 되었는가, 그것도 잘 모르겠다 이 책들을 붙잡고 그 바로 옆에는 카를 겝하르트Carl Gebhardt 편집, 펠릭스 마이너Felix Meiner 출판사의 짙은 초록색 표지 『윤리학 *Ethica/Ethik*』 라틴어-독일어 대역판을 펼쳐 두고 더듬더듬 힘들게 읽어 가던 모습이 지금도 생생히 떠오른다. 지금 다시 읽어 보니 그 시절보다는 더욱 수월하게 읽히는 것을 볼 때 나도 시간이 지나면서 무언가에 훨씬 더 익숙해진 것만은 분명하지만, 언제나 이 익숙함을 경계해야 한다는 강박의 병증이 내게는 있다.

지금 와서 돌이켜볼 때, 게루의 통찰은 오히려 아주 간단하고 명확하다. 『윤리학/에티카』는 스피노자의 절대적 합리주의라는 입장이 그 내용에서뿐만 아니라 형식에서도 관철되고 있는 하나의 유기적 통합체라는 것, 곧 그 책 자체가 하나의 내용-형식이라는 것, 그래서 신-자연[dieu-nature, 나는 이렇게 '자연nature'뿐만 아니라 '신dieu'을 대문자가 아니라 소문자로 쓰는 것을 선호하고, 어떤 의미에서 이 일견 사소한 결정 또한 '스피노자주의'의 한 사례라고 생각한다]은 자신의 신비적/외재적 바깥을 갖지 않고 오로지 그 '전체 안에[서만] 전체를 갖는다'는 것, 그리고 그것은 그렇게 인간에게 완전히 '이해 가능'한 무엇이라는 것, 그리하여 『윤리학/에티카』를 이루는 총 5부의 부분들 역시 그 각각이 바로 이 전체의 부분을 그 '전체'로서/써만 드러내는 내재적이고 내밀한 부분들의 구성이라는 성격을 띤다는 것, 바로 이것이다.

현대의 '스피노자학'이 성취한 다양하고도 심도 있는 여러 성과들에 비춰 봤을 때 이는 그리 새로울 것이 없는 통찰일지 모르겠지만, 게루의 이 책들이 없었다면 '스피노자 르네상스' 같은 것은 존재하지 못했을 것이라 생각한다. 그리고 바로 거기에 게루의 위대함이 있다. 이 점을 다시금 새삼스럽게 확인했던 재독再讀과 중독重讀이었음을 순간 깨닫는다.

조금 전 내가 스피노자 공부를 바야흐로 '제대로' 시작했던 20대 때 마르샬 게루의 책들이 내게 미친 강렬하고 결정적인 영향에 관해 짧게 이야기했는데, 이에 덧붙여 피에르 마슈레Pierre Macherey의 다섯 권의 '입문서' 역시 그 이야기를 할 때 결코 빼놓을 수 없는 책들이라고 말할 수 있다.

역시나 프랑스어가 전혀 익숙하지 않았던 20대 그 시절, 개인적으로 정말 힘들게 더듬더듬 읽어 나갔던 책들이다. 자가 격리를 하는 중에 정말 오랜만에 다시 펴볼 수 있는 시간을 갖게 되니 사뭇 감회가 새롭다. 병증 없는 격리와 격리 없는 병증 사이에서, 그리고 파리와 서울 사이를 잇고 끊는 이 모든 시차들 사이에서.

특히 스피노자의 『윤리학/에티카』 5부 각각에 한 권씩을 할애하고 있는 마슈레의 이 '입문서' 전 5권은, 스피노자의 『윤리학/에티카』를 읽을 때 그 5부 전체를 어떤 순서로 물론 그것은 당연히 "기하학적 순서/방식ordine/more geometrico"이겠으나! 읽을 것인지에 관해, 그리고 그러한 순서를 통한 읽기의 경험들을 어떻게 통합할 것인지에 관해, 아주 중요한 사유의 지점을 제시하고 있는 책들이다. 이러한 의미에서도 다시 한번, 스피노자의 책은 그 자체로 하나의 내용-형식이다.

끝에서 시작해서 거꾸로 시작에서 끝내기, 그리고 마지막에 도달한 그 시작에서부터 다시금 어떻게 저 뒤의 끝이 바로 그 처음 안에서 살아 숨 쉬고 있는지를 느끼는 것, 나는 이것이야말로 마슈레의 이 책들이 '스피노자 읽기'에 기여한 매우 중대한 공로라고 생각한다.

덧붙여, 이는 또한 내가 나의 두 번째 책 『드물고 남루한, 헤프고 고귀한』의 첫 제사題辭, exergue를 스피노자 『윤리학/에티카』의 저 '마지막' 문장으로 '시작'했던 이유와 멀리 있지 않다. 책을 갖고 있는 이들은 그 제사들을 다시 '순서대로'—그리고 다시 '처음으로'—읽어 보시기를 바란다. 처음에서부터 다시 끝까지, 그리고 거꾸로 끝에서부터 다시 처음까지. 지금까지 이 제사들이 이루는 이러한 어떤 처음과 끝 사이의 순환적 통일성을 가시적으로 '발견'하신 분은 내 주변에서는 엄상준 선생이 거의 유일하신 것 같지만, 제임스 조이스James Joyce가 자신의 책 『율리시스*Ulysses*』의 첫머리에 썼던 저 사랑스러운 말을 훔쳐 와 내 마음대로 바꿔 쓰자면 나는 이 책 안에 많은 비밀과 수수께끼들을 숨겨 놓았기에, 이 유한한 세계 속에서 무한히 존재할 것이다, 그렇게 순간 속에서 영원할 것이다. 모든 것은 그렇게 순간 속에서 영원했다.

2021. 7. 10.

스피노자의 집

라인스부르크Rijnsburg의 스피노자의 집Spinozahuis을 방문하고 나서 이 '야만적 별종'의 철학자에 대한 경외감이 더욱 깊어졌다. 같은 날 이 외딴 작은 집에서 공교롭게 미국인, 일본인, 중국인 친구들을 동시에 만나게 되었는데, 철학 전공자를 포함해 모두 다양한 이유와 동기들로 스피노자에 깊이 빠져 이곳까지 찾아오게 된 이들이었다. 무엇이 우리를 이 세계의 또 다른 변방으로 이끌었을까. 스피노자가 유대공동체로부터 파문excommunication을 당한 후 암스테르담Amsterdam을 떠나 이곳 라이덴Leiden 근방 라인스부르크에 정착해 렌즈를 세공하며 거의 무소유의 삶을 살며 유럽의 여러 지식인들과 서신을 교환하던 작은 집. 그가 지녔던 자신의 사유와 삶에 대한 무심에 가까운 확신과 열정을 넘어선 결의의 강도를 쉽게 짐작할 수도 없고 상상할 수도 없다는 느낌이 이 스피노자의 집에서 더욱 실감되었다고 할까. 평소에도 여러 번 되뇌는 바, 나는 개인적으로 서양철학사에 있어서 스피노자의 『윤리학』을 넘어설 완벽한 책은 앞으로도 없으리라 생각하는 미신에 가까운 확신을 갖고 있는 사람이지만, 이 작은 집에서 더욱더 그의 지성과 감성, 그 사유와 연장이라는 속성과 신 즉 자연deus sive natura의 실체가 피부에 가깝게 느껴졌다고 할까……. 하여 나는 다시금 나의 책 『드물고 남루한, 헤프고 고귀한』의 첫 장, 스피노자의 마지막 문장을 인용한 제사 부분을 펴서 읽어본다……. 그 정신과 육체의 광대한 크기와 깊이를 가늠하고 음미해보며 또 다른 힘을 얻은 발걸음을 디디며, 세계의 안인지 밖인지 모를 또 다른 곳으로, 그 사이로, 그렇게 걸어 나왔다.

"Sed omnia praeclara tam difficilia, quam rara sunt."

— Spinozahuis, Rijnsburg, Netherlands.

2023. 7. 13.

스피노자와 페르메이르의 꿈

스피노자와 페르메이르Vermeer가 실은 동일 인물사실 그들은 같은 해인 1632년에 태어났다 이었다는 내용으로 일종의 픽션을 하나 쓰고 있다. 펜과 붓 사이를 오갔던 이 재앙의 천재들에 관한 하나의/둘의 이야기를. 그리고 이에 관해 이미 무수한 이들이 똑같은 글을 썼다는 꿈을 꾸었다.

2023. 8. 1.

지젝을 읽는다는 것

— 강우성 선생의 번역에 부쳐

슬라보이 지젝Slavoj Žižek을 읽는다는 것.

내가 한국에 없는 동안 서울 람혼재에 도착했던 책들을 하나둘씩 소중히 열어 보고 있다. 프랑스에서 휴가 기간을 맞아 한국의 여름을 만끽하러 들어와서 맛보는 작지만 깊은 기쁨들 중의 하나이다. 강우성 선생 번역의 『천하대혼돈天下大混沌』도 그러한 책들 중 한 권.

우리 시대에 슬라보이 지젝의 철학을 읽는다는 것은 무슨 의미일지 새삼 생각해 본다. 지젝의 글을 읽을 때마다 내가 느끼는 것은, 무언가를 하지 않으면 안 될 것 같은 강력한 충동과, 동시에 아무것도 하고 싶지 않다는 강렬한 욕망 사이의, 끊임없는 충돌이다. 그래서 그 글의 온도는 언제나 뜨겁다. 그리고 그 온도는 지금 여기에서 철학이 행할 수 있는 개입과 취할 수 있는 입장을 가리키며 요구한다. 최소한 그의 글을 읽으면 바로 지금 그것을 '요청'받고 있다는 어떤 '강제'를 느끼게 되는 것이다. 이 강제는 행동 없는 행동에의 요구이다.

예를 들어 표면적으로는, 칸트를 읽을 때 이런 일은 일어나지 않는다. 헤겔을 읽을 때도 마찬가지이고, 심지어 마르크스를 읽을 때도 이런 일은 잘 일어나지 않는다. 나는 이렇듯 지젝을 읽을 때의 바로 이 느낌이 매우 중요하다고 생각한다. 그것은 이 시대에 철학이 갖고 있고 또 가질 수 있으며 또한 가져야 하는 어떤 '생태'이자 '상태'를 가장 징후적으로 드러낸다고 생각하기 때문이다.

그렇다면 이러한 요구가 가리키는 것은 무엇인가. 그것은 언제나 실재이다. 이 세계와 그 세계가 보여 주는 현상들에 어떤 보이지 않는 이면이나 심오한 진리 같은 것은 없다. 그것은 모두 거기에 있다. 그 사이에 있다. 마치 증상이 '숨겨진 무의식'의 심층적 의미 같은 것을 드러내는 단순히 표면적인 '현상'이나 '겉모습'이 아닌 것처럼. 이면도 함의도 진리도 없는 세계는, 그 익숙한 베일이라는 '철학적 편견'의 효과 때문에 오히려 실재le réel를 보지 못하게 한다. 그러나 그 '실재'란 진정 '가시적'인 것인가? 그래서 지젝을 읽는다는 것은 언제나 바로 그 실재와의 대면이다. 그 '병풍' 뒤에 따로 존재한다고 상정된 '본질'을 목격하는 것도 아니고, 그 '안개' 뒤에 선명히 흐른다고 상상된 '정신'을 발견하는 것도 아니다. 그 병풍과 안개 자체가 바로 실재이다. 그 병풍과 병풍 사이, 안개와 안개 사이. 이 실재를 실재로/실제로 마주하고 그것에 응답하는 일, 나는 이것이 지젝을 읽는 일의 가장 중요한 의미이자 무의미라고 생각한다.

이 책 『천하대혼돈』은 그런 의미에서 지젝의 다른 책들만큼, 그리고/그러나 그보다 훨씬 더, 흥미진진하다. 그의 어법을 빌려 말하자면, 이 책을 통해 나는 '철학이 먼저!', '인문학이 먼저!'라고 말하곤 하는—그래서 거꾸로 언제나 스스로가 가장 볼품없는 주변부의 위기에 봉착하고 있음을 그 자신이 폭로하게 되는—서글픈 인문주의에게 '철학은 가장 마지막에!', '인문학은 가장 마지막에!'라는 외침을 되돌려 주고 싶은 것이다. 그리고 이것이 바로 철학을 가장 마지막에 둠으로써 거꾸로 철학을 가장 먼저 시작하고 작동하게 하는 힘이라고 나는 믿는다. 미네르바의 올빼미는 어슴푸레한 밤이 되어서야 그 날갯짓을 비로소 시작한다고들 하나, 그 올빼미는 닭 모가지를 비틀어도 결국에 오고야 마는 그저 그런 반복되는 아침이 아닌 전혀 다른 아침을 열고자 그렇게 날아오른다.

2021. 7. 7.

내가 10년이 넘는 시간 동안 연극음악과 무용음악 등 수십 편의 무대음악 작곡 작업에 거의 헌신적으로 '봉직'했다는 것은 아마도 많은 이들이 잘 모르는 사실일 것이다. 지금도 나는 여전히 안무가/무용가들과의 협업은 간헐적으로 이어 오고 있지만, 연극계를 떠나온 지는 꽤 많은 시간이 지났다. 그것은 서울을 떠나 파리로 이주하게 된 계기와 어느 정도 연관 관계가 있다. 연극 한 편을 무대에 올리기 위해서는 최소한 3개월 정도의 준비 기간을 필요로 한다. 여느 작곡가/음악감독들은 리허설 몇 번을 보고 곡을 만들곤 하지만, 나의 원칙은, 나의 음악이 '성공'하건 '실패'하건 상관없이, 배우들이 캐스팅되어 앉아 낭독reading을 시작하는 그때부터 무대에 오르기까지의 호흡과 서사와 흐름의 변화를 함께하면서 내 스스로 느끼지 않고서는 음악을 만들지 않는다는 것, 아니 음악을 만들 수 없다는 것이었다. 그것이 연극에 대해 내가 품었던, 그리고 여전히 품고 있는, 나만의 진정성이자 충실성이라고 말할 수 있다. 하지만 10여 년의 시간 동안 그런 방식으로만 작업함으로써 나의 정신과 육체는 어느 정도 피폐해졌다고 기억된다. 물론 그 폐허 속에는 나만의 성전이 세워져 있다.

그럼에도 연극 무대의 현장은 아직도 나의 가슴을 뛰게 만드는 원천들 중 하나이다. 그래서일까. 나는 무대 작업에 직접 참여해 보지 않은 채 그저 말이나 글로만 연극에 대해 떠드는 이들은 이 '연극적' 느낌을 잘 알지 못할 것이라고 생각한다사실 나는 음악에 대해서도 마찬가지 생각을 갖고 있는데, 음악 자체를 단 한 번도 행해 보지 않고 그저 말이나 글로만 소위 '음악평론'을 하고 있다고 믿는 이들에게 나는 단 한순간도 일말의 신뢰조차 준 적이 없다. 아는 이는 다 아는 사실이겠으나, 나는 언제나 입만 살아서 연극에 대해 떠드는 이론가들을 지독히 경멸함과 동시에, 한때 연극 무대 위에서 죽어도 좋겠다는 생각을 할 정도로 연극 작업에 넋이 나가 십여 년의 세월을 실제 무대 위에서 '연극장이'들과 함께 보냈다. 나의 이 말 자체도 어쩌면 역시나 수십 년 동안 무대 위에서 잔뼈가 굵은—내가 진정으로 존경하는 —진정한 '연극장이'들에게는 큰 실례가 될 수도 있다는 것을 알지만, 연극에 대한 나의 열정과 병증이 그만큼 크고 깊었다는 사실만은 꼭 말하고 싶고, 또 그 마음은 지금도 변치 않고 마찬가지다. 언제나 단연코 영화보다는 사진을 더 좋아했다던 롤랑 바르트의 말을 전용해 내 마음을 표현하자면, 나는 언제나 단연코 영화보다는 연극을 더 사랑해 왔다. 여전히 극장과 무대만 생각하면 내 차가운 피가 끓어오른다.

사실 소싯적 연극에 대한 나의 열정에 가장 결정적인 영향을 미친 건 셰익스피어Shakespeare도 아니고 브레히트Brecht도 아니었다. 오직 아르토Artaud의 "잔혹연극"과 그로토프스키Grotowski의 "가난한 연극"과 칸토르Kantor의 "죽음의 연극"만이 나에게 지울 수 없는 강렬한 영향을 미쳤다. 이들 사이에는, 연극을 현실과 허구 사이의 어떤 새로운 세계, 성스러움이 순간과 순간 사이에서 번뜩이는 어둠의 축제로 파악한다는 공통적 연결 지점이 존재한다. 그리고 바로 그 사이에는 무엇보다 텍스트를 벗어난 제의적/유희적 현장 그 자체가 지닌

고도의 추상성과 동시에 철저한 물질성이 존재한다. 우리 시대의 많은 연극이 때때로 바로 이 핵심을 간과하곤 한다.

일반적 편견과는 정반대로, 이론만 일삼는 이들은 스스로를 추상성에 가깝다고 생각하겠지만 그저 알량한 정신의 물질성에만 갇혀 있는 경우가 태반이고 그러한 소위 이론가들은 그 스스로는 단 한 번도 '경험'한 적이 없는 어떤 막연한 물질성을 그저 또 하나의 추상성으로서만 숭배할 뿐이다, 반대로 실천만 일삼는 이들은 스스로를 물질성에 가깝다고 느끼겠지만 그저 빈약한 물질의 정신성에만 묶여 있는 경우가 허다하다 그러한 소위 예술가들은 그 스스로는 단 한 번도 '사유'한 적이 없는 어떤 희미한 정신성을 그저 또 하나의 구체성으로서만 격하할 뿐이다.

내가 내 스스로 지금까지 생각하고 추구해 온 예술가-철학자의 상像은 이 둘을 모두 지양하거나 그 둘 사이의 경계를 끊임없이 동요하듯 유지하는 어떤 불안정과 불가능의 지대에서 출몰하는 어떤 것이다. 아마도 내가 이것을 '배울' 수 있었던 원천 없는 원천들 중 하나는, 아니 배운다기보다 어렴풋이나마 '감지할' 수 있었던 감각 아닌 감각들 중 하나는, 아마도 그로토프스키의 이 책[의 형태를 빌린 또 다른 진정한 실천]이 아니었던가 생각한다.

바로 그러한 감각의 근원 없는 근원을 새삼 재차 탐색하듯, 진실로 오랜만에 이 책 『가난한 연극』을 영어 번역으로 다시금 펼쳐본다.

Jerzy Grotowski, *Towards a Poor Theatre*, Methuen Drama, 1975[1968].

2021. 5. 26.

장 주네에 대한 추억

— 외줄타기의 연극

내 10대의 끝자락이던 1990년대 중반, 장 주네Jean Genet의 소설 『장미의 기적*Miracle de la rose*』을 처음으로 한국어 번역본으로 읽었던 그 시절의 기억이 새롭다. 이후에 그의 희곡 『하녀들*Les bonnes*』을 알게 되어 주네의 작품 세계에 더욱 깊숙이 빠지게 되었고, 내가 27살이 되던 해에는 직접 작곡/연주/드라마투르그의 1인 3역으로 주네의 또 다른 문제작 『발코니*Le balcon*』박정희 연출, 2004 의 상연에도 참여했던 소중한 추억이 있기에, 그의 작품 전체가 내게 주는 의미는 실로 각별하다 하겠다. 최근에 다시금 주네를 상기하게 된 계기가 있어— 연극을 향한 나의 병증에 가까운 열정은 가끔씩 잊어버리고 있던 기이한 마음의 불길을 다시금 지피곤 한다—실로 오랜만에 그의 작품들을 반갑게 다시 읽는다. 거기에는 아슬아슬하게 외줄을 타는 광기 어린 광대의 모습이 희미하게 보인다. 그는 불타오르고 있다. 그 불의 몫은 나와 그가 공유하고 있는 어떤 것, 저 경계 위에서, 이 기우뚱한 사이에서.

"너를 가르치려는 게 아니라 너를 불타오르게 하려는 것이었어."

"Il s'agissait de t'enflammer, non de t'enseigner."

— Jean Genet, *Le funambule*.

2021. 5. 19.

음악은 결국 몸으로 익히고 기억하게 만드는 반복적인 훈련. 정신성이 육신 안에 깊이 패인 상처처럼 각인되게 만들기. 그리고, 만약 운이 좋다면, 바로 그 몸 입음의 순환에서 우연의 필연으로 클리나멘clinamen을 그리며 튀어나오는 어떤 순간의 포착. 그렇게 [아주] 잠시[나마] 역설적이게도 바로 몸을 통해서 그 몸을 벗어나기. 그것이 어쩌면 텍스트라는 '몸'의 현상학인지도 모른다.

어떤 정신이 하나의 음악을 빚어내는 것은 물론 사실이다. 사실 몸을 만들어 내며 동시에 사라지게 만드는 것이야말로 바로 음악이다. 그러나 음악으로 인해 아무것도 없는 정신이 몸을 입고 또 그 몸을 변형하며 종국에는 바로 그 음악 안에서 사라지며 몸짓의 상흔을 남기는 몸, 그 몸이 음악으로 잔존한다.

2021. 4. 5.

세계-공부

— 브레히트와 알튀세르를 위하여

언젠가부터 내게 '공부' 혹은 '연구'란, 오래전부터 익숙하게 읽어 왔던 것들을 다시금 새롭게 읽어 내는 일, 그래서 그 반복으로부터 계속 발생하는 차이들을 포착해 내는 일, 다시 말해 그 모든 사이들을 다시 파헤치고 해석하는 일, 따라서 결국 브레히트적인 의미에서 일종의 '낯설게 하기Verfremdung'의 작업, 다시 말해 '자리바꿈' 혹은 '재위치/탈위치déplacement'의 작업이 되고 있다.

그리고 공교롭게도 일찍이 알튀세르는 바로 브레히트의 저 유명한 "Verfremdung" 개념/실천을 "déplacement"이라는 말로 지속적으로 옮겼던 바 있다. 그것은 단순한 연극적 사조를 위한 미학적 용어가 아니라 실천의 한 방식을 가리키는 사유의 단어, 그러므로 그 자체가 하나의 '미학-정치'이다. 그래서 또한 공부란 바로 이 사이를 나눌 수 없는 사이들에 대한 중독中毒/重讀이다.

그러므로 또한, 가장 근본적이며 극단적인 의미, 곧 'radical'의 뜻 그대로의 의미에서, 세계-공부란 결국 세계-옮김에 다름 아니다. "déplacement"이란, 제자리라고 생각되던 모든 것들의 위치를 바꾸고 바로 그 자리에서 탈구시키는 작용이다. 익숙한 것을 낯설게 바꾸는 것이 아니라, 오히려 익숙함 그 자체의 낯섦을 드러내어 이질성이 곧 동질성의 조건이자 한계임을 보여 주는 실천의 사유, 사유의 실천이다.

2021. 2. 28.

세계-총체

— 포이어바흐, 마르크스, 발리바르를 위하여

내가 특히 일전에 에티엔 발리바르Étienne Balibar의 책 『마르크스의 철학*La philosophie de Marx*』을 해설하는 강의를 할 때를 비롯해 이미 몇 번씩이나 다른 자리에서도 강조했던 바이지만, 마르크스 자신이 포이어바흐Feuerbach에 관한 테제 6번에서 독일어로 "das ensemble der gesellschaftlichen Verhältnisse"라고 썼을 때 굳이 "ensemble"만을 프랑스어로 사용하고 있다는 사실에 주목해야 한다.

상황은 한국어라는 '국가어'에서도 마찬가지이다. '전체'나 '총체'라는 단어가 지닌 어떤 사어적死語的 익숙함/무력함에서 벗어나 다른 방식의 새로운 '사회적 관계의 합合'을 지시하고 표현할 수 있는 언어를 창안하고 그 개념을 발명하는 것, 그것이 바로 가장 근본적/급진적radical 의미에서 '마르크스의 철학' 혹은 '감성적/미학적 혁명révolution esthétique'에 준하는 일이 될 것이다.

그러므로 다시금, 총체나 전체란 단순히 부분들의 합이 아니다. 그 합이란, 이렇듯 단순한 산술적 총합을 벗어나, 오히려 부분들조차 그 총량을 넘어서고 그 총량조차 부분들을 모두 포괄하지 않는, 개인들의 모음이나 조각들의 도합과는 전혀 다른 어떤 '관계'의 존재론을 요구한다. 그러므로 관계란 개인들의 총합에서 출발하여 도달하는 종착지가 아니라 거꾸로 바로 그로부터 시작되어야 하는 사회적 존재론의 출발점이다.

2021. 2. 27.

노노의 음악에 대하여

일전에 나는 루이지 노노Luigi Nono에 대하여 다음과 같이 쓴 적이 있었다:

“루이지 노노는 내가 어린 시절부터 가장 좋아해 온 서양 작곡가들 중 하나이다. 아마도 개인적으로 20세기 현대 작곡가들 중에서는 가장 사랑하고 존경하는 죄르지 리게티György Ligeti의 뒤를 이어 두 번째로 꼽을 수 있는 작곡가가 그일 것이다. 그의 작품들은 내게 소리의 물질성과 형식의 혁신성이라는 아방가르드 음악의 보편적 특성들 외에도 프로파간다 혹은 저항성이 아닌 소리와 음악 자체의 ‘정치성’이라는 문제를 언제나 일깨운다. 내가 잊을 만할 때마다 그의 음악을 들으며 내 정신의 소리를 예리하게 벼리고 정치하게 가다듬는 이유이다.”

이러한 나의 미감과 의견에 대해 좀 더 부연하자면, 그의 음악을 들을 때마다 내가 갖게 되는 혹은 더 정확히, 그 음악의 청취를 통해 내가 갖게 될 수밖에 없는 태도는 일종의 미학-정치적인 것이다. 물론 그의 음악이 소위 ‘민중음악’이나 ‘선동음악’인 것은 아니다. 이 이탈리아 좌파 아방가르드 작곡가의 음악은, 그러한 직접적이고 단순한 정념 따라서 그때 음악은 오히려 정념의 산출을 위한 감각적 도구가 될 뿐이다 을 산출하는 것이 아니라, 오히려—그리고 이것이 매우 기이하면서도 복합적이며 결정적인 부분인데—음악 그 자체로 하나의 정치를 행하고 있다는 점에서, 곧 음악이라는 내용-형식의 전체/순간이 하나의 정치성으로 작동하며 실천되고 있다는 점에서, 그야말로 정확히 하나의 ‘미학-정치’에 부합한다.

바로 이 때문에 루이지 노노는 내가 그에 대해 언젠가 꼭 한 권의 책을 쓰고 싶은 욕망을 오랫동안 품고 있는 세 명의 작곡가들 중 한 명이다. 정신에의 변증법적 대위법Contrappunto dialettico alla mente, 그 모든 외침들의 사이에서 들려오는 또 하나의 소리를 위하여.

2020. 12. 22.

한 프랑스 친구가 내게 새해 어떤 결심résolution을 했냐고 묻길래 예를 들면, 내가 너무나 애호하는 담배를 끊는 것 같은 일, 일단은 별로 특별할 것은 없다고 대답했지만, 곰곰이 생각해 보니 한 가지가 있었다. 재작년부터 『한국문학』지에 "드물고 남루한, 헤프고 고귀한"이라는 제목의 글들을 연재하면서, 또 작년에 『Public Art』지에 "동시대인을 위한 미학적 증오와 연애의 편지"의 연재를 마치고 나서, 그리고 현재 『말과 활』지에 "선언의 픽션, 금기의 딕션" 연재를 시작하면서, 보다 더 구체적으로 굳어진 하나의 생각이었다[이 모든 연재들은 이후 2020년 12월에 출간된 나의 두 번째 책 『드물고 남루한, 헤프고 고귀한』에 다시 수정/증보되어 수록된다]. 그것은 이론의 '긴장'을 유지하는 일, 바로 그것이었 다. 내게 이론적 긴장을 유지한다는 것은, 다른 저명한 이론가들이나 그들의 문헌에 대한 충실한 주석에 더욱더 충실하겠다는 뜻도 아니고 나의 첫 저서 『사유의 악보』를 포함하여, 예전부터 나는 이러한 충실한 주석의 작업과는 가장 멀리 떨어져 있었으며 또 그렇게 가장 멀리 떨어져 있으려고 노력했는데, 그러한 훈고학은 나의 '이론적' 본령이 아니기 때문이고 또 더 나아가 그러한 주석학은 내가 '철학적' 작업이라고 생각하는 것이 아니기 때문이다, 또한 현실과 이론 사이에 있[다고 상정되]는 어떤 거리 혹은 괴리 안에서 양쪽을 오가는 명민한 줄타기를 하겠다는 뜻도 아니다 가장 불가능한 상상력의 일단조차 실험하고 시험하지 않은 채 그러한 상상력의 '본질'이 무엇인가를 설명하고 해석하는 '정치하며 현실적인' 이론으로는 이 세계를 바꿀 수 없기 때문이며, 아니, 보다 더 적확하게 말해서, 그것만으로는 이 세계를 파괴할 수조차 없기 때문이다. 내 본령은 바로 그 둘 사이에서 그 사이를 벗어난다. 내 작업은 사이-벗어남의 글쓰기이다. 앞서 말한 두 종류의 글들은, 아니, 그저 그런 포부만을 지닌 글들도, 이 세상에는 이미 차고 넘쳐난다. 문제는, 적어도 내게 중요한 문제는, 그런 것이 아니다. 다시 말해 내게 이론적 긴장을 유지하는 일이란, 상상할 수 없는 것을 상상할 수 있게 하는 작업, 더 제한적으로 말해서, 무언가를 상상할 수 없는 것으로 상정하고 있는 체제의 논리를 여러 개의 '비이성déraison'으로 전복하는 지극히 '이성적raisonnable'인 하나의 작업이 될 것이다. 나는 가장 비이성적인 사회에 가장 이성적으로 대응하는 일에 이미 넌더리가 난다. 그러므로 새해 내가 품은 하나의 결심이란, 어떻게 보면 새로울 것 하나 없는 그저 그런 하나의 '반복' 이다. 그러나 또한 차이의 반복, 사이의 반복들이다. 그러므로 내가 그 프랑스 친구에게 대답했던 말, 특별할 것이 따로 없다는 말은 사실 어떤 진실이었던 셈이다. 앞으로 오직 내가 쓰고 싶고 내가 쓸 수 있으며 내가 써야 하는 글만을 쓸 것이다. 그 지겨운 반복 속에서 사이들을 지을 것이다. 말 그대로, 특별할 것 하나 없는, 그저 그런 하나의 결심이나, 또한 바로 그 반복의 차이 속에서 '다시-해결ré-solution'하는 사이의 마음이다.

2014. 1. 6.

괴물이 잠들면 이성이 태어난다

— 이충훈 선생의 책에 부쳐

이충훈 선생의 신작 저서 『자연의 위반에서 자연의 유희로 — 계몽주의와 낭만주의 시기 프랑스의 괴물논쟁』 도서출판 b, 2021 을 파리에서 받아 들었다. 평소 이충훈 선생의 사상적/예술적 진폭과 정치한 연구 행보에 대해 많은 존경심을 갖고 있는 나로서는 특히나 반가운 저작이 아닐 수 없다.

이성이 잠들면 괴물이 탄생한다는 말의 저변에는, 이성이 승리한 시대라 일컬어지는 유럽의 18세기에[조차도, 아니 차라리 바로 그러한 시대였기에 더더욱] 자신의 이면인 괴물을 끊임없이 의식하고 끈질기게 두려워할 수밖에 없었던 부서지고 흔들리기 쉬운 이성의 초상이 있는 것은 아닐까.

그러므로 어쩌면 우리에게 익숙한 저 경구 '이성이 잠들면 괴물이 태어난다'를 다른 방식으로 이해해야 할지도 모르겠다. 이성은 그 스스로에 대한 불신과 두려움을 통해 비로소 이성이 되는 것, 그래서 이성의 꿈은 언제나 괴물을 포함하고 있는 것, 어쩌면 그래서 바로 그 괴물 자체가 이성의 숨기고 싶은 얼굴인 것, 그렇게 스스로를 자신으로부터 분리하여 배제함으로써만 비로소 일시적으로나마 안심할 수 있는 것, 그러나 그 괴물은 이성이 잠드는 꿈속에서라도 다시 거울처럼 마주할 수밖에 없는 그 자신의 모습인 것. 우리가 우리 자신을 평온하게 두려워하며 불안하게 사랑할 수밖에 없는 이유이다. 우리는 바로 그 이성-괴물 사이의 존재이다.

이성의 꿈은 괴물의 현실이며, 괴물이 잠들면 이성을 꿈꾼다. 이성은 바로 그렇게 그 괴물의 꿈속에서 태어난다.

2021. 4. 16.

구조주의

오늘 하루의 반쯤은 쓰고 있던 글을 계속 정리하는 데에 할애했고, 또 그 반의반쯤은 클로드 레비-스트로스 Claude Lévi-Strauss 관련 서적들을 뒤적이며 파헤치는 데에 사용했다. 아무래도 '구조주의 structuralisme'라고 불렸던/불리는 사상적 운동의 기저부터 다시 조금씩 더 아래로 그리고 그 곁으로 파 내려가야 할 것 같다. 책을 읽고 글을 써온 시간도 이제 제법 흘렀고, 그렇게 한 해 한 해 지나면서 더욱 절실히 느끼는 것인데, 이제는 예전에 떠나왔다고 생각했던 어딘가로 계속해서 다시 돌아가 그때 내가 미처 보지 못하고 놓쳤던 것을 드물지만 지속적으로 발견하게 되는 것 같다. 언뜻 보면 참 고집스럽게 제자리걸음을 하고 있는 듯도 보이지만, 동시에 이 나선형의 운동이 노정하는 지속적인 굴착과 시추의 작업이 나를 또 다른 곳으로 인도하리라는 예감은 또 하나의 불투명한 확신으로 다가온다. 이 느낌 속에 오래 머물렀다 훌쩍 떠나고 싶다. 나는 여전히 그 사이들 안에 있다. 그러므로 세계란 또한 사이-구조이다.

2019. 11. 10.

나는 작년부터 최근까지 클로드 레비-스트로스의 책들을 자주 들여다보고 있는데, 올해 프랑스인들이 코로나Covid-19 라는 이 국제적/지구적 전염병의 시대를 맞아 취하는 태도와 보이는 인식을 마주할 때마다, 일종의 '역전된' 문화 충격에 직면하게 된다.

프랑스 사회가 레비-스트로스의 저 유명한『야생의 사고 *La pensée sauvage*』1962 가 도달했던 어떤 인식론의 수준마저 죄다 망각해 버린 듯한 여러 상황들을 마주하고 있자면, 어떤 문화적/사상적 괴리감마저 느껴지는 것이다. 구조주의란 문화적 우월론과 제국주의에 가장 반대되는 것이지만, 그렇다고 그것이 문화적 상대주의인 것은 아니다.

예를 들면, '자유'라는 관념에 있어서—이 고색창연한 유럽적 '자유'의 관념은 코로나를 둘러싼 여러 담론뿐만 아니라 최근 샤를리 엡도Charlie Hebdo의 삽화를 교육 자료로 쓴 프랑스 교사의 살해 사건에 이르기까지 계속 '19세기적으로' 반복되고 있는데—프랑스인들은 '보편적으로' 자신들의 사회가 아시아에 비해 우월한 일종의 '최종 단계'에 와 있다고 진화론적으로 생각하면서, 동시에 바로 그 자유가 끊임없이 위태롭게 위협받는다는 환상 속에 갇혀 있는 것 같다는 느낌을 받을 때가 많다. 바로 그 점에서, 프랑스인들이 실존주의 등으로 대표되는 진화론적 '의식conscience'의 철학을 '구조'의 과학science으로 완전히 쇄신하려 했던 레비-스트로스의 기본적인 구조적 인식론조차 잊어버린 것 같은 느낌을 받는 것이다. 우리는 이미 도달했던 어떤 최상의 사유라는 상태를 너무도 쉽게 잊고 산다. 그리고 아마도 그것이 바로 어떤 최상의 사유라는 상태의 운명이기도 할 것이다.

그러나 이러한 외면적 망각의 증상을 어떤 내면적 퇴행이나 사상적/사회적 퇴보로'만' 읽어서는 안 되는데, 또한 그렇게 함으로써 이를 단순히 유럽에 대한 아시아의 현재적 우월성과 역사적 극복의 증거로 '해석'해서는 안 된다. 그러한 인식이야말로 다시금 저 사회-진화론적 도식 안으로 하릴없이 반지성적으로 빠져드는 일일 것이기 때문이다.

한 시대, 한 사회의 사유 방식은—그것이 어떤 중요한 것을 망각한 것처럼 보이는 때라도, 아니, 어쩌면 오히려 바로 그러한 '망각'의 때에야 비로소!—그 자신의 가장 실재적인 해석의 욕망을 드러내는 것이다. 바로 이 망각의 해석학적 지점을 '망각'하지 않고, 현재 프랑스의 사회적 담론들의 방향을, 경계인으로서 지켜보고 사유하며 바로 그 결들 속에서 틈을 내려고 한다. 그러한 의미에서도 다시 한번, 사이라는 개념은 지형적으로 정적인 어떤 지점을 가리키는 것이 아니라 바로 그 지리적 소속감 자체를 균열시키는 비-장소non-lieu로서의 장소를 의미하는 것이다. 따라서 세계-사이란 또한 그 가장 적확한 의미에서의 장소-없음, 곧 유-토피아u-topia를 가리키는 어떤 동적인 개념이다. 지시 없는 지시, 장소 없는 장소, 망각의 기제를 기억하고 반대로 기억의 허상을 망각하는, 야생의 문화와 문화의 야생을 바라보는 틈의 시각, 거기에 바로 사이가 존재/부재한다. 코로나라는 전 지구적 역병이 그 틈으로 보여 준 것이 또한 바로 이러한 사이의 역사-존재론인 것.

2020. 10. 18.

이질적 정체성의 혼란

사이는 나와 나, 나 자신들 사이에도 있다. 문득 내 글을 내가 읽고 있으면 기분이 이상해진다. 이 글을 썼을 때 나는 지금의 내가 아니었던 것 같다는 어떤 한시적 괴리감 때문이라기보다는, 글을 쓰는 나와 그것을 보는 나는 언제나 서로 완전히 다른 존재일 수밖에 없다는 어떤 항시적 이질감 때문이다. 마치 음악을 들으면서 동시에 연주할 수 없듯이.

그러나 그와 동시에, 음악이란 또한 연주하면서 동시에 들을 수 있는 것, 아니 차라리, 그렇게 들으면서 동시에 행할 수 있는 것이어야 한다. 음악처럼 글쓰기 또한, 그렇게 이질성의 감각을 바로 그 이질성 자체를 통해 지우면서 각인하고 이으면서 뚫고 나아가야 한다. 이것은 끊임없는 정체성의 혼란 속에서 글과 음악을 사유한다는 것, 곧 사이를 하나의 존재론적 원칙으로 받아들인다는 것을 의미한다. 예술의 존재는 바로 그 사이, 곧 그 사이의 미학-정치적 행보에 있다. 이질성이 비로소 딛게 해주는 저 모든 동일성의 상이한 발걸음들 사이. 하여 나는 하나의 언어로 말하지 않고 그 모든 언어들 사이에서 말한다, 더듬거린다, 더듬거리며 더듬는다, 그 사이의 언어를. 여기는 암흑, 캄캄한 암흑, 어둠만이 웅크린 듯 보이는 사이의 틈, 그러나 빛을 찾지 않고 오히려 그 어둠 속으로 더욱 몸을 말아 다시금 웅크리는, 저 모든 사이-계열들, 음렬들.

Sur scène, ça commence, mais tu ne sais pas où tu te situes, tu penses que c'est une pièce de théâtre, vague et hypnotique, mais tu n'es pas sûr que tu sois un acteur pour elle, opaque et brumeux, qu'est-ce que tu fais là, tu dis, tu te dis, mais tu ne sais ni pourquoi ni comment tu es là, tu n'en as aucune clef, tu te sens, tu es entouré d'une ambiance sombre et mélancolique, inexplicable et incompréhensible, mais en même temps, tu rabâches les mêmes choses, c'est possible, peut-être impossible mais possible, probablement, c'est normal dans la vie, en général, c'est quotidien, comme d'habitude, comme toute la répétition dans notre vie, comme telle, telle quelle, même si tu ne sais pas exactement ce que veut dire la généralité ou la normalité, tu te dis encore, tu te persuades comme ça, mais tu ne regrettes rien, rien ne te regrette, tu regardes l'œil du vide, oui, il a un seul œil, non pas borgne mais juste cyclope, tu fermes les yeux, non, tu as sûrement deux yeux, en espérant que tout ça ce n'est qu'un rêve, mais tu te dis, tu penses encore, la vie même est aussi un long rêve, un sommeil lointain, n'est-ce pas, tu doutes, tout c'est une plaisanterie diabolique et démoniaque, n'est-ce pas, tu te doutes, avec une certitude dont tu n'es pas certain, tu n'échappes pas d'un poil du fantôme cartésien, en tout cas, dans ton cas, tu penses, donc tu es, mais tu n'es pas, tu penses, tu n'es pas là, tu penses encore plus, tu n'es rien, rien n'est toi, ni dans le théâtre ni dans le rêve, même si tu continues à penser, sur scène, sur place, surréel, ce n'est pas parce que tu penses que tu es là, mais c'est parce que tu n'es pas là que tu commences à penser, tu te dis encore, à l'intérieur de ton théâtre et à extérieur de ton rêve, apocalyptique et eschatologique, qu'est-ce que tu fais ici, tu as reçu une réponse à cette question, mais tu n'ouvres pas son enveloppe, c'est fermée, tu la fermes, comme un seul œil qui ne peut regarder que ton rêve, comme une plaisanterie dont même le démon ne peut pas rire, l'étoile, la nuit, les escargots dépouillés, les ténèbres flottantes, devant et derrière le rideau, noir et noir,

무대 위에서, 현장에서, 그렇게 시작되지만, 너는 네가 어디에 있는지 알 수 없어, 너는 이것이 그저 하나의, 모호하고 최면적인, 연극 작품이라고 생각하겠지만, 네가 그 연극을 위한 배우인지는 확실하지 않지, 불투명하고 흐릿하니까, 넌 여기에서 뭘 하고 있는 거지, 그렇게 넌 말하지, 스스로에게 말하지만, 네가 왜 그리고 어떻게 여기에 있는지 넌 알지 못할 거야, 네게는 어떤 열쇠도 실마리도 없으니까, 너는 그저 어두우면서도 우울하고 설명할 수도 이해할 수도 없는 분위기에 둘러싸여 있는 거니까, 동시에 넌 같은 말을 되풀이하고 있는 거야, 가능하다고, 아마 불가능하지만 그럴 법도 하다고, 아마도, 일반적으로, 일상다반사처럼, 우리 삶의 모든 반복들과 같이, 그렇게, 그 자체로, 일반성이나 정상성이 정확히 무엇을 의미하는지는 몰라도, 넌 여전히 말하는 거야, 넌 그렇게 네 자신을 납득시키고 있지만, 넌 아무것도 후회하지 않지, 그리고 아무것도 너를 후회하지도 않고, 넌 공허의 눈을 바라보고 있는 거고, 그 공허에는 하나의 눈이 있는 거야, 애꾸눈이라는 게 아니라 그저 외눈박이의 눈이라는 거지, 넌 바로 두 눈을 감는 거야, 아니, 네 눈은 분명 두 개일 거야, 이 모든 것이 그저 꿈일 뿐이기를 희망하면서, 넌 말하는 거야, 넌 다시 생각하고 있는 거야, 심지어 삶 자체도 기나긴 꿈이 아닌가, 머나먼 잠이 아닌가, 그게 맞지 않을까, 의심하면서, 이 모든 것이 악마적이고 마귀의 장난 같은 농담은 아닌지 의심하는 거지, 넌 그렇게 의심하고 있어, 확실하지 않은 확실함으로 데카르트적 유령의 포근한 품에서 빠져나오지 못하는 거야, 그렇게 어떤 경우에도, 그리고 바로 네 경우에, 넌 생각하는 거야, 고로 넌 존재하는 거야, 그러나 넌 존재하지 않고, 넌 생각해, 넌 여기에 없다고, 그리고 넌 더 생각하지, 넌 아무것도 아니라고, 아무것도 네가 아니라고, 연극 안에서나 꿈 밖에서나, 현실적이거나 초현실적인 상황에서, 네가 여기 있는 이유는 네[illegible] 생각하고 있기 때문이 아니라, 네가 여기 없기 때문에 네가 생각하[illegible]시작하는 거야, 넌 여전히 스스로에게 말해, 네 [illegible] 네 꿈 밖에서, 종말론적이고 묵시록적으로, 여[illegible]서 뭘 하는 거지, 넌 이 질문에 대한 답을 받았지만, 넌 그 편지를 [illegible]지 않았어, 그것은 닫혀 있어, 그리고 넌 그것을 스스로 또 닫지, [illegible] 그 외눈이 오직 네 꿈만을 볼 수 있을 것처럼, 심지어 악마조[illegible]지 못할 농담처럼, 별, 밤, 껍질을 잃은 달팽이, 떠돌아[illegible] 암흑, 장막의 앞과 뒤로, 검고 검은,

2016. 6. 21.

Sans être vu de personne, je répète l'impossibilité de la communication, errant entre un sourire et un palimpseste, ça ne répond pas, sans nouvelles, j'entends des bruits de mercure, mais maintenant, c'est l'âge du bronze, la période de la disparition des muses, je sais qu'il y a un grand mur entre nos petites oreilles, sans un scalpel, sans un scapin, j'essaie l'autopsie des cœurs, je les ouvre, sans esprit de refermer, sans l'esprit malveillant, je n'exorcise rien, je baigne mes pieds dans l'eau de fleurs, dans un fleuve de flammes, jamais, je ne suis ni démonomane ni cocaïnomane, j'attends une chose inattendue, sans foi ni loi, je compose une chanson pour le chœur absent d'église engloutie, ça ne répond pas encore, ça ne chante plus, sans exception ni réception, je choisis quelque chose qui n'est jamais donnée, sans réserve ni dérive, je ne suis pas encore donné au monde, sans aucune origine, sans naissance ni déchéance, sans protocole ni acolyte, je marche, je cours, enterré, je plonge, je pénètre, mouillé, encré, et enfin ancré, dans un autre cap, sans aucun gap, aucune tape, je touche les bords, j'arrive à l'impossibilité, ça ne répond ni ne correspond, personne ne s'entend à demi-mot, demi-mort de mots, ci-gît mon cœur, juste après son anatomie.

Mon poème en série d'aujourd'hui qui ne pouvait jamais devenir poème,

어느 누구에게도 보이지 않으면서, 미소와 덧댄 글 사이를 배회하며, 나는 소통의 불가능성을 되풀이하고 있습니다, 그것은 아무 대답도 하지 않습니다, 소식도 없습니다, 나는 수성과 수은의 소리를 듣습니다, 그러나 지금은 청동의 시대입니다, 뮤즈가 소멸하는 시대입니다, 내 작은 귀 사이에는 큰 벽이 있음을 알고 있습니다, 날 선 칼날도 교활한 간계도 없이, 나는 마음의 해부를 감행합니다, 가슴을 절개합니다, 다시 꿰맬 마음도 없이, 그저 악의 없이, 나는 그 어떤 것도 퇴마할 마음이 없습니다, 꽃물 속에, 불꽃의 물결 속에, 발을 담그고 있습니다, 절대로, 나는 악에도 약에도 사로잡히지 않았습니다. 나는 그저 믿음도 법칙도 없이, 뜻밖의 일을 기다리고 있습니다, 나는 가라앉은 성당의 부재하는 합창단을 위한 노래를 작곡합니다, 그것은 여전히 아무런 대답도 하지 않고, 더 이상 노래도 부르지 않습니다, 예외 없이 수신 없이, 나는 단 한 번도 주어지지 않았던 무언가를 선택합니다, 주저함도 빗나감도 없이, 나는 아직 세상에 주어지지 않았습니다, 그 어떤 기원도 없이, 탄생도 쇠락도 없이, 의례도 추종도 없이, 나는 땅에 파묻힌 채 걸어가고, 달리고, 잉크가 묻은 채 빠지고, 꿰뚫고, 젖고, 물들이고, 마침내 다른 곶串에 닻을 내린 채, 어떤 틈도 없이, 어떤 마개도 없이, 가장자리에 가 닿아 불가능에 도착합니다, 대답도 교신도 없습니다, 그 어느 누구도 완곡하게라도 반-주검이 된 반-말을 듣지 못합니다, 여기에, 해부가 바로 끝난, 내 심장이 묻혀 있습니다.

결코 시가 될 수 없었던, 오늘 나의 계열화된 시는,

2016. 6. 22.

삶이 사랑이 아니었다면 어땠을까,
한 움큼의 현실조차도 되지 못하는 이 서투른 가정으로부터,
왜냐하면, 삶은 사랑과 등치가 아니기에,
시작하는 시작은 결코 시가 될 수 없다고,
딱히 시를 짓기 위해 저 물음을 던졌던 것은 아닌 이에게
또 다른 이가 원론적인 비평을 짓고 문학적인 훈수를 두었고,
짓는 것은 이제 그만둘래,
두는 것도 그만 지을 수 있다면
그만두는 사람이 되어 낙오자라고 적힌 장부에
떠드는 사람, 말 안 듣는 이, 지각한 놈이 되어 이름이 기재된다,
지워 달라고, 부디 누락시켜 달라고, 부리는 생떼 속에서
사랑이 삶이 아니었다면 피어나지 못했을,
뒤집힌 가정의 토양으로부터, 채 삶을 교육받지 못한
잡초 하나가, 짓는 것은 포기한 채, 지어지고 이어졌다.
수박의 겉을 핥듯, 그 잡초의 줄기에 혀를 갖다 대어,
움찔한 독을 맛보다가, 한 번 맛보면 좀체 잊을 수
없는, 존재하지 않아야 했을, 어떤 달콤함을 기어코 이 세상에서 맛보려는 듯이,
세상이 정지한 듯, 생각했다.
삶도 사랑도 사이도 아니었다면, 게다가 이 모든 단어들이
ㅅ으로 시작하지 않았다면, 또 다른 ㅅ의 이웃,
시도 잡초처럼 맹독처럼 걷잡을 수 없게 들판에 아니 퍼지지는 않

았을까,

시만 무성하게 온갖 ㅅ들만 빽빽한, 서먹하게 그을린 전장에 서서,

아무 무기도 손에 쥐지 못하고, 존재하지 않는 사이시옷들 사이에서,

허공을 향해 멋쩍게 빵야빵야 어린애 놀음을 했다.

그래서 어떻게 되었지,

옛날이야기의 너무도 완벽히 짜 맞춰진 결말을 묻듯,

이 물음은 가정한 이도 아닌 훈수한 이도 아닌 세 번째 이의 또 다른 물음.

그런데, 대답할 이가 아무도 남아 있지 않은 것은,

시의 문제도 사랑의 문제도 삶의 문제도 아닌,

네 번째, 사람의 문제, 언제나처럼, 사람이 문제, 역시 ㅅ의 문제, 사이의 물음.

보도 위를 구르는 쓰레기를 발로 툭 차, 아래쪽 차도로 미뤄 놓았어,

그러면 마치 안 보일 것 같았으니까, 세상에 없는 쓰레기가 될 것만 같았거든.

그러나 그럴수록 점점 더 감출 수 없는 틈들이 벌어졌다,

나는 그 아가리 속에서 점액질로 소화되고 있었지만, 유성이 번쩍이며 떨어졌다.

한 줌의 도덕은 내 손아귀에 없다, 몸도 없는 것이 소리를 내며 빠지직 갈라졌다.

2018. 6. 24.

연구하는 자, 읽고 쓰는 자는, 물론 세계를 자신의 대상으로 삼지만, 결코 그 자신의 기쁨을 바로 그 세계 자체로부터 길어 올리지도 않고 길어 올릴 수도 없다. 그것은 그에게 그렇게 한 불가능의 의지, 한 의지의 불가능성이 된다. 그에게 기쁨을 주는 세계와의 대화란, 요란하고 떠들썩한 시정市井의 잡담이나 값싼 웃음이 아니라, 침묵의 시정詩情에서 고요히 우러나오는 비단 '철학'에 국한되지만은 않는 철학적 독백이자 단지 '음악'으로 들리지만은 않는 음악적 교감이기 때문이다. 그가 그렇게 기쁨을 얻는 곳은 세상의 뒤편이다. 아마도 그것이 바로 그의 불행이자 행운일 것이다. 그것은 마치 지옥과도 같은 공간적/환경적 조건 속에서 그만의 즐거움을 찾는 일처럼, 드물고 남루한, 또한 헤프고 고귀한 일이기 때문이다. 모든 고귀한 것은 언제나 그렇게 어렵고도 또한 드물다. 그가 그 자신만의 어떤 희열을 느끼고 발견하는 '곳'은, 그 세계의 뒤편에서 가끔씩 어떤 작은 비밀을 발견했다고 그가 느낄 '때'이다. 이 비밀과 이 발견의 아주 작은 날갯짓이 그의 온몸을 전율시킨다. 그러나 그 비밀은 언제나 환상이다. 세계는 심층이 없는 표면이며 언제나 그 모든 것들의 사이이다. 비유하자면, 그것은 아마도 진언眞言parrêsia과 재림再臨parousia 사이의 어떤 '미세한' 차이, 또는 성찰théorie과 선언kérygme 사이의 어떤 섬세한 '떨림' 같은 틈. 정결함으로 때가 타 오염되고, 다시금 더러움으로 씻기어 정화되는 일. 그래서 그가 처해진 천형天形은 그만의 지복至福/地福이 되기도 하는 것. 나의 약은 당신의 독이며, 나는 그렇게 나라는 약으로 당신에게 독을 선사하고자 한다. 그것이 나의 임재이자 재림이며 진실이자 용기이다. 또한 그것이 나의 이론이자 선언이며 나의 틈이자 나의 사이이다.

2020. 6. 18.

재난 혹은 재산, 구토 혹은 구조
앞이 어디인지도 모른 채, 앞만 지우며 달려왔다.
지워지지 않는 것은 나만 몰랐던 어떤 사실.
문득 뒤를 돌아보니, 따라오며 마주할 사람이 없고,
다시 옆을 더듬으니, 곁에는 친구라 할 사람이 없다.
헛웃음이 나오려는 걸 간신히 참아 낸 구토.
아마도 그것이 나의 재산,
고립에는 딱 떨어지는 대차대조표가 없다,
그래도 그것이 나의 재난,
스스로 택한 고독을 수신자 삼아,
지불한 적 없는 구겨진 영수증 몇 장이 도착했고.
말이 되지 못한 것은 생각조차 되지 못하는 것, 마치,
부르지 못한 목소리가, 그 소리를 가져야 할 몸조차
되지 못하는 것같이, 못하는 것처럼, 못해야 한다는 듯이.
누군가의 글을 읽으면 다시 토하고 싶은 마음이 되고,
그 글이 기대고 있는 감상을 상상하고는 다시 또다시
깨끗한 척만 하는 그 감상의 더럽고 더러운 마음을,
마치 못 볼 것을 본 듯이 입으로도 눈으로도 게워 내고
내가 다시는 노래를 만들지 말아야지, 다짐을 두다가
바로 다시 노래를 부를 사람처럼, 목청을 가다듬는다.
역겨운 번복, 토를 하고 난 다음, 끌과 칼이 지나간 듯,
쟁기가 불처럼 타듯이 핥고 통과한 듯 화끈거리는,

나오지 않는 목소리로 가장 높게 부르는 통주저음.

구조자에게는 들리지 않는, 조난자의 낮은 무음들.

그러나 조난자에게는 보이지 않는 세이렌의 구조 신호들.

2020. 6. 6.

건강한 삼시三時

온종일 아무것도 먹지 못했다, 아니, 않았다.

이토록 보기 좋게 삼중으로 이어 붙은 부정들이,

나의 세끼를, 종을 때리듯, 경을 치듯, 지나쳐 간다.

하루는 단 세 개의 때로 이루어진 단단한 것이라는 착각,

퍼져 가는 연기 속에서만 오로지 더욱 뚜렷이 보이는 것들이,

정확히 나뉠 수만은 없는 숫자들의 맥박처럼 확실히,

아주 건강하게 잡힌다, 꽤 빼곡하게 잡혔다가는 다시 희박하게 풀려나간,

끊어진 고삐의 끝을 잡지만, 여긴 신나는 난동도 불타는 광란도 없다.

가지런히 정돈되어 인과로 얽힌 한 죽음의 서사를,

한 편의 추리소설처럼 읽었고, 한때의 성대한 끼니처럼 때웠는데,

문득 엄청난 포만감이 헛배처럼 난파되어 당도했다.

거기서는 미리 상륙한 시체들이 갓 도착한 신참 시체들을 줄 세운다.

난파의 조각들이 가득한 해변 위로 환영을 표하는 찢어진 플래카드,

여기가 그대들이 바라던 천국이라고 선전한다.

나는 모든 일상의 프로파간다를 사랑할 수밖에 없다.

광고 없이는 아무것도 먹을 수 없게 된 자가

난파선 안에서 조합을 만들어 선상 반란을 일으켰다.

생의 의지는 그만큼이나 훌륭하다.

여기는 어떻게 해도 계속 바깥이다.

2020. 6. 5.

근 한 달 정도의 시간 동안 하나의 글을 붙들고 그 글을 보다 완벽하게 완성시키기 위해 쓰고 또 쓰고 고치고 다시 쓰기를 반복하다 보면, 그 반복적 차이의 말미에서그것은 물론 결코 온전한 끝이 될 수는 없겠지만, 다른 의미에서 그 끝은 언제나 보이게 마련이다 한 줄기 설명할 수 없는 묘한 빛이 머리 위로 내리쬐는 경험을 하게 된다. 모든 것들이 형언할 수 없는 불확실성으로 오히려 가장 확실하게 빛나는 순간이랄까. 나는 이것을 어떤 종교적 경험이라고 부를 수 있다고까지는 생각하지 않지만, 그 모호하게 명료한 빛의 경험은 글을 쓰는 나의 의식적 의지와 전혀 다른 방향에서 출현하는 어떤 이질적이고 외재적인 도래到來인데, 지속되는 괴로움 속에서도 계속 글을 쓰고 있는 것은 어쩌면, 이 빛에 대한 어둠 속의 기다림이 내게 선사하는 저 찰나의 달콤함 때문인지도 모르겠다.

글은 그렇게 바깥에서 와 그 사이로 내린다.

글은 내 안의 어딘가, 소위 내면에서 오지 않는다.

글은 저 바깥 어딘가, 내가 어떻게 할 수 없는 외부에서 나에게 내린다.

그 달콤함은 차가운 독배이고, 그 냉기는 두려운 황홀이다.

2019. 5. 9.

작성되지 못한 유언장

언제부터인가, 지금 내가 쓰는 원고가 내 마지막 원고가 될 수도 있다는, 그런 기분과 그런 다짐으로, 글쓰기에 임하게 된다.

그렇게 모든 글쓰기는 매번 그 순간의 내 유언들이 된다.

매순간 유언장을 작성하는 마음가짐으로, 나의 펜은 옆으로 아래로 아무 방향으로나 그렇게 써 내려가지고.

부고는 단 한 줄도 나오지 못했다.

나는 내가 쓰는 글이 유언이라고만 생각했지,

내 스스로 작성하는 부고라고는 미처 생각하지 못했다.

행장行狀 이란 결코 스스로는 쓸 수 없는 글의 장르이다.

2018. 5. 9.

균열에의 非-의지non-volonté

— 미셸 푸코의 '언어'

"À vrai dire, je n'ai pas le projet de vous parler de quoi que ce soit, ni de l'œuvre, ni de la littérature, ni du langage. Mais je voudrais placer en quelque sorte mon langage, qui malheureusement n'est ni œuvre ni littérature, je voudrais le placer dans cette distance, dans cet écart, dans ce triangle, dans cette dispersion d'origine où l'œuvre, la littérature et le langage s'éblouissent les uns les autres, je veux dire s'illuminent et s'aveuglent les uns les autres, pour que peut-être, grâce à cela, quelque chose de leur être sournoisement vienne jusqu'à nous."

— Michel Foucault, dans une conférence en 1964,
"Littérature et langage".

"사실을 말하자면, 저는 그것이 무엇이 됐든 작품이라든가 문학이라든가 언어라든가 하는 것들에 대해서는 여러분께 말씀드릴 계획이 없습니다. 그보다 저는, 불행히도 작품도 문학도 아닌 제 언어의 자리를, 어떤 식으로든 한번 잡아 보고 싶습니다. 제 언어를 이러한 거리감 안에, 이러한 균열 안에, 이러한 삼각관계 안에, 곧 작품과 문학과 언어 셋이 서로를 사로잡는, 다시 말해 그렇게 서로를 비추고 서로에게 눈이 머는 이러한 흩어지는 기원 안에 위치시켜 보고 싶다는 것입니다. 그로 인해 아마도 그 셋의 존재로부터 나온 어떤 것이 우리에게까지 의뭉스럽게 도달할 수 있도록 말입니다."

— 미셸 푸코, 1964년의 강연 「문학과 언어」 중에.

푸코의 저 말을, 내가 나의 언어를 통해, 다시금 나의 '시대'에 되돌려 준다고 한다면, 나에게는 어떤 '작품'을 쓰고자 하는 계획도, 어떤 '문학'을 행하고자 하는 의지도, 어떤 '철학'을 이루고자 하는 사상도 없다. 나에게는 오직 그 모든 것들의 의뭉스러운 사이만이 존재할 뿐이라고 말해야 한다. 언제나 나는 만약 그런 것이 있다면 분열증과 편집증의 중간, 그 사이의 상태 어딘가에서, 그렇게 써왔다, 그것도, 그 둘 사이의 어떤 절충된 접점이나 종합된 종점에서가 아니라, 오히려 그 둘 사이의 어떤 균열된 주변부에서, 어떤 이질적인 거리감 안에서, 그렇게 써왔다, 그렇다고 생각한다. 지나간 세기를 추억하고, 다시금 돌아올 세기를 준비하며, 그러나 동시에, 그 준비가 그저 '준비'가 되지 않기를 바라는 기이한 의지 안에서, 결코 도래하지 않을 시간을 기다린다는 그런 역설적이고도 도착적인 의지 안에서 만약 나에게 어떤 의지가 있다면 바로 이것, 그리고 오직 이것뿐일 텐데, 그렇게 쓸 것이다. 말하자면, 변함없이, 변화를 기다리며, 연약한 무의지를 향한 가장 강건한 의지로, 눈이 부신 빛 속에서 차라리 눈이 멀기에 볼 수 있을 부재의 존재를 향하여, 차가운 사이 속에서 뜨거운 찰나를 기다리며, 이미 도래한 것의 도래함을, 그래서 딱히 기다릴 것도 없고 기다릴 수도 없을 어떤 것을, 그렇게 바로 그 머나먼 틈들 속에서 한없이 기다리며.

2014. 5. 9.

모두가 멈췄다, 움직인다

— 김언 시인의 시에 기대어

김언 시인이 이곳 파리로 보내 주신 시집 『모두가 움직인다』에 담긴 소중한 글. 작년 여름에 잠시 서울에 머문 틈을 타 이미 구입하여 탐독했던 시집이었는데, 아쉽게도 이곳으로 갖고 오지는 못했었다. 그런데 이제 그 아쉬움을 달랠 수 있게 된 것이다.

이미 나의 책 『사유의 악보』의 한 악장을 통해서도, 나는 그의 시에 보다 더 가깝게 도착하고자 시도한 적이 있었는데, 그의 시를 찾아가고자 했던 나의 그 마음이 목적지에 제대로 도착했었는지는 지금으로서는 알 길이 없다나는 그때 '소설을 쓰자'고 강권하는 김언 시인의 시와 '가지고 있는 시 다 내'놓으라고 협박하는 박상 작가의 소설을 교차시키는 한 편의 '대화', 다시 말하자면 "겨우 두 사람이 있는 대화"를 썼었다. 왜 알 길이 없는가 하면, 한 번 더 김언 시인의 시를 직접 빌리자면, "나는 항상 실패한다. 나는 항상 시도한다. 나는 항상 물거품이다. (……) 나는 항상 불가능하고 없다." 그렇기 때문이다. 그리고 다시 한번 더 그의 시를 빌려 또한 첨언하자면, 나 역시나, 여전히, 아직도, "이미 사라진 주어를 어떻게 찾을까 고민 중이다." 그렇기 때문이다. 주어는 사라져 이미 내게 존재하지 않는 사이로서만 잔존한다.

그러나 또한, 그 와중에서, 이 사실만은 분명히 말할 수 있다. 나는 시인들이 참으로 고맙다. 항상 실패하나 시도하는, 아니, 좀 더 정확하게는, 항상 시도하나 실패하는, 그들이 고맙고 또 가깝다. 내가 정확히 그렇기 때문이다. 하여 시인들이여, 부디 말을 부여잡고, 언어의 안

쪽을 돌아 나와, 글 바깥에 머무르시기를, 그리고 또한 다시 그것들을 부여잡으시기를, 모두들. 모두가 정지해 있는 것처럼 보이는 바로 이 순간, 다시, 모두가 움직인다. 그렇게 움직임은 사이에 머물고, 다시 그 사이를 벗어난다. 아무도 모두이고, 모두 다 아무다.

2014. 4. 27.

장도리
박순찬
dori@khan.kr

조선말
신분철폐
헛소리 말고 주인마님잘모셔 밥굶지마시게

일제강점기
독립만세
일본이 망할리가

군정시대
독재타도 민주사회 건설
쓰레기통에서 장미피우는게 더 쉬워

재벌시대
노동자진보세력 키워 흙수저 탈출하자
헛꿈 꿀 시간에 스펙쌓아서 먹고살길 찾아야

일종의 기호-역사적sémio-historique 고찰 한 자락: 이 만화의 첫 3컷을 다시 한번 더 뒤집어 생각해 보자. 1 한때 철폐했다고 믿었던 신분은 언제나 다른 형태들로 더욱 강화되어 돌아오고, 2 한때 쟁취했다고 생각했던 독립은 여전히 이어지는 다른 예속 상태들의 존속에 의해 요원해지며, 3 한때 사라졌다고 믿었던 독재는 부활했고, 한때 이뤘다고 생각했던 민주주의는 사망했다. 따라서 이 3컷은, 한때 헛소리로 여겨졌던 모든 일들이 결국 사실은 실제로 성취되었다는 역사를 환기시킨다기보다, 만화 그 자체의 의도와는 조금 다르게, 오히려 저 모든 것들이 여전히 헛소리들로 남아 있을 수밖에 없는 현실을 가리키고 있다고 말해야 한다. 그러므로 여기서 마지막 4번째 컷의 의미는 두 갈래로 분기된다. 그것은 일견 미래에 성취될 수 있고 또 성취되어야만 하는 현재의 '헛소리'가 지닌 어떤 희망의 가능성과 당위성을 말하는 듯 보이지만, 동시에 그것은 앞선 다른 3컷의 내용과 마찬가지로 여전히 미래에도 아직 하나의 헛소리와 헛꿈으로만 남아 있게 될 어떤 절망의 창궐과 고착에 대한 예언이 되기도 한다. 그리고 나는 이 두 번째 가능성에 더 큰 무게를 두고 싶다, 두고 '싶다'고 그저 지나치듯 섣불리 말했지만, 물론 그것은 나의 '의지'가 아니라 그저 나의 '박약'일 것이며, 의지가 될 수 없는 것에 일말의 의미를 부여해 보려는 하나의 '발악'이기도 할 것이다. 그러나 역설적으로 이러한 무-의지 혹은 비-의지만큼 강력한 '역사적'이고 '미학적'인 의지가 따로 존재할 수 있을까. 이것이 나의 가장 근본적인 의지의 물음이다. 『대학신문』에서 만평을 재학 내내 4년 동안이나 그렸던 나에게,

그 모든 의지와 박약과 발악은 어떻게 해도 채워질 수 없는 기호의 욕망으로, 역사의 미련으로, 미완의 미학으로 남는다. 그렇게 이미지는 나의 원죄가 된다. 그러나 바로 그 기원 없는 원죄 덕분에, 나는 내 무의지의 의지意志 혹은 依支를 목도한다, 내 비의지의 비지秘知, 혹은 어쩌면 非知, non-savoir를 경험한다.

2016. 3. 31.

외국어 시험

— 동지의 언어와 적의 언어 사이의 변증법

각자 정도의 차이는 있겠으나 누구에게나 외국에서 산다는 일은 거의 매순간 힘든 일들의 연속일 텐데, 그런 와중에서도 아주 가끔씩은 작게나마 재미있고 기쁜 일들이 일어나기도 한다. 지난여름에 기분 전환 삼아 루앙Rouen에서 치렀던 프랑스어 심화 능력 시험 DALF C1의 공식 합격증이 얼마 전 파리 집으로 도착한 일도 그런 작은 기쁨들 중의 하나이다. 유학생도 아니고 나는 프랑스에 일하러 이주하기 전까지 한국을 떠나 한 번도 외국에서 공부해 본 적이 없다 이미 프랑스에서 외국인 노동자 교수로 일하고 있는 내게 새삼 이런 언어 자격증이 무슨 필요가 있을까 생각하는 이들도 있겠지만, 남들처럼 따로 학교나 학원도 안 다니고 따로 시험 준비도 없이 그저 '시험 삼아 보았던 시험'에 합격했다는 기쁨은 내게 소소하지만 알찬 즐거움을 주기에 충분했다. 한 번도 '공식적으로' 검증받지 않았던 내 프랑스어를 한번 시험에 들게 해보고 싶었던 가벼운 마음도 있었고, 파리를 떠나 루앙에 있는 내 프랑스 친구들 덕분에 여행 가듯 찾아가 함께 소중한 순간들을 즐기면서 시험을 볼 수 있었던 기쁨도 컸다. 이 C1 등급은 공식적인 프랑스어 능력 시험들 중에서 두 번째로 가장 높은 등급이고, 이렇게 받은 성적은 중간에 따로 갱신이 필요 없이 평생 동안 인정되는 자격에 해당한다.

당연한 말이지만, 가르치는 일은 동시에 배우는 일이기도 해서, 이전에도 지금도 나는 내가 가르쳤던/가르치는 프랑스 학생들에게서 지식을 배울 뿐만 아니라 깨달음과 감동을 얻곤 한다. 이는 내가 나의 모든 학생들을 그저 '학생'이라고 부르지 않고 언제나 '제자-동지들élèves-camarades'이라는 별도의 복합적 호칭으로 부르는 중요한 하나의 이유이기도 하다. 올해 특히나 부쩍 많아진 내 강의들의 압박이 참 힘들긴 해도, 요즘도 나는 매번 나의 학생-동지들 덕분에 큰 힘을 얻곤 한다. 프랑스에 오기 전에는 그저 프랑스어를 글로만 배웠던 나에게 '진짜' 프랑스어를 생활 속에서 가르쳐 준 나의 학생-동지들, 단지 언어의 학습에서뿐만 아니라 내 학생-동지들은 일상의 깨달음에서 언제나 내 스승들이기도 하다. 타자의 언어는 그렇게 매번 새로운 깨달음이기도 하다. 나의 강의들이 그들에게 또한 그러한 친구와 동지와 스승의 역할을 할 수 있기를, 그러한 작은 깨달음의 계기들이 될 수 있기를, 나는 하루에도 몇 번씩이나 빌고 또 빈다. 그리고 나는 이러한 관계의 형성이야말로 '교수'라는 이름에 합당한 하나의 자격, 거의 유일한 의미, 필수적으로 가능해야 할 태도이자 자세로서의 méthodologie이자 pédagogie라고 생각한다. 하여, 이 프랑스어 자격시험 DALF C1 합격증의 작은 기쁨을, 깊은 감사와 연대의 마음에 담아, 내 사랑하는 학생-동지-스승들과 함께 나누고 싶다. Un grand merci à tou.te.s mes élèves-camarades, mille mercis à tou.te.s mes ami.e.s.

물론 타자의 언어란 그러한 기쁜 깨달음의 순간들임과 동시에 매번 새로운 고통의 벽을 실감케 하는 완벽히 낯선 이물감의 현상이기도 하다. 그러한 의미에서 타자의 언어를 학습한다는 것은 어쩌면 동지의 힘으로 적의 말을 배우는 일과도 같다고 느낄 때가 많다. 아마도 내 학생-동지들에게도 언어의 경험이란 그런 것이리라. '외국어'라는 언어적 분류의 개념은 단지 실제적 언어들 사이에서만 이루어질 수 있는 배타적 규정이 아니다. 예를 들면, 시가 그렇고, 음악 또한 그렇다. 그리고 무엇보다 우리가 살아가고 있다고 '믿고' 있는 현실이 바로 그렇다. 이 모든 것은 영원히 타자의 언어들, 그 자체로 각각 어떤 외국어들이다. 나와 그 어떤 공약 가능한 부분을 나누고 있을지 모르는 타자, 나와 그 어떤 공통의 규칙을 나누고 있을지 결코 모를 수밖에 없는 타자, 그 절대적 타자는 무엇보다 이질적인 적의 언어로, 그 말과 소리와 글과 이미지를 통해 내게 다가온다. 어떤 의미에서 나는 매번 '문법'을 발명해야 한다. 그래서 나는 그 적과 그의 이러한 언어들을 통해 일종의 '적대적 공범' 관계를 이뤄 내야 한다. 적과의 동거, 동지와의 분열. 이것이 내가 '외국어'라는 추상과 실제의 개념을 둘러싸고 내 안과 밖 사이에서 자의와 타의로 발생시키는 적-동지 사이의 변증법이다.

2019. 12. 14.

체류의 자격

— 존재와 부재의 조건들 사이에서

2019년의 막바지, 드디어 프랑스에서 다년 장기 체류증을 받았다.

외국에 살면서 여러 가지로 힘든 와중에 느끼는 소소한 기쁨들에 대해 앞서도 이야기했는데, 최근에 또 다른 작은 기쁜 일이 하나 더 생기게 된 것이다.

어느덧 내가 프랑스에 와서 교수로 일한 지 올해로 7년으로 접어들고 있는데 시간은 정말 모든 것을 추월할 정도로 언제나 빠르다, 이 역시 각자 정도의 차이는 있겠지만, 외국에서 외국인으로 살고 있는 거의 모든 사람들이 느끼는 큰 어려움들 중의 하나는, 아마도 매해 반복되는 외국인 체류증 갱신의 문제일 것이다. 지금껏 매년 한 해에 꼭 한 번씩 체류증을 갱신해야 하는 과정은, 일견 당연한 것처럼 느껴지면서도, 그때마다 참으로 성가시고 힘든 일로 느껴졌는데, 드디어 얼마 전에 프랑스 당국으로부터 다년多年 장기 체류증carte de séjour pluriannuelle을 받게 되었다. 이제 내가 여기 프랑스에서 일한 시간도 어느덧 꽤나 흘렀고, 다행히도 현재 일하고 있는 대학에서 정규직 교수가 된 이후로 줄기차게 요구하고 신청했던 것이라, 이렇게 막상 다년 장기 체류증을 받게 되니 말 그대로 만감이 교차하는 듯한 느낌을 받게 된다. 그리고 이 만감의 정체에 대해 생각해 본다.

무엇보다 드디어 이 체류증을 받아 들고 가장 기분이 좋았던 것은, '아, 이제 매년 반복되던 이 지난한 체류증 갱신의 과정을 당분간 안 겪어도 되겠구나' 하는 깊은 안도감 때문이었다. 처음에 프랑스에 일하러 오기로 결정했던 때도 그랬지만, 나는 심지어 지금도 내가 이곳에서 얼마나 더 살게 될지 알지 못하고 또 정해 놓지도 않았다. 미리 결정된 계획 같은 것은 전혀 없다. 나는 내 운명이 놓는 길을 따라 그 운명을 사랑하면서 함께 깊이 머물거나 훌쩍 날아갈 뿐이다. 언제나 기본적으로 그런 마음을 품고서 살고 있다. 하지만 그 운명과 함께 무언가 하나의 큰 산을 넘었다는 이 느낌은 분명 소중한 것이다.

이 또 하나의 작은 기쁨 역시 아름답게 기억하고 소중하게 기록하기 위해서, 문서고archive에 대한 자크 데리다Jacques Derrida의 또 다른 하나의 책을 배경으로 이 체류증의 부분적 모습을 담아 둔다. 거기에 담긴 사진 속 나의 눈빛에는 초점이 없고 이 시간이 밀물처럼 나를 밀고 나갈 시간 역시 기약이 없다. 그 기쁨이 아주 작은 것이었던 만큼, 아마도 그 작은 기쁨에 대한 기억은 그만큼 소소하게 잊혀 갈 것이다.

그리고 나의 눈빛도 점점 더 어두워져 갈 것이다. 눈이 멀어서도 여전히 눈부신 빛을 보고 있다고 말하게 될 수도 있을 것이다. 그러나 기억의 가능성이란 오히려 망각이라는 불가능성을 그 자신의 근본 조건으로 삼을 수밖에 없는 것, 마치 한 번도 기억되지 못한 것을 기억하듯이, 그리고 또한 단 한 번도 잊지 않았던 것을 잊어버리듯이, 마치 기록 그 자체의 가능성이 거꾸로 '기록될 수 없는 것'이라는 저 근본과 기원의 불가능성에 '근본적'이고도 '기원적'으로 기대고 있는 것처럼 말이다. 내국인과 외국인을 가르는 기준, 동일자와 타자를 분리하는 원칙, 내부와 외부를 나누는 경계선들, 이 모든 것이 기실 저 기원 없는 기원과 근본 없는 근본이라는 아찔한 불가능성 위에 있는 것은 아닐까. 그래서 우리가 어딘가에 합법적이고 정당하게 머물기 위해 필요하다고 요구되는 증명서라는 형식, 우리가 어떤 나라나 사회에 공식적이고 적법하게 귀속되어 있음을 인정하는 어떤 자격이라는 조건, 그것들은 그 자체로 '우리'라는 자격의 원천 없는 원천과 배경 없는 배경과 귀속 없는 귀속의 허구적 알리바이가 되는 것. 포함과 배제 사이의 아포리아가 바로 그 알리바이를 통해 나타나고 또 감춰지는 것. 하여, '우리'라는 이름을 지닌 동일자의 자격은 사실 언제나, 그 동일성 자체를 가능하게 해주는 저 이질성의 불가능이라는 조건 바로 위에, 다시 말해 바로 타인의 땅 안에, 바로 타자의 시간 속에, 그렇게 존재하면서 동시에 부재하는 것.

건강 검진

— 건강이란 무엇인가

교수 의무 건강 검진 때문에 오랜만에 병원에 다녀왔다. 프랑스에서 모든 진료는 일반의와의 면담에서부터 시작된다. 경력이 많고 나이가 지긋한 의사그는 물론 나를 진료하며 마스크에 위생 장갑까지 철저히 끼고 있었다에게 현재 프랑스의 코로나바이러스 상황에 대해 의사로서의 사적인 견해를 물어보았다. 프랑스에서도 코로나를 둘러싸고 여러 가지 자극적인 뉴스들은 많지만, 최근 내가 개인적으로 여기에서 내 활동 범위 내로 느끼고 있는 분위기 안에서는 전혀 어떠한 심각함도 아직 찾아볼 수 없기 때문이다지난주부터 아주 가끔씩 마스크를 착용한 소수의 사람들이 파리 거리에서 목격되기 시작했지만.

푸근한 할머니 같은 눈빛의 의사는 내 질문을 받자마자 그에 대해 말하고 싶었던 게 이미 많았는지 갑자기 말이 빨라지면서, '지금 중국도, 유럽도, 프랑스도, 마크롱Macron 씨도 모두 다 거짓말을 하고 있다'는 이야기로 일단 포문을 열었다. 프랑스인들은 어쩌면 말을 하기 위해 태어난 사람들 같다. 그리고 대통령이라고 할지라도 그저 'Monsieur'만을 붙일 뿐이다. 그리고 바이러스의 정확한 추이는 현재 그 누구도 정확히 알 수 없다며 지금으로서는 특히 사람들이 많이 밀집되어 있는 지하철을 피할 것을 권고했다. 내가 '출근할 때는 그럼 어떻게 하냐'고 되묻자, 그는 내게 '그럼 지난 교통 파업 때는 어떻게 했냐'고 반문하면서, 되도록 웬만한 거리는 걸어 다니라는 의사로서의 충고도 잊지 않았다하긴 지난 교통 파업 때는 웬만하면 모든 거리를 다 걸어 다녔다. 자신도 매일 10킬로미터 이상'전혀 많은 거리가 아니야'라는 말을 덧붙여 을 걷고 있다는 꿀 같은 팁과 함께.

요즘 한국에서 많은 동료 선후배 교수들이 코로나바이러스 사태 때문에 소위 '인강[인터넷 강의]' 영상을 만드는 일로 골머리를 앓으면서 쩔쩔매는 소극 아닌 소극을 사회관계망을 통해 목격할 때마다 '와, 이러다가 다들 유튜버 되는 거 아니야' 하는 웃지 못할 생각을 했던 적이 있었는데, 만약 내가 오늘부터 의사의 강력한 권고를 따른다면 여기서 나는 어쩌면 지난 파업에 이어 코로나바이러스로 인해서도 걷기의 달인이 될지도 모르겠구나, 그런 상상을 하게 되었다. 마치 열심히 걸어 다니는 존재에게 바이러스는 따라붙지 않을 것처럼. 진료소를 나와 걷고 또 걸으면서 대여섯 군데 들렀던 약국에서는 손 세정제가 모두 동이 나서 단 한 통도 살 수가 없었고. 그러나 어쨌든 나는 오늘 퇴근할 때에도 결국 지하철을 타야 할 수밖에 없을 것이다. 바이러스와 아시아인을 일종의 '등치'로 생각하는 '무지한 유럽인'이 단 한 명도 지하철 안에 없기를 바라면서 말이다. 프랑스 파리에서 일하는 [동]아시아[한국]인—유럽에서 일반적으로 아시아의 '방위'와 '국명'은 굳이 필요 없는 것으로 이렇게 대괄호 속에서 사라진다—외국인 노동자의 도보와 통근과 검진과 건강염려증hypocondrie은 오늘도 그렇게 진행된다. 푸코가 『임상의학의 탄생*Naissance de la clinique*』에서 의학에서 공간과 언어와 죽음의 문제가 결국 시선regard의 문제라고 썼던 것과 정확히 같으면서도 조금 다르게, 이 동아시아 한국인—나는 여기서 내게 따라붙는 저 모든 규정의 언어들에서 대괄호를 해제한다—의 건강 문제란 그렇게 또한 타자의 시선들 속에 있다.

2020. 3. 10.

데이비드 린치에 대하여, 예술-삶

— 파리의 영화관 1

〈David Lynch: the Art Life〉 2016,

au Cinéma L'Arlequin, le 16 février 2017.

나는 이 다큐멘터리가 데이비드 린치David Lynch의 첫 장편 영화 〈이레이저헤드Eraserhead〉 1977, 내가 태어난 해이기도 하다 에 대한 이야기에서 끝난다는 점이 참 마음에 들었다. 1990년대 중반 서울의 한 시네마테크에서 그의 첫 장편 영화를 내 생애 처음으로 관람했던 그 어린 시절의 가슴 두근두근한 감흥을 나는 마치 어제 일처럼 기억하고 있다. 그러므로 이 영화는 데이비드 린치 감독의 영화 예술 세계 전체를 조망하려는 일종의 '총정리' 다큐멘터리가 아니라, 한 예술가의 탄생, 그리고 지금도 여전히 이어지고 있는 그 예술의 삶을 다룬다. 그런 의미에서 피터 그리너웨이Peter Greenaway, 줄리언 슈나벨Julian Schnabel, 팀 버튼Tim Burton 등의 감독과 함께 데이비드 린치는 단순히! 영화라는 장르가 아니라, 미술, 더 넓게는 시각 예술이라는 영역 안에서, 그 영역을 통해서, 그리고 그 영역의 바깥과 영역들의 사이에서 바라보아야 하는 예술가이다.

이 다큐멘터리를 통해 그의 다종다양한 미술 작업들뿐만 아니라 그의 초기 단편 영화들인 〈알파벳The Alphabet〉 1968, 〈할머니The Grandmother〉 1970 의 몇몇 흥미진진하고 섬뜩한 장면들을 직접 감상할 수 있는 기회를 얻은 것 또한 개인적으로 큰 수확이었다. 그가 영화를 너무나 당연하게도 단순히 '영화'로서 접근하지 않고, 그의 표현 그대로, 어떻게 "움직이는 회화moving painting"라는 개념의 착상으로부터 접근했는가 하는 부분에 대한 술회는, 나로 하여금 여러 가지 상념들에 젖게 한다. 특히 린치의 한 회상 속에서 아버지를 지하실로 데려가 자신의 '기이한' 수집품/작품들을 보여 줬던 일화, 그리고 그 직후 아버지가 그에게 보였던 표정과 던졌던 한마디가 인상에 깊이 각인된다. 그에게 영화란 곧 그러한 살아 움직이는 회화들과 죽어 꿈틀거리는 설치물들이 빚어내는 끝나지 않는 이야기들인 것. 이는 아마도 그가 일찍이 시체 공시소 안에서 홀로 보냈던 어느 한때의 시간에 관한 술회와 가장 직접적으로 이어질 것이다. 이 매력/마력적인 '움직이는 초현실주의 회화 작가'의 기이하고도 섬뜩한 세계는 그렇게 태동하였다. 사진이 회화와 그 자신 '사이'의 이질성을 통해 자기 정체성을 찾아가듯, 영화 또한 회화와 사진과 기록물들 '사이'에서 그 자신의 기이한 정체성을 찾아간다. 그러므로 이러한 찾아감의 여정이란 또한 이질적 정체성의 탐색, 잃어감과 되찾아감의 사이에서 발생하는 타자성과 동일성의 효과이다.

덧 1. 지금껏 린치의 모든 장편 영화들을 빼놓지 않고 봐왔고 그 모든 영화들을 각기 좋아하지만, 개인적으로 특히 그의 최고 작품이라고 평가하는 영화는 〈인랜드 엠파이어Inland Empire〉2006 이다. 나는 이 작품이 〈로스트 하이웨이Lost Highway〉1997 와 〈멀홀랜드 드라이브Mulholland Drive〉2001 로 이어지는 물론 이 두 영화 사이에 제목 그대로 대단히 '직선적으로' 예외적인 작품이었던, 그리고 린치 작품으로서는 '의외의' 잔잔한 감동을 안겨 주었던 〈스트레이트 스토리The Straight Story〉1999 도 있었지만 여정의 마지막을 장식하는, 일종의 삼부작trilogy의 절정과 대단원을 이루는 영화라고 생각한다.

덧 2. 2017년 2월 16일 목요일 밤 21시 50분, 이 다큐멘터리를 본 영화관은 파리의 렌Rennes 거리에 위치한 L'Arlequin 극장이다. 이 영화관의 역사는 1930년까지 거슬러 올라가며 지금의 이름 "L'Arlequin"을 갖게 된 것은 1960년대 초부터이다. 1970년대 말과 1990년대 초 사이에 이 극장은 "Le Cosmos"라는 이름으로 바뀌어 소련 영화들의 소개에 적극적인 역할을 하면서 안드레이 타르콥스키Andreï Tarkovski 감독 영화들의 부흥에도 크게 일조했다. 고즈넉하고 편안하면서도 과거의 화려함을 여전히 간직하고 있는 아름다운 영화관이다.

2017. 2. 17.

밤의 동물들

— 파리의 영화관 2

영화 〈녹터널 애니멀스Nocturnal Animals〉2016 에 부쳐.

밤의 동물들, 또는 밤에, 동물들. 그 나약함weakness. 약하다는 것, 그것은 삶의 징표, 태어나면서부터 평생 달고 살게 될 상처의 각인, 곧 배꼽의 흔적을 통해 우리가 얻은 삶의 낙인과도 같다. 곧 그것은 생래적이다.

약하다는 것은, 약하다고 다른 이에게 비난받거나 자기비판을 가하는 존재에게만 해당되는 술어는 아니다. 그것은 또한, 약하다는 말을 비난의 용어이자 비판의 술어로 사용하는 '강자' 자신의 깊고 끈질긴 두려움을 표현하는 징후적인 언어이기도 하다. 그리하여 오히려 '강자'가 '약자'로부터 도망치는 것, 강자는 약자를 도저히 견딜 수도 없고 완전히 압살할 수도 없기 때문이다. 약자라는 먹이가 멸종한다면 강자도 존재할 수 없다. 그런 의미에서 강자는 약자를 온전히 잡을 수 없다.

말은 잡히지 않는다, 그 잡히지 않는 말로 잡으려고 하는 감정의 흐름은, 그러기에 더더욱 잡힐 수 없는 어떤 것이다. 온전히 잡히지 않는 한에서만 그것은 표현 가능하다. 복수revenge라는 말이, 그 단어가, 심지어 캔버스 위에까지 쓰이고 보이면서 표면적으로 강조되고, 또 스스로 그 복수의 대상이 되었다고 생각하는 이에게조차 실제적이고도 물리적으로 그 사실이 감지된다고 하더라도, 마치 제 의지와는 상관없이 소설 속 인물이 되어 버려 그 소설 속에 갇히게 된 존재처럼, 그는 소설을 읽는 일을, 그리고 그 소설에 과도할 정도로 감정을 이입하는 일을 스스로 그만둘 수가 없다. 스스로가 바로 '복수'의 한 행위자이자 요인, 바로 그 드라마의 서술자이자 등장인물이며 미완성으로서의 완성자이기 때문이다. 그러므로 또한 우리가 여기서 보고 읽어야 하는 것은, 단 몇 줄로 요약하면 그저 그런 진부한 이야기가 될 드라마 자체가 아니라, 그 드라마의 진저리 나는 반복과 회귀의 구조이다. 영화는 그 사이의 시간-움직임이다.

그렇기에 복수를 행하는 자뿐만 아니라 복수를 당하는 자에게도 복수는 언제나 '자학'이라는 이름의 일종의 자기-지시성을 동반하며, 따라서 가장 강력한 복수의 외양을 입는 어떤 행위는 또한 그만큼 가장 강렬한 자학의 행위를 수반할 수밖에 없다. 소설/영화 속 주인공이 보이는, 때로는 쉽게 이해할 수 없을 만큼 무기력하기 짝이 없는 나약함, 그것은 그 스스로도 눈앞에서 벌어지는 일을 이해하지 못하는 상황, 그렇게 눈앞에서 실제로 벌어지는 폭력적인 일들이 마치 지면이라는 평면과 화면이라는 장막 위에 맺힌 허상일 뿐인 듯 인지되는 상황에 대한 일차적인 반응이며 동시에 지속적인 잔상이 된다. 영화의 주인공은 그 스스로가 영화 속 인물임을 인지함으로써만 영화의 영화 속 그 안팎으로 갇혀 오간다. 액자의 구성은 또한 영원한 회귀의 구조인 것. 결정적이고 끔찍한 것, 결정적으로 끔찍한 것은 바로 이것이다. 쓴다는 것과 읽는다는 것, 본다는 것과 보여 준다는 것은, 그렇게 복수復讐 이자 동시에 자학自虐 이며, 그렇기에 또한 복수複數 의 자성自省 이기도 하다.

그래서 다시금, 그것은 우리의 배꼽, 우리가 나면서부터 얻게 된 상처 아닌 상처, 구멍 없는 구멍이다. 그것은 시작이자 동시에 완결, 발착이자 동시에 도착이다. 그렇기 때문에, 강간당하고 살해당한 아내와 딸의 사건을 고통스럽게 좇는 주인공의 시선에 드러난 모든 풍경들은 그에게 그 돌이킬 수 없이 거기에 언제나 존재하는 상처와 구멍에 대한 일종의 원장면Urszene이 되는 것인데, 이는 어찌하여 내가 그 장면들을 그토록 끈질기게 바라보면서도 동시에 그토록 진저리가 날 정도로 그 장면들을 회피하고 싶어 하는가 하는 이유를 잘 설명해 준다. 특히나 빨간 소파 위에 포개어 놓인 그 나체의 시신들이 '전시'되는 장면, 그것은 일종의 예술품work of art의 지위와 위치를 획득한 정물nature morte, 말 그대로, '죽은 자연' 이 우리에게 가장 폭력적인 시각의 방식으로 드러나는 장면으로서 이 장면은 영화의 오프닝 시퀀스에서 끈질기게 보이던 그 '과중한' 육체—마치 론 무엑Ron Mueck의 작품들을 살짝 연상시키는—의 전시들을 떠올리게 하는데, 그것을 바라보는 것만으로도 나는 시선의 가해자가 되며, 특히 그것을 내가 그렇게 바라볼 수밖에 없다는 점에서, 다시 말해 내가 소설의 낱장뿐 아니라 영화의 장막을 마주한 독자이자 관객으로서 그렇게 시선을 일방적으로 가해할 수밖에 없다는 점에서, 우리가 지닌 그 시선의 가장 수동적이고 나약한 폭력성은 곧 우리의 가장 폭력적이고 강력한 가해자-의식이자 죄의식이 된다그래서 이는 또한 정확히 어떤 '피해의식'의 이면이 된다. 우리 시선의 그 무력함과 나약함은 자체로 피해자의 것이 아닌 가해자의 몫으로 남는 것, 곧 그 무력함과 나약함이 가장 잔인한 폭력에 근접하는 '강함'의 명백한 반대의 알리바이이자 동시에 짙은 범죄의 혐의가 되는 것. 이렇게 서로 등이 붙어 버린 가해의 죄의식과 피해의 복수심 사이, 그 조각난 일체를 직시하는 것, 그것이야말로 거부하기 힘들면서도 동시에 감행하기 힘든 근본적인 시선이 될 것이다.

영화 속 마지막 장면에서 우리가 보는 그 약속의 파기, 약속된 시간과 장소에 출석하지present 않기, 그것이 일종의 '복수'에 대한 완성일까. 물론 치사하면서도 또한 그렇게 졸렬하기에 여전히 나약할 그러한 결말을 일종의 완결이자 마침표로 생각할 수도 있겠지만, 나라면 아예 처음부터 에드워드Edward라는 인물이 존재하지 않았거나 이미 죽거나 사라졌고 수전Susan 혼자서 이 모든 '소설'을 썼으며 이제 그 결말에서 역시나 그 스스로 홀로 마무리를 지으려 하는 것으로 생각하겠다. 왜냐하면, 나에게는 그것이 가장 '현실적'이기에, 조금 더 적확하게 말하자면, 어쩌면 그것이 가장 현실적인 '약속'의 완성이기에, 그리고 덧붙여 자세히 말하자면, 어쩌면 바로 그것이 지금도 내게 끈질기게 지속되며 반복되고 있는 이 모든 비현실적이고도 초현실적인 복수의 실재들을 가장 현실적으로 이해하고 받아들일 수 있는 최고의 방어이자 공격, 차악의 피해이자 차선의 가해일 것이기에. 그러므로 또한 사이-위치란, 내가 능동적으로 선택할 수 있는 어떤 고정적

처소가 아니라, 내가 어쩔 수 없이 처할 수밖에 없는 어떤 현실적 지옥의 이름이기도 하다. 다시금 그렇게 세계-사이는 가능성이 아니라 불가능성, 이상적 현상이 아니라 근본적 조건이다.

덧 1. 〈Nocturnal Animals〉를 관람했던 곳은 파리의 라탱 지구Quartier Latin에 위치한 오래된 극장 스튜디오 갈랑드Studio Galande인데, 1973년에 개관한 이곳은 이 구역에 수많은 독립 영화관들이 생겨나던 그 시절부터 현재에 이르기까지 명맥을 유지하고 있는 극장으로, 특히 지금까지 30년 이상의 시간 동안 매주 금요일과 토요일에 저 유명한 컬트영화의 신화 〈The Rocky Horror Picture Show〉를 상영하는 곳으로도 유명하다.

덧 2. "밤의 동물들"은 또한, 어쩌면 세계로부터 유리되어 그 자체로 어떤 사이에 존재하는, 모든 구석진 영화관들 속에 서식하며 겨우 살아가는 개체들의 이름인지도 모른다. 밤은 매번 끈질기게 땅으로 내려오고, 그 땅 위에서 잔존하던 동물들에게 어둠의 빛을 드리운다.

2017. 2. 16.

고엽枯葉, 사이-기원의 이름들

— 파리의 영화관 3

여전히 영화관에 오면 가슴이 뛰며 고요한 흥분으로 설렌다. 국민학생 시절 처음 극장에서 보았던 찰리 채플린 영화의 충격으로부터 시작해서 바로 여기서 앞으로 테이프를 되감듯 이 모든 파리의 영화관들을 거쳐 이 책의 36쪽[계급-영화, 웃음의 불안한 현상학]으로 돌아가, 특히 고등학생 때부터 대학생 시절 내내 자주 드나들던 여러 시네마테크cinémathèque에서 본 소위 '황금기' 유럽, 미국, 일본, 중국 영화들의 세례에 이르기까지 그때만 생각하면 지금도 내 머릿속에는 당장 이곳으로 소환되고 마는 기억의 파편들처럼 곧바로 장-뤽 고다르Jean-Luc Godard, 미켈란젤로 안토니오니Michelangelo Antonioni, 피에르 파올로 파솔리니Pier Paolo Pasolini, 라이너 베르너 파스빈더Reiner Werner Fassbinder, 안드레이 타르콥스키Андрей Тарковский, 오즈 야스지로小津安二郎, 구로사와 아키라黒澤明, 왕자웨이王家衛, 데이비드 린치, 짐 자무시Jim Jarmusch 감독들의 영화들과 그 각각의 장면들이 줄줄 떠오른다, 내게 영화는, 그 자체가 찰나의 허구이거나 일시적 환상이라기보다는, 그 영화가 끝나고 밖으로 나와 다시 마주친 '현실'의 '가능' 세계가 그 이전과는 전혀 다른 것이며 또한 그렇게 완전히 달라질 수밖에 없는 것임을 보여 주는 '실재'의 구멍이자 '불가능'의 거울이었다.

그렇게 이전의 세계와 이후의 세계 세계-사이 를 결코 같은 것으로 보일 수 없게 만든다는 의미에서[도] 영화는 하나의 예술 곧, '예술영화'라는 유별난 장르의 이름이 아닌 일반적 규정의 언어로서의 '영화예술' 이었다.

몇 년 전에도 몇 차례 쓴 적이 있지만, 한국에서는 거의 사라지다시피 한 크고 작은 시네마테크들, 소규모의 독립적이고 개별적인 영

DEFENSE
DE FUMER

화관들이 프랑스에는 아직까지 꽤나 많은 편이다. 이런 소극장들에 들어설 때마다 나는 ‘그때 그곳’의 상영관들 속으로 일종의 시간 여행을 하는 그래서 영화는 그저 ‘시간의 예술’이라기보다는 그 자체로 하나의 ‘시간-예술’이 되는 것인데, 내가 자주 가는 서점들이 즐비한 파리의 라탱 지구 근처에 있는 이 영화관Cinéma Saint-André des Arts 역시 그중 하나이다.

이곳에서 오랜만에 보게 된 아키 카우리스매키Aki Kaurismäki 감독의 작품 ‘그때 그곳’의 영화들 중에서는 그의 〈레닌그라드 카우보이 미국에 가다〉1989 도 포함되어 있다, 2023년 영화 〈사랑은 낙엽을 타고Kuolleet lehdet | Les feuilles mortes〉. 이 영화는 ‘이름’의 있음과 없음, 그 지워짐/사라짐과 지음/살아남 사이를 다루고 있는 작품이라고 생각했다. 그래서 나는 이 영화 속 모든 인물들과 장면들을 통과하여, 다시금 그 이전과는 전혀 달라진 또 다른 세계-사이로 걸어 나와, 영화관과 연결된 내 모든 기억들의 기원/이름으로 되돌아왔던 것이다. 그 기원 혹은 이름이란, 또한 이 영화의 마지막 대사이기도 했던 것: “Chaplin.”

2024. 2. 18.

나는 글을 쓸 때, 그 글의 완성을 위해 정신을 던져 넣을 때, 나 자신을 스스로 가두는 경향이 있다. 텍스트 안이 아니라 이미지 안으로. 그렇게 텍스트는 이미지로부터 탄생한다. 기존하는 이미지로부터 존재하지 않던 텍스트가.

Quand j'écris, quand je me lance dans l'écriture, j'ai tendance à m'enfermer dans une prison des images, non pas des textes. Ainsi le texte naît de l'image, le texte inexistant, de l'image préexistante.

2020. 2. 7.

"Die Menschen in Deutschland scheinen in einer immerwährenden Angst um ihre nationale Identität zu leben."

— Theodor Wiesengrund Adorno.

"독일 사람들은 자신들의 국가/민족적 정체성에 관한 끊임없는 불안 속에서 살아가는 것처럼 보입니다."

— 테오도어 비젠그룬트 아도르노.

어떤 의미에서는 '한국인' 또한 정확히 그렇지 않나. 뒤집어서 말하자면, 오히려 저 끊임없이 반복되고 강조되는 '국가/민족' 정체성의 이면에는 언제나-이미 영속적인 불안이 전제되어 있는 것. '우리'라는 대명사는 그 불안 속에서 태어나 그 불안을 먹고 자라며 그 불안이 마치 뱃속에서 소화된 것처럼 그렇게 감추는 것.

아도르노는 이 문장을 발언한, 지금으로부터 반세기도 더 전인 1967년에 빈Wien에서 행한 강연에서 이미 충분히 알고 느끼고 있었던 것 같다. 극우 극단주의의 발흥이 단순히 예외적인 광기의 출현이 아니라 민족적 과두제 민주주의 자체의 불평등이 낳은 한 '이성의 괴물'이었음을, 그리하여 근대성/현대성Modernität 자체의 좌절이 기원적으로 잉태했던 또 하나의 불가피한 '역사의 귀결'이었음을 바로 이러한 맥락에서 또한 아도르노의 근대/현대 개념의 의미와 자장은 라인하르트 코젤렉Reinhart Koselleck의 그것과 정확히/빗나가 공명하게 된다.

이성은 언제나 이렇듯 잠든 척하는 불안의 괴물을 제 뱃속에 넣고 있다. 그렇게 이성은 언제나-이미 소화불량의 상태이다.

2020. 2. 6.

익숙하게 생각해 오던 어떤 것이 생경하면서도 긴요하게 문득 호명되는 때가 있다. 지금이 딱 그렇다. 20여 년 전, 이 책의 첫 장을 두근거리는 마음으로 처음 열었던 그때를 떠올린다. 다시 그 초심으로 돌아가, 그러나 그때와는 또 다른 마음으로, 전혀 다른 강렬함과 설렘을 안고, 마치 처음처럼, 동시에 마지막처럼, 나는 다시 익숙한 책의 첫 장을 생경한 몸짓으로 연다.

혼합적 차이들을 포함하는 반복의 형식으로.

Ritornello | Ritournelle.

Gilles Deleuze + Félix Guattari, *L'anti-Œdipe. Capitalisme et schizophrénie 1* et *Mille plateaux. Capitalisme et schizophrénie 2*, Minuit, 1972/73, 1980.

2020. 2. 2.

— 들뢰즈의 친필

『천 개의 고원*Mille plateaux*』의 몇몇 페이지들 위에 질 들뢰즈Gilles Deleuze가 친필로 남긴 교정 기호들을 나는 여전히 소중하게 간직하고 있다.

Je conserve toujours précieusement les signes de correction écrits de la main de Gilles Deleuze sur quelques pages de *Mille plateaux*.

이 교정지는 음악가이자 작가인 나의 친구 리샤르 피나스Richard Pinhas로부터 내가 프랑스에 처음 이주했을 때 받은 선물이다. 그는 그 자신에게 들뢰즈의 흔적들이 하나도 남지 않기를 원했던 것일까, 가끔 생각한다. 그리고 이사할 때마다 난처해하던 그의 엄청난 책 무덤 또한 생각한다.

2019. 5. 5.

예정된 실패의 예감

—rien et tout

인식의 가장 예리하고 적확한 지점에 도달하려는 나의 시도는 언제나 실패를 예정하고 있는 헛된 몸짓이다. 그러나 그러한 반복되는 실패들 속에서도 내가 언제나 그 몸짓에 매달리는 이유는, 다름 아닌 예정되거나 확정된 실패들을 통해서만, 오로지 그것을 통해서만, 나의 예리함과 적확함은 가까스로 몇 발을 앞으로 내딛을 수 있기 때문일 것이다. 그것이 없다면, 그 예리함과 적확함, 그리고 실패를 이미 알면서도 내딛을 수밖에 없는 그 시도의 발걸음이 없다면, 나는 아무것도 아니다, 세상 역시 아무것도 아니다. 하여, 현상적으로 이 모든 것은, 아무것도 아닌 것이다.

글쓰기가 오직 예정된 실패를 더 잘 실패하기 위해 이루어지는 작업이라는 하나의 '사실'은 명백한 절망도 뒤틀린 희망도 아니다. 아무것도 아닌 세계-사이, 그 틈 속에는 말 그대로 아무것도 없지만 그래서 또한 모든 것이 있는 사태가 가로놓여 있다. 절망도 희망도 아닌, 그러나 동시에 아무것도 아니며 모든 것인 이 '역설', 그것을 끝끝내 놓지 않고 붙잡아 끌고 또 끌려가는 것. 이것이 어쩌면 아무것도 아닌 글쓰기의 모든 것이다.

2016. 8. 15.

삶 없는 삶

— 미셸 레리스에 기대어

낮 없는 낮들, 밤 없는 밤들.

미셸 레리스Michel Leiris의 표현을 따라서

(사이. 낮은 다시 밤이 되고, 밤은 다시 낮이 된다.)

피곤하여 설핏 든 새벽의 잠, 그 꿈속에서, 나는 내가 가장 원하는 대로, 원하는 모습 그대로 살고 있었다. 행복했다. 하지만 나는 곧 그 행복의 한기를 느끼며 꿈에서 화들짝, 갑자기 깨어났다. 눈을 뜨자, 내가 원하는 삶은 없었다. 그것이 삶이었다. 하지만 삶은 그것을 원하고 있었다.

2011. 8. 12.

프로이트, 유년의 기억

빈Wien, Berggasse 19, 프로이트 박물관에서, 그의 흔적들을 마주하며 오랜만에 떠올린 내 '유년의 기억Kindheitserinnerungen'.

국민학교 5, 6학년 때쯤으로 기억하니까, 지금으로부터 거의 30년 전이다. 그때 처음으로 지크문트 프로이트Sigmund Freud 이론의 대략을 한 개론서를 통해 접했던 나는 단번에 정신분석의 세계에 매료되었다. 그 후 중학교에 올라가서 당시 범우사에서 서석연 선생의 번역으로 출판되었던 『꿈의 해석*Die Traumdeutung*』을 독파하기 시작했는데, 중학교 수업 중 교육학 시간에 처음으로 자유 발표 주제로 골랐던 대상이 '프로이트와 정신분석'이었고 또 당시 장래 희망이 '정신과 의사'였을 정도로 그때는 정신분석가와 정신의학자의 구분을 잘 알지 못했던 어린 시절이었다, 나의 프로이트에 대한 관심은 어린 나이에도 참으로 지대했던 것으로 기억한다.

이후 고등학교 때 독일어를 익히면서 언젠가 원어인 독일어로 프로이트의 책을 읽어야겠다는 다짐을 했고, 이후 대학에 들어와 충정로에 있는 독일어 전문 책방인 소피아Sophia 서점을 알게 되면서 이후 20년 동안 소피아 서점은 나의 단골 서점이 되었는데, 구순이 넘는 나이까지 정정하게 서점을 이끌고 일구시던 매니저 백환규 선생은 몇 해 전에 타계하셨다, 드디어 대학에서 프로이트의 원서들을 독일어로 읽을 수 있게 되었다. 그때 전권을 모두 차근차근 모으면서 한 자 한 자 읽어 내려갔던 독일 피셔Fischer 출판사의 프로이트 전집은 지금도 나의 가장 큰 보물들 중 하나로 남아 있다 백환규 선생이 타계하셨을 때, 그 손자분이 멀리 이곳 파리까지 부고 소식을 전해 왔을 정도로, 백환규 선생과 나의 관계는 매우 각별했다.

바로 그런 의미에서도 정신분석의 탄생지이자 프로이트가 그의 모든 분석을 행하고 그의 모든 책들을 써 내려갔으며 런던으로 가 말년을 보내기 전 평생을 보냈던 오스트리아의 수도인 빈의 이 거리 베르크가세Berggasse는 어릴 때부터 나의 오랜 동경의 대상일 수밖에 없었는데, 이렇게 직접 빈을 방문하여 이 거리에 찾아와 『히스테리 연구*Studien über Hysterie*』1895, 『꿈의 해석』1900, 『성 이론에 관한 세 편의 논문*Drei Abhandlungen zur Sexualtheorie*』1905, 『정신분석 입문 강의*Vorlesungen zur Einführung in die Psychoanalyse*』1917 등 그가 남긴 말 그대로의 '역사'를 보고 있자니, 세기말 빈의 독특한 정신사적 풍경을 다시금 떠올리게 되면서 참으로 남다르고 새삼스러운 감회에 젖는다.

내가 나의 유년에 '보았다'고 여전히 믿고 있는, 내 정신과 육신에 아로새겨져 숨어 있는 저 독수리의 날갯짓, 내 옷 사이의 주름들 속에 더욱 깊이 감추어 그 부리만을 밖으로 내어놓는다. 그 부리로 '보이는' 족족 콕콕 찍어 모든 것을 잡아채 날아오를 준비를 하면서.

Sigmund Freud Museum,

Berggasse 19, 1090 Wien.

06/07/2019.

2019. 7. 10.

장-루이 크레티앙에 대하여

Jean-Louis Chrétien est mort.

철학자 장-루이 크레티앙Jean-Louis Chrétien이 지난 6월 28일 아침에 66세를 일기로 사망했다. 한국에는 그리 널리 알려진 철학자가 아니었지만, 개인적으로는 20대 중반에서 30대 초반 정도까지 조르주 바타유의 철학과 문학을 가장 게걸스럽게 연구할 당시 어떤 우연을 가장한 필연이 놓은 결을 따라 그의 책 『몸 對 몸*Corps à corps*』Minuit, 1997 을 만나게 되었던 경험이 내게 인상 깊은 추억으로 남아 있다. 파리에 와서는 2017년에 반갑게도 오랜만의 그의 신작 『부서지기 쉬움*Fragilité*』을 발견하여 역시나 소중히 읽었던 기억이 있다.

크레티앙의 철학은 흔히 도그마적 형이상학으로 비판을 받기도 했지만, 그가 고요하게 쌓아 올린 저작 목록에서 현상학적/신학적 전회의 소중한 흔적들을 발견하는 것은 철학적으로도 문학적으로도 매우 소중한 지적 자산이라고 생각한다. 그러한 맥락으로 볼 때, 그는 또한 동시대 현상학의 '세례'와 그를 둘러싼 '자장' 아래에서 신학적/형이상학적 문제를 각기 다른 각도에서 파고들었던 자크 데리다와 장-뤽 마리옹Jean-Luc Marion이 상찬했던 철학자이기도 했다. 나 또한 크레티앙을 미셸 앙리Michel Henry와 함께 서구사상사의 기독교적 자장 안에서 신학적 현상학이 품을 수 있는 '유물론적 생la vie matérielle'의 절정을 잘 그려 낸 철학자로 평가한다.

크레티앙과 나 사이에는 지극히 개인적인 접점들도 있다. 예를 들면, 다른 이들은 소위 '믿음'을 잃는 것이 당연한 나이에 오히려 가톨릭 세례를 받았다는 점 그래서 나는 한 철학자의 이러한 '신학적' 전회가, 그 모든 '믿음'의 맹목적인 환경과 반지성적인 성격을 딛고, 어떤 맥락과 어떤 결단과 어떤 다짐에서 이루어질 수밖에 없는지를 잘 알고 있다고 생각한다 , 또 공책의 오른쪽 면만을 이용해 직접 손으로 글을 쓰고 즉, 왼쪽 면은 이후 있을 수도 있는 추가와 보유를 위한 우발적인 것들을 위한 여백의 공간으로 남겨 두고 그 수고manuscrit가 어느 정도 완성되면 그때서야 타이핑을 시작했다는 점 그래서 나는 스스로 또한 이러한 수고手稿/愁苦 의 과정과 흔적, 그리고 그것이 다시 활자로 옮겨지는 이행履行/移行의 움직임이 어떤 의미와 어떤 효과와 어떤 정동을 지니는지 잘 알고 있는 '타이피스트'라고 생각한다 등등의 일견 사소하나 글쓰기에 있어 매우 구체적이고 결정적인 접점들이 바로 그것이다. 그래서 글을 쓰는 순간의 거의 수도자적인 고통과 희열은, 우리가 그의 책 속에서 그의 문장들을 읽을 때, 그가 분명 겪었을 힘든 작업의 과정과는 반대로, 쉽게 확인할 수 있는 요소들이다. 글쓰기는 바로 그 고통과 희열의 사이에서 드러나는 물질적 상처의 정신적 기록이다.

크레티앙의 유작이 되어 버린 책 『부서지기 쉬움*Fragilité*』Minuit, 2017 에서 그는 다음과 같이, 마치 자신의 유언이 될 것을 예상했던 말처럼, 하나의 인상 깊은 마지막 문장을 남기고 있다: "오직 인간의 목소리라는 이토록 부서지기 쉬운 배만이 그 닻을 하늘로 던질 수 있다Seule la barque fragile de la voix humaine peut jeter son ancre dans le ciel." 이토록 부서지기 쉽고 이토록 휘발되기 쉬운 우리의 목소리와 우리의 몸을 끌고 가는 이 유한하고 물질적인 항해와 여행이, 저 영원한 정신성에 닻을 내걸기를 시도하는 하나의 감행이자 모험이 될 수 있는 이유이다. 여기서도 다시 한번 그 영원은 오직 이승의 찰나 안에서만 경험되는 기이한 것, 그러나 동시에 결정적인 것이다. 정신의 닻과 부표는 오직 그토록 끊임없이 흔들리는 취약한 장소-아닌-장소, 그 사이에서만 내릴 수 있고 또 띄울 수 있는 것. 우리는 그렇게 찰나와 영원 사이로, 가장 취약한 것이 지닐 수 있는 가장 강건한 것을 위해 닻을 던지고, 나는 비록 사라질지언정 내가 그렇게 상처의 흔적처럼 남긴 부표를 기준 삼아 다른 이들 역시 그 바다의 하늘로 기꺼이 뛰어들기를 요청하는 세이렌의 노래를 부른다.

2019. 7. 3.

한국의 이름, K

— 파리 올림픽의 국가 공식 명칭 호명 '실수'를 둘러싸고

어쩌다 프랑스 우체국la poste에서 한국남한으로 소포를 보낼 때면 수신 국가를 북한의 프랑스어 공식 명칭인 "République populaire démocratique de Corée"로 검색해서 내게 "이거죠C'est ça?"라고 자신 있게 확인해 주는 직원들이 가끔씩 있다. 북한은 독재국가일 뿐이며 남한이야말로 '진정한' 민주주의적démocratique 국가임을 자신이 잘 알고 있다는 사실을 남한 사람인 내게 보여 주고자 하는 작은 자신감과 호의의 표현이다. 물론 그것은 틀렸다. '우리'는 그 사실을 아주 잘 알고 있고, 또 그렇게 아주 잘 알고 있다고 생각한다. '민주주의 인민 공화국'은 북한이지 남한이 아니기 때문에. 물론 남한이라고 해서 진정 '민주주의적'이라는 수식어를 붙일 수 있는 '공화국'이 될 수 있을까 하는 물음과는 별개로.

한국남한 사람들에게야 소위 "대한민국"과 "조선민주주의인민공화국"은 서로 혼동될 수 없는 분명히 다른 두 나라[의 한국어 명칭]이겠지만, 프랑스어 공식 국가명에는 아예 남sud과 북nord이라는 방향의 구분도 없는 상황에서 일반적으로—물론 프랑스 사람들도 남한Corée du Sud과 북한Corée du Nord의 차이쯤은 대부분 구분할 수 있음에도 불구하고—이 두 나라의 프랑스어 국가 공식 명칭들인 "République de Corée직역: '코리아 공화국'"와 "République populaire démocratique de Corée직역: '코리아 민주주의 인민/국민 공화국'"를 각각 "대한민국[남한]"과 "조선민주주의인민공화국[북한]"으로 바로 구분해 두 나라의 차이를 인지할 수 있는 프랑스인들은 거의 없다고 말할 수 있다. 다른 예를 들어 비유하자면, 이는 한국인들 중에서 "콩고 공화국République du

Congo"과 "콩고 민주 공화국République démocratique du Congo" 사이의 차이를 서로 구분할 수 있는 이가 거의 없는 상황과 비슷하다그렇다고 콩고 민주 공화국이 콩고 공화국보다 더 '민주적'일까, 실상은 전혀 그렇지 않다. 덧붙여, "Corée/Korea"라는 말을 통해 거꾸로 알 수 있듯, 이를 역으로 각각 "한국"과 "조선"으로 '동시에 번역'할 수 있다는 언어적 사실에서 작동하고 있는 잘 보이지 않는 역사-국가적 이데올로기에 주목할 필요가 있다하물며 "Corée/Korea"의 어원은 '한국'도 '조선'도 아닌 '고려'이지 않은가.

물론 나는 파리 올림픽 개막식에서 한국의 공식 명칭을 잘못 호명한 프랑스의 명백한 실수이자 결례를 옹호하고자 하는 마음은 전혀 없다. 다만 이를 통해 '우리'—이 '우리'라는 상상적 공동체—의 두 나라, 남한과 북한의 공식 국가 명칭과 그를 둘러싼 보이지 않는 이데올로기적 작용에 대해 생각해 보고 싶은 것이다. 우리가 사는 국가는 진정 공화국république인가? 우리는 진정 민주주의적démocratique 체제 안에 살고 있는가? 이 두 개념은 정녕 무엇을 의미하는가? 실제로는 비교적 '덜 민주주의적'인 국가가 자신의 공식 명칭에 꼭 '민주주의'라는 말을 욱여넣는 경향이 있지 않은가? '우리'의 두 나라 중 어디가 더 '인민/국민을 위한populaire' 국가라고 말할 수 있을까? 그런데 과연 이런 비교는 가능한가, 가능하다면 어떻게, 그리고 왜 가능한가? 그리고 바로 이 '어떻게'와 '왜'라는 의문사들에 담긴 '우리'의 민주주의와 공화국과 인민/국민의 개념들은 어떤 이데올로기를 전제하고 있는가? 우리는 바로 저 프랑스의 '실수'를 통해 이 '우리'의 물음을 던질 수 있어야 한다.

이 질문들은, 단순한 호명의 실수를 떠나, 바로 그 호명의 이데올로기가 작동하고 있는 깨지고 뒤틀린 거울 속에서 우리가 '우리' 스스로를 가장 낯설게 바라봐야 하는 이유, 또한 동시에 그를 통해 '우리'와 '타자'의 상호시선으로 구성된 저 모든 '세계-사이'들의 틈을 가장 예리하게 응시해야 하는 이유를 묻는다. 따라서 나의 이러한 질문들을 단순히 어느 나라가 더 민주적인가 하는 체제 비교로만 이해하는 자들의 빈곤한 이해력은 심각하게 범죄적이며, '자랑스러운 조국' 아시아 한국의 발전된 위상에 비추어 이를 콩고 '따위의 아프리카 나라'와 비교하는 것은 어불성설이라고 말하는 자들의 병든 영혼은 심각하게 식민주의적이다. 이런 식의 단순화는 한국 사회의 인문학적 사유와 역사적 정신성이 얼마나 처참한 수준에 처해 있는가를 명확히 드러낸다. 그러나 그들은 그들 자신이 하는 일을 모르며, 아마도 영원히 모를 것이다. 그러므로 진정 "K-"라는 '문화적' 수식어가 붙어야 할 곳은 'pop'이나 'culture' 따위의 단어가 아니라 바로 이러한 K의 '이데올로기'가 아닐까. 고로 'K-pop' 혹은 'K-culture'란 곧 그러한 'K-이데올로기'가 작동하고 있는 자장과 영역을 드러내는, 뒤틀린 열등감과 부풀린 우월감, 역전된 피해의식과 가공의 초극의지 사이의 어떤 심각한 무지와 폭력의 징후들은 아닐 것인가.

2024. 7. 28.

수신자 없는 서신들

—N과 나 사이

어느 두 밤 도깨비들이 서로 주고받은 즉흥 산문들

Un échange de proses impromptues entre deux noctambules :

1. "La nuit où je m'abstiens de penser au temps qui passe. Ce moment de solitude nocturne où ma vision se trouble. Je contemple le monde qui m'appartient, et auquel j'appartiens. Je contemple des possibles et des impossibles ; l'existence d'une envie ou d'une peur sont les facteurs déterminants de mon noctambulisme. Je pense à mon état de réveil. Je pense à la possibilité de penser à une nouvelle structure de raisonnement philosophique. La nuit passe, une idée reste. La nuit s'éclaircit, ma conscience s'affaiblit. Mais mon idée restera inscrite sur la pierre blanche érodée par les marées de mes veilles prolongées à la lumière de l'infini firmament."

— écrit par N.

1. "지나는 시간에 대해서는 생각하지 않기로 마음먹는 밤. 시야가 흐릿해지는 이 밤의 고독한 순간. 저는 저에게 속한 세계를, 그리고 저 역시 그에 속해 있는 세계를 사유하고 있어요. 나는 가능한 것들과 불가능한 것들을 사유하고 있지요. 어떤 갈망이나 어떤 두려움 같은 존재는 제 몽유병에 결정적인 요인들입니다. 저는 깨어 있을 때의 제 상태에 대해 생각합니다. 저는 철학적 추론의 새로운 구조를 생각할 수 있는 가능성에 대해 생각하고 있어요. 밤은 지나가고, 하나의 생각

이 남습니다. 밤이 밝아오고, 제 의식은 약해집니다. 하지만 제 생각만은, 무한한 창공의 빛까지 뻗어 나가는 제 잠들지 못하는 밤의 파도로 침식된 하얀 돌 위에, 그렇게 새겨져 남아 있을 겁니다."

—N이 씀.

2. Et une réponse pour N.

"La nuit tombe, le jour a disparu, et les étoiles restent comme les ruines éclatantes du combat entre la nuit et le jour. La chose poétique est morte. La seule qui existe, c'est le nom même de la mort, non pas du mort. La question philosophique, elle ne demande pas, mais elle répond, seulement, seulement pour accomplir cette question, elle-même. La nuit tombe, encore, attaque le jour. Le jour consacre sa lumière à la nuit au lieu de sa disparition complète. Les étoiles sont leurs témoins qui regardent et enregistrent ce mouvement dialectique entre la lumière et l'obscurité. Les documents de ce mouvement, de ce combat, resteront inscrits sur chaque étoile, pour la mémoire du temps oublié, pour l'histoire de l'espace perdu."

— écrit par moi.

2. 그리고 N에게 보내는 답장.

"밤이 내리깔립니다, 낮은 사라졌습니다, 그리고 별들은 밤과 낮 사이의 전투가 남긴 선명한 폐허처럼 남아 있어요. 시적인 것은 죽었습니다. 유일하게 존재하는 것이라고는, 죽은 자의 이름이 아니라, 죽음이라는 이름 그 자체일 뿐이지요. 철학적인 질문은 묻지 않고, 그저 대답할 뿐이에요, 그저, 이 질문 그 자체를 완성하기 위해. 밤이, 다시, 내려깔리며, 낮을 공격합니다. 낮은 완전히 사라지는 대신에 그 빛을 밤에 헌정하고요. 별들은 빛과 어둠 사이의 이 변증법적인 운동을 목격하고 녹취하는 증인들입니다. 이 운동의, 이 전투의 기록은, 그 별 하나하나에 새겨져 남아 있을 겁니다, 잊어버린 시간의 기억을 위해, 잃어버린 공간의 역사를 위해."

— 내가 씀.

2014. 6. 28.

Il y a des moments où la tristesse m'entre dans le cœur, très profondément, sans aucune raison, non, peut-être, à cause d'une raison que je connais trop bien mais ne veux jamais accepter. La vie, peut-être, c'est une succession incessante de ces moments. C'est un moment très douloureux, mais c'est un très beau moment, en même temps, comme en ce moment même où je lis une lettre, un récit, et enfin, comme un destin.

슬픔이 마음속으로, 아주 깊숙하게, 그 어떤 이유도 없이, 아니, 아마도, 내 스스로 너무도 잘 알고 있지만 받아들이기를 원치 않는 어떤 이유로 인해, 내 안으로 밀려 들어오는 순간들이 있다. 삶은, 아마도, 이러한 순간들의 끊임없는 연속일 것. 이는 실로 고통스러운 순간이지만, 동시에, 실로 아름다운 순간이기도 하다, 마치 내가 하나의 문자를, 하나의 이야기를 읽어 가는 바로 이 순간 자체처럼, 하여 결국, 하나의 운명처럼.

2014. 6. 25.

Un paysage cruel de notre société dans laquelle les parasites mangent/tuent les autres parasites, non pas leurs hôtes... La lutte des classes en tant que classification de l'odeur.

기생충들이 그들의 숙주가 아니라 다른 기생충들을 먹는/죽이는 우리 사회의 어떤 잔혹한 풍경……. 냄새의 분류/계급화로서의 계급 투쟁.

J'ai beaucoup aimé ce passage de la famille Kim 김, les séquences de cette descente presque éternelle pour rentrer/retomber à leur 'foyer' inondé…… Pour moi, c'était comme une descente à l'enfer qui s'appelle la réalité. Cette scène me rappelle un Noé sans aucune arche, un Dante sans Virgile……

나는 김 씨 가족의 이러한 이행, 곧 그들이 침수된 '가정'으로 다시 돌아가기/떨어지기 위해 거의 영원에 가까운 내려감을 행하는 저 영화의 시퀀스들이 참으로 마음에 든다…… 나에게 그것은 마치 현실이라고 불리는 지옥으로의 내려감과도 같이 느껴졌다. 이 장면에서 나는, 방주 없는 노아를, 베르길리우스 없는 단테를 떠올렸다.

한국어로 붙이는 덧.
기생충寄生蟲 과 공생충共生蟲.
껴들어 빌붙어 몰래 사는 삶에서
곁들어/깃들어 더불어 사는 삶으로.

그러나 둘 모두는 여전히 벌레.

2019. 6. 9.

7 insultes coréennes à connaître pour le match de football France-Corée du Sud ? Le site "Topito" a conseillé de 'réviser' ces insultes coréennes contre l'équipe de football féminine de la Corée, quelle honte ! C'est une des raisons pour lesquelles je ne vois ni n'aime le match international de football. Non seulement les français mais nous tous devons nous interroger sur cette violence misogyne et raciste des sports.

토피토Topito라는 한 프랑스 사이트에서 오늘 있을 한국-프랑스 여자 축구 개막전 응원을 위한답시고 한국어로 된 7가지 욕을 알려주고 있는 해괴한 광경. 그 안에는 "창녀", "엄창" 등과 같은 아주 저속한 욕설들도 포함되어 있다. 이런 욕들을 프랑스 경기장에서 한국 축구 선수들이 들어야 할지도 모른다는 상상을 하면 얼굴이 화끈거릴 정도로 화가 난다. 사실 내가 이래서 축구를 보지도 않고 좋아하지도 않는다. 여성 혐오와 국가/민족 사이의 증오만을 부추기는 더러운 스포츠. 물론 축구라는 스포츠 자체에는 죄가 없겠지만, 거기에 결합되곤 하는 민족/국가 감정이 불러일으키는 모든 혐오와 배척의 구조에 관해서 우리는 계속해서 생각해야만 한다. 프랑스인들뿐만 아니라 우리 모두는 자신이 스포츠 경기 안에서 더욱더 여성혐오자이자 인종주의자가 되는 것은 아닌지 진지하게 스스로 되물어야 할 것이다.

2019. 6. 7.

미셸 세르의 부음

Le philosophe Michel Serres est décédé samedi à l'âge de 88 ans.

철학자 미셸 세르Michel Serres가 어제 토요일 88세를 일기로 타계하였다.

만년에 그는 프랑스에서 대단히 대중친화적인 철학자로 인식되곤 했고 그 스스로도 그러한 대중친화적인 철학 저작과 강연 활동을 많이 했지만, 내게 미셸 세르는 언제나 수학과 과학철학을 기반으로 한 가장 깊이 있고 경계 없는 헤르메스Hermès의 철학자, 가장 불가해한 오감les cinq sens 의 철학자였다. 우리 지성사의 한 시대는 이렇게 하나 둘씩 저무는 별들과 함께 최근 몇 년 동안 계속해서 끝나가고 있다.

문득 서울 집 나의 서재 람혼재에 있는 그의 책들이 떠오른다. 20대의 말미에 나는 그의 여러 책들을 참 게걸스럽게도 독파했던 기억이 있다. 헤르메스Hermès 연작 5권을 비롯하여, 라이프니츠Leibniz의 체계와 수학적 모델에 관한 책, 루크레티우스Lucrèce와 물리학의 탄생에 관한 책 등에 대한 기억이 여전히 생생하지만, 특히 그의 책들 중 『기식자*Le parasite*』는 나에게 다방면에서 아주 많은 영향을 끼친 책으로서, 개인적으로는 이를 그의 최고의 책으로 꼽기에 주저함이 없을 것 같다. 지난여름에도 서울에서 그의 책들을 꺼내 오랜만에 곳곳을 뒤적였는데, 올여름에도 서울에 가면 그의 책들부터 꺼내 다시 읽고 싶다, 그의 생과 사를 기억하면서.

언제부터인가 많은 사람들이 소위 '통섭' 같은 전면적인 통합의 주제를 자주 이야기하게 되었지만, 미셸 세르만큼 바로 그러한 경계 없는 '전방위 철학'의 이미지를 강력하고 아름답게 보여 준 이가 또 있었을까 하는 생각을 해본다. 그가 그렇게 '거의 모든 지식'의 분야에서 보여 준 수많은 번뜩이는 영감들을 다 반추하려면 우리에게는 아마도 또 다른 시간의 타래들이 필요하지 않을까, 그런 생각도 해본다.

그 때문일까, 오늘 『리베라시옹*Libération*』지의 부고 기사는 그 말미를 다음과 같이 갈무리하며 아주 간단하지만 분명한 세르의 전언을 담는다: "'철학자가 되기 위해서 무엇을 해야 하는가?'라는 질문에 미셸 세르는 언제나 '여행해야 한다!'고 대답했다Que faut-il faire pour être philosophe ? Michel Serres répondait toujours: « il faut voyager ! »." 반대로 나는 여행을 극도로 싫어했던 두 독재자를 알고 있다, 스탈린과 마오쩌둥.

물론 나 역시 미셸 세르와 같이 그렇게 생각한다, 우리는 반드시 여행해야 한다. 그 '여행'이 한곳에 안주하지 않고 모든 경계들을 넘나드는 끝없는 지성과 감성의 여정이라는 한에서, 그렇게 언제나 출발지와 목적지 '사이'들 속에서만 그 여행의 의미와 무의미가 만개하리라는 믿음 안에서. 철학은—세르가 그 평생의 사유 여정을 통해 가장 잘 보여 주었듯—그렇게 그 모든 것들 사이에 있다.

2019. 6. 2.

죄르지 리게티, 협주곡들의 밤

2019년 5월 10일 금요일 저녁 8시 30분, 파리 필하모니 피에르 불레즈 대강당

La nuit des Concertos de György Ligeti

Grande Salle Pierre Boulez, Philharmonie de Paris, vendredi 10 mai 2019, 20h30

피아노 협주곡 Concerto pour piano et orchestre 작곡 연도: 1985~1988

함부르크 협주곡 "Hamburgisches Konzert" pour cor et orchestre de chambre 작곡 연도: 1998~1999

첼로 협주곡 Concerto pour violoncelle et orchestre 작곡 연도: 1966

바이올린 협주곡 Concerto pour violon et orchestre 작곡 연도: 1990~1992

Ensemble intercontemporain

Matthias Pintscher, direction

Sébastien Vichard, piano

Jens McManama, cor

Pierre Strauch, violoncelle

Hae-Sun Kang, violon

나를 잘 아는 이들은 내가 어렸을 때부터 얼마나 작곡가 죄르지 리게티를 사랑하고 존경하며 그의 음악적 아이디어에 얼마나 많은 영

감들을 받았는지 아마도 잘 알고 있을 것이다. 그는 어떤 의미에서 '음악'이라는 개념과 역사 자체를 새롭게 혁신시켰던 작곡가이다.

심지어 나의 첫 책 『사유의 악보』는 온전히 철학적/미학적 에세이 그 근본적/극단적 의미에서의 "essai" 의 실험에 바쳐졌던 작품이었지만, 그 깊은 영감들 중 많은 부분이 리게티의 음악에 근거하고 있던 것이었음을, 아마도 책을 자세히 읽은 이들은 역시나 이미 간파했을 것이라고 생각한다 게다가 나는 『사유의 악보』에서 직접적으로 리게티의 몇몇 악보들과 그 음악적 아이디어의 계기들을 참고 자료로 사용하기도 했다.

앙상블 앵테르콩탕포랭Ensemble intercontemporain, 이 역시 물론 아는 이들은 다 알겠지만, 작곡가 피에르 불레즈Pierre Boulez가 창단한 현대 음악 연주/연구 단체이다 과 함께 현재 이 단체를 이끌고 있는 음악감독이자 작곡가/지휘자 마티아스 핀처Matthias Pintscher가 지휘하고 소속 연주자들이 각기 독주자로 나서서 협연한 리게티 협주곡들의 밤이 지난 2019년 5월 10일 금요일 밤에 파리 필하모니에서 열렸다.

이 모든 협주곡들을 지금껏 수백 번이나 들었던 나로서는 이렇게 리게티가 작곡한 거의 모든 협주곡들이, 그것도 앙상블 앵테르콩탕포랭의 연주로 공연되는 이 밤을 놓칠 수는 없었을 것이다.

나는 "거의 모든 협주곡"이라고 말했는데, 이번 공연에서 빠진 협주곡이 있다면 그것은 1951년에 작곡된 〈루마니아 협주곡Concert Românesc〉—하지만 개인적으로 이 작품은 리게티 본연의 색채가 드러난 것으로 생각하지 않는다—과 1972년에 작곡된 〈플루트와 오보에를 위한 이중 협주곡Doppelkonzert für Flöte, Oboe und Orchester〉 정도일 것이다.

물론 내가 가장 많은 애착을 갖고 있는 그의 작품들 중 하나인 〈13명의 연주자를 위한 실내 협주곡Kammerkonzert für 13 Instrumentalisten〉 1969~1970 도 이야기할 수 있겠지만, 이 작품은 그 이름과 다르게—오히려 이 작품은 바로 그 '협주곡concerto'이라는 개념 자체를 매우 근본적으로 문제 삼는다—독주 악기를 위한 '협주곡'은 아니므로 여기에서 제외할 수 있을 것이다 나는 바로 이 작품에 관한 내 개인적인 철학적 분석을 이미 『사유의 악보』에 수록한 바 있다.

이러한 개인적인 사랑과 숭배의 마음 덕분이겠지만, 2시간 넘게 이어진 이 협주곡의 밤 속에서 나는 숨도 못 쉴 듯한 강력한 설렘과 툭 하고 건드리기만 해도 끊어질 듯한 예리한 집중도로 전체 연주의 한 음 한 음을 공들여 들었다. 최고의 밤이었고, 최고의 음악이었다.

이 협주곡들 중 가장 먼저 작곡되었고 리게티를 바로 지금의 '리게티'로 만들었던 수많은 명곡들이 쏟아져 나왔던 1960년대의 작품인 〈첼로 협주곡〉은 음향의 클러스터cluster가 어떻게 구현되는지 듣고 느껴야 하는 작품이다. 매번 느끼는 것이지만 파리 필하모니 피에르 불레즈 대강당의 음향은 실로 매우 뛰어난 편이어서 나는 이번에 이 〈첼로 협주곡〉을 실황으로 두 번째 듣는 상황이었음에도 불구하고 이미 수백 번 들었던 녹음과는 전혀 다른 형태와 질감의 곡을 느낄 수 있었다 연주자들의 보면대 위에 놓인 쇼트Schott 출판사 악보의 그 노란 표지들을 바라보는 마음 역시 이상하게 설렜다.

이 〈첼로 협주곡〉이 동시대인 1960년대의 다른 많은 작품들과 마찬가지로 음향의 전체적인 변화를 고스란히 느낄 수 있고 또 그렇게 느껴야 하는 곡이라고 한다면, 1980~1990년대에 작곡된 리게티의 후기 작품들인 다른 협주곡들은 중복되는 다성Polyphonie과 상이한 메터Meter를 공유하는 리듬의 실험을 어디까지 이어 갈 수 있는지를 지성적이고 감동적으로 보여 주는 현대 음악의 명곡들이다.

이날 함께 연주된 〈피아노 협주곡〉과 호른을 위한 〈함부르크 협주곡〉도 그러한 측면에서 물론 대단한 명곡들이지만, 이번 공연을 통해서 특히나 내가 개인적으로 '재발견'하게 된 명곡 중의 명곡은 〈바이올린 협주곡〉이었다.

바흐Bach 시대에 확립된 서양음악의 척도이자 바이블인 평균율을 얼마나 '아름답게 파괴'할 수 있는지를, 그리고 그것이 어떻게 '재구조화'될 수 있는지를 여실히 보여 주는 〈바이올린 협주곡〉 2악장, 그중에서도 서로 다른 조성을 공유하는 오카리나 연주 파트도 물론 좋아하는 부분이었지만, 이번 연주회를 통해서 특히 이 협주곡의 4악장과 함께 작품의 전체 구조를 다시금 발견할 수 있게 된 경험은 내게 너무나 소중한 것이었다. 우리에게 익숙한 것과 낯선 것 사이의 이질성은 그렇게 '우리'라는 대명사 자체를 되돌아보게 하는 예술의 고유한 술어이다.

이 연주회 이후 나는 한동안 이 4악장만을 계속 반복해서 들으며 출퇴근을 하게 되었는데, 그러다가는 다시 이 4악장을 보다 더 온전히 느끼기 위해 3악장의 단말마적 강렬함으로 건너갔다가 거꾸로 2악장으로 돌아가고 결국에는 전체 곡을 다 감상하는 수순을 밟게 되는 것이었다. 음악이 안내하는 사이-사유의 길이 대저 이러하다.

새삼스럽게 다시 한번 느끼는 것이지만, 리게티가 작곡가로서 평생을 바쳐 깊이 궁구하고 끝끝내 예리하게 추구했던 저 음악의 세계는 여전히 내게 많은 영감을 던져 주는 실로 도저한 첨단이었다.

〈바이올린 협주곡〉의 독주자로 나선 앙상블 앵테르콩탕포랭 소속의 바이올린 연주자 강해선의 연주는 특히나 독보적인 것이어서, 나는 5악장이 끝나는 순간 나 자신도 모르게 나지막이 'Bravo'를 외치며—그러나 어쩌면 적확하게 'Brava'를, 아니 'Bravi'를 외쳤어야 했을까—가장 먼저 일어나 박수를 칠 수밖에 없었다. 음악의 감각은 그렇게 퍼포먼스와 그에 대한 반응의 감흥 사이에도 역시나 존재한다.

2019. 5. 17.

Keith Jarrett | Gary Peacock | Jack DeJohnette

이 트리오의 실황 음반들을 들을 때마다 떠오르는 문구가 하나 있다. 그것은 바로 『논어論語』의 “종심소욕불유구從心所欲不踰矩”, 곧 “마음이 욕망하는 바를 그대로 따라도 법도를 넘지 않는다”는 문구이다. 가끔씩 음악적으로 어떤 법도나 정도를 좀 더 넘었으면 하는 바람이 들 때도 있지만, 기본적으로 이들은 자신들의 하룻밤 공연을 날것 그대로 그것도 여러 장의 앨범으로 만들 수 있다는 점에서, 마음이 가는 대로 따라도 그 자체가 하나의 도가 되는 경지를 보여 주며 들려준다고 말할 수 있을 것이다. 어쩌면 바로 이것이 음악의 또 다른 본래 얼굴이 아닐까, 하룻밤의 시간 안에서 그 순간 속에서만 스쳐 지나듯 이루어졌던 어떤 공기의 흐름, 반복할 수 없는 것의 어떤 반복, 동일한 것의 매번 차이 나는 다양한 변곡점들, 그리고 그것을 어떻게든 포착하고자 하지만 매번 실패하고 마는 어떤 기이한 도달/미달을 향한 꺾인 채로 시작되는 하나의 의지. 그러니까, 시쳇말로 ‘음악 참 편하게 하네’라고 말할 수 있을, 그러나 결코 편안하지 않은 어떤 편안함의 경지, 오히려 바로 그 편안함 속에만 느껴지는 가장 예민한 불안함의 연주/감상 가능성 같은 것 말이다.

“종심소욕불유구”를 말하며 시작했으나, 내게는 항상 그보다 더 의미심장하게 다가오는 격언이 하나 있다. 세 명이 함께하면 거기에는 분명 나의 스승이 있다는 것, 곧 “三人行必有我師焉”이라는 말이 그것. 내가 3인조 음악집단 레나타 수이사이드Renata Suicide를 결성할 때 생각했던 내 마음의 격률 또한 바로 이것이다. 그러나 나는 이를 그저 '그 셋 중에 반드시 한 명 이상의 스승이 있다'는 직접적인 뜻으로 새기지는 않는다. 오히려 '그렇게 3이라는 숫자는 반드시 1이라는 깨달음 하나를 품어 가리키고 있다'는 뜻으로 새기며 믿는다. 트리오는 그렇게 궁극적 솔로를 드러낸다. 삼위일체란 삼이 일이 되며 하나가 다시 셋으로 분유되는 상태를 표현한다. 나는 그런 3과 1 사이에 머물고자 한다, 머물면서 한없이 흔들리고 나뉘면서 그렇게 다시 합쳐지고 흩어지고자 한다.

2019. 5. 6.

레나타 수이사이드, 나, 파랑, 그리고 반시

우리의 밴드, 레나타 수이사이드Renata Suicide의 베이시스트 반시, 올여름부터 일 때문에 미국 캘리포니아로 이주해 살고 있는 이 친구는, 가끔씩 눈이 번쩍 뜨일 만큼 아름답고 다부진 문장들을 곧잘 쏟아 놓곤 하는데, 얼마 전 글에서도 참으로 가슴에 와 박히는 말들이 있어서 그 글을 공유하며 문장들을 옮겨 본다. 반시는 현재의 탄핵과 집회 시국이 보여 주는 중심어가 "숫자와 폭력"이라고 말하면서 다음과 같이 쓰고 있었다:

"백만 명의 집회가 백만 명의 조건을 만들지는 않았을까, 그것이 걱정스럽다. (……) 우리는 권력에게도 어깨를 나란히 하는 동지에게도 그렇게까지 자신을 선량한 시민이라고 증명해야 할 만큼 저항에 생소해져 있는 것이다."

명백히 부정하고 참을 수 없을 정도의 불의에 맞서 수백만의 사람들이 거리에서 촛불을 들었다. 그러나 그보다 더 참가자 수가 적은 집회라고 해서, 많은 사람들이 '절실한' 문제가 아니라고 여기는 문제에 대한 시위라고 해서, 결코 정치사회적으로나 문화적으로 중요하지 않은 것이 아닐 텐데, 그러한 집회와 시위들이 상대적으로 폄하되는 것은 아닐지 걱정하게 되는 마음, 나 또한 깊이 동감한다. 그리고 우리는 여전히 기억하고 있다, 세월호 유가족들이 단식하는 현장 바로 앞에서 피자와 치킨을 시켜 먹으며 타인의 슬픔을 희화했던 '일베'라는 집단의 만행을, 대구 서문시장 화재 피해를 입은 상인들 바로 앞에서 대통령을 연호하고 박장대소하면서 인간성 자체를 조롱했던 '박사모'의 악행을. 수백만이 모인 집회라고 하여 그 모든 이들의 정당성마저 무턱대고 믿고 거기에 무조건 의지할 수 없는 이유이다. 왜냐하면 그들[중의 일부분]은, 차벽에 꽃을 붙이는 최소한의 '아름다운' 저항에 대해서조차 맹목적인 '비폭력'과 무조건적인 '선량함'을 내세워 거부감을 드러내는 믿을 수 없는 주체들이기 때문이다. 반시의 글은 이러한 점들에 대한 우려와 경계를 잘 설명해 줬다고 생각한다. 사람들은 흔히 '위대한 국민의 힘'을 말하곤 하지만, 사실 현재의 박근혜 정권을 만들어 낸 것 역시 바로 그 괴물 같은 '국민의 힘'이었다는 사실을 잊어서는 안 된다. 지금의 상황이 어떤 결말이 아니라 겨우 하나의 시작인 이유가 바로 여기에 있다[그리고 겨우 내디딘 시작의 전말은 미묘하고도 절망적으로 현재의 상태와 겹쳐진다].

아무튼 반시의 글을 읽으면서 덤으로 4년 전 김규항 선배와 함께 한 우리 밴드의 '좌판' 인터뷰를 오랜만에 다시 읽을 수 있는 것도 참 좋았다[『김규항의 좌판』 알마, 2014, 20장 "밴드 '레나타 수이사이드' 람혼·파랑·반시 – 진보 취향이 유행하는데도 왜 아무것도 바뀌지 않을까" 참조].

내년이면 우리 셋이 만나서 레나타 수이사이드를 결성한 지 정확히 15년이 된다[2022년에 우리는 결성 20주년을 맞이했다]. 지나온 15주년을 기념하고, 앞으로의 또 다른 15년, 또 그 이상의 아름답고 신나는 여행을 다시금 함께 꿈꾸며. 이제 나는, 아무런 자극도 없고 아무런 영감도 없는 무미건조한 삶 따위에는 넌더리가 난다. 이제 다시, 이름 모를 땅으로, 앞을 알 수 없는 미래의 안개 속으로, 돌진하고 돌파할 때이다. 나는 언제나 그리고 여전히, 우리 셋 사이를 그렇게 꿈꾸고 있다.

2016. 12. 14.

Prolétaires de tous les pays, encore un effort, si vous voulez être anticapitalistes, non seulement selon Marx, mais aussi selon Sade, encore un effort, cosmopolites de tous les non-pays, et unissons-nous dans la solidarité internationaliste contre la mondialisation !

만국의 무산계급이여, 반자본주의를 원한다면, 부디 조금만 더 노력을, 마르크스의 말을 따를 뿐만 아니라 또한 사드의 말을 따라서, 모든 비국가의 세계시민들이여, 그렇게 조금만 더 노력을, 그리고 세계화에 반대하는 국제주의적 연대로, 그렇게 단결하자!

2014년 노동절

Ludovico Carracci, "La Vierge et l'Enfant" 1616~1619 .

루브르는 내 일상의 놀이터. 이탈리아 볼로냐Bologna 출신의 화가 루도비코 카라치Ludovico Carracci가 그린 〈성모와 아기 예수〉. 루도비코는 또 다른 바로크 화가 안니발레 카라치Annibale Carracci의 사촌이기도 한데, 나는 개인적으로 이 카라치 가문의 그림들이 동시대 카라바조Caravaggio의 그림들과 훌륭한 대척점을 이루면서 그 둘 모두 라파엘로Raffaello의 경지를 훨씬 상회한다고 생각하고 있다. 물론 그들 사이에서 어떤 경지의 고저를 논한다는 일은 어쩌면 라파엘로를 마치 르네상스 미술의 종착지처럼 추앙하는 이해할 수 없는 일처럼 무의미한 것일 수 있다.

물론 화풍이나 세대가 서로 다른 화가들 사이의 단순 비교는 미술사적으로 다소 무리가 있겠지만, 저 성모와 예수의 몸이 지닌 윤곽들이 마치 흐린 물처럼 그림의 좌우와 상하로 흐르고 있는 이 어두운 기운의 이미지 앞에서, 나는 참으로 오랫동안 그 어둠으로부터 시선을 거둘 수가 없었음을 고백해야 한다. 회화는 어쩌면 이 어둠 사이에서 드러나는 어떤 형언할 수 없는 형체이다.

2019. 4. 27.

Jean-Antoine Watteau, "Le faux-pas" 1716~1718 .

루브르에서. 프랑스가 아끼는 로코코 화가 장-앙투안 바토Jean-Antoine Watteau의 그림. 물론 바토의 그림들 중 가장 유명하고 많은 사랑을 받는 작품이라고 한다면, 이탈리아의 대중적 마당극이라고 할 수 있을 코메디아 델라르테commedia dell'arte의 흥그러운 기질이나 분위기와는 역설적 대조를 이루는 우울한 배우의 얼굴과 모습을 묘사한 '광대 질Pierrot Gilles'의 초상일 테지만, 나는 바로 그 뒤편에 숨겨진 이 작은 그림과 그 제목 역시 아주 좋아하는 편이다.

물론 이 그림의 제목이 내가 언제나 극진한 태도로 숭배해 마지않는 모리스 블랑쇼Maurice Blanchot의 책 제목과 일치한다는 사실과는 별개로 이 그림의 제목인 "faux pas"는 말 그대로 '잘못된 걸음', 곧 '헛디딤'을 뜻하는 말이다. 그래서 나는 왠지 지금도 어딘가에서 계속 '헛발질'을 하고 있을 모든 남성들의 눈앞에 바토의 이 그림과 이 제목을 들이밀고 싶어진다, 부디 헛발질 좀 그만하고 정신 좀 차리라는 뜻에서 말이다. 그러나 남성에게 여성이 이상적 진리라는 이름으로 찬미됨과 동시에 바로 그 때문에 더욱 대상화되고 물신화되듯이, 반대로 이 천박하기 이를 데 없는 남성적 헛디딤의 역사는 앞으로도 계속될 비탄적인 운명에 놓여 있다고 하겠다.

같은 날에, 뒤이어.

Claude Guillot, "Le tombeau de Maître André, scène de farce italienne" 1716~1717 .

Claude Gillot, "Les deux carrosses" 1707 .

바토의 그림들과 함께 이탈리아 소극farce 이야기를 잠깐 했던 김에, 루브르에서 매번 만날 때마다 나의 시선을 한참 동안 사로잡고 놓아주지 않는 이 기이하고도 익살스러운 클로드 기요Claude Guillot의 그림들에 대해서도 이야기하지 않을 수가 없다.

해학은 언제나 비참과 악수하고, 웃음은 언제나 울음 속에서 태어나며, 흉그러움은 또한 언제나 그로테스크와 마치 두 대의 인력거처럼 서로 충돌한다.

나는 기요의 그림들 속에서 반복되고 있는 저 어두운 가면의 인물이 바로 이러한 인간 희극comédie humaine의 역설적 진실을 가장 잘 드러내 주는 형상이라고 생각한다.

하여, 나는 항상 그의 얼굴을, 아니, 그의 가면을 뚫어지게 응시하는 것이다. 그의 표정 없이 풍성한 표정을 읽기 위해, 그의 얼굴 없는 얼굴과 마주하여 그의 보이지 않는 시선을 응시하기 위해, 그리하여 그 가면이 우리의 또 다른 얼굴임을 결국엔 인정하고 그 또 다른 나의 모습, 그 두렵고도 웃긴 얼굴을 그와 똑같은 두려움과 웃음으로 바라보기 위해. 가면은 그렇게 얼굴과 세상 사이를 가리면서 잇댄다.

옮겨지는 말들

— 언어-사이

아침 일찍 대학원 석사과정 학생들을 위한 종교문화학 강의를 마치고.

오늘 특히 한 학생이 아주 좋은 질문들을 던지고 매우 활발하게 의견을 개진하여 함께 토론하는 강의를 할 수 있어서 이른 시간에도 불구하고 보람 있고 즐거웠는데, 이런 번뜩이는 학생들이 많았으면 하는 지극히 개인적인 바람이 있다.

"사랑과 정의"라는 한국어로 '옮김-번역traduction' 할 수 있는 프랑스어 "amour et justice", 그것은 어쩌면 모든 종교의 희구가 궁극적으로 가닿고자 하는 곳/것일 텐데, 그 진정한 의미는—만약 그런 것이 있다면—어떤 절대적인 가치로 새길 수 있는 고정불변의 상태로부터가 아니라, 역사의 지속과 문화적 과정에 따라 지금 이 순간에도 변모해 가고 있는 구체적인 시공간의 해석학적 효과로부터 출현하는 것이다. 그리고 이러한 의미작용이 넓은 의미에서의 '번역/traduction', 곧 그 '옮김'과 '이행'의 경험에 부합할 것이다. 그러고 보면 사랑과 정의는, 언제나 한 곳에서 다른 곳으로, 항상 하나의 언어/문화에서 다른 언어/문화로, 그렇게 매번 '옮겨지며 이행하고' 있는 것에 다름 아니다. 옮김은 그리하여 다시금 사이-세계이다.

폴 리쾨르Paul Ricœur의 철학과 용법에 기대어, 동시에 그로부터 훌쩍 떠나, 세계-사이는 또한 이렇듯 사이-문화이며, 그러한 사이들의 옮김이자 옮겨짐이다. 그러나 이는 단지 문화들의 다양성이나 상대성을 의미하는 것이 아니라, 문화로 표상되는 세계들의 차이가 어떤 '절대적인' 사이임을, 곧 문화란 바로 이 '사이'의 또 다른 이름에 다름 아님을 의미한다. 옮겨지는 말들 사이에서, 그 자체로 세계들을 짓고 옮기는 사이들. 리쾨르가 간파했듯, 사이들의 옮김으로서의 번역이란 "등가等價와 전체적 일치一致 사이의 틈을 메울 수 있으리라는 희망 없이 sans espoir de combler l'écart entre équivalence et adéquation totale" *Sur la traduction*, Bayard, 2004, p.20 진행될 수밖에 없는 '불가능'한 것이지만, 동시에 그 이유 때문에 '숭고한' 것이기도 하다.

2019. 4. 23.

그린다는 것은 무엇인가 1

— 나의 데생들

어제는 나의 소중한 학생들 레슬리Leslie, 사라Sarah, 그웬돌린Gwendoline 덕분에, 루브르 미술관을 방문해 오랜만에 데생을 여러 장 그릴 수 있는 기회를 가졌다. 연필을 잡고 그림을 그려 보는 것이 내게 너무 오랜만이었지만, 그림 그리기를 다시 시작할 수 있다는 것만으로도 소중하고 행복하게 느껴지는 시간이었다. 오랜 시간, 이 그림 그리는 기쁨을 완전히 잊고 있었던 것 같다. 화가이신 어머니의 어깨 너머로 어릴 때부터 그저 흉내를 내던 그리기의 추억들, 유아기를 채 벗어나기도 전에 '엄마'의 손을 잡고 전시회장부터 찾아다니기 시작했던 그 치기 어린 예술의 시작점을 기억하며, 그 기억의 구멍 속으로 들어간다. 내가 그리는 것은 어떤 실체가 아니라 그것을 가능하게 하는 구멍이다.

구멍은 실체가 아니라 실체를 만들어 내는 빈칸이기 때문이다. 흐릿하고 어두운 빈칸은 색채와 형상이라는 시각적 실체의 조건이다. 사라지는 색채 속에서, 그와 함께 사라지는 것은 형상일 뿐만 아니라 음향이기도 하다. 분명해야 [할 것으로 생각]되는 형태가 흐려지는 지점에서, 문득 그와 동시에 사라지고 있는 것은 들려야 [할 것으로 생각]되는 소리이다.

감각은 의식에 대한 배신이다. 그리고 그 배신을 끝없이 의식하며 그럼에도 오로지 감각으로 그려 내야 하는 것이 다름 아닌 회화의 운명이다. 왜냐하면 감각은 바로 그러한 의식에 대한 배신을 통해 태어

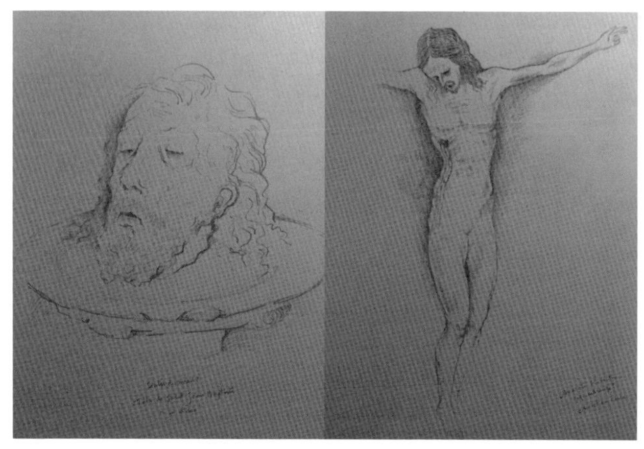

나며, 다시 그러한 감각에 대한 배신이 또 다른 사유를 낳는 계기가 되기 때문이다. 회화는 감각의 사유, 사유의 감각이 지닐 수 있는 운명적 내용-형식이다. 회화가 다룰 수 있으며 또 그 자체로 존재할 수 있는 영역이란, 어쩌면 바로 이러한 배신의 영역, 의식과 감각과 사유가 끝없이 서로 충돌하는 어떤 몸 안일/아닐 것이다.

그러므로 회화가 그 눈먼 눈의 헛된 시각으로 포착하고자 하는 것은, 그 끝없는 실패의 예감 속에서 거꾸로 자신의 귀머거리 귀로 더욱 분명히 듣고자 하는 것은, 오히려 저 명멸하는 침묵의 소리, 가시적 형태의 형해가 도리어 더욱 분명한 윤곽을 만들어 내는 어떤 비가시성이다. 헤매듯 사라져 가는 소리들이 역설적으로 바로 그 소리들의 부재인 침묵 속에서 들려오듯이, 보이지 않게 흐려져 가는 부재의 형태가 바로 그 흩어짐 속에서 뿌연 연기처럼 분명한 존재로 드러난다.

회화는 그래서 연기이자 덩어리이다.

우리는 흔히 연기의 존재를 그저 흐리거나 불분명하다고 말하지만, 마치 그 연기의 존재 자체는 피할 수도 부정할 수도 없는 하나의 뚜렷하고 분명한 것이듯. 그래서 추상이 구상을 먹어 버린 듯 보이는 지점에서, 구상이 추상으로 점차적으로 대체되어 가거나 추상이 구상을 불현듯 출현시키는 듯 보이는 화면 속에서, 그렇게 침묵의 소리가, 구분할 수 없는 하나의 덩어리가 되어, 마치 화면 밖으로 흘러나온 축축한 혀처럼, 화면 옆으로 삐져나온 뒤틀린 귀처럼, 하나의 시각적 청각으로 놓여 있다. 그렇게 회화는 연기이자 덩어리로서 하나의 구멍이 되며, 그 구멍은 입처럼 벌어져 목과 귀와 코와 성기 등의 다른 구멍의 기관들로 변용한다, 먹거나 마시는 기관이었던 입은 그렇게 위상기하학적topologique으로 변형되어 더 이상 입이 아닌 또 다른 구멍들, 무엇보다/무엇이나 보는 즉시 빨아들이는 응시의 희뿌연 고글, 먹는 즉시 흘러내리는 분비의 꽉 막힌 샤워기, 듣는 즉시 귀에 걸어서는, 삼키던 입을 막고 냄새 맡던 코를 가려 아예 못 쓰게 만들어 버리고 전혀 다른 기관들로 바꿔 버리는 닳아빠진 마스크, 보이지도 않고 들리지도 않는 즉시 넘쳐흐르는 침묵을 송출하는 망가진 스피커가 된다. 거기에 그렇게 부재하며 존재하는 구멍이 있다. 회화는 이러한 부재와 존재 사이의 틈, 그 구멍의 전장이다. 하여 그린다는 것은 무엇인가. 그것은 이러한 구멍들을 지닌 토루스torus가 빚어내는 존재들과 부재들 사이의 차이이며 그 차이의 사이에 있다.

2014. 1. 24. / 2024. 3. 3.

흰 종이 안에 항시 도사리고 있는,
검은 악마의 얼굴을 세상 밖으로,
하루에 아주 조금씩, 조금씩 더,
그 틈과 사이를 그렇게 더 벌리며.

나는 내 안의 악마를 다루는 방법을 잘 알지 못한다. 고삐 풀린 나의 손은, 마치 빨간 구두를 신은 그녀의 발처럼 움직인다, 미쳐 날뛰는 하나의 야수처럼.

Je ne sais pas bien comment contrôler le diable en moi-même. Mes mains déchaînées, elles bougent comme ses pieds en chaussons rouges, comme un fauve en furie.

2014. 10. 5.

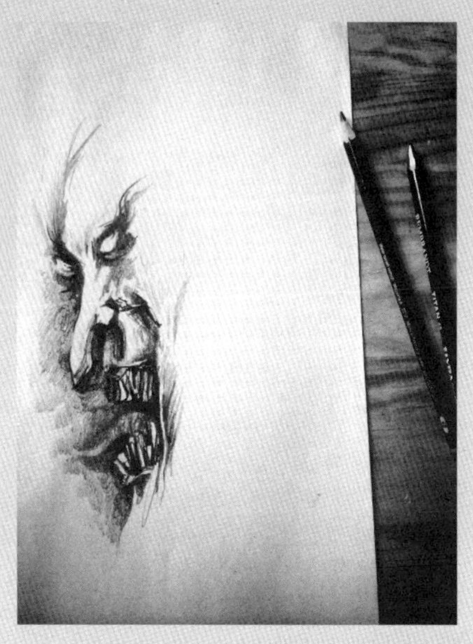

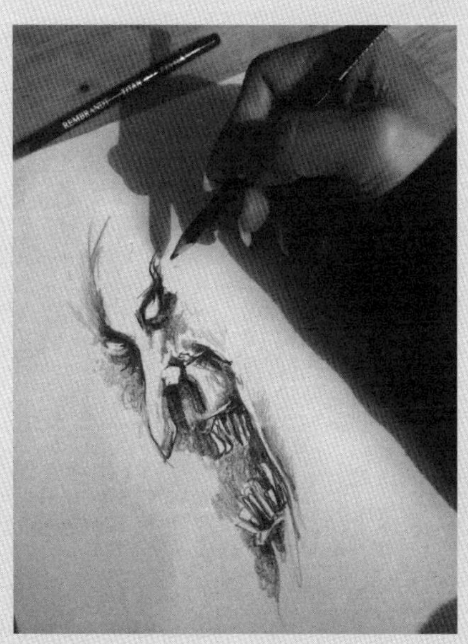
REMBRANDT
TITAN

그린다는 것은 무엇인가 2

— 서고운 작가의 작품들에 대하여

지난 2월, 서고운 작가의 작품집 『Outlanders』가 출간되었다. 그가 이 작품집의 출간 예정을 알려 주었을 때부터 개인적으로 손꼽아 기다리던 책이었는데, 이렇게 직접 두 손에 쥐고 한 장 한 장 책장을 넘겨 가며 종이의 물질성을 느끼면서 그의 그림과 글을 보고 있자니 새삼 감회가 새롭다.

문득 서고운 작가의 작품을 처음으로 만났던 순간을 떠올렸다. 그의 작품을 우연히 알게 된 나는 열광할 수 있는 한 명의 젊은 작가를 말 그대로 '발견'했다고 느꼈다. 그가 2011년 예술의전당 한가람미술관에서 전시를 할 당시 그의 작품을 직접 보고 싶다는 일념으로 무작정 찾아갔고, 때마침 철시 직전의 작품들을 전시장의 벽과 바닥에 늘어놓고 감상할 수 있는 기회를 얻을 수 있었다. 그때가 서고운 작가와의 첫 만남이었다. 그 이후 다음 해인 2012년에 서울 아트스페이스 H에서 열렸던 그의 전시를 찾아가 천천히 그리고 여유롭게 그의 작품들을 뚫어져라 감상했던 기억이 엊그제 같다. 그러한 일들이 인연이 되어 나는 이후 서고운 작가의 개인전을 위한 글을 쓰게 되었고, 그 글은 여전히 나 자신에게도 뜻깊고 소중한 글로 아로새겨져 있다. 언젠가 출간될 나의 미술론 문집을 통해 이 글을 보다 많은 분들에게 다시 소개하고 싶은 바람, 계속 마음속에 담아 두고 있다. 그 이후 서고운 작가는 밴드 국카스텐Guckkasten의 앨범 아트워크를 작업하기도 했다.

내가 그의 작품 세계에 매혹되었던 이유는 여러 가지가 있겠지만,

아마도 이번 작품집 『Outlanders』에 작가가 직접 쓴 글만큼 매혹과 공감의 이유를 더 잘 설명해 주는 글은 없을 것 같아서 그 글을 그대로 옮겨 본다: "스스로를 위협하고 파괴하려는 것들과 끊어지지 않는 고통의 악순환들로 인해 병들고 나약해지는 것들, 죽음과 밀접한 것들이 가진 에너지 모두를 이야기하고 싶다. 그리고 그 속에서 나는 주변을 '목격'하는 자이고, 함께 아파하는 자이고, 함께 행동하는 자이길 바란다. 우리는 결국 모두가 삶의 이방인outlanders이다. 우리는 주변을 너무 쉽게 방관하고, 어두운 진실을 대면하지 않으며, 고통의 표상들을 보기 꺼리는 자들이 된다. 진실이 무엇인지 알지만 회피하고 관찰하지 않는 것이 훨씬 더 편하고 쉬운 일이기 때문이다. (……) 그것들을 오롯이 대면할 수 있다면, 우리는 그 안에서 작게나마 희망을 발견할 수 있으리라 믿는다." 이러한 서고운 작가의 인식은 내게도 똑같이 절실하게 중요한 것인데, 이는 사실 내가 『사유의 악보』를 쓸 당시에도, 그리고 지금도 계속해서 힘겹게 글을 쓰는 와중에도, 언제나 견지했던 원칙이자 견지하고자 하는 다짐이기도 하기 때문이다. 우리는 이러한 원칙과 다짐을 일견 쉽게 말하고 들을 수 있지만, 그것이 이해받는 것은 결코 쉬운 일은 아닌 것 같고, 또 그렇게 우리가 우리 자신과 서로를 이해하는 것은 그보다 더 어려운 일인 것 같다고, 여전히 생각하고 또 생각하고 있다.

그러므로 나는 서고운 작가의 다음과 같은 글 또한 공감하며 여러 번 소리 내서 읽을 수밖에 없었다: "그러나 나는 내가 왜 이곳에 이토록 오래 앉아 있는 것인지 이해하지 못할 것이다. 나는 그 녹아 버린 뼈들을 그리고, 내 스스로를 익사의 길로 안내할 것이다. 휘휘 젓고 저어 보아도 어두움뿐인 그 공간에서 나는 무엇을 그리고자 하는 것일까." 그리고 이것은 그 자체로 또한 나의 질문이기도 하다. 나 역시 그렇다. 여전히 나는 묻고 있다, 나는 왜 이 어둠 속에 오래 앉아 여전히 아무도 듣지 않을 소리를 작곡하고 아무도 읽지 않을 글을 집필하고 있는가. 그 질문이 끝나는 곳에서 또 다른 대답이 시도되고 시작되며, 그 대답은 다시 질문이 된다.

그러나, 아무도 없는 것처럼 보이는 곳에, 언제나 누군가가 있다. 그리고 그저 일부분이나 소수처럼 보이는 그 '누군가'는, 아마도 거의 '모두'일 것이다. 이 '아무도 아닌 모두', 나 역시 그 모두의 부분이자 그 부분의 전체로서, 여전히 계속해서 묻고 대답하면서, 그렇게 쓰고 또 쓰고 있다.

덧 1. 『Outlanders』에 함께 수록된 장파 작가의 글 역시 바로 위의 질문, 곧 '화가의 욕망'에 대한 질문, 다시 말해서 '그림을 왜 그리는가' 혹은 '그림을 그린다는 것은 무엇인가'라는 질문을 둘러싸고 핍진히 그리고 절실히 전개되고 있다.

덧 2. 서고운 작가는 직접 나의 초상화를 그려 준 적이 있다. 그 그림은 지금도 내 한국 서재 람혼재의 한 벽에 그 아래 어지러운 책들을 내려다보며 아름답고 어둡게 걸려 있고, 그 초상初喪과도 같은 초상화의 제목은 "파국의 그림자가 만든 병든 밤"이다.

2019. 4. 12.

인간적인, 너무도 인간적인

— 런던에서

영국 런던London에서 내가 오랫동안 존경해 마지않는 작가들의 그림들을 한참 동안 응시할 수 있는 슬프도록 행복한 순간들을 보냈다. 현재 테이트 브리튼Tate Britain 미술관에서 열리고 있는 "All Too Human" 전시회2018. 8. 28~27 덕분이다. 이 얼마나 시대착오적으로 고색창연한 니체적인 제목인가…… 전시회의 기획 자체에는 크게 감동할 부분은 없었고 특기할 만한 점도 따로 없었다. 하지만 이런 작가들을 모아 놓은 전시회의 풍경 그 자체만으로도 나는 어둡도록 즐거웠다. 그 순수하고 순전한 시각적 즐거움만으로도 나는 우울하고 기뻤다. 개인적으로 고등학교 때부터 그의 회화에 깊이 빠져 있긴 했지만, 프랜시스 베이컨Francis Bacon의 그림들을 처음으로 내 두 눈을 통해 직접 보았던 것은 1996년 여름이 다 되어서였다. 때마침 그해에 파리의 퐁피두 센터Centre Pompidou에서 열리고 있던 베이컨의 대대적인 회고전에 방문할 기회가 있었기 때문이었는데, 그때 이후로 계속 그의 그림들을 볼 기회가 있을 때마다 매번 느끼게 되는 위대하고도 근본적이며 장엄한 회화의 그 거의 폭력과 공포에 가까운 거대한 힘은 이번에도 어김없이 느낄 수 있었다. 루시안 프로이트Lucian Freud의 그림들에 대해서도 개인적으로 베이컨만큼은 아니지만 거의 언제나 그렇다고 분명히 말할 수 있다. 마이클 앤드류스Michael Andrews 같은 유명 작가들을 제외하고도, 이번 전시회를 통해 새롭게 발견하여 감탄하게 된 작가들이 몇 명 있었다. 그중에서도 파울라 레고Paula Rego와 R. B. 키타이Kitaj가 매우 주목할 만하다고 생각했는데, 특히 키타이의 그림들에 나는 실로 오랜만에 참을 수 없이 어둡고 육중한 회화에의 열정을 느낄 수 있었다. 그의 종잡을 수 없는 병적이고도 변화무쌍한 스타일에, 자신의 정체성에 대한 그의 강박적일 만큼 처절한 회화적 추구와 물음들에, 나는 경의를 표할 수밖에 없었다. 하여, 키타이의 그림들은 이곳에 사진으로 남기지 않기로 한다. 그 그림들은 사실 더욱더 비밀스럽게 감춰져 있어야 한다고 생각하기 때문이다. 이 문자들의 무덤 사이에 바로 그 그림들이 숨어 있다.

2018. 4. 16.

오늘따라 내 고질적인 편두통이 더 심한 날이었다. 그 깨질 듯 아픈 머리를 어깨에 얹고, 오늘도 하루 종일 프랑스어로 여러 개의 강의들을 했다.

여러 번을 이야기했지만, 늦은 퇴근 후 맛보는 모나코Monaco 한 잔의 작은 즐거움은, 삶의 터전을 이곳 파리로 바꾼 후 언제나 하나의 소중한 의식이다.

완전한 이해라는 것이 가능할 것이라 생각했던 적은 한 번도 없었다. 그런 의미에서 삶은 어쩌면 그저 몇 개의 무인도들 사이를 옮겨 다니기만 하는 짧은 항해, 풍랑 잦은 물결 위를 그저 혼자서만 노를 저어 가는 짧은 여행에 불과할 것이다. 그러나 그 찰나의 순간 속에 영원의 역사가 존재할 수 있다는 사실에 언제나 나는 경이를 느껴왔다.

나를 온전히 다 받아 줄 수 있는 하나의 커다란 그릇은 그 어디에도 없다는 사실을 너무도 잘 알고 있다. 왜냐하면 그 어느 누구나 같은 답안을 떠올리는 세상에서 진정한 대답은 존재할 수 없기 때문이다. 나는 그 서로 다른 대답들 사이를 항해하는 난파된 배, 조난의 연속을 여정의 일상이라고 착각하는 뒤틀린 오디세우스이다.

내가 양손잡이라는 사실, 직류이자 동시에 교류라는 사실, 먼지임과 동시에 우주라는 사실, 그 혼란스러운 현실은 결코 변하지 않을 것이다. 나의 왼손은 오른손이 하는 일을 모르고, 반대로 오른뺨을 맞지 않기 위해 오히려 왼뺨을 내미는 어리석은 조삼모사의 삶을 살고 있으나, 사실 나의 오른손은 그런 왼손을 그저 모르는 척할 뿐이고 또 나의 오른뺨은 왼뺨의 아픔도 자신의 것으로 느끼고 있다. 그 양손잡이의 혼돈이 어쩌면 내 두통의 근본적인 원인, 오디세우스의 뱃멀미이리라.

2019. 3. 28.

빗소리를 들으실래요?

— 파리의 택시 안에서

얼마 전 파리 시내에서 아주 기분 좋은 택시 기사를 만났다. 날은 완연한 봄이었고, 차창 밖으로 보이는 날씨가 참 맑았다. 택시의 천장으로 뚫린 채광창이 넓고 그 위로 보이는 하늘이 하도 화창했기에, 나는 이 창 덕에 비가 올 때도 그 빗소리마저 더 잘 들리겠다고 말했더니, 그 택시 기사가 대뜸 내게 "빗소리를 들으실래요 Vous voulez écouter la pluie?"라고 묻는 게 아닌가. 무슨 소리인가 싶어서 냅다 그러고 싶다고 대답했더니, 갑자기 차 안의 스테레오로 다양한 빗소리들을 찾아 재생하기 시작했다. 그 소리들 속에서 천둥이 울리면 차 안도 덩달아 그 천둥소리와 함께 떨렸다. 밖의 빛은 환한데, 차 안에서는 소리와 함께 폭우가 쏟아지고 있었다. 덕분에 나는 눈으로는 봄의 햇살이 가득 쏟아지는 채광창을 고개 들어 바라보면서도, 동시에 귀로는 퍼붓듯이 쏟아지는 각종의 빗소리들을 주행 내내 들을 수 있는, 참으로 기이하고도 흥미로우며 드문 호사를 누릴 수 있었다. 어느 날 문득 다시 고개를 들어 화창한 봄 하늘을 올려다볼 때면, 나는 이날 차 안에서 그 맑은 하늘과는 완전히 반대편에 있는 빗소리를 귀로만 들었던 형용모순의 추억을 오래도록 잊지 못할 것 같다. 그런 생각을 했다. 그 안과 밖 사이에서, 나는 햇볕이 강렬히 내리쬐는 빗소리를 언제까지고 듣고 있을 것이다.

2019. 3. 29.

Ici et maintenant,
voilà mon dilemme.
Maintenant ou jamais,
voilà ma devise.

바로 지금, 여기에,
나의 딜레마가 있고,
지금이 아니면 그 어느 때에,
나의 좌우명이 있다.

바로 지금 여기,
이것이 나의 딜레마,
지금 아니면 언제,
이것이 나의 좌우명.

2015. 3. 25.

공포 영화

— 사이-한계-경험

최근에 우연히 연속하여 보게 된 두 편의 '공포' 영화는 존 에릭 도들John Erick Dowdle 감독의 2007년 작품 〈더 포킵시 테이프The Poughkeepsie Tapes〉와 대런 애러노프스키Darren Aronofsky 감독의 2017년 작품 〈마더Mother!〉였다. 10년의 터울을 두고 있는 이 두 작품 사이에는 물론 가시적으로 큰 공통점은 없다. 다만 지극히 개인적으로 둘 사이에서 어떤 기묘한 연결의 지점들을 느낄 수는 있었는데, 둘 모두 인간 현상의 극단적인 근본/근원을 직접적으로 다룬다는 점에서 큰 공통점이 있었지만사실 이는 모든 '제대로 된' 공포 영화들의 '진부한' 공통점이긴 하지만, 전자인 〈더 포킵시 테이프〉에서는 최근 수십 년 동안 남용되고 있으며 심지어 오용되고 있기까지 한 '페이크 다큐'라는 장르적 한계를 넘어서 미시적인 차원에서 하나의 '증례'를 창조하고 확장하며 그 속에서 가장 어두운 욕망의 '기원 없는 기원'을 직시하고자 한다는 인상을, 그리고 후자인 〈마더!〉에서는 하나의 세계를 그 기원과 근원에서 재배치하고자 하는 영화들이 흔히 빠지게 되는 일종의 악무한/악순환을 보기 좋게 뛰어넘어서 거시적인 차원에서 하나의 근원 없는 근원의 '신화'를 재해석하고 그를 통해 인간의 모든 '역사'를 재통합하고자 한다는 인상을 받았다. 아무튼 내게는 데이비드 핀처David Fincher의 〈조디악Zodiac〉2007 이후에 아주 오랜만에 수십 번을 다시 보고 싶은 영화 두 편이 더 생긴 셈이다〈조디악〉과 정확히 같은 의미에서, 이 두 영화에 대한 반복적 시청에의 욕망에는, 쾌락 원칙을 훌쩍 넘어선 어떤 것이, 즉 커다란 주이상스jouissance의 구멍이 놓여 있다. 두 영화 모두 이 역시 정확히 〈조디악〉이나 〈세븐Seven/Se7en〉1995 처럼 계속 보다 보면 다시 새롭게 생각되는 것들이 많을 것 같은, 사유-이미지들의 보고와도 같은 영화들이다. 아무튼, 다소 C급 공포 영화처럼 급작스러운 마무리이긴 하지만, 공포 영화라면 A급, B급, C급을 가리지 않고 그해에 생산된 영화들은 거의 다 보는 나에게, 누군가 최근 개봉 예정인 정범식 감독의 〈곤지암〉2018 이 〈그레이브 인카운터Grave Encounters〉 시리즈1편 2011, 2편 2012 와 결정적으로 다른 새로운 점을 이야기해 줄 수 있다면 참 좋겠다. 왜 공포 영화인가. 공포 영화가 단지 인간의 가장 근본적인 심성을 그 한계에서 다룬다는 진부한 규정보다는, 바로 그러한 한계를 다루면서 동시에 의도치 않게 그 한계 자체를 순간적으로 넘어서 버리는 어떤 '저지름', 그 이전과 결코 같을 수 없는 이후의 비가역적 이행, 그 찰나를 경험하게 하는 두려움과 황홀함의 사이 때문이 아닐까.

2018. 3. 22.

민주주의의 미래 2

— 도래 불가능의 사이-체제

민주주의는 결코 다시 돌아오지 않을 것이다. 따라서 두 가지를 함께, 동시에 고민해야 한다. 다시 돌아오지 않을 민주주의를 어떻게 다시 돌아오게 할 것인가 불가능한 회귀/귀환의 주제 , 또한 동시에 민주주의 그 이후, 그리고 그 너머를 어떻게 사유할 것인가 불가능한 초월/극복의 주제 . 나는, 예전처럼 예민하게, 그러나 지금은 더욱더 신경질적으로, 어설프게 무지하며 무감각하게 악랄한 이 모든 것들을, 곧 저 모든 인간들을, 하여 그 모든 인간적인 것들을, 도저히 참을 수 없게 되어 간다. 민주주의는 결코 도래하지 않을 자신의 미래를 바로 지금 도래하는 것으로 끝없는 유예 속에서 기다리고 있는 하나의 사이-체제이다.

2016. 3. 5.

민주주의의 미래 3

— 부재하는 신체의 허물

충동의 파편화에 저항하라. 국가주의가 숨통을 죄어 오는 개인주의를 위한 저항이 존재할 수 있다면, 그것은 어쩌면 이러한 내파적인 저항 하나뿐일 것이다. 그렇다고 내가 저 모든 '억압된 것들의 회귀'처럼 장 보드리야르Jean Baudrillard의 염세적 묵시록이나 장-프랑수아 리오타르Jean-François Lyotard의 확장된 숭고론을 다시금 추종하려고 한다고 생각지도 말라. 차라리 은유 안에 은거하고 알레고리 안에서 숨을 쉬어라, 그리고 아예 그 안에서 폭발하라. 겉과 표면을 그저 변태처럼 혀로 할짝할짝 핥아 대기만 할 뿐인 모든 글들은 죄다 불태워 없애 버려라. 그 글들과 함께 자폭하고 죽어 버려라. 그렇다고 반대로 어딘가에 무슨 대단한 깊이나 심층이 존재하는 양 무언가에 대해 또 다른 변태처럼 탐미의 혀를 날름거리지도 말아라. 그 모든 글들이, 그 모든 파편화된 충동들이, 나를 역겨운 기분에 빠져들게 하고 또한 심한 구역질을 나게 만든다. 나는 그렇게 내 모든 돌출하는 기관들 사이에서 부재하는 신체로서 존재하며, 내 눈앞에서 왕의 두 신체를 뒤집어 널어 속이 겉으로 튀어나와 피를 흘리는 민주주의의 거죽을 불타는 적도의 태양 아래서 건조시킨다. 민주주의의 도래할 미래는 그렇게 허물을 벗지 못하는 허물 그 자체이다.

같은 날, 뒤이어,

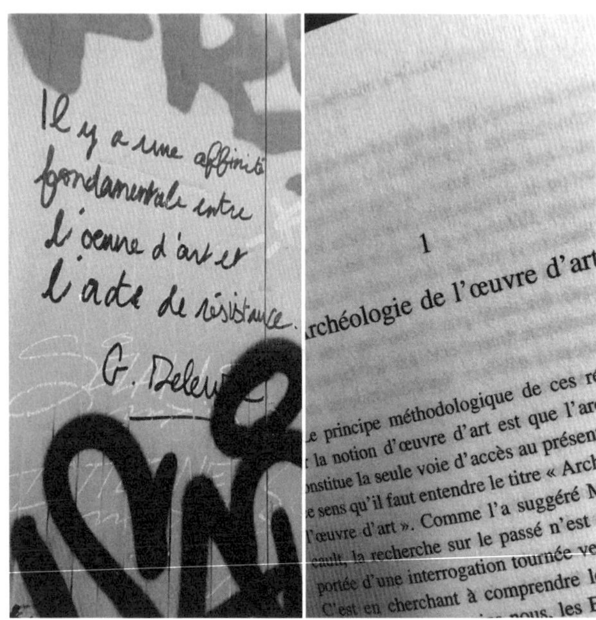

Une citation de Gilles Deleuze taguée sur un camion que Samantha, l'une de mes anciennes élèves, a découverte dans une rue du 11e arrondissement : "Il y a une affinité fondamentale entre l'œuvre d'art et l'acte de résistance." Et c'était un beau hasard que je lisais dans le métro un article de Giorgio Agamben qui s'appelle « Archéologie de l'œuvre d'art » au moment où elle m'a envoyé la photo de cette citation. C'est une expérience très touchante de savoir que quelqu'un pense à moi à travers une rencontre contingente avec un graffiti dans la rue et que cette rencontre peut ouvrir un autre fragment précieux du temps au-delà de la limite spatiale.

나의 옛 제자 사만타Samantha가 파리 11구 거리를 걷다 지나가는 트럭 벽에서 발견한 낙서, 그래서 내 생각이 바로 떠올라 그 자리에서 찍어 보내 줬다던 그 낙서의 사진, 거기에는 들뢰즈를 인용한 문구인 "예술 작품과 저항의 행위 사이에는 어떤 근본적 유사성이 있다"라는 문장이 적혀 있었다. 공교롭게도 나는 이 사진을 샘 사만타의 애칭이다 에게서 문자로 받았을 때 지하철 안에서 아감벤의 "예술 작품의 고고학"이라는 글을 읽고 있었다. 이 작지만 감동적인 우연의 마주침, 누군가 나를 생각해 주고 있고, 또 그 마음이 물리적 공간을 넘어 우리 사이에 어떤 또 다른 시간의 결을 탄생시키고 있다는 이 우발적 마주침의 사실이, 오늘 또다시 나를 깨어 있게 하고 꿈꾸게 한다.

2019. 3. 4.

아감벤 읽기 1

— 비지에 대하여

"En effet, articuler une zone de non-savoir, cela ne veut pas dire tout simplement ne pas savoir ; il ne s'agit pas seulement d'un manque ou d'un défaut. Cela signifie, au contraire, se tenir dans une relation juste avec une ignorance, permettre qu'une inconnaissance guide et accompagne nos gestes, qu'un mutisme réponde limpidement pour nos propres paroles. Ou, pour recourir à un vocabulaire désuet, que ce qui est pour nous le plus intime et le plus nourrissant, n'ait pas la forme de la science et du dogme, mais de la grâce et du témoignage. L'art de vivre, est, en ce sens, la capacité de se tenir dans une relation harmonique avec ce qui nous échappe."

— Giorgio Agamben, « Le dernier chapitre de l'histoire du monde ».

"실제로 비지非知, non-savoir의 영역에 대해 말한다는 것은 그저 단순히 알지 못함을 뜻하는 것이 아니다. 또한 비지는 단지 어떤 결핍이나 결여의 문제도 아니다. 반대로 비지의 영역이란, 무지ignorance와 어떤 적절한 관계 안에 머무는 것을 의미하고, 불가지inconnaissance가 우리의 몸짓을 이끌고 또 우리의 몸짓과 함께할 수 있게 하는 것을 의미하며, 그래서 어떤 침묵이 우리 자신의 말에 대해 투명하게 답할 수 있게 하는 것을 의미한다. 혹은, 케케묵은 단어를 사용하자면, 우리에게 가장 친밀하고 가장 유익한 것이 학문과 교의의 형식이 아니라 은총과 증언의 형식을 가질 수 있게 하는 것을 의미한다. 이러한 의미에서 삶의 기술이란, 우리에게서 벗어나 있는 것들과 어떤 조화로운 관계 속에서 머무는 능력인 셈이다."

— 조르조 아감벤, 「세계 역사의 마지막 장章」.

À travers ces phrases impressionnantes de Giorgio Agamben, je repense le problème du 'non-savoir', le concept encore polémique de Georges Bataille. À l'extérieur du domaine prétendu scientifique, hors de tous les préjugés littérals contre le non-savoir, cette définition du non-savoir, c'est-à-dire, cette définition de l'art de vivre, c'est, pour moi, aussi celle de la musique. C'est parce que la musique m'échappe à chaque instant et je suis charmé par un travail impossible ou disharmonique de me tenir dans une relation harmonique avec cette musique. Je musique, donc je suis. Entre l'harmonie et la disharmonie.

조르조 아감벤의 이 인상적인 문장들을 통해서 조르주 바타유의 여전히 논쟁적인 개념인 저 '비지non-savoir'에 대해 다시 생각해 본다. 소위 학문의 세계를 벗어나 이야기해 본다면, 그리고 '비지'에 대한 모든 문자적 편견들을 떠나서 이야기해 본다면, 저 '비지'에 대한 정의, 곧 '삶의 기술/예술'에 대한 정의는, 내게는 음악의 정의와 같다. 음악은 내게서 매순간 벗어나며, 나는 그런 음악과 조화로운 관계에 머물고자 하는 어떤 불가능한 부조화의 작업에 매료되어 있기 때문이다. 나는 음악한다, 고로 존재한다. 그 조화와 부조화, 협화음과 불협화음 사이에서.

2013. 3. 4.

아감벤 읽기 2

— 전체와 부분에 대하여

"(……) comme de nombreux concepts politiques fondamentaux (……), peuple est un concept polaire qui désigne un double mouvement et une relation complexe entre deux extrêmes. Mais cela signifie aussi que la constitution de l'espèce humaine en un corps politique passe à travers une scission fondamentale et que dans le concept « peuple » nous pouvons reconnaître sans difficulté les couples catégoriels qui définissent la structure politique originelle : vie nue (peuple) et existence politique (Peuple), exclusion et inclusion, zoé et bios. En fait, le « peuple » porte depuis toujours en lui la fracture biopolitique fondamentale. Il est ce qui ne peut être inclus dans le tout dont il fait partie et il ne peut appartenir à l'ensemble dans lequel il est inclus depuis toujours."

— Giorgio Agamben, *Moyens sans fins. Notes sur la politique*, Payot & Rivages, 1995/2002, p.41.

"(……) 다수의 근본적 정치 개념들과 마찬가지로 (……) 'peuple'은 두 극단들 사이의 어떤 이중 운동과 어떤 복합적 관계를 지칭하는 극성의 개념이다. 하지만 이는 또한 인류를 하나의 정치체로 구성하는 일이 어떤 근본적인 분열을 통해 진행된다는 것을 의미하며 'peuple'이라는 개념 안에서 우리가 기원적 정치 구조를 규정하는 범주적 개념 쌍들을 별 어려움 없이 인지할 수 있다는 것을 의미한다. 그 범주적 개념의 쌍들이란 곧, 벌거벗은 삶소문자 'peuple'과 정치적 실체대문자 'Peuple', 배제와 포함, 조에와 비오스를 말한다. 사실 'peuple'은 언제나 그 개념 자체 속에 근본적 생명정치의 균열을 담고 있다. 그것은 항상 자신이 한 부분으로서 구성하는 전체 속에 포함될 수 없는 것이며 그 자신이 포함되는 총체로 귀속될 수 없는 것이다."

— 조르조 아감벤, 『목적들 없는 수단들: 정치에 관한 노트들』.

나는 여기서 의도적으로 'peuple'을 한국어로 '번역'하지 않았다/할 수 없었다. 그러므로 다시 돌아가자면, 나의 "의도적으로"라는 부사는 과연 무엇을 의미하는가.

여기서 특히 마지막 문장은 결정적이다 못해 신비하기까지 한 기운을 풍긴다. 아감벤을 처음 읽었을 때부터 개인적으로 지금에 이르기까지 지속되는 하나의 느낌, 하나의 생각, 하나의 연결 고리가 있다면, 그것은 아감벤이 무 의식적으로 드러내[지 않]고 있는 저 바타유적 영감인데, 이러한 느낌은 가라타니 고진 柄谷行人 에게서도 마찬가지로 타당하다고 생각한다. 나는 여전히 그 전체에 포함되지 않는 부분과 그 부분으로 나뉠 수 없는 전체 사이에 있다.

2015. 9. 27.

흩뿌리는 힘

— 동지들에게

주변을 둘러보면, 우리는, 모두, 어디선가, 무언가를, 하고 있다. 지치지 않는 나의 예술적 동지들, 별날 것 없는 재앙과 심드렁한 좌절이 교차하는 일상 속에서도, 그토록 끊임없이 무언가를 시도하며 암약하는 그들에게서, 소중한 힘을 긷는다, 흩뿌린다. 그 한 줌도 채 되지 않는 드물고 고귀한 동지들의 흩뿌리는 힘을 생각한다.

2012. 3. 4.

지적/무지한 연대기의 몫

— 랑시에르와의 만남의 역사 2008~2024

2008년 말 서울에 위치한 주한 프랑스문화원에서 이루어졌던 〈시사IN〉 인터뷰 "미학은 감각적 경험을 분배하는 체제다" 이후로, 근 4년 만에 파리에서 다시 만난 자크 랑시에르Jacques Rancière와 함께.

—2013년 1월 17일, 파리, 그의 자택에서.

Je me souviens que j'ai rencontré Jacques Rancière plusieurs fois depuis 2008, l'année où l'on s'est vu pour la première fois à Séoul, Corée du Sud, pour une interview, et je continue à lire ses livres depuis 15 ans. Je pense que c'est toujours une expérience très rare et précieuse de pouvoir écouter directement la voix de l'un des philosophes contemporains les plus radicaux et les plus influents. Par exemple, chaque année, en lisant ensemble son livre, *Le Maître ignorant*, j'ai discuté sur son argument de l'égalité des intelligences et une possibilité de la pédagogie égalitaire—dans mon cas, surtout dans le domaine de l'éducation de la langue coréenne et des études coréennes—avec mes élèves-camarades à l'INALCO, et c'étaient aussi des expériences très précieuses pour moi. Sa passion immuable pour la théorie de l'émancipation et la pratique de l'égalité me touche et m'encourage toujours, même aujourd'hui. De plus, il m'a dit qu'il est en train d'écrire un autre nouveau livre maintenant. J'ai hâte de lire ce livre aussi. Je vous remercie infiniment, Jacques, pour ce "partage" des moments précieux comme toujours.

— À Paris, le 17 juin 2016, chez lui.

지난 2008년 인터뷰를 위해 자크 랑시에르와 서울에서 처음 만난 이후로 지금까지 그와 몇 차례 만나고 또 그의 책들을 계속 읽으면서, 이 동시대의 가장 영향력 있고 급진적인 사상가들 중 한 명과 호흡하고 그 육성을 들으며 이야기를 나눌 수 있다는 사실이 언제나 참으로 귀하고 소중하며 아름답게 느껴진다. 예를 들어 지난 4년 동안 나는 프랑스국립동양학대학INALCO 에서 매학기 나의 프랑스 학생들에게 그의 책 『무지한 스승』을 읽게 함으로써 지성의 평등과 평등적 교육의 가능성에 대해 학생들과 다양하고 흥미로운 의견들을 교환할 수 있었는데, 이 또한 언제나 내게 매우 소중한 경험으로 남아 있다. 여느 때처럼 해방의 이론과 평등의 실천에 대한 그의 변함없는 열정이 오늘 또다시 나를 고무하고 자극한다. 아니나 다를까, 그는 현재 또 다른 책을 준비 중에 있다고 내게 말했다. 그 책도 어서 읽고 싶어진다. 이 소중한 시간의 '나눔'에 그에게 언제나

처럼 감사한다.

— 2016년 6월 17일, 파리, 그의 자택에서.

오랜만에 다시 랑시에르를 찾아가 그를 마주하고.

2016년에 길 출판사에서 나온 『불화*La Mésentente*』 한국어 번역본을 이승우 실장님의 부탁으로 랑시에르에게 전달하러 자택으로 방문했던 게 마지막이었으니, 이렇게 직접 다시 만나는 건 오늘로 어느덧 거의 8년 만인 셈이다. 시간이 그렇게나 빠르다. 랑시에르를 직접 알고 지낸 지 올해로 어느덧 16년의 시간이 지나고 있다.

랑시에르의 저작들이 내 이론적/예술적 작업에서 갖는 핵심적인 중요성에 대해서는 알 만한 이들은 이미 잘 알고 있으리라 생각한다.

개인적으로 1990년대부터 그의 책들을 중점적으로 읽었고, 그래서 운이 좋게도 어쩌면 그 누구보다도 빨리 그 중요성을 간파했기에, 이후로 그와 관련된 많은 글을 써왔다. 그래서 한국에서 랑시에르가 '제대로' 소개되기 시작하던 때의 어떤 공功이라는 게 만약 있다면, 그 속에 내가 갖고 있는 지분도 결코 적지 않으리라 생각한다.

한동안 찾아가 보지를 못했기에 2020년에 출간된 나의 '랑시에르적' 저작인 『드물고 남루한, 헤프고 고귀한』을 선물로 증정하고, 한국어로 쓰인 이 책의 내용을 프랑스어로 설명하면서, 내 책 안에서 그의 이론적 작업들이 얼마나 많은 흔적들을 남기고 있는지도 보여 주었다.

오랜만에 찾아간 김에 랑시에르에게 우리 밴드 레나타 수이사이드의 동명 앨범 〈Renata Suicide〉와 나의 기타 독주 작곡 작품집 〈성무일도 Officium divinum〉 앨범도 직접 전했다. 다행히 랑시에르가 비교적 최근에 CD 플레이어를 다시 수리해서 여전히 CD로 음악을 듣고 있다는 말이 참 반가웠다.

랑시에르의 가장 최근 저작인 『예술의 여정들*Les voyages de l'art*』 Seuil, 2023 을 들고 가서 서명을 부탁하면서 나는 사실 지금껏 그의 거의 모든 책들에 서명을 받아 왔다, 그 책에 실린 글들 중에서 특히 "음악이라는 말이 말하는 것Ce que dit le mot musique"이라는 제목의 장이 개인적으로 내가 음악가이기도 하고, 또 음악에 관한 랑시에르의 글은 참 드물기도 하기에 더욱 반가웠다는 말을 전하니, 이번 책에는 "정우에게. 음악에 대해 말하는 한 무지한 이의 책, 내 모든 우정을 담아Pour Jeong U.

Le livre d'un ignorant qui parle de musique, avec toute mon amitié"라는 기막힌 위트의 서명을 남겨 주었다. 음악에 대해 사실 자신은 거의 알지 못한다는 깊은 겸손과 함께, 이 나의 '무지한 스승maître ignorant'이 지닌 가장 근본적인 정신이 혼융되어 빛나는 서명을 여러 번 곱씹어 보며 감탄할 수밖에 없었다.

내 프랑스어 책이 나만의 프랑스어 번역으로 출간될 어느 날, 다시 랑시에르를 반갑게 만나서 그의 두 손에 그 책을 꼭 쥐어 주고 싶다. 미래는 그렇게 오래, 이 모든 순간들로 지속된다.

— 2024년 1월 17일, 파리, 그의 자택에서.

발터 벤야민, 자크 랑시에르, 조르조 아감벤, 그리고 가라타니 고진 등등의 몇몇 철학적 사례들을 통해서 가장 극명하게 확인할 수 있듯이, 어째서 또는 어떻게 미학esthétique 혹은 비평critique으로부터 정치politique 혹은 역사학historiographie으로 넘어가게 되는지에 긴히 주목할 필요가 있다. 왜 철학은 이러한 이행을 내포하는가. 그러나 이러한 이행은, 한쪽으로 넘어가서는 폐기되어 버리는 닫힌 과정이 아니라, 계속해서 진행되며 간섭하고 있는 하나의 왕복이자 진동이다. 왜 그 이행의 시작이 미학 또는 비평인지, 혹은 왜 그것들이어야만 했는지, 그리고 그러한 이행의 과정과 결과 안에서 저 미학적 '기원'의 기원 없음 또는 비평적 '시발점'의 시작 없음은 어떤 역할을 하고 또 어떻게 살며 어떻게 죽는지, 다시 말해, 어떻게 잔존/후생survivant해 있는지, 이 형식-내용적 물음에 보다 더욱 예민해져야 할 필요가 있다. 왜 철학은 그 모든 이행들 사이의 끝나지 않는 계열의 사이들을 향한 여정일 수밖에 없는가.

2016. 2. 21.

수줍은 걱정의 순간

— 렘브란트에 관하여 1

시선의 이행, 회화의 시간. 푸줏간에 걸린 고기 뒤로, 마치 사진이 이제 포착할 그 순간의 틀 속으로 찍혀 들어가지 않을까를 걱정하는 것처럼, 수줍게 고개만 내민 채 몸을 숨기고 있는, 렘브란트 Rembrandt 그림 속의 저 한 여인이, 저 보란 듯이 내걸린 고기를 넘어, 나의 시선을 사로잡고 나의 시간을 붙잡는다.

2015. 12. 12.

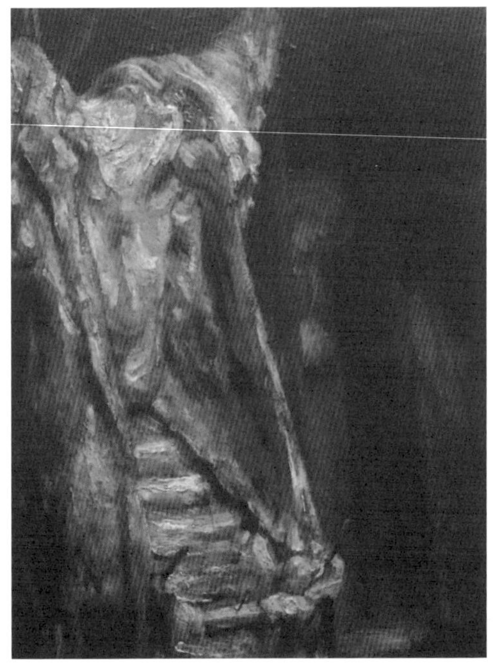

루브르에서, 철학의 물질적 조건

— 렘브란트에 관하여 2

루브르를 방문할 때마다, 10년 정도의 간격을 두고 같은 주제를 그린 이 두 그림을 항상 비교하면서, 곧, 명상 중인 철학자philosophe en méditation를 그린 렘브란트의 그림1632 과 살로몬 코닝크Salomom Koninck의 그림1640~50경 을 매번 서로 비교하면서, 언제나 개인적

으로 렘브란트의 그림에 더 많은 애착을 갖게 되는 이유는, 아마도 렘브란트는 철학자의 명상이 있기 위해 어떤 물질적 기반이 있어야 하는지에 대해, 다시 말해 그 사변적 명상이 있기 위해 구체적이고 물질적으로 무엇이 요구되고 또 희생되어야 하는지에 대해, 곧 사유라는 추상을 위해 어떤 실제적이고 현실적인 조건이 있어야 하는지에 대해, 더욱 민감한 문제의식을 갖고 있었던 것이 아닐까 하는 하나의 심증 때문이다. 그 심증은 다른 곳에서 오는 것이 아니다. 코닝크의 그림에는 존재하지 않지만 렘브란트의 그림에는 존재하는 무언가가 있다. 그것을 보면 된다. 그 무언가란, 바로 그림 한 구석에서 불을 때고 있는 한 아낙네의 존재, 바로 그것이다. 어쩌면 철학자의 명상을 가능하게 하는 것은, 그러한 사변적 명상이 가능한 것으로 현실화할 수 있는 것은, 오직 저 아낙네가 자신의 노동으로 때고 있는 불의 온기 때문인 것이다. 공간을 따뜻하게 데우는 저 여인의 노동이 없이는 고매한 학자의 사유나 명상이란 존재할 수 없는 것이다. 오직 렘브란트의 그림 속에만 존재하는, 저 추상의 내용-형식을 가능하게 하는 이 가장 구체적인 불의 형상에, 나는 오늘도 깊은 감동을 받으며, 또 하나의 질문을 묻게 된다, 그렇게 하나의 그림image은 하나의 사유pensée를 강제하면서, 그 사유의 끝자락을 물고 늘어진다. 드물고 고귀한 것은 그렇게 다시금 헤프고 남루한 것을 통해서 탄생하는 어떤 '사이'이다.

지금껏, 다른 것은 몰라도, 마음만은 언제나 여유와 품위를 지니기를, 모든 올바른 이들에게 친절하고 관대하기를, 그리고 모든 것 속에서 그 근본과 구조를 탐구하고, 모든 곳 안에서 가장 약하고 정의로운 편과 연대하며, 모든 때 곁에서 철학과 문학과 역사를 가장 예민하고도 예술적으로 사유하기를, 그리하여 그 모든 길들이 내 글/쓰기와 내 음악/하기 안에서 서로 만나고 엉겨 붙어 꽃들을 피워 내기를, 그렇게 꿈꾸고 실행해 왔다. 적어도 그럴 수 있기를 희망하며 애써 왔다, 그리고 그것이, 내가, 무언가 새로운 것이 도래하기를 기다리는 희망 속에 기생해서가 아니라, 기대되는 아무것도 결코 일어나지 않을 것이라는 절망 안에 공존해서 살아가는 이유이다. 그것은, 바로 이 순간, 지금도 여전히, 절멸은 불가능성의 이상향이나, 공존은 가능세계의 현실태일 수밖에 없는, 또 다른 이유이기도 하다. 내 철학의 영원한 주제, 영원에 가까울 만큼 찰나적인 주제가 절멸일 수밖에 없는 또 하나의 이유가 여기에 있다. 그것은 누구나 항상 내밀히 꿈꾸는 것이나 또한 불가능한 것, 오히려 오직 그 근본적 불가능성 속에서만, 거꾸로 그 불가능성을 조건으로 삼아서만, 비로소 가능해진/지는 현실의 역설적 기원이자 그 근원적 반대이기 때문이다. 나는 여전히 그 가능과 불가능의 사이에 있고자 한다, 그렇게 계속 절멸과 기생, 공존과 공멸, 그 사이에서 흔들리고자 한다.

2017. 12. 8.

베베른의 음악에 대하여

지성은 만인에게 평등하지 못하고, 상식은 만인에게 통용되지 못한다. 감성조차도 만인에게 균등하게 존재하는 것은 아니며, 하물며 지식이 만인에게 언제나 이해 가능한 것이 아님은 우리 모두가 익히 목격하고 또 확인해 오는 바이다. 개인적으로 내가 가장 존경하고 사랑하는 작곡가들 중의 하나인 안톤 베베른Anton Webern이 그의 불행하고도 갑작스러운 죽음 이전에 남겼던 [실로 과작寡作이라 아니할 수 없는] 31개의 작품들을 그 작품 번호를 따라 차례대로 듣는 하나의 개인적 '의식rituel'을 [실로 오랜만에] 치르면서, 이 밤, 나는 문득 저 지성과 상식과 감성과 지식의 그 어찌할 수 없는 不가능성과 非보편성을 떠올리며, 혼자 넋이 나간 사람처럼, 조용히 쓰디쓴 미소를 짓고 있다. 음악은, 들리는 침묵의 눈빛이며, 소리 하나하나는, 제각기 타오르다 꺼지는 향들처럼, 냄새를 피우고, 연기를 퍼뜨린다.

2015. 11. 24.

내가 4년 전 처음 파리로 이주하여 루브르 박물관Musée du Louvre의 모든 작품들을 다 보고 그 구성에 익숙해지는 데에 대략 1년 반 정도의 시간이 걸렸던 것 같다. 물론 지금도 이 미술관의 모든 부분들을 속속들이 다 안다고 자신할 수는 없지만, 그중에서도 언제나 나의 눈을 끄는, 루브르 박물관 소장품들 중 내가 가장 애호하는 작품들 중 하나라고 자신 있게 말할 수 있는 그림이 있는데, 그것은 장 쿠쟁 2세 Jean Cousin le Fils의 〈최후의 심판Le Jugement dernier〉 1585년경 이다. 물론 그림의 주제나 화풍이 대단히 독특하거나 독창적이라고까지 말할 수는 없다. 어쩌면 이 그림은 전형적인 매너리즘manierismo 회화들 중 하나로 분류할 수 있을지도 모른다. 그러나 내게 어떤 결정된 사조의 미술사적 술어는 크게 문제가 되지 않는다. 언제나 이 그림 앞에 서면, 나는 저 한껏 과장되고 증폭된 종말론적 풍경paysage eschatologique에 압도된 채, 이 모든 것들을 단박에 끝낼 수 있다는 내 뿌리 깊은 절멸에의 희망/절망을 다시금 확고하게 확인하곤 한다. 다시 말하자면, 나는 인류라는 종 전체의 저 거대한 묵시록적 환영과 끈질긴 종말론적 희구를 '나'라는 개인 안에서 다시금 개체적으로 발생시키고 반복하면서 향유하고 있는 것인지도 모른다. 그러한 차이들의 반복, 반복들의 차이, 그 사이에서. 그런 의미에서 이 작품은 내게 치유제이자 환각제임과 동시에 또한 마취제이자 수면제이기도 하다. 전체로서의 진리, 아마도 헤겔이었다면 "진리는 전체다Das Wahre ist das Ganze"라고 말했을 어떤 사태, 말하자면 나는 이 그림 앞에서, 이 그림을 통해서, 그리고 이 그림을 넘어서, 견딜 수 없는 그 전체의 진리라는 사태/사건을 오히려 거꾸로 바라면서 그것을 내 온몸으로 뒤집어쓰거나 때려 맞고 있는 것. 최후의 심판은 머나먼 어느 날 닥쳐올 미래의 한 사태Sache가 아니라 바로 지금jetzt, 그 모든 순간들 속에서 끊임없이 도래하고 있는 가장 현재적인 사건Ereignis이다. 그래서 '최후의 심판'이란, 그 명명 속에 포함된 '최후'라는 시간의 인상과는 전혀 다르게, 처음도 끝도 아닌, 태초도 종말도 아닌, 바로 지금 끝없이 우리에게 도래하고 있는 피할 수 없는 회피, 선택할 수 없는 선택, 결정할 수 없는 결정의 시간이다. 그 심판은 바로 그렇기에 윤리적인 것, 윤리는 또한 그렇게 시간-사이로서의 바로 지금 도래하는 사건이다. 여기가 지옥이다, 여기에서 뛰어라.

2016. 11. 23.

인간적인 것과 신적인 것

— 상트페테르부르크에서

러시아 상트페테르부르크Санкт-Петербург 에르미타시Эрмитаж 미술관에서 만난 미켈란젤로Michelangelo의 십자가형Crucifixion. 이 소품 앞에서, 다시 말해, 차마 인간의 것이라고 말하기에는 영원한 듯 신적이고, 감히 신의 것이라고 말하기에는 부서질 듯 인간적인, 이 작은 데생 속의 커다란 우주 앞에서, 나는 넋을 잃고 망연히 서 있을 수밖에 없었다. 육화되다 못해 갈기갈기 찢겨 널린 고기가 하나의 피할 수 없는 정신성의 기관이 되어 눈앞에 매달려 있다. 십자가란 그런 것이며, 거기에서 화면 밖으로 튀어나오는 피와 살이 또한 그런 것이다. 나는 그렇게 인간적인 것과 신적인 것 사이에서, 동시에 거한다.

2018. 11. 2.

돌아온 탕자의 세부

— 렘브란트에 관하여 3

돌아온 탕자의 듬성듬성 빠진 머리, 신발이 벗겨진 왼발과 신발을 채 벗지 못한 오른발. 이것은 시작이었다, 그러나 끝은 아니었다.

러시아 상트페테르부르크 에르미타시 미술관에서 미켈란젤로의 데생에 이어 나를 두 번째로 사로잡은 작품은 저 유명한 렘브란트 만년의 명작 〈돌아온 탕자The Return of the Prodigal Son〉였다. 사실 엘 그레코El Greco의 작품 〈성 베드로와 성 바울〉의 또 다른 판본과의 '우연한' 마주침과는 조금 다르게, 나는 에르미타시 미술관에 가기 전부터 렘브란트의 이 그림을 하나의 예정된 '필연'과도 같은 가장 중심적인 목표로 이미 마음속에 품고 있었다. 그리하여, 나는 그 그림 앞에 섰고, 그 그림을 보았으며, 그렇게 이기지 못하고 지고 말았다. 바로 이 그림에서 시작한 나의 첫 번째 에르미타시 여정은 다시 이 그림을 마지막으로 마무리되었다, 뜨겁게 흘러내리는 눈물과 함께. 이 눈물의 정체는 무엇이었을까.

주지하다시피, 이 그림의 주제는, 아마도 복음서의 여러 일화들 중 가장 유명한 이야기 중의 하나일 '돌아온 탕자루카 복음서 15, 11-32' 이다. 간단히 말하자면, 자기 몫의 재산을 갖고 외지로 나가 탕진한 작은아들이 지난날의 과오를 뉘우치고 다시 집에 돌아오자, 아버지가 죽은 아들이 살아 돌아왔다며 크게 반기며 잔치를 열고, 이를 본 큰아들이 그때까지 아버지의 뜻을 잘 따른 자신보다 작은아들을 더욱 환대하는 아버지를 보고 질투를 보이자, 아버지가 큰아들도 감싸 안고 도닥여 잘 타이른다는 내용이다. 보통 이 돌아온 탕자는 기독교적 관점의 회심回心, 곧 희랍어로 '메타노이아μετάνοια'에 관한 비유로 읽히며, 회심하여 다시 믿음으로 돌아온 자작은아들를 감싸 안는 아버지=신의 사랑을 이야기하는 일화로, 그리고 반대로 기존 신자큰아들의 일견 꾸준한 믿음 또한 일종의 인간적 '오만ὕβρις'이 될 수 있다는 경고를 이야기하는 일화로 흔히 이해되고 있다.

이 지루할 정도로 진부한 제도-종교-교훈적인 이야기에 낯설고 새로운 생명을 불어넣는 것은 렘브란트의 그림이다. 내 눈으로 직접 확인하는, 마치 바로 지금 내 눈앞에서 벌어지고 있는 듯 돌아온 탕자의 귀환이라는 사건의 현장. 너무도 당연한 것이겠지만 그 탕자는, 그것이 비록 자신의 '과오' 때문이었다 해도, 무수한 고생의 길을 지나왔다. 화면 속 그의 모습에서 그 고생의 흔적들이 고스란히 드러난다. 그의 머리는 듬성듬성 빠져 있고 마치 먼지가 수북이 쌓인 듯 남루한 행색이다. 방금 되돌아와 아버지의 품에 급하게 안긴 듯, 왼발의 신발은 벗겨져 맨발이며 오른쪽의 신발만이 가까스로 오른발에 신겨져 있다. 루카 복음서에서는 잔치가 열린 소식을 듣고 나중에 찾아오지만 그림에서는 함께 있는 오른편의 큰아들이 그 모습을 두 손을 꼭 쥐고 물끄러미 바라보고 있다그는 꽉 쥔 두 손으로 무슨 생각을 하고 있을까. 그림의 빛은 재회한 아버지와 탕자에게 맞춰져 있고 오른편의 아들은 그 빛에서 살짝 비껴 나 있다.

이러한 '회심'의 주제를 그저 단편적이고 유치한 '회개'라는 말로 번역하여 남용하는 것이 바로 현재의 기독교이다. 원죄와 그 회개는 구약의 언어, 회심과 그 믿음은 신약의 언어이다. 인간의 원죄가 있어 그것이 대속되어야 한다는 것이 '기독교'의 요체가 아니다. 거꾸로 그리스도인이란 오히려 마음을 돌리고 그렇게 돌려 바꾼 마음으로 의로움을 행하는 자이다. 그리스도인은 그렇게 스스로 변화되기를 받아들이는 자, 그 이상도 이하도 아니다. 이 돌아온 탕자의 이야기에서 그는 과거 자신의 '죄'를 뉘우치는 듯 보이지만, 여기에서 중요한 비유는 어떤 결정된 죄를 뉘우치는 단순한 '회개'가 아니라 이전의 생각과 행동의 방향을 바꾸는 넓은 맥락에서의 '회심', 곧 '마음의 돌림'이자 '마음의 변화'이다. 헛된 방황을 끝내고 결국에는 이전의 상태로 되돌아오고 마는 그저 보수적이고 수구적인 회귀나 회개 따위가 아니라, 어쩌면 그 자체가 또 다른 진정한 방황이 될 어떤 역설적 귀환, 곧 마음을 돌리고 정의로운 자리로 돌아와 그 자리에 서서 행동하는 회심이 중요한 것, 그러므로 그것은 똑같은 자리로 되돌아오는 반복의 귀환이 아니라 거꾸로 전혀 다른 차이들을 몰고 오는 사이들의 반복이다. 그리고 바로 이것이 예수가 강조했던 저 '메타노이아회심'의 진정한 의미인 것이다. 내가 렘브란트의 그림 속에서 보고 느낀 것은 바로 이 메타노이아의 의미에 대한 새삼스러운 되새김, 그 차이의 반복이었다.

이것만으로도 이미 압도적인 그림이지만, 이 그림에서는 또한 성경의 이야기에는 직접적으로 등장하지 않는 인물들도 보인다. 그리고 어쩌면 이러한 부차적인 인물들, 이러한 보이지 않는 시선들이 이 그림의 또 다른 중심이 되고 있는 것인지도 모른다. 그림 뒤편에 흐릿한 빛 아래로 떠오르는 또 다른 형상, 아마도 그것은 한 여인, 어쩌면 돌아온 탕자의 어머니일지 모른다. 이 모든 장면들을 뒤에서 물끄러미 바라보기만 하는, 바라보기밖에 할 수 없는, 또는 그렇게 바라보기만 해야 했던 인물들, 그 하나의 시선…… 그 인물들과 그 시선은 결코 그림의 가시적인 중심은 아니다. 빛은 이 이야기의 중심인물들인 아버지와 아들들에 맞춰져 있고 뒤편의 인물들은 어둠 속에서 오직 희미한 빛으로만 드러나 있다. 이 뒤편의 인물들이 드러내는 희미한 빛의 시선은, 전능全能과는 거리가 먼 어떤 무능無能의 시선, 그러나 그와 동시에, 이 모든 장면들을 우리와 함께 바라보고 목격하고 있는 어떤 증인의 시선, 하여 전지全知한 불능不能의 시선, 또한 바로 그 불가능성으로 인해 이 모든 것을 가능하게 하는 시선, 따라서 역설적으로 가장 중심적인 시선이다. 그리고 나는 오직 이 '전지적 무능'의 시선만이 신적인 어떤 것이라고 생각한다. [나는 이후 나의 두 번째 저서 『드물고 남루한, 헤프고 고귀한』의 2장과 3장을 통해 이러한 '무능의 전지' 혹은 '전지적 무능'이 갖는 함의와 그 힘에 대해 자세히 서술한 바 있다.]

하여, 렘브란트의 이 그림 속에 만약 신神이 존재한다면, 그것은 복음서의 이야기에서처럼 돌아온 탕자를 받아들이는 인자한 '아버지'로 표상되는 신이 아니다. 왜냐하면 내게 신이란 그렇게 모든 것을 '받아들이는' 존재가 아니기 때문이다. 그렇게 모든 것을 받아들이는 전능한 신은 초월적 인격체로서의 신이다. 다시 말해 신은 돌아온 탕자를 받아들이는 초월적 인격의 아버지가 아니다. 신이 있다면 그것은, 오히려 돌아온 탕자를 받아들이는 아버지를 바라보는 시선, 아무것도 하지 않으나 오직 그 장면을 목격하고 증언하는 시선, 곧 그 모든 것을 바라보고 그 모든 것을 알고 있으나[全知], 그 자체로서는 전혀 전능하지 않은 무능의 시선, 곧 이러한 '전지적 무능성', 바로 그것이다. 신은 바로 그 시선이며 그 시선 속에 깃든다. 신적인 것은 바로 이러한 전지적 무능성이다. 어둠 속에서 희미한 빛으로 드러나 바라보는 이의 시선, 신은 바로 거기에 있다. 아무것도 하지 못하는 듯 보이나 바로 그 시선 속에서 모든 것을 하고 있다. 그러나 역설적이게도 이러한 전지적 무능의 시선이 가장 '신적인' 이유는, 바로 그러한 어둠 속의 희미한 시선으로부터 이 모든 장면이 목격되며 또한 빛 속으로 드러난다는 사실, 바로 그것 때문이다.

그래서 나의 눈물은, 빛 아래에서 앞에 드러난 돌아온 탕자의 벗겨진 머리와 벗겨진 맨발에서 흐르기 시작하여, 그를 받아들이는 인물들을 지나, 다시 어둠 아래 드러난 저 뒤편의 신적인 시선에서 샘솟듯 터져 나왔다. 그리고 내가 그 눈물의 의미를 머리와 가슴으로 동시에 깨달았던 바로 그 순간, 미술관은 얄궂게도 폐관 시간을 알리며 사람들을 밖으로 내몰았고, 나의 눈물은 그대로 볼에 말라붙어 남게 되

었다. 그러나 나는 여전히 그 눈물들 사이에 있다, 아무것도 할 수 없는 채, 그러나 그렇게 모든 것을 바라보면서.

2018. 10. 28.

베드로와 바울의 無의미

— 엘 그레코의 그림을 둘러싸고

이미 언급하였듯, 러시아 상트페테르부르크 에르미타시 미술관에서 나를 사로잡은 작품은 단연코 바로 이 그림, 엘 그레코의 〈성 베드로와 성 바울Saint Peter and Saint Paul〉이었다. 그 사정은 어떠했나.

내가 에스파냐 바르셀로나Barcelona에 있는 같은 주제의 다른 판본 세부적인 구성과 포즈, 그리고 물론 색채도 다른 판본 보다 이 판본에 더 매료된 이유는 사실 나의 기본적 기독교관과 관련이 있다. 더 적확하게 말하자면, 이는 또한 기독론christology의 근본적 문제가 된다. 나는 천주교 '신자'로서 스스로를 근본적 마르키온주의자Marcionist로 위치시킨다. 그렇다, 나는 마르키온주의자이다. 이는 무슨 의미인가. 내게 기독교christianity라는 종교는, 단지 '예수'라고 불렸던 한 사람이 '그리스도'임을 받아들이는 것, 그 이하도 이상도 아니다. 그리고 그러한 기독론의 '신앙'이란 '신' 또는 '하느님'이라고 흔히 불리는 초월적인 인격체의 존재가 아니라 하나의 문학적/신화적 텍스트인 성경, 그것도 오직 신약의 복음서와 서신들로부터만 나올 수 있는 것이다. 신앙은 영지라는 이성의 형태로부터 도출되는 무신론적 신에 대한 믿음의 형태를 띤다. 이 역설을 어떻게 이해해야 할까. 이것이 바로 내가 이해하고 또 믿는 기독교이다. 그러나 다시 한번 매우 역설적이게도, 내 생각에 가장 기본적인 기독교관이 될 수밖에 없는 이러한 생각은, 현재는 오히려 많은 '주류' 기독교인들에게는 가장 먼저 배척받을 수밖에 없는 생각이다.

그리고 바로 이러한 기본적 신념의 바탕 위에서 이 그림의 상징과 배치들은, 이 그림을 친견하자마자 나로 하여금 소리 내어 장탄식을 내뱉게 만들 정도로 큰 감동을 주는 것이었다. 여기에서도 나는 여전히 저 눈물들 사이로 흐른다.

베드로는 언제나처럼 사도 중의 사도, 예수를 직접 만났고 또 그로부터 '베드로곧, 반석'라는 이름을 직접 부여받았으며 또한 그로부터 '천국의 열쇠'를 직접 건네받은 인물이다. 이 그림 속에서도 베드로의 수줍은 듯 감춰진 손에는 바로 그 열쇠가 하나의 상징으로서 들려 있다. 이렇듯 그의 권위는 예수와의 직접적인 접촉으로부터, 예수라는 인물과의 개인적인 친화성으로부터 나온다.

그러나 이 그림에서 베드로는 작품의 중심인물이 아니다. 그는 왼편 뒤쪽으로 밀려나 있다. 노쇠하고 피곤한 듯한 표정 위로 하얗게 센 머리가 겨울의 폐허처럼 내려앉는다. 그리고 그는 매우 미묘한 표정으로 바울 쪽을 바라보고 있다. 그렇게 작품의 중심은 오른편에 위치한 사도 바울에게 맞춰져 있다. 베드로는 그렇게 바울의 자리를 준비하며 내어 주고 있는 것이다.

이러한 배치와 구성은 무엇을 의미하는가. 바로 이 물음이 이 작품이 지닌 감동의 실체이며 저 눈물들의 사이이다.

베드로의 권위가 직접적으로 탄생하는 곳, 예수로부터 직접 받

았다는 그 천국의 열쇠는 아래쪽으로 감춰져 있다. 작품의 초점은 오히려 바울이 왼손으로 가리키며 누르고 있는 성경, 바로 그 안의 말씀에 맞춰져 있다. 사도 바울이 단 한 번도 예수를 친견한 적이 없으면서도 스스로를 예수의 제자이자 사도라고 부를 수 있었던 이유가 바로 이것이다. 기독교인이라는 자기규정은 예수를 직접 보았느냐 보지 않았느냐 하는 문제, 또는 유대 혈통이냐 아니냐 하는 문제로부터 나오는 것이 결코 아니다. 그것은 오직 예수의 말씀과 행적과 그 의미들이 수록되어 있는 성경, 더 정확히 말해 신약의 복음서라는 텍스트로부터 출현하는 어떤 것이다. 한낱 필부처럼 보이는 '예수'라는 인물이 곧 '그리스도구세주'였고, 또 그렇게 결국은 우리 모두가 각자 '그리스도'가 될 수 있음을 믿는 하나의 신념, 하나의 종교, 기독교란 바로 이러한 신념과 행위 그 이하도 이상도 아니다. 그리고 일견 이렇듯 헤프고 남루해 보이는 신념 속에서 가장 드물고 고귀한 하나의 신앙이 탄생한다. 내게 기독교적 신앙이란 진정 이러한 것이다.

내게 이 그림 속의 바울의 몸짓은 바로 이 지점을 명확히 가리키고 있는 것으로 보인다. 그리고 바로 이것이, 그림 속 인물의 배치와 시선의 구성과는 별개로, 이 그림에서 사도 바울이 중심이 될 수밖에 없는 또 다른 이유이기도 하다. 예수를 친견했다는 시간적이고 공간적인 제약 속에서 하나의 권위를 얻는 베드로 중심의 기독교, 특히 유대교 안에서 하나의 개혁 운동으로만 이해되는 기독교는, 결코 하나의 보편 종교가 될 수 없다. 어쩌면 그것이 베드로의 한계일 것이다. 베드로는 천국의 열쇠를 쥐고 있지만, 그것은 기독교를 하나의 보편 종교로 성립시키는 열쇠와는 전혀 무관하다. 보편 종교는 인간 일반의 운동이며 변혁이 되어야 한다. 기독교를 하나의 특정한 민족이나 하나의 특수한 민족 종교와는 무관한 하나의 보편 종교로 성립시키는 것, 그것은 오직 성경이라는 텍스트와 그 의미를 통해 가능해지는 것이며, 바로 이러한 사실을 바울의 모습이 웅변적으로 말해 주고 있는 것이다. 따라서 이 그림은 베드로로 대변되는 민족유대교 중심의 하나의 제한적 운동이 어떻게 바울로 대표되는 보편 종교이자 일반 인간의 운동으로 변화했는지, 그 이행의 순간과 의미를 보여 주는 작품이 되고 있다. 예수가 말했다고 알려져 있듯, 보지 않고 믿는 것이 가장 큰 믿음이라면, 눈에 보이는 특수한 친견이나 직접적 친분이 아니라, 오히려 눈에 보이지 않는 보편의 신념을 믿는다는 것, 그것이야말로 바로 베드로와의 대비 속에서 바울이 대표하고 있는 기독교의 근본적 정수이다. 그리고 그러한 보이지 않음l'invisible은, 지극히 역설적이게도, 이렇듯 회화라는 가장 가시적인visible 형식 속에서 우리에게 다시금 바람 같은 고요함과 동시에 폭풍과도 같은 광포함으로 하나의 말씀을 건네고 있다. 회화의 말, 그 말은 이렇게 들리지 않고 보이는 것 속에서 가장 명확한 비가시성을 가시화한다.

나는 이 강력하고 아름다운 그림을 통해 너무도 기본적인 기독교의 의미를 다시금 묵상한다. 거의 언제나 그렇듯, 그림이란, 이 시각적인 예술이란, 오늘도 어쩌면 가장 비시각적인 명상의 무기이자 사유의 전장이다. 나는 그 전장 한복판, 사이에 현현한다.

2018. 10. 27.

수차례에 이어 2016년에 다시 다는 난외주:

수년 동안 저를 지켜보신 분들 중에서는, 가끔씩 제가 왜 이토록 절망적인 설득의 작업에 거의 자기 자신을 소진하듯이 천착하는지 의아해하시거나 안타까워하시는 분들이 종종 계신 듯합니다. 악랄한 무지에는 그저 달관한 무시가 약이라고들 말씀하십니다. 그리고 아무리 해도 그들은 바뀌지 않을 테니, 걱정 어린 어조로 이제 그만 그 짐을 내려놓으라고 제게 말씀해 주시는 분들도 계십니다.

예전에도 그랬고 지금도 그렇지만, 저 역시 '설득'의 언어는 전혀 믿지 않습니다. 또한 철학 역시 흔히들 말하는 것처럼 '설득'의 언어가 아니[라 오히려 '선언'의 언어]라고 생각하고 있습니다. 만약 그렇지 않다면 우리가 가장 기본적이라고 생각하는 저 모든 상식과 신념들을 어떤 이들은 이토록 기이할 만큼 공유하지 못하고 있는 이런 비상식적인 상황은 결코 존재할 수가 없었을 테니까요. 그럼에도 불구하고, 제가 어쩌면 저의 외면적인 인상과는 안 어울릴 정도로, 이 최소한의 기본적인 것들을 계속하여 설명하면서 지속하고 있는 작업은, 사실 단순한 설득과는 조금 다른 의도를 갖고 있습니다. 절망에 대한 일종의 목격과 증언과 기록의 작업, 절망 그 자체의 시전이자 전시의 작업이 바로 그것입니다. 저는 결국에는 그 절망적인 상황과 사람들을 완전히 바꾸거나 설득시킬 수 없겠지만, 아마도 그럴 테지만, 그러나 바로 그 절망과 무지가 어떤 얼굴과 모습으로 끈질기게 우리 곁을 둘러싸고 배회하고 있는지를 가장 명백하게 드러내면서, 저는 그것을 목격하고 그것에 말을 걸며 그것을 증언하고 기록하며 또 그것에 반박하는 것입니다. 이 기본적인 지혜와 양심과 정의와 감식안조차도 일종의 근본 전제이자 공리로서 전혀 공유될 수 없는 우리 시대의 가장 절망적인 풍경을 시전하고 전시하기 위해서입니다. 바로 이 어두운 풍경들이 보다 더 밝게 잘 보일 수 있기를 바랄 뿐입니다. 저는 저들의 무지와 악랄 그 자체를 그 모습 그대로 박제하고 싶을 뿐입니다. 내장과 피를 모두 제거한 채 그렇게 박제된 저 무지의 서사들은 그대로 우리 시대 반지성주의의 전횡과 반동적 회귀의 지배를 증언하고 증명하는 생생한 기록이 될 것입니다.

저의 이 절망적인 설득불가능의 작업은 아마도 앞으로 기회가 있을 때마다 계속되겠지요, 아마도 더욱더 절망적으로요. 그러나 계속하여 쓰겠습니다. 지치지 않겠다는 말을 다짐으로 둘 줄은 몰랐습니다. 그러한 다짐에도 불구하고, 감사합니다.

2016. 10. 25.

시가 도착한 날의 이유

— 사랑하는 이들에게 시집을 선물받고

그리하여, 시가 도착한 날을 기억하려, 기록의 손을 들었다. 내게 하나의 시는, 그 시를 쓴 시인의 이름보다는, 그 시를 건네준 이의 이름으로, 그 시를 내게 읽어 준 이의 이름으로 기억된다. 한참 동안 기각되어 파기되었던 기억들이 다시금 우르르, 머릿속 한구석 창고로 짐짝처럼 부려진다. 거기서 나는, 조각나 바스러진 이름들 몇 개를 꺼내, 먼지를 후후 불고 거울처럼 닦아 짝을 맞춘다. 착한 사람들, 선의의 의지들, 모든 것을 내줬던 그 순수한 얼굴들이, 그렇게 맞춰진 조각들 속에서 마치 한밤의 우물에 비친 초상처럼 떠올랐을 때, 나는 이유도 모를 울음을 왈칵 터뜨렸다. 나는 그렇게 눈물들 사이에서 살아간다, 살아갈 힘을 얻는다. 미소 짓게 된다. 그 미소와 함께 입술을 적시는 눈물을 삼키며, 그 맛을 보며, 사실은 눈물이라는 것이 그렇게 짠맛을 지닌 건 아니라는 사실을 아주 잠깐 신기한 듯 음미하며, 나는 읊조렸다. 이 모든 것에는 결코 이유가 있어서는 안 된다고. 그럼에도 동시에 바로 그렇게 아무런 이유도 없는 세상에서 이 모든 것들을 짊어지고 걸어가야 한다는 사이의 이유들이 있다고.

2018. 10. 15.

비교 문학/번역

— 다시, 옮김과 옮겨짐 사이에서

“La nuit était nue dans des rues vides et je voulus me dénuder comme elle.”

— Georges Bataille, *Madame Edwarda*, 1942/45.

“공허한 거리들에서 밤은 벌거벗고 있었고 나는 그 밤처럼 벌거벗고 싶었다.”

— 조르주 바타유, 『마담 에드와르다』 1942/45년 판본, 나의 번역-옮김.

“La nuit était nue dans des rues désertes et je voulus me dénuder comme elle”

— Georges Bataille, *Madame Edwarda*, 1956.

"황폐한 거리들에서 밤은 벌거벗고 있었고 나는 그 밤처럼 벌거벗고 싶었다"

— 조르주 바타유, 『마담 에드와르다』

1956년 판본, 또 다시 나의 번역-옮겨짐.

나는 그 [병]옮김과 [중심]옮겨짐 사이에서, 저 공허하거나 황폐한 밤처럼, 벌거벗는다. 밤이 그 사이를 비집고 더욱 어둡게 내리깔린다.

2016. 8. 9.

자신이 잘 안다고 생각하는 음악에만 살갑게 반응하는 사람들의 무지와 무감각이 문득, 소름이 돋고 구토가 느껴질 정도로 싫어져서, 나는 그만 온통 낯선 침묵의 소음들만이 난무를 추는 어두운 숲으로 어렵사리 피난을 와 숨었습니다. 섞여 들 수 있을 군무라고 생각했지만, 섞을 그 무엇도 없는 독무의 숲이었습니다. 그 숲은 나무들이 거의 불에 타버려 듬성듬성 초라하게 성깁니다. 속은 텅 비었고, 겉은 환히 타올랐습니다. 지나치는 사람들, 모두들 땅만 보고 걷거나 손에 쥔 화면에 눈을 붙이고 다닙니다. 길에서 독자 없는 전단지를 주웠습니다. 어차피 독자가 없기에, 심지어 나조차도 겨냥된 독자가 아니라고 여겼기에, 읽지 않았습니다, 읽지 않고 줍자마자 다시 버렸습니다. 땅에 떨어지지 않고 하늘로 날아올랐습니다. 바람에 머리카락 없는 머리가 날립니다. 읽지 않고 바라만 보고 느껴 보기만 했습니다. 빛이 웃습니다, 어둠은 노래합니다. 그 어둠은 목이 쉬었고 빛은 입꼬리만 살짝 올렸습니다. 소리가 나지 않는데도 소리가 들렸습니다. 그 가장 익숙한 소리들 속에서 이제껏 한 번도 듣지 못한 낯선 빈 공간을 목격할 때, 찌를 때, 담겨 올 때, 처음 들어 보는 음악 속에서 언젠가 평생을 들었던 목소리가 갑자기 말을 걸어오기 시작할 때, 안을 때, 안기며 무너져 내릴 때, 나는 마치 무엇에 발을 심하게 걸린 듯 몸을 앞으로 기울여 머리를 꺼내고 들이밀어 주의 깊게 자세를 숙입니다. 그러는 척을 하기도 하고, 그러지 않는 척을 하기도 합니다. 귀를 기울이고, 그렇게 기우뚱하게 기울어진 채로, 말을 아낍니다, 아껴도 또 아껴도 언제나 바닥입니다. 바닥을 한 번 쳐도 딱히 반등하는 것은 없습니다. 응시와 경청은 침묵의 제단에 바쳐질 서로의 대응물입니다, 제물입니다, 희생양입니다. 그 바닥에는 피가 흥건하고, 흥건한 지 오래되어 숫제 검붉게 말라붙었고, 내 허기진 귀에는 침이 피처럼 가득 고입니다, 귓속말이 고름처럼 흐릅니다. 침묵은 금, 금을 줘도 사지 못하는 것, 그렇게 금지된 상품, 품절된 상상입니다. 취향은 차라리 사치가 되었고, 모두가 사치를 꿈꾸는 한 세상에서, 취향은 아예 그 축에 끼지도 못합니다. 사람들은 가치라는 이름을 좇으면서도 무가치한 유용성을 따르며 삽니다, 삶 축에도 끼지 못할 것을 죽을 것처럼 죽음처럼 끌어안으며, 값싼 위안을 가장 비싼 값으로 쳐 할부로 구매합니다. 그 만기는 결코 돌아오지 않을 것이며, 그럼에도 마치 도래할 기한이 있는 듯, 그렇게 유한을 무한으로 착각하며, 죽은 듯 살아갈 것입니다. 그러면서 쉽게도, 행복하자, 행복하자, 죽은 아이를 되살리려는 헛된 주문처럼, 혀에 부적을 붙인 채로 벙어리 연설하듯 귀머거리 경청하듯 무음과 무색과 무취로 걸어갑니다. 여전히 숲속입니다, 숲이라고 생각했습니다. 그들이 거리로 쏟아져 나옵니다. 아무런 박력도 굉음도 없습니다. 문제는 그것입니다. 나무를 보지 말고 숲을 보라고 했지만, 숲도 나무도 없었습니다, 나무는 언제나 숲을 초과하거나 숲에 미달하고 있었습니다. 독무도 군무도 없는, '무'만이 있었습니다.

2016. 7. 9.

이스탄불의 달

— 하나의 달과 또 다른 달 사이에서

하나의 달 뒤로 또 다른 달이 모습을 드러낼 때, 언제나 겨우 엿보는 틈 사이로 목격할 수밖에 없는, 저 역사란 자전하는 것인가 혹은 공전하는 것인가.

수많은 곡선이 만들어 낸 공간과 수없는 색깔이 만들어 낸 시간.

창의 안과 밖으로 숨겨진 이야기들이 서로의 그림자를 지어 건너편으로 띄워 보낸다.

나는 갈라진 초승달을 물끄러미 바라보았고.

거기에서는 국적을 알 수 없는 자가 자신만의 나라를 하나 세우고 있었다.

아직 정해지지 않은 국기를 휘두르며, 웅성거리는 기도 소리만이 허공을 채웠다.

바닥에 엎드려 경배한다,

그 누구도 어디를 향하는지 모르는 기도를 위해.

Ayasofya / Hagia Sophia에서.

2018. 7. 4.

존재 유감

— 절멸을 사유하기 위한 대답과 질문 사이에서

노순택 작가의 사진이 아니라 글을 읽으며, 대한문 현장에서 그가 느꼈던 모든 것들이 온전히 전해지는 그의 소박하지만 강력한 문장들을 읽으며, 분노와 절망이, 이 오래된 분노와 절망이 다시금 마음속 깊이 자리한다. 대한문 앞에는 그 모든 억울한 죽음들이 가리키는 삶의 잔혹한 현장이 있다. 자신들이 악마적 체계의 하수인이 된 줄도 모르는 저 악마들은 어떻게 형성되었던 것이며 어떻게 유지되는 것일까. 절멸 이외에는 해답이 없을 것만 같은 이 상황에서, 바로 그 절멸의 불가능성 속에서, 나는 언제나 절멸 이외의 해답을 찾고 있었던 건 아닐까. 이제 그 질문 자체를 바꿔야 하지 않을까, 어떻게 하면 우리는 모두 깨끗이 절멸할 수 있을 것인가. 어쩌면 그것이 나와 우리의 패착에 대한 진정한 대답과도 같은 물음이 될 것, 그렇게 절멸만이 정답일지 모르는 세상에서, 우리는 우리의 한 줌도 안 되는 도덕과 정의, 아니 차라리 그러한 도덕과 정의에 대한 강박만으로, 지옥에 처한 괴로움을 맛본다. 세월이 흐를수록 이 무거움에 계속해서 무뎌지는 또 다른 무거움과 무뎌짐 속에서, 우리는 계속 이렇게 존재해도 되는 것일까. 그렇게 물어야 하지 않을까. 그것만이 저 해답 없음을 겨우 이겨 낼 수 있는 가장 경쾌한 무게는 아닐까.

2018. 7. 3.

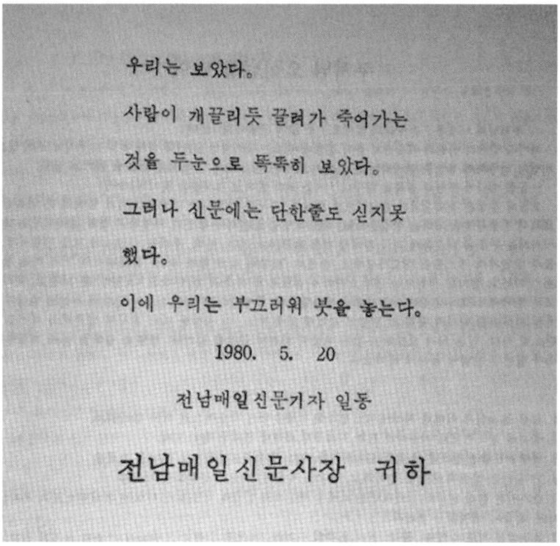

붓을 놓음으로(써) 다시 들기 위하여

— 부끄러움들의 사이

우리는 보았다。
사람이 개끌리듯 끌려가 죽어가는
것을 두눈으로 똑똑히 보았다。
그러나 신문에는 단한줄도 싣지못
했다。
이에 우리는 부끄러워 붓을 놓는다。

1980. 5. 20

전남매일신문기자 일동

전남매일신문사장 귀하

4월 16일을 지나 4월 19일을 지나고 5월 16일을 지나서 5월 18일은 다시 그렇게 오고야 말았고, 올해 프랑스는 68년 5월 혁명 50주년, 세계는 카를 마르크스 탄생 200주년을 맞이했다, 그렇게 5월 18일의 광주는, 지금의 한국은, 다시금, 바로 이 순간에, 세계 속에서 기억된다. 모든 것은 서로 복잡하고도 긴밀하게 연결되어 있고, 이 모든 것은, 아직 절대 끝나지 않은, 결코 한 번도 끝난 적이 없는, 현재 진행의 시제를 공유하고 있기에. 오월, 봄은 아직 코빼기도 비치지 않았다.

그리하여, 부끄러워 붓을 놓았던 모든 살아남은 이들의 가장 곧고 슬픈 마음들을, 오늘에 다시금 내 마음속에 잊힌 수치처럼 되새긴다, 모든 죽어 갔던 이들의 이름 모를 이름들이 떠올라, 매일 아침 아프게 되새기듯, 아물지 않는 상처를 더 깊고 더 아프게 파 새기는 마음으로, 다시금 붓을 든다, 붓은 칼보다 강하다는 펜보다 더 강하다고 말한다. 그렇게 누군가는 언제나, 바로 저 놓았던 붓을 그 허기와 공허로부터 다시 들고 있었다, 그렇게라도 되새기지 않을 수 없기에, 그렇게 해서라도 붓을 들지 않을 수 없기에, 붓을 드는 손은 아직 무겁고 팔은 여전히 떨린다. 아직 결코 끝나지 못한, 그리고 어쩌면 영원히 끝나지 못할, 그 부끄러움을 다시 쓰기 위해서라도, 그 손은 그렇게 묵직해야 하고 팔은 그렇게 욱신거려야 하지 않나, 언젠가 한 번 놓았던 것을 언제든 다시 들어야 하기에, 우리는 개가 아니기에, 우리는 개와 사람 사이의 시간이기에.

2018. 5. 18.

그러므로 글쓰기란 또 다른 수치심에 대한 부끄러움 없는 대면이 아닌가.

"가자는 지금 몇 시입니까Quelle heure est-il à Gaza?"

"미안합니다, 저는 가자가 지금 몇 시인지 모릅니다Désolée, je ne sais pas quelle heure il est à Gaza."

가자Gaza 지구의 시간은 멈추었다, 그곳의 시간을 물어도, 전혀 스마트하지 못한 스마트폰은 내가 설정한 프랑스 여성의 목소리로 그저 미안하다désolée고만 말할 뿐, 결코 대답을 주지 못한다, 가자의 시간을 알 수 없다, 그곳의 시간은 그렇게 멈추었다, 멈추어 있다, 같은 하늘 아래 그렇게, 시간이 흐르지 못하는 곳이 있다, 더 이상 시간이 흐르지 못하게 된 곳이 있다, 가자 지구, 가자, 지구, 한 자 한 자 그렇게 누군가의 이름을 분해해 목 놓아 부르듯 불러 보니, 그것은 마치 우리 행성의 이름인 지구 그 자체의 시간이 멈춘 것 같기도 하고, 이 멈춰진 시간 속에서, 그 바깥으로, 누군가가 모두 함께 가자고 외치는 목소리 같기도 한데, 우리는, 1948년 4월 3일 이후로, 그리고 1980년 5월 18일 이후로, 그리고 또한 2014년 4월 16일 이후로, 그 시간 아닌 시간과 외침 아닌 외침에, 언제나 결코 익숙하지 못하게 익숙해져 버린 우리는, 그렇게 흐르지 못하게 되었다는 시간이 무엇인지, 그렇게 발음되지 못한 외침이 어떤 슬픔을 뜻하고 어떤 괴로움을 가리키는지, 어렴풋이나마 알고 있다, 우리 밖에서처럼, 우리 안에도 그 가자가, 그 지구가 있다. 그러나 동시에, 그렇게 어렴풋이 알고 있다는 사실이, 어렴풋이 어림짐작으로만 알고 느끼고 있다는 바로 그 사실이, 가장 미안할 정도로, 나는 정말로 그저 미안하다désolé고 말할 수 있고 또 그렇게 말해야 하는 것이 있다면, 그것은 바로 이러한 사실들이라고 느낄 정도로, 그렇게. 그렇게, 밤은 깊어지고, 시간은 멈춘 채로 흘러간다, 여전히, 그렇게, 거기서도 멈춰진 시간은 잔인하게 지금도 흐르고 있다, 그보다 더 잔인할 수 있는 것을 단 하나만이라도 알려 줬으면 좋겠다, 스마트폰의 자동 응답 기능은 자동적으로 냉정하다. 외침은 발음되지 못한 채 외쳐진다, 아직도, 그렇게, 저 모든 지구의 시간들 사이에서.

2018. 5. 16.

잘못 발명된 신, 지옥-사이

유대-기독교의 신은 분명 잘못 발명되었다.

그 잘못을 고쳐 보고자 예수의 언어는 민중의 눈높이에 맞게 발화된 말이었으나이렇게 '말씀'은 비로소 '말'이 되었다, 민중은 그 말마저도 다시 세속화시키고 바닥을 모르게 하향 평준화시켰다.

하늘이라 상정된 곳의 높은 말씀은 그렇게 아래로 내려와 말이 되었으나, 사람들은 그 말의 얼마 남지 않은 옷마저 찢어발겨 벗겨 버렸다.

말의 옷이 없으니 그 말은 헐벗을 수밖에 없었고, 그 헐벗음은 순수함의 이상이 아닌 더러움의 현실이 되었다.

이제 더 이상 그 말은 남지 않았다. 말이 없으니 생각이 없고, 생각이 없으니 그저 눈앞의 일들만을 제 스스로 신의 언어라 믿으며 더욱 더 더러워져 간다.

그것이 지금껏 우리가 역사적으로 축적된, 더 이상 풀 수 없는 실타래처럼 엉킨 지상이라는 지옥의 실체이다.

나와 너는 그렇게 지옥 사이에, 잘못 발명된 신들 사이에 끼여 있다.

2023. 10. 10.

자칭 기독교인이라고 하는 사람들이 참으로 꾸준히도 '멸공'과 '통일'을 부르짖으며 '동성애'에 '반대'하고 '빨갱이'를 '혐오'한다고 목 놓아 신앙 고백하는 모습들을 볼 때마다, 모든 것을 떠나서, 그들이 자신들의 존재 이유를 이루는 중심 텍스트인 성경 그 자체에 얼마나 무지한가를 매번 뼈저리게 느끼게 된다. 부디 성경이라도 좀 제대로 읽었으면 하지만, 읽을 수 있는 눈이 있는 자였다면 저렇게 고백할 리도 없을 것이라는 사실을 생각하면, 스스로 제 두 눈을 찌른 오이디푸스의 마음을 이해 못할 것도 없겠다 싶다. 스스로 읽지 않고 오직 말씀의 권위를 가졌다고 생각되는 자의 음성을 듣기만 하는 것은 로고스 λόγος 시기의 병증이다. 듣기만 한다면 눈이 필요한 이유는 무엇인가. 게다가 예수는 보지 않고 믿을 수 있는 이를 찬미했건만.

매주 일요일 예배에 나가 대형 교회 목사들의 입에 발린 헛소리 같은 강론이나 들으면서 명상하듯 편안히 졸 줄만 알았지, 혹은 찬미 예수를 외치며 성호나 그어 대고 이승에서의 기복적 소망이나 빌 줄 알았지, 그런 수많은 소위 '교인'들이라는 사람들이 성경 그 자체를 진지하고 정밀하게 읽어 본 적이 거의 없다는 이야기인데 이는 언제나 기독교란 무엇인가라는 물음에 가장 무지한 것이 거꾸로 바로 대다수 일반 기독교도라는 역설적 결론에 이르게 한다, 스스로의 '종교'에 대한 이 정도의 경악할 만한 무지와 무책임이 다시 증폭된 무개념과 몰지각과 광범위하게 결합하여 한 국민 국가의 어떤 주요한 '의식'의 흐름을 이루고 있다는 것이, 우리 모두가 주지하고 목격하고 있다시피, 계속해서 한국 사회의 큰 문제가 되어 오고 있는 것인데 이들은 또한 '신기하게도' 대부분이 '잠재적' 여성혐오자이자 인종혐오자이기도 하다, 이쯤 되면 왜 예수가 자신이 화평을 주러 왔다고 생각하지 말고 불과 칼을 주러 왔다고 생각하라고 말할 수밖에 없었는지 이해 못할 게 없다. 그러므로 선불리 통합을 이야기하는 자를 경계하라, 분열을 직시하고 또 감행하지 못하는 것에 예수의 미학-정치는 존재하지 않는다.

예수의 정치적 성향에 대해서 백 배 양보해 이를 희석하고 중화시킨다고 할지라도, 복음서들 안에서 공히 묘사된 예수는 차라리 이상적 공산주의자, 그러니까 그 가장 넓은 의미?에서 '빨갱이'에 더 가깝고 그렇다면 예수를 믿는다고 말하는 기독교도들이 말하는 '멸공'이야말로 가장 반기독교적인 테제가 아닌가, 그 스스로 화평을 주러 온 자가 아니라 칼과 불을 주러 온 자라고 이야기하는데도 그런데 '평화 통일'이라니, 게다가 그것도 주워들은 팍스 아메리카나pax americana 따위의 전도된 허위의식에 기대어 외치는 '폭력적 평화'의 통일 또한 가장 반기독교적인 희망이 아닌가, 그리고 예수 당대의 사회적 약자와 소수자에 대한 편견을 우리 시대의 편견과 비교하여 백 번 양보하여 십분 고려하고 초려한다고 해도, 예수가 그 당시 누구의 편에 서서 누구와 대적했고 또 누구와 연대하면서 누구를 비판했는가는 단지 복음서들만 읽어 봐도 불을 보듯 뻔한 사실인데 그런데도 '동성애'와 '빨갱이'와 '여성'을 '혐오'한다니—이 '호불호'는 단순한 선택지가 아니다—, 심지어 '반대'까지 한다니, 이 역시 가장 반기독교적인 자세가 아닌가, 그 스스로 기독교인이라고 외치는 자들의 이 저렴하고 무식한 충정 속에 깃든 저 반-기독교적이고 반-예수적인 생각과 행위를 볼 때마다, 나는 감히 예수처럼 "저들은 자기들이 무슨 일을 하는지 모릅니다" 루카 복음서 23, 34 라고만 말할 수는 없는 것이다. 그들은 언제나 자신들이 하는 일을 가장 잘 알고 있다. 개인의 무지는 욕할 수 있는 죄가 아니라고들 하지만, 그 무지는 우리의 구조가 만들어 낸 하나의 악이다. 바로 그 구조 안에서 우리는, 우리의 저 가장 끔찍한 무지와 몰지각 속에서, 우리 자신들이 무슨 일을 하고 있는지를 이미 정확하게 알고 있다. 우리는 스스로 알면서 그렇게 한다. 그러면서 우리 자신들의 악랄한 앎을 오히려 선의의 무지라는 변명으로 가리고 있다. 바로 이 끔찍한 무지의 확신이, 이 확고한 몰지각의 사실이, 나를 언제나 가장 깊이 절망하게 한다.

마치 마르크스 스스로 자신은 마르크스주의자가 아니라고 말했던 맥락과 상동적으로, 예수의 '미학'이라는 것이 존재하여 우리에게 알려 주는 유일한 것이 있다면, 그래서 그 유일한 전언의 말씀을 기독교도들에게 그대로 돌려주자면, 당신만의 기독교는 바로 당신이 그토록 추하게 생각하는 '소돔과 고모라'의 종교라는 것이다. 소위 '새 시대'의 도래를 바라 마지않는 '기독교도'들이 오매불망 기다리는 바, 만약 이 시대에 예수가 재림한다면 그는 기독교도 같은 것은 되지 않을 것이다, 정확히 마르크스가 자신은 저들이 말하는 마르크스주의와는 타협할 수 없다고, 그래서 역설적이게도 그 스스로는 절대 마르크스주의자가 될 수 없다고, 가장 날카로운 재치와 근본적인 입장으로 설

법했던 것처럼. 저 모든 진정한 정치의 원천Quelle들 사이에서, 예수의 종교가 아니라, 예수의 미학이 번뜩인다, 할喝.

2018. 4. 22.

아침의 독서. "밤이 섬 위로 내려앉는다"라는 첫 문장을 읽으며, 나는 도래한 아침의 빛 속에서 밤의 어둠이 남긴 흔적들을 헛되이 더듬어 찾는다.

Une lecture du matin. En lisant la première phrase "La nuit tombe sur l'île", je tâtonne en vain les traces de l'obscurité nocturne dans l'avènement de la lumière matinale.

Jean-Marie Gustave Le Clézio, *Tempête*.

2018. 4. 24.

악귀들의 귀여운 장난

— 낭시를 추억하며

장-뤽 낭시Jean-Luc Nancy의 따끈따끈한 신간 *Sexistence* 2017년 2월 출간 에서 치명적인 오자 몇 개를 발견해 갈릴레Galilée 출판사에 알려 주었는데, 다음 날 아침 낭시 선생님께서 직접 내게 감사의 편지를 보내 주셨다. 작은 기쁨과 큰 영광이 아닐 수 없다. 낭시가 내게 말하듯, 이러한 피할 수 없는 치명적 오타는 악귀들의 귀여운 장난이라 아니할 수 없다. 우리는 모두 우리 자신의 '악귀'들에게 익숙해져야 한다, 그것들을 피해 갈 수 없기에…….

J'ai trouvé quelques erreurs graves dans *Sexistence*, le nouveau livre de Jean-Luc Nancy publié en février 2017 et j'ai renseigné sur ces erreurs aux Éditions Galilée. Le lendemain matin, M. Nancy m'a personnellement envoyé une lettre de remerciements. C'est mon petit plaisir et mon grand honneur. On doit tous s'habituer à son propre "malin génie" l'expression selon Nancy lui-même, parce qu'on ne peut pas lui échapper…….

2017. 3. 16.

낭시의 부음

어제 타계한 존경하는 철학자 장-뤽 낭시를 떠올리고 그와 관련된 추억을 뒤적여 보면, 소싯적 나는 그의 책들을 무척이나 게걸스럽게 읽으면서 내 글쓰기의 스타일에 많은 영향을 받았던 것 같다. 그의 부고에 다시금 오랜만에 그의 책들을 쭉 늘어놓아 보니, 그의 공동체communauté 개념의 구성과 해체에 관련된 책들의 영향이 내게 특히 컸던 것 같다. 이 논의들의 전사前史를 따라가다 보면, 내 삶에서 매우 결정적이고 중요한 사상가들이라 할 수 있는 조르주 바타유나 모리스 블랑쇼의 논의들에 가장 직접적으로 가닿기도 한다. 바타유가 생각했던, 공동체에 결코 속할 수 없는 이들이 구성하는/해체하는 기이한 공동체는 그렇게 고백할 수 없는 공동체와 무위의 공동체 사이 어딘가를 여전히 배회한다. 또한 낭시가 코로나 시대를 진단하며 작년2020년에 출간했던 책 『너무나 인간적인 바이러스*Un trop humain virus*』에서도 그는 코로나 상황과 그것이 불러일으킨 '자유' 관념의 문제에 관련하여 다시금 저 '공동체'의 개념을 끈질기게 붙잡고 있었다. 나는 왠지 그의 부음이 믿기지 않았다. 소속 없는 공동체는 그렇기에 바로 그 자신의 저 부정성의 자유 안에서 여전히 그 어떤 공동체에도 소속되지 않는 공동체로서, 전체로 귀속되거나 통합되지 않는 복수pluriel로서의 단수singulier로서, 그렇게 오직 사이에서만 남아 흔적으로 움직일 것이다.

2021. 8. 25.

누군가가 누군가를, 무언가가 무언가를 선취先取했다고 말하는 것은 깊은 주의를 요하는 일이다. '선취'라는 말의 뜻 자체에 함몰되어 이전의 것이 지금의 것에 비해 정말로 먼저[先] 얻어진[取] 것이라는 일종의 시간적 환상에 빠질 수 있기 때문이다. 선취란, 직선적인 시간 위에서 망각되어 있다가 나중에 발견되는 과거의 회복이나 환기를 위한 말이 아니라, 언제나 지금 이 순간에서만 발명되는 현재적인 것의 반시대적이고 시대착오적인 순간의 시간을 위한 말이다. 그것은 물론 모종의 반복이기는 하나, 역설적이게도 실제로 한 번도 반복된 적이 없는 반복, 그렇기에 원리적으로 반복 불가능한 반복이라는 의미에서만 하나의 반복répétition인 것, 그렇기에 무엇보다 하나의 차이이자 사이인 것이다. 따라서 누군가를, 또 무언가를 재-전유ré-appropriation 한다는 것은, 결코 현재를 통한 과거의 발견이 아니라, 과거와 미래가 따로 떨어져 존재하지 않는 진정한 현재의 발명이라고 말해야 한다. 선취 그 자체가 이미-언제나 사후적事後的, nachträglich, après-coup 인 것은 바로 정확히 이러한 이유에서이다.

2018. 3. 14.

Une invitation inattendue à la nuit.

Les arbres m'appellent d'un geste de la main.

Nous sommes entre une obscurité et l'autre.

예기치 못한 밤으로의 초대.

나무들이 손짓하며 나를 부른다.

우리는 하나의 어둠과 또 다른 어둠 사이에 있다.

2014. 8. 8.

Derrière une femme qui marche entre les colonnes,

l'ombre du paysage disparaît dans l'obscurité de la nuit.

기둥 사이로 걸어가는 한 여인의 뒤에서,

풍경의 그림자는 밤의 어둠 속으로 사라진다.

2018. 3. 15.

降雨

Quand il pleut,

je suis mouillé.

비가 올 때,

나는 젖는다.

2023. 12. 30.

이 고요하고도 완벽한 우울을 어떻게 견뎌 내야 할까, 하면서도 꾸역꾸역 견디고 있는 자신이 대견하기는커녕 기이하고 괴상하기 그지없다. 거울을 보면서, 넌 분명 내가 아는 누군가였는데, 생각한다, 느낀다. 마음속에서 쫙, 하고 갈라지는 소리가 경쾌히 들렸나. 눈 속에도 귀가 있는 것처럼, 악취에 고개를 돌리듯, 눈을 감았다. 마치 그렇게 눈을 감으면 마치 코를 막듯이, 모든 음의 소거가 일시에 가능할 것처럼. 완벽한 슬픔과 불완전한 좌절 사이에서.

2023. 9. 5.

아직 실행되지 않은 그리움이 미래형으로 현재 안에 들어와 있는 슬픔, 그것이 눈물 없는 서러움의 형태로 목구멍을 역행하여 꾸역꾸역 밀고 올라올 때, 밝음이 어둠에게, 서서히, 그럼에도 어느덧 갑자기, 자리를 내어 주는 시간, 그때 이미 어느 순간엔가 투사막이 된 밤하늘 위로, 여전히 거기에 있었던 별들을 보았어. 영원처럼 박제된 과거로부터 이곳에 당도하는 빛의 현재, 바로 거기에, 그들 사이에, 저 미래형의 동시적인 비밀이 있었음을/있음을/있을 것임을 알기. 목이 거의 꺾어질 듯이 고개를 들어 올려서, 똑바로 보이던 세계를 더욱 반듯이 뒤집었어.

2024. 3. 1.

아감벤 읽기 3

— 삶-의-형식 사이

조르조 아감벤의 『육체들의 활용*L'usage des corps*』Homo Sacer 연작 IV, 2권의 프랑스어 번역본이 올해 9월 출간됨으로써, 이제 이 '호모 사케르' 연작 거의 전체를 처음부터 지금까지 조감하고 일별할 수 있는 상황을 맞이했다. 개인적으로 설레고 떨린다. 『육체들의 활용*L'uso dei corpi*』 이탈리아어판은 작년 2014년에 출간되었지만, 내가 이탈리아어를 잘하지는 못하는 관계로 프랑스어 번역본이 출간된 현재가 개인적으로는 저 조감과 일별을 위한 호기가 될 수밖에 없다. 지금까지 예고되고 출간된 이 연작들 중에서 빠진 번호는 현재 II, 4권인데, 향후 이 아직 존재하지 않는 책이 어떤 형태로 나올 수 있을지는 미지수이다. 그리고 『육체들의 활용』의 일러두기avertissement에서 아감벤이 스스로 쓰고 있듯이, 바로 이 IV, 2권은 그간 '호모 사케르' 연작을 20년 동안 가능하게 했던 여러 개념들을 다시금 점검하며 이전 책들에서 밝혔던 주제들의 반복 혹은 그것들 사이의 불일치마저 끌어안고 있는 형국이기에, 이 책 이후에 '호모 사케르' 연작의 형태로 다른 책이 나오기는 힘들 것 같다. 개인적으로도 아감벤의 이 '호모 사케르' 연작에 대한 정리는 어떤 식으로든 필요하고 요구되는 일인데, 최근 내가 몇 년 동안 글도 쓰지 않고 오직 강의들을 통해 공을 들이고 있는 '새로운 미학-정치'의 구성 혹은 그 지도 제작에 있어 아감벤의 논의들이 갖는 중요성이 매우 크기 때문이다. 말하자면, 여러 가지 의미와 방향에서 곧, 프랑스어 'sens'가 지니는 정확히 두 가지의 의미에서 다시, 시작이다. 삶-의-형식forma-di-vita은 어쩌면 바로 이러한 시작들 사이에 놓여 있다.

2015. 9. 20.

민주주의의 미래 4

— 물음들의 사이

그러므로 이제 겨우 시작되었을 뿐이다. 그리고 동시에 너무도 늦었을 뿐이다. 그러니 더 멀고도 험한 길을 가기 전에, 다시 한번 뒤돌아보며 분명히 결정해야 한다. 내가 너와 함께 원하는 것이 무엇인지. 그것이 과연 이런 허무하고 무의미한 삶인지 아닌지, 이따위 병들고 지리멸렬한 사랑인지 아닌지. 그것이 정말로 허울만 번지르르한 민주주의라는 얼굴의 부패한 과두제인지 아닌지, 계엄과 검열이 일상 안에서 내재화된 부정과 불의로 점철된 군주제인지 아닌지. 하여 진정한 예술뿐만 아니라 예리한 삶의 자리가 이 물음들 사이에 있을 것이다.

2017. 1. 25.

운이 좋았던 게다, 감각은 길러질 수 있을지언정 그 모든 후천적인 노력으로도 궁극적으로 극복할 수 없는 운명 같은 데가 있는데, 하물며 노력도 하지 않고 배우려고 하지도 않는 자에게 그러한 감각의 자리와 능력은 절대로 그냥 주어지지 않는다, 그러니, 나는 운이 좋았던 게다, 그렇게밖에 생각할 수 없다, 감각에는 물론 여러 가지가 있다, 언어, 음악, 시각, 의미와 해석에 대한 감각 등등이 그 다양한 사례들일 텐데, 그러나 동시에 내가 말하는 '감각'이란 이 모든 사례들을 그저 합산한 단순한 총계를 넘어서는 그 이상의 어떤 것이다, 그것은 총체이자 동시에 여분이다, 전체임과 동시에 부분이며, 각자인 동시에 사이이다. 이러한 의미의 감각을 가진 자에게 세계는 매우 다채로운 색채와 의미와 선율과 리듬을 가져다주지만, 동시에 바로 그 때문에 그에게 세상은 감옥이나 지옥과도 같은 것으로 다가오기도 하는데, 그 감각을 충족시키고 자극시킬 수 있는 자신만의 역치가 너무도 높기 때문이다, 그러니 분명 나는 운이 좋았던 게다, 운chance이다, 지금껏 운명을 마치 파도처럼 탈 수 있었던 것, 그러한 감각을 가진 또 다른 이들을 많이 만나 함께 교류할 수 있었던 것, 그럼에도 매우 겸손하고 진실하며 자신의 그러한 감각에 필사적일 만큼 충실하고 열심인 사람들을 친구이자 동지이자 스승으로 삼을 수 있었던 것, 날이 바짝 선 그 희귀의 감각을 유지하면서도 동시에 대부분의 경우에서 발견되는 무례와 무지에 그나마 무던할 수 있었던 것, 그것이 어찌 운이지 않을 수 있을까, 마르크스의 일반적 계급 이론을 견지하면서도 동시에 니체의 어떤 '계급주의'를 숭상하는 일이 가능했던 것, 자신들을 소위 '선민'으로 여기는 위선적 바보들과 끊임없이 싸우면서도 동시에 스스로 선택된 자로서 하나의 '메시아'주의적 현재를 계속해서 지금으로 소환하며 또한 그 현재의 '평등주의'를 끈질기게 유지하는 일이 가능했던 것, 그것이 어떻게 천운이지 않을 수 있겠는가, 그럼에도 이 지옥이자 감옥과도 같은 세계는 그 숭고한 역치의 임계점을 계속해서 하향 평준화하는 것으로 자신의 악마적인 업을 수행해 왔다, 무지하고 얕은 자들이 신중하고 깊은 앎을 가진 이들보다 더 많은 것을 떠벌여 대고, 쥐꼬리만 한 권력을 가졌다고 스스로 믿는 이들이 그 권력에 기대어 온갖 악랄하고 치졸한 바보짓을 자행하는 세상이 내 눈앞에 펼쳐져 있다, 그러므로 동시에, 그 운이란 또한 얼마나 부서지기 쉬운 것인가, 드물고 고귀하며 동시에 헤프고 남루할 수 있다는 것은, 그 자체로 얼마나 파괴되기 쉬운 숭고함의 자질인가, 결국 쓰지 않음만을 행할 수밖에 없는 것, 하지만 이와 동시에 쓰지 않고서는 도저히 견딜 수 없는 것, 그 사이, 이 답답함과 통쾌함의 기이한 경계 위에, 나의 '감각'은 언제나 아슬아슬하게 서 있다, 앉지 못해 주저앉아 있고, 또 그렇게 마냥 앉아 있지 못해 흔들흔들 서성이고 있다. 운이다, 운이 나쁘고 또 좋았던 게다.

2018. 1. 24.

Moi, je pense toujours que le plus beau slogan de Mai 68 était "soyez réalistes, demandez l'impossible", mais dans un autre sens de ces mots, je pense aussi que le problème d'aujourd'hui, la cause d'une crise de nos jours, c'est que dans ce monde, il n'est plus possible de ne pas être réaliste et il n'est plus réel d'exiger même le possible.

나는 여전히 68혁명의 가장 아름다운 구호가 "현실주의자가 되어라, 그러나 불가능한 것을 요청하라"였다고 생각하지만, 이 말들의 다른 의미에서, 나는 또한, 오늘날의 문제, 우리 시대의 어떤 위기의 원인이 다음과 같은 사실이라고 생각한다: 이 세계에서 현실주의자가 되지 않기란 더 이상 불가능하며, 가능한 것을 요구하는 것조차도 더 이상 현실적이지 않다는 것.

2018. 1. 22.

경제민주화

한국 정부가 마치 새로운 기치처럼 내거는 "경제민주화"라는 말보다 더 기만적인 말은 없을 것 같다. '자유주의적' 경제를 동시에 '민주화'한다는 어법이는 심지어 저 '민주화'라는 말을 소위 '일베'식의 슬랭으로 읽는다 해도 여전히 이해 불가능한 어법이다이 지닌 치명적이고도 역설적인 의미를 음미하기 위해서, 먼저 샹탈 무페Chantal Mouffe의 책들을 읽어 볼 것을 권한다. 적어도 당신들 자신이 무슨 말을 하고 있는지 뜻은 알고 써야 하지 않겠나. 지금까지 단 한 번도 그런 적은 없었지만 말이다. 하지만 그 전에 너희들 자신부터 민주화하는 게 필요하겠지. 가능해 보이지는 않지만 말이다. 그렇게 오늘도 우리는 감히 불가능에 도전하고 있다.

2012. 12. 24.

대심문관

— 도스토옙스키, 이냐시오, 엠마오로 가는 두 제자 사이

도스토옙스키의 저 유명한 장면, 위대한 환상, 이반 표도로비치 카라마조프의 '대심문관' 부분을 실로 오랜만에 다시 읽으며, 역시나 실로 오랜만에, 흘러내리는 몸과 마음의 눈물을 도저히 주체할 수 없었다. 왜 나는 계속 이러한 눈물들 사이에 머무를 수밖에 없는가.

인간에게 너무 많은 것들을 바라고 너무 많은 것들을 기대했던 것은 다름 아닌 바로 나였다. 그러나 나는 '그자'처럼, 그렇게 부드러운 미소만으로는, 나 자신조차도 응시할 수 없다. 나의 세례명이기도 한 로욜라의 이냐시오가 자신의 금과옥조로 삼았던 "ad majorem gloriam Dei"에서 언제나 저 "Dei"를 굳이 '소문자' "dei"로만 쓰기를 고집했던 나의 어떤 '소심한' 신경증 따위야 더 말할 것도 없다.

잠에서 깨어 눈을 뜨면, 그때는 모든 것들이 좀 더 나아지기를 바랐으나, 그 바람은, 마치 미처 기억하기도 전에 망각되어 사라져 버린 기상 직전의 조각난 꿈들처럼, 그저 헛된 미망이었음을 깨닫는다.

대심문관이 결국에는 문을 열어 풀어 준 '그자'가, 그 길로 길을 걷고 또 걸어서, 그 모든 시공간의 차이에도 불구하고, 엠마오로 가던 두 제자와 다시금 조우하게 되는 장면을, 그 기이한 일치를, 나는 별 어려움 없이 '자연스럽게' 상상할 수 있었다, 마치 하나의 오래된 기시감既視感처럼, 그렇게 '회상'할 수 있었다. 다시 한번, 내가 생각하고 느끼며 믿고 있는 예수의 미학이란 바로 그런 것이다.

2015. 10. 30.

초혼招魂의 경사傾斜

낡은 천장이 기운 창가를 보았다.
같은 경사에 쓸려 햇빛 또한 함께 기울어지고 있었지.
목이 마른 마음으로 점점 늘어나는 담배 끝의 재를 보았다.
완전한 파괴, 완벽한 무無로의 귀환,
내가 나 자신의 흡연 과정을 마치 제삼자처럼 지켜보면서
깨달았던 것.
언제나 앞으로 타들어 갈 것보다 이미 타버린 것이 더 많음을,
빈약한 시간을, 배보다 더 큰 배꼽처럼, 배 밖으로 튀어나온 간처럼,
그보다 더 풍요로운 공허라는 최종 포식자가 언제나 입을,
그것도 아주 작고 조용히 벌린 채로 기다리고 있다는 것을.
희박한 물건들이 여유로운 공간을 만들어 내었고,
상황이 그 반대인 적은 거의 없었다고 기억되지만,
풍성하지만 더욱 풍성해야 할 호흡에는 별반 도움이 되지 않을,
조각난 생각들과 같았던 먼지들이, 휘영청 밝게 부서졌지.
어지럽게 휘날리며 작은 마당 위로 흩어지며,
아직 채 돋지 못한 어떤 새싹 위에, 그렇게 별이 되어 박혔지.
마실 수 있다면, 밤까지도 별의 사체까지도
목구멍 속으로 들이부을 텐데,
무언가의 씨앗인 줄로만 알고 고이 품었던 불빛은, 사실,
속이 비어 어둠으로 가득 들어찬 누군가의 무덤 흙이었고,
매일 밤, 나의 작은 마당의 모래알들이 툭 튀어 오르면서,
지금껏 이 지구상에 살았던 모든 생체들의

주검이 조직까지 되살아나,
지옥의 작고 귀여운 통로가 비좁도록 터져 나오는 그토록
소박한 꿈을 꾼다.
이미 만들어진 것은 결코 되돌릴 수 없는 것, 비가역이라고 말하고,
이미 떨어진 노끈처럼, 비록 그것이 죽음일지라도,
삶이 갈라놓지 못해도,
죽음으로 갈라놓고 죽음으로 끊어 버린 것일지라도,
그렇게 너덜너덜,
언제나 끊어진 것은 다시 이어지므로,
마치 아무 일 없던 듯, 비실비실,
얼기설기 기워진 채 화사한 수술대에서 다시 돌아오므로,
구멍 난 흙처럼,
지나간 순간의 희망은 언제나 하얀 옷의 유령처럼 마당을 맴돌고,
빈 모래알처럼,
만기가 다가올 시간의 부채는 어디에서나
잉크가 닳은 주소처럼 새겨진다.
나는 마당의 풀밭에서 어디에도 존재하지 않는 연기가,
모락모락 무럭무럭,
그 어디에서도 볼 수 없이, 단 한 번도 피어오르지 않음을 보았다.
고개를 기울여 몰래 엿봤다,
눈을 감아 흙을 파헤치고 모래알을 흩뿌리며,
씨알도 먹히지 않을 것 같은 굿판 속에서

혼자 울고 있는 혼령을 불러내었다.

2017. 10. 9.

중학교 때 이후로 그들의 앨범들은 내게 경전과도 같았다. 그러나 진리가 아니라 수수께끼라는 의미에서, 그리고 오직 그러한 의미에서만. 음악적으로 어떤 난국과 마주했다는 느낌이 들 때, 혹은, 음악적으로 어떤 새로운 전기의 단초가 발견되었다는 느낌이 들 때, 후자의 경우가 전자의 경우보다 빈번히 발생하기를 언제나 바라나, 현실은 불행히도 정 반대일 때가 더 많은데, 심지어 드물게도 후자의 경우가 발생했다는 느낌이 들었을 때조차, 슬프게도 그 직관은 착각일 경우가 저 전자의 경우보다도 오히려 많다 나는 그들의 이 천의무봉과도 같은 열 장의 앨범들을 다시 듣는다, 지금껏 살아오면서 실로 수도 없이, 셀 수 없는 것을 세는 듯이 들었으나, 그렇게 다시금 또 듣는다. 진리가 아니라 수수께끼를 얻기 위해서, 길이 아니라 틈을 찾기 위해서, 그 수수께끼의 그림자 뒤에 진리의 빛 같은 것은 없음을 재차 확인하기 위해서. 음악은 그렇게 매번 그 사이들을 일깨운다.

2017. 10. 3.

Between Utopia and Dystopia

— on David Byrne's music and performance

I continued to watch a whole movie, David Byrne's "American Utopia" directed by Spike Lee on the airplanes going to Seoul and coming back to Paris.

He was still pursuing simplifying and deepening his own paradoxal way to show a utopian perspective through various and detailed dystopian touch, with this beautiful multi-coloured band. I always love his paradoxically distorted bright way of thinking and performing.

Frankly speaking, I've always loved, admired and respected the way Talking Heads treated music, exactly as a holistic sound-thinking experience, not just as a pop tune.

Especially, David Byrne, he was and is still a real genius who has a genuine vision and a brilliant mind. It is because of his peculiar attitude to the art/real world so, in a sense and in an idealistic way, there is no difference/distance between these two wor(l)ds that this movie is not just a documentary film of the live show but becomes a new way of filming the other side of our daily life's mistakes, regrets and hopes.

How ironically beautiful this philosophy is... And that is also one of the most important reasons I always try myself to walk zig-zag between these two controversial identities, in other words, musician and philosopher.

나는 파리에서 서울로 가는, 그리고 서울에서 다시 파리로 돌아오는 비행기 안에서, 계속해서 데이비드 번David Byrne의 공연 영화 〈아메리칸 유토피아〉스파이크 리Spike Lee 감독를 수없이 돌려 보았다. 그는 각양각색으로 아름다운 다인종의 밴드와 함께, 다양하고 구체적인 디스토피아적 접근을 통해 어떤 유토피아적 시각을 드러내는 그만의 역설적 방식을, 여전히 추구하고 있었다. 나는 언제나 그의 사유와 공연이 보여 주는 이 역설적으로 뒤틀린 밝은 방식을 사랑해 왔다. 솔직히 나는 [그가 예전에 속해 있던 밴드인] 토킹 헤즈Talking Heads가 음악을 다루는 방식, 곧 정확하게는 음악을 단순한 대중가요가 아니라 총체적인 소리-사유의 경험으로 다루는 방식을 사랑하고 존경하고 숭배해 왔던 것이다. 특히나 데이비드 번은 진정한 통찰과 명민한 정신을 지닌 천재였고 또 여전히 그러한 천재라고 생각한다. 그의 이 공연 영화가 단순히 한 공연 실황을 담는 다큐멘터리가 아니라 우리의 현대적 일상의 실패와 회한과 희망의 이면을 표현하는 하나의 새로운 방식이 될 수 있는 것은, 예술-실재 세계에 대한 그의 독특한 태도 때문이다그렇기에, 어떤 의미에서, 이상적인 방식으로, 이 두 말/세계 사이에 차이/거리는 없다. 이/그의 철학은 얼마나 모순적으로 아름다운가……. 이것이 나의 음악가와 철학자라는 서로 충돌하는 두 가지 정체성들 사이에서, 이리저리 비틀거리며 갈지자로 걸어가려고 애쓰는 가장 중요한 이유들 중의 하나이다.

2023. 10. 25.

광화문에서

오랜만에 다시 돌아온 서울, 우리는 광화문 주변을 함께 오래 걸었다. 교보문고에도 들러 황정은의 최근 소설집과 장강명의 베스트셀러 소설과 심보선의 새 시집을 샀다. 여전히 광화문 광장을 꿋꿋이 밝히고 굳세게 지키고 있는 세월호 천막들 앞에서 우리는 시선과 걸음을 함께 오래 두었다. 광화문을 보고 있으면, 그 주변을 걸을 때면, 어릴 때부터 지금까지 그곳에서 보냈던 모든 순간들이 하나의 덩어리로 합쳐지고 다시 수천 개의 조각들로 찢어져서 떠오른다. 광화문의 모습이, 경복궁의 위용이, 그 모든 근대적이고 근대적이지 않은 시공간의 켜와 결과 틈 들이, 한/여럿의 씁쓸한 역사의 착종된 이미지로 언제나 바로 이 순간 우리에게 강림하는 그리고 또 그렇게 휘발되는 이유이다. 역사는 그렇게 결코 씻을 수 없는 우리의 가장 무거운 빚이지만, 동시에 아마도 바로 그렇기에 오히려 절대 포기할 수 없는 우리의 가장 작은 빛이기도 하다. 우리가 걸었던 곳, 그곳은 바로 그 시체 같은 빚더미 위, 그리고 바로 그 상처 같은 빛의 무덤 위였다. 그곳은 언제나 공사 중이었고 지금도 여전히 공사 중이었다. 공사들은 끝나지 않을 것이며, 보수나 복원 같은 것은 이뤄지지 않을 것이다. 오직 사이만이.

2017. 7. 31.

그 사이에서 벌어진 또 하나의/여럿의 틈들. 매년 여름휴가 때마다 이루어지는 한국 방문, 어느 일요일 오후, 부모님을 따라 수도권의 한 호수 근처에 위치한 쇼핑몰을 찾았다. 주말의 마지막 날을 맞이하여 아이부터 노인까지 인근 아파트 단지에 거주하는 온 가족들이 출동하여 주차장과 매장과 식당과 카페와 서점이라고 쓰고 만석의 휴게 공간이라 읽는다을 가득 채운 채 에스컬레이터를 끝없이 오르내리면서 서로의 어깨를 부딪치며 상호간의 배려는 거의 없이 어떤 이들은 우리가 잡아 준 문을, 행여나 자신의 손이 그 문의 손잡이에 닿을까 봐 무섭다는 듯, 그대로 제 한 몸만 마치 곡예를 하듯 빼고선 휙 하고 빠져나갔다 숨을 못 쉴 정도로 서로가 서로를 서로로 가득 채우고 있는 공간을 자해하듯 만끽하고 있었다. 오래전부터 우리 모두가 외쳐 온 '삶의 질', 한동안 강조하듯 유행시켰던 말인 '웰빙' 같은 표현들을 떠올려 보았다. 문득 실소가 터져 나왔다. 그곳은 질은 없고 오직 양만이 존재하는 초현실적 공간처럼 느껴졌다. 서점을 가득 채우고 있는 책들, 특히 그 공간의 대부분을 차지하는 '에세이' 종류의 책들을 보면서 그 책들을 만들기 위해 베어 없어진 나무들에게 미안했고 그러나 이 역시 참을 수 없이 가볍기만 한 '인간적'일 뿐인 감정임을 나는 안다, 그 모든 책들이 스타벅스Starbucks 쓰레기통 위로 수북하게 쌓인 플라스틱 쓰레기들과 똑같은 신세의 객체들로 느껴졌다. 나 역시 그런 쓰레기들 중 하나처럼 구겨졌다. 순간 모든 것이 슬퍼졌다. 내일에서는 그 어떤 희망의 냄새도 나지 않았고, 내 몸에서는 살인적인 폭염이 낳은 땀 냄새와 세기의 전후로 내 몸이 만들어 온 쓰레기들의 냄새만이 거대하고 황홀하게 피어올랐다. 인간에 대한 예의를 상실했다는 의미에서 무례한 것들, 스스로의 품격을 포기했다는 의미에서 품위 없는 것들. 모두가 마치 동일한 목적지가 있는 듯이 한 방향으로 부지런히 걸어갔고 마치 공동의 목표점이 있는 듯이 한곳으로 일사분란하게 움직이고 있었지만, 그들의 피곤한 눈빛에 비치는 소시민의 행복마저도 수치로 계산되어 꾀죄죄한 전표처럼 정처 없이 볼품없이 송두리째 뽑혀져 나오고 있었다.

2023. 8. 6.

Nous ne sommes que les êtres qui ont survécu justement parce que nous n'étions pas là-bas. On a besoin d'une reconsidération totale du sens de notre monde et de la valeur de notre civilisation. Feu d'artifice ici, coup de feu ailleurs, feux de la nuit partout, et la part du feu à moi.

우리는 그저 거기에 없었기 때문에 살아남은 존재들일 뿐이다. 우리 세계의 의미와 우리 문명의 가치에 대한 전면적인 재고가 필요하다. 여기에는 불꽃놀이가, 저기에는 전쟁놀이가, 도처에는 밤하늘에 빛나는 별이, 그리고 내게는 불의 몫이.

2016. 7. 15.

의식의 흐름, 프랑크푸르트에서

— 영어로 in English, 그리고 다시 독일어로 auf deutsch

Watching a German television news on attacks in Nice in an empty part of Frankfurt airport, I feel unrealistic, tragic and isolated in this corner of the world, so I ask, in how many worlds do we live, no, I do not want to use the subject "we", because I always felt uncomfortable with this unrealistic subject, so I ask again, changing a little bit, a little more tragically, in how many worlds do I have to live, or into how many parts do I have to tear myself apart, but once again, no, I am not sure if we/I can use even this comfortable and isolated subject "I", because I was always afraid of myself, this old prison with/in which I have lived so far, so far away, so I have to ask again, for the dead, and inevitably, for the survivors, in other words, for us, not me, just for us, human earth and divine wrath, lying and dying, breeding and bleeding, roving and loving.

Das Ich. Frankfurt am Main, Deutschland.

프랑크푸르트 공항의 어느 빈구석, 텔레비전을 통해 니스에서 일어난 테러에 관한 뉴스를 보고 있다, 세계의 이 구석에서 그 뉴스를 보면서, 나는 비현실적이고 비극적이며 고립된 느낌을 받는다, 그래서 묻는다, 우리는 얼마나 많은 세계들 안에 살고 있는지, 아니다, 나는 이 '우리'라는 주어를 사용하고 싶지 않다, 왜냐하면 나는 이 비현실적인 주어에 대해 언제나 불편함을 느껴 왔기에, 그래서 다시 묻는다, 약간 바뀌어서, 조금 더 비극적으로 바꾸면서, 나는 얼마나 많은 세계들 안에서 살아야 하는지, 혹은 나는 얼마나 많은 부분들로 나 자신을 찢어발겨야 하는지, 하지만 다시 한번, 아니다, 나는 우리/내가 심지어 이 편안하고 고립적인 주어인 '나'조차 쓸 수 있을지에 대해 확신이 서지 않는다, 왜냐하면 나는 나 자신이라는 이 오래된 감옥을 항상 두려워해 왔기에, 그 감옥과 함께, 그 감옥 안에서, 지금껏 살아 왔기에, 그렇게 멀리도 지나왔기에, 그래서 다시 묻는다, 물어야 한다, 죽은 자들을 위해, 그리고 피할 수 없이, 생존한 자들을 위해, 다시 말해, 내가 아니라, 우리를 위해, 단지 우리를 위해, 인간의 땅과 신의 분노, 누워서 죽어 가는, 피를 흘리면서도 살을 찌우는, 방랑하면서도 사랑하는.

나=자아, 독일 프랑크푸르트에서.

2016. 7. 15.

파리적인 것, 다시 사이-세계

지극히 파리적인 어떤 것들, 약간의 헛웃음과 조금의 향수를 동반하는 무엇. 그런데 사실 모든 근대적인moderne 것들이 또한 그렇지 않았던가, 너무 심각해지기에는 언제나 조금은 우스운, 자신에게는 존재하지도 않았던 장소와 시간과 경험에 대한 기이한 부재의 향수. 어머니의 그림들을 보면서 유년기부터 막연하게나마 동경하게 되었던 서양화가들의 파리를 지나서, 내가 10대 때부터 갖고 있던 파리의 이미지란 대략 이런 것이었다. 장-폴 사르트르Jean-Paul Sartre의 철학적 파리, 루이 아라공Louis Aragon의 초현실주의적 파리, 장-뤽 고다르Jean-Luc Godard의 영화 속 인물들이 튀어나와 줄기차게 필터 없는 지탄Gitanes 담배를 피워 대는 연기 자욱한 파리. 그리고 고등학교 때 결정적으로 조르주 바타유와 미셸 푸코의 글들과 만나게 되면서 이러한 파리의 이미지는 더욱 강화되거나 또 다른 방향으로 변형되어 갔던 것 같다. 환상의 이미지는 언제나 현실의 그림을 압도한다. 그로부터 거의 20년이 지난 오늘, 그 이전에는 단 한 번도 한국 땅을 벗어나 살지 않았던 내가, 지금껏 35세부터 39세까지 대략 4년 동안의 시간을 우연찮게 이곳 파리에서 보내게 되었다[그리고 나는 2023년 현재 정확히 11년을 이곳에서 살아오고 있다]. 이곳에서 오랜 기간 유학을 했거나 지금도 하고 있는 선후배들의 경험, 그리고 이곳에서 10년, 20년 이상을 살고 있는 한국 지인들의 경험, 그러한 경험들과 나의 경험은 분명히 많은 부분 다를 것이다. 나는 이곳에서 유학을 한 것도 아니었고 그렇다고 비즈니스를 하는 것도 아니니까. 나는 그저 교수라는 직업의 외국인노동자로 일하기 위해 이곳에 왔다. 그러나 한 가지는, 다른 이유에서, 공통적으로 확실하다. 나는 이곳에 공부를 하러 온 것도 아니었고, 그렇다고 어떤 탈출을 감행하기 위해 온 것도 아니었다. 나는 단순히 '살기' 위해 이곳에 왔고, 지금도 그렇게 '살고' 있다. 그래서 이미 말했듯, 누구에게나, 또한 다른 이유에서, 그렇게 공통적인 이 '산다'는 것은 어떤 특별한 유세나 구실이 되지 못할 것이다 나는 실존주의자도 생철학자도 아니다. 요즘 이 '산다'는 것에 대해 다시금 생각한다. 죽은 듯이 살았고, 죽은 듯이 생각했다. 매너리즘에 매몰되어 가는 채로 죽기 싫었기에 이동했고, 또한 그 이동이 가져다 준 어떤 정주의 운동 안에서 다시금 죽음들을 여러 벌 지었다. 개인의 일생 속에서 수없이 반복되는, 또한 다르게 반복될, 그리고 아마도 그렇게 반복되어야 할 이 죽음과 삶 사이의 순환과 연속 속에서, 다시금 '삶'이라는 명사가 아니라 '산다는 것'이라는 동명사에 대해 생각하고 있다. 나는 파리의 농부가 되고자 했던 문학가도 아니고, 문학과 참여의 상황을 숙고하고자 했던 카페와 거리의 철학자도 아니며, 지탄을 끊임없이 피워 대며 막다른 곳으로부터의 출구를 모색했던 영화 속 주인공도 아니다. 지극히 파리적인 어떤 것들이란 그리고 동시에 지극히 서울적인 어떤 것들이란 실은, 그때나 지금이나, 어떤 세계의 끝을 상정하는 반복의 종말론, 이어서 어떤 세계의 시작을 고지하는 이동의 묵시록이다. 끝은 언제고 끝났던 적이 한 번도 없었으며, 아직 시작은 미처 시작되지도 않았다. 삶의 형식에 대한 사유를 강제하는 것, 그리하여 그 실천을 또한 종용하는 것, 그것은 바로 저 '삶'이라는 이름의 시작과 끝 사이-세계이다.

2016. 6. 12.

불의 몫은 저주받은 몫, 재앙의 글쓰기는 텍스트의 즐거움,

헛디딤, 헛발질, 헛걸음, 타다 남은 것, 남아 타들어 간 것, 기록하는 몸들,

그 모든 흔적들, 상처들, 흉터들, 각인들, 틈의 틈들, 사이로 난 또 다른 사이들.

문학은 없다, 사라지고 흩어졌다, 원래 있던 것이 아니었으므로,

그 사이 역시 실체가 없이 흩어진 것, 그렇게 없는 것으로 있었던 모든 사이들.

그러나 이 모든 상실과 실종과 종말과 말미와 미진과 진부와 부재의 선언 앞에서

바로 그 없음의 문학이 사이로서 존재한다.

그렇게 없음에도 끈질기게 진절머리 나도록 있는 듯 꼭 붙잡을 수밖에 없는,

이 모든 있다가 없는 말들 사이에서,

나의 병증이 도진다, 그 죽음이 새살처럼 살살 돋아난다.

날짜 없음

처절하게 수고스러운 수고手稿, 나만의 글쓰기가 지닌 몸의 유물론적 철학.

손으로 먼저 쓰지 않으면 도통 글이 써지지 않는 이 몹쓸 병증病症의 기록.

2016. 5. 18.

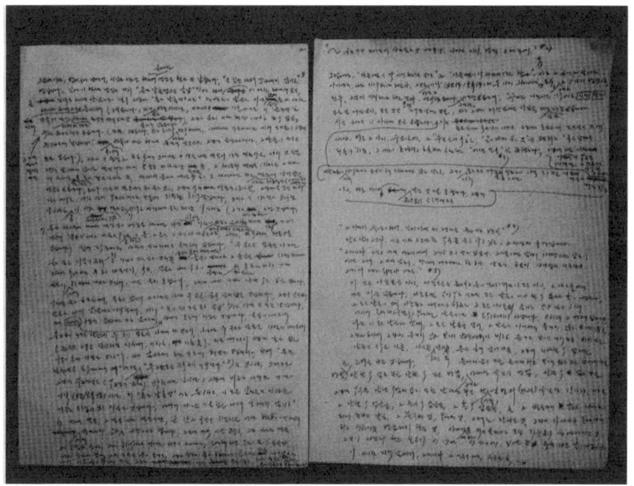

봄, 오월

습기와 냉기가 정신을 골목으로 내몰았다. 벽지가 울어 일어났다. 기타는 따라 울며 밤마다 방에서 저 혼자 끙끙 앓는 소리를 내곤 했다. 숨을 죽였다. 마당에서 올려다본 나무에는 이동하다 숨이 멈춘 바람이 자살한 시체처럼 걸려 있었고, 나는 그 바람에 입김을 후 하고 불며, 그가 그만 가지에 걸려 잃었던, 원래 가던 길의 방향을 살짝 바꿔 주었다. 숨이 죽었다. 바람은 밤이 되었고, 밤은 달을 꾀어내었다. 내 목에 보이지 않게 걸린 십자가가, 어느덧 땅에 뿌리를 박고 흉물스러워 자르지도 못하고 뽑지도 못하는 나무가 되어 있었고, 그 나무는 그 어떤 식물보다도 무럭무럭 잘 자라나, 검고 싱싱한 과실들을 한 움큼씩 늘어져 죽은 목처럼 주렁주렁 매달았다. 봄이었다. 수도 없이 반복해 돌아왔고, 다시 한도 없이 사라져 돌아갈,

봄. 오월이었다.

2017. 5. 5.

프랑스어로 쓰인 노래

— 사물들의 균열에 관하여

La première chanson que j'ai écrite et composée en français,

"De la fracture des choses".

내가 프랑스어로 쓰고 지은 첫 번째 노래,

"사물들의 균열에 관하여".

Pour notre duo de folk 'Guitare et Bâbo'

우리의 포크 듀오 '기타와 바보'를 위하여

"De la fracture des choses"

— À Pascal Quignard, et pour tous mes monstres lucrétiens

* poème écrit / musique composée par Ramhon Choe Jeong U.

Il y avait une fois, l'avenir cessait de respirer

Tu m'as parlé de la nature des choses, comme s'il n'y avait ni choses ni natures

Il y aura une fois, le nirvana continuera à brûler

Je te répondrai ne pas me soucier ni de leurs existences ni de leurs fractures

Le jour

La lumière épanouit ses fleurs,
et l'obscurité nourrit leur sang

Les années étaient passées et restaient affaissées
Toutes les nuits du monde sont sans retour ni détour
Les fleurs à peine écloses sont écrasées et restent séchées
Tous les destins froids seront avec souillure et blessure

La nuit

Le sommeil de la raison engendre un monstre,
mais tous les monstres ont leurs propres raisons

Quand un ciel se baigne dans le sang de la peur transparente
Je raconterai une histoire obscure de la révolution défaite
Quant à notre amour, nous errons dans son impossibilité apparente
Tu rencontras une victoire vulgaire de l'émancipation parfaite

L'intervalle

Je dors profondément dans tes bras lointains,
et tu te réveilles dans mon cauchemar sain

La lumière épanouit ses fleurs,
et l'obscurité nourrit leur sang

“사물들의 균열에 관하여”

— 파스칼 키냐르에게, 그리고 내 모든 루크레티우스적 괴물들을 위하여

*襤魂 최정우, 시를 쓰고, 곡을 짓다.

한때가 있었어, 미래가 숨 쉬기를 멈췄던
너는 내게 사물들의 본성에 관하여 말했지, 마치 사물도 없고 본성도 없다는 듯이
한때가 있을 거야, 열반이 쉬지 않고 타오를
나는 네게 답하겠지, 사물들의 실존도 사물들의 균열도 개의치 않을 거라고

낮에

빛은 자신의 꽃들을 피워 내고,
어둠은 그 꽃들의 피를 살찌운다

세월은 지나갔고 또 내려앉았다
세상의 모든 밤들은 돌아오지도 않고 돌아가지도 않는다
막 피어난 꽃들이 으스러지고 또 말라 간다
모든 차가운 운명들은 오점과 상처와 함께할 것이다

밤에

이성의 잠은 괴물을 낳지만,
모든 괴물에게는 그들만의 이성이 있다

한 하늘이 투명한 공포의 피 속에서 유영할 때
나는 패배한 혁명의 어두운 이야기를 들려줄게
우리의 사랑, 우리는 그 뻔한 불가능성 안에서 헤매고
너는 완전한 해방의 비속한 승리와 만나게 될 거야

사이에

나는 너의 머나먼 팔에 안겨 깊은 잠에 들고
너는 나의 건강한 악몽 속에서 깨어난다

빛은 자신의 꽃들을 피워 내고,

어둠은 그 꽃들의 피를 살찌운다

2017. 4. 23.

— 바이러스

N'oubliez pas que c'était le "peuple français" vive la France ! qui a mis cette extrême droite populiste et nationaliste au "même niveau" que le néo libéralisme à travers soi-disant l'élection présidentielle démocratique.

소위 민주적 대통령 선거를 통해 신 자유주의와 "같은 수준"에 대중 영합적이고 국가/민족주의적인 이 극우를 위치시켰던 것이 바로 프랑스 국민 프랑스 만세! 이었음을 잊지 마시기를.

Et que le néolibéralisme n'est pas le contraire du fascisme d'extrême droite, mais juste son autre complice.

그리고 신자유주의는 극우 파시즘의 반대가 아니라 그 또 다른 공범임을.

Donc, choisir entre une fasciste de l'extrême droite et un jeune capitaliste néolibéral ? Où est le "peuple" ? Où sont les vrais problèmes, les vraies demandes et les vraies souffrances du "peuple" dans cette société ? Alors, est-ce qu'on peut dire que ce n'est pas choisir entre Ebola et le peste ? Et c'est exactement la raison pour laquelle je suis complètement d'accord avec la phrase de Mélissa, ma chère camarade : "on va choisir entre Ebola et la peste maintenant..."

그러므로, 극우 파시스트와 젊은 신자유주의 자본가 사이의 선택이라고요? '국민, 인민, 시민'은 어디에 있습니까? 진정한 문제들, 진정한 요구들, 그리고 이 사회의 '국민, 인민, 시민'의 진정한 고통은 어디에 있습니까? 그렇다면 우리는 이것이 에볼라와 페스트 사이의 선택이 아니라고 말할 수 있을까요? 이것이 바로 정확히 제가 저의 동지 멜리사의 다음과 같은 문장에 완벽히 동의하는 이유입니다: "우리는 지금 에볼라와 페스트 사이에서 선택을 해야 하는 거예요……"

La décision sera désormais plutôt plus facile, parce que l'on choisira Macron, sous prétexte de protection de la société contre Le Pen, c'est-à-dire, pour éviter le pire. On votera ainsi "contre" quelqu'un. Et on dira que c'est normal, juste et même naturel.

앞으로 남은 결정은 차라리 더 쉬울 것인데, 왜냐하면 우리는 사회를 보호한다는 명목으로 르 펜Le Pen에 반대해, 즉 최악을 피하기 위해, 마크롱Macron을 선택할 것이기 때문입니다. 우리는 그렇게 누군가에 '반대해' 투표를 하게 될 것입니다. 그리고 우리는 그것이 일반적이고 정당한 일이라고, 심지어 자연스러운 일이라고 말하게 될 것입니다.

Mais ce n'est qu'une décision moralement trop facile qui cache le vrai problème, parce qu'il est plutôt "le pire" d'avoir déjà fait, à travers ce premier tour, cette situation même où l'on devra éviter "le pire".

그러나 이는 진정한 문제를 감추는 도덕적으로 너무나 쉬운 결정밖에는 되지 않는데, 이미 1차 투표를 통해 우리가 '최악'을 피해야 하는 상황 자체를 만든 것이야말로 오히려 '최악'의 일이기 때문입니다.

Mais ne dites jamais que vous refuserez de voter, parce qu'en tout cas, nous devons choisir entre les deux, quels qu'ils soient, soit Ebola soit la peste, soit pour la peste contre Ebola soit pour Ebola contre la peste…… on ne pense pas que l'extrême droite pourrait prendre le pouvoir en France, mais cette possibilité cauchemardeuse est en effet sous nos yeux maintenant, ou bien, peut-être elle a déjà été réalisée en un sens.

하지만 투표를 거부하겠다고는 말하지 마시기를, 왜냐하면 우리는 그것이 무엇이 됐든, 에볼라가 됐든 페스트가 됐든, 즉 에볼라에 반대해 페스트를 선택하든 페스트에 반대해 에볼라를 선택하든, 어차피 그 둘 사이에서 선택을 해야 하기 때문입니다…… 우리는 극우가 프랑스에서 정권을 잡을 거라고는 생각하지 않지만, 그러한 악몽과도 같은 가능성은 기실 지금 우리 눈앞에 존재하고 있고, 어쩌면 어떤 의미에서 그 가능성은 이미 실현된 것인지도 모릅니다.

Je pense que c'est une vraie crise et une vraie limite de la démocratie actuelle. On est en crise, et même le scrutin final ne peut pas changer cette situation de crise, parce que la vraie politique n'est pas choisir, mais agir. Nous devons être "contre" les institutions mêmes de la démocratie qui ne sont simplement réduites qu'aux élections régulièrement répétitives. Le politique est au-delà de la démocratie institutionnelle. La démocratie est un virus capricieux qui nous contamine et guérit à la fois, non pas une vertu perpétuelle.

저는 이것이야말로 바로 현재 민주주의의 진정한 위기이자 진정한 한계라고 생각합니다. 우리는 그렇게 지금 위기에 처해 있고, 최종 선거조차도 이러한 위기 상황을 바꿀 수 없습니다. 왜냐하면 진정한 정치란 선택하는 것이 아니라 행동하는 것이기 때문입니다. 우리는 단순히 정기적으로 반복되는 선거로만 축소되는 민주주의 제도 자체에 '반대'해야 합니다. 정치적인 것은 제도적 민주주의 너머에 있습니다. 민주주의는 영속적인 미덕이 아니라 우리를 감염시키고 동시에 치료하는 변화무쌍한 바이러스입니다.

2017. 4. 24.

거미 여인

— 루이즈 부르주아에 기대어

슬픔과 분노, 실망과 환멸이 뒤섞인 채로 다시 눈을 뜨게 된 새벽. 꼭 감긴 눈앞의 암흑 속에서, 오히려 눈을 뜬 밝은 세상에서보다 더욱 분명히 보였던, 하나의 형상. 그것은 흡사 루이즈 부르주아Louise Bourgeois의 거대한 거미를 연상시켰으나, 생체적인 느낌은 전혀 없이, 그저 모든 관절과 골조들이 아주 곧고 검게 반짝이며 뻗어 있던, 반듯하게 삐뚤고 잔인하게 포근한 구조물이었다. 그 아래에서 단단히 갇혀 있는 듯 포근하게 잉태되고 있는 나 자신을, 감은 눈 속의 암흑 안에서 그토록 분명하게 느끼며 인식하는 일은 마음을 놓이게 하는 동시에 뒤흔드는 일이었다. 그 형상의 목격 이후 눈을 뜨고, 나는 세상이 이전과 조금 달라져 있음을, 어쩌면 눈을 감기 전의 세상과 조금은 다른 세상에 당도했음을, 어렴풋이 느꼈다. 지금의 이곳은 어제의 저곳이 아니다. 우중과 폭민의 민주주의가 단지 아무짝에도 쓸모가 없는 자승자박일 뿐이듯, 사유하지도 않고 그저 내뱉고 저지르는 이들에게 모든 단정한 말과 가지런한 음악이 아무리 가르쳐도 헛될 뿐인 사치이자 무용지물이듯, 차라리 나는 눈을 감고 그렇게 암흑 속에서, 내가 방금 건너온 저곳의 탁한 세상에는 눈을 닫고, 오히려 그보다 맑고 분명한 이곳의 형상으로 눈을 연다. 어쩌면, 열렸다고 말해야 하리라, 열리고야 말았다고 말해야 하리라.

2017. 4. 24.

1년 전, 2년 전, 3년 전 바로 오늘에 썼던 나의 글들이 모두 나에게 다시 말을 걸어오는 날, 그동안 많은 일들이 있었지만 과연 무엇이 변했을까.

1년 전 나는 내가 일하는 학교에서 〈다이빙 벨〉 상영을 주도했고, 죽은 이들에 대한 깊은 애도, 부정과 무능에 대한 뜨거운 분노, 진실에 대한 절실한 갈구로 그 상영회가 가득 찼던 것과는 별개로, 일부 동료 교수들에게서 "정치적" 이슈를 학교에서 공론화하는 것을 '자제'해 달라는 부탁 아닌 부탁을 받기도 했다. 오히려 프랑스인들은 깊이 공감하고 나서서 도와주는데 일부 한국인들은 걱정하고 우려하고 기피하기도 했다. 역겨웠고 어지러웠다. 혼란스러운 동시에 더욱 막연한 확신이 들기도 했다.

그러나 1년 전이나 2년 전이나, 3년 전이나 지금이나, 나는 여전히 노란 리본과 함께 다닌다. 잊지 않기 위해서? 그럴 수도 있다. 하지만, 마치 근시가 안경을 놓고 다니는 일이 있을 수 없듯, 옷을 입지 않고 밖으로 나가는 일이 있을 수 없듯, 삶에 바짝 밀착되어 바로 그 삶을 언제나 환기하는 것과 어떻게 서로 떨어질 수 있을까.

잊지 않기 위해서? 물론이다. 그러나 동시에, 그것은 잊으려 해도 잊히지 않는다, 그것은 우리의 삶을 삶으로서 이어 가게 하는 죽음의 노란 표식, 동시에 우리의 죽음이 결코 헛될 수 없다는 삶의 노란 징표이기 때문에. 세월호 3주기를 맞이한 오늘, 2017년 4월 16일, 공교롭게도 오늘은 예수의 부활을 기념하는 부활절이기도 하다. 그 오늘, 나는 아무 말도 하고 싶지 않고, 아무 글도 남기고 싶지 않았으나, 마치 무엇에 이끌린 듯 이렇게 무언가를 사진에 담고 무언가를 글로 쓰고 있다.

예수가 부활했다는 사건은 역사적으로나 물리적으로는 그저 하나의 신화일 뿐이다. 그것은 사실이 아니다. 따라서 이 부활을 문자 그대로 믿는 기독교도가 있다면 그의 기독교는 참되지 못한 것, 그저 스스로마저 속이는 광신에 빠져 있을 뿐이다. 우리가 부활절에 그 부활의 의미를 되새기는 것은, 예수가 그렇게 부활할 만큼 초자연적인 존재임을 믿기 위함이 아니다. 죽음 이후에도 그 삶은 여전히 우리 곁에 있다는 것, 그 부활로써 여전히 그가, 그들이, 우리와 함께 있다는 것을 기억하기 위함이다.

'예수'나 '하느님'의 이름을 참칭하고 도용하는, 우리와 전혀 동떨어진 다른 초자연적 존재의 부활을 숭배하기 위함이 아니라, 세월호에서 죽은 이들의 영혼이 나의 성령이며 지금 이 순간도 이 땅에서 의로움 때문에 박해받고 있는 모든 이들이 나의 하느님이라는 사실, 그리고 바로 그 성령들과 하느님들에 의해서 어제의 나는 오늘의 다른 나로 부활하고 오늘의 나는 다시 내일의 다른 나로 부활해야 한다는 사실, 바로 그 사실들을 우리의 삶 속에서, 우리의 삶으로서, 생각하고 기억하며 실천하기 위함이다. 그것이 세월호 3주기를 맞이하는 오늘, 이 부활절에 되새기고 다짐하는 저 '부활'의 진정한 의미이다.

2017. 4. 16.

우리, 화전민

카를 마르크스의 「루이 보나파르트의 브뤼메르 18일」은 1852년에 집필되고 발표되었다. 어느덧 벌써 지금으로부터 165년 전이다. 마르크스는 그 글에서 지나가듯 이렇게 읊조렸던 바 있다: "사회는 지배자의 범위가 좁아질 때마다, 더 배타적인 이해가 더 광범위한 이해에 맞서 유지될 때마다 구원된다. 동시에 가장 단순한 부르주아적 재정 개혁, 가장 흔한 자유주의, 가장 형식적인 공화주의, 가장 천박한 민주주의에 대한 그 어떤 요구도 '사회에 대한 암살 기도'라고 처벌받고 '사회주의'라고 낙인찍힌다." 그의 이 말을 그 자체로 차용해서 다시 변용하자면, 이 가장 흔한 진단, 이 가장 형식적인 비판, 이 가장 천박하고 기본적인 정세 파악은, 그로부터 무려 165년이 지난 지금에도 여전히 유효한 것은 물론이고 오히려 시간이 지날수록 더욱 시의적절하게 된 느낌이 있다. 시의적절하지 못했던 것, 시대착오적이었던 것unzeitgemäß, intempestif이 거꾸로 현재에 더욱 시의적절한 것이 되는 역설의 예는 비단 이것뿐만이 아닐 것이나, 처음에는 비극으로 다음에는 희극으로 두 번 반복되는 역사의 사건들을 한국이라는 시공간 속에서 다시금 되새길 때, 그 역설적 시의적절함은 소위 '촛불 혁명'이 만들어 놓은 전대미문의 자리에서 마치 '구관이 명관'이라는 듯 다시금 독처럼 퍼진다. 이 독은, 이 독에 의한 병증은, 그만큼 참으로 뿌리가 깊다. 촛불이 들불로 번져 해방의 터를 마련했던 것처럼 보였던 바로 그 자리에서, 그 불과는 아무런 상관도 없었던 자들이 이제는 저마다 스스로 황제임을 주장하며 화전민이 된 시민들을 다시금 절벽으로 몰아세운다.

2017. 4. 8.

제국의 위안부와 이데올로기

— 박유하 선생과 고영란 선생의 책들에 부쳐

개인적으로 나는 『제국의 위안부』를 대단히 오래 읽으면서도 그에 대한 직접적인 언급은 지금껏 가능한 한 아껴 왔다. 한창 논쟁이 있었을 때 펼쳐지고 쏟아졌던 그 의견들 대부분이 대단히 즉각적이고 부분적인 것으로 보였기 때문이고, 또 내 스스로 하나의 큰 그림 속에서 박유하 선생의 이 책에 대한 이야기를 하고 싶은 개인적인 작업에 대한 욕망이 있었기 때문이다. 박유하 선생의 『제국의 위안부』와 비슷한 시기에 한국어 번역본이 나왔던 고영란 선생의 명저 『전후라는 이데올로기』, 그리고 내가 이 책들과 접속시키고자 하는 그 이전의 몇몇 책들, 곧 도미야마 이치로富山一郎의 『폭력의 예감』, 사토 요시유키佐藤嘉幸의 『권력과 저항』 등이 바로 그러한 개인적인 교배와 혼종의 작업을 위한 일차적인 분석 대상들이었다. 이 계획은 현재에도 진행 중이기 때문에 나중에 완성된 글의 형태로 따로 소개할 수 있는 날이 있을 것이다. 각설하고, 『제국의 위안부』에 대한 이번 형사재판과 검찰 구형의 부당성을 탄원하는 서명에 나는 내 이름을 올렸다.

그러나 내가 지금도 이해할 수 없는 일 하나는, 이 사건을 대하는 소위 지식사회의 반응인데, 최근에도 검찰의 구형을 두고서 '박유하 교수의 책 내용에는 반대하지만, 검찰의 구형은 학문의 자유를 위해 있을 수 없는 일이다'라는 요지의 글을 종종 발견하곤 하기 때문이다. 내가 이러한 반응을 의아해하며 이해할 수 없는 이유는, 물론 내가 학문의 자유에 반대하기 때문은 아니다. 물론 만약 그렇다면 나는 『제국의 위안부』에 대한 형사재판의 부당성을 탄원하는 서명에 당연히 동참할 수 없었을 텐데, 하지만 반면에 나는 현재 정부가 강압적으로 진행하고 있는 소위 '국정교과서'

를 생각할 때 어떤 의미에서 '학문의 자유'를 반대해야 한다고도 생각하는데!, 그것은 파시스트 나치 학문에 대해서, 혹은 '어버이연합' 혹은 '일베' 사상에 대해서, 그것들이 누릴 자격이 있다고 주장하는 소위 '자유'를 결정적으로 반대해야 한다고 생각하는 것과 같은 이유에서이다. 오히려 내가 강력히 반대하는 것은, 그러한 지식사회 일반의 의견이 지닌 하나의 전제, 곧 '박유하 교수의 책 주장에는 반대하지만……'이라는, 일견 대단히 '정치적으로 올바른' 것처럼 보이는 바로 이 전제 자체이다.

박유하 선생이 『제국의 위안부』 전체를 통해 이야기하고 있는 중요한 주장은, 결국 '애국' 또는 '나라에 대한 국민의 긍지' 따위의 이데올로기적 틀로 이야기되는 국가와 제국이라는 구조적이고 체계적인 문제, 또한 그러한 구조와 체계의 문제 때문에 '동지적 관계'라는 말이 갖게 되는 허위의식의 실체에 가깝다. 이러한 구조와 체계가 역사적으로 행한 허위의식의 문제를 직시할 때 우리는 비로소 진정한 '역사 문제'의 해결을 이야기할 수 있을 것이다. 그런데 소위 '학문의 자유'를 운운하면서도 동시에 이러한 박유하 선생의 주장에는 반대한다고 말하는 이들은, 자신들이 정확히 무엇에 반대하는지를 분명히 말하지 않은 채, 그저 '나는 그 주장에 찬성하지 않지만 학문의 자유에 대한 검찰의 구형에는 반대한다'는 의견만을 무슨 정치적 올바름의 중립적인 입장 발표처럼 내놓고 있을 뿐이다. 그것도 소위 철학과 이론을 전공했다는 이들이 그런 의견을 내놓고 있는 것을 보면, 그들이 생각하는 철학과 이론이라는 것이 과연 '정치적 올바름political correctness' 이상의 어떤 것인가를 되묻지 않을 수 없다. 내가 가장 이해할 수 없는 것은 바로 이 점이다.

물론 박유하 선생의 『제국의 위안부』에 대한 형사재판과 검찰의 구형은 그 자체로 하나의 책이 지니는 학문과 표현의 자유에 대한 국가기관의 개입이라는 점에서 당연히 반대되어야 한다. 그러나 위안부 문제를 비롯하여 식민 지배 당시의 또한 그것을 바탕으로 지금까지 이어져 오고 있는 수많은 국가적 억압과 이데올로기적 폭력이라는 구조와 체계의 문제를 비껴가면서 어떻게 단순히 학문의 자유만을 편리하게 옹호할 수가 있는 것인지, 나는 거꾸로 바로 이러한 이론적/정치적 괴리 자체가 참을 수 없이 혐오스러운 것이다.

물론 만약 검찰이 『제국의 위안부』가 '우익에 봉사할' 수 있다는 문제가 있고 또 '역사를 왜곡'하고 있어서 형사적으로 처벌해야 할 대상이라고 생각하는 저 논리를 따른다고 한다면, 오히려 거꾸로 현재 정부의 국정교과서 필자들도 모조리 기소하여 형사 처벌해야 한다 게다가 당연히 국정교과서의 역사적 시각과 박유하 선생의 역사적 시각은 정반대이다. 이것은 명백한 오류이기에, 이에 반대하는 것은 당연하며 너무 쉽다. 물론 우리는 가장 먼저 저 형사재판과 검찰 구형이라는 오류에 강력히 반대해야 한다. 하지만 더 나아가, 나는 감히 이렇게 묻고 싶다, 학문의 자유 운운하며 단지 정치적으로 올바르기만 할 뿐인 일반론 뒤에 숨어 내놓는 '나는 그 책의 주장에는 반대하지만……'이라는 전제의 근거는 과연 무엇인가. 그것이 만약 국가/제국의 체계와 구조의 문제를 외면하는 것이 아니라면, 또한 그러한 시각에서 위안부 문제에 접근하고자 하는 탈-민족주의적이고 탈-국가주의적인 다른 목소리에 등을 돌리는 것이 아니라면, 그들이 말하는 '반대'란 과연 어떤 것이며 또 무엇을 위한 것인가.

덧. 바로 이러한 구조적 맥락에서 고영란 선생의 『전후라는 이데올로기』를 읽어야 한다. "전후"라는 이름으로 작동해 온 이데올로기의 구조 분석에 더욱 깊이 천착하고 있기 때문이며, 이러한 '구조'에 대한 이해 없이 이루어지는 비판은 일희일비나 조삼모사에 그칠 수 있기 때문이다. 개인적으로 이 책의 역사적 중요성과 학문적 미덕은 아무리 상찬해도 모자람이 없는데, 아직 읽지 않은 이들의 많은 일독을 권하는 바이다.

2016. 12. 22.

종교의 형태/행태

— 왜 종교는 인민의 아편인가

기독교christianisme라는 것은, 현재의 자칭 기독교도들 대부분이 결코 이해할 수도 없고 감당할 수도 없는 어떤 종교의 형태이다. 그렇게 이해도 감당도 되지 않는다는 사실을 그들 스스로가 나날이 증명해 주고 있기 때문이다. 마치 불교bouddhisme라는 것이 실은, 대부분의 불교 신자들이 종교라고 오랫동안 오해해 오고 있는, 일종의 반反-종교이자 탈脫-종교인 것처럼. 그러므로 종교가 인민의 아편이라는 것은 맞다. 단, 아편의 구조나 기제가 아니라 오직 그 효과만을 즐기는 것이 바로 종교라는 점에서, 그리고 아편을 생산하고 아편에 중독되게끔 만드는 구조에는 눈멀게 하고 오직 그 아편의 신만을 의인화하고 실체화하여 현세의 알리바이를 보이지 않는 저세상에 영치해 두는 것이 바로 종교라는 점에서. 따라서 다시 한번, 가장 근본적인 문제는, 종교가 아편이라는 사실 자체가 아니라, 언제나 우리가 종교 대신 이 ( ) 안에 그 어떤 것이라도 넣을 수 있고 또 넣어야만 하는 아편을 필요로 한다는 구조적 진실 자체이다.

2016. 5. 22.

오늘처럼, 폭우와 홍수처럼, 고요히

— 김이설 소설가의 작품들에 대하여

김이설 작가가 일전에 파리로 보내 주신 소설집『오늘처럼 고요히』 문학동네, 2016 를 얼마 전에 완독하였다. 현실 속으로 더욱 깊이 흡착되어 들어가는 것이 느껴졌던 그의 이번 소설들이 그만큼 독하고 아프게 읽혔던 힘들고도 즐거운 독서의 시간이었다. 개인적으로 수록 작품들 중에서 「흉몽」과 「복기」, 이 두 단편을 가장 소중히 읽었음을 고백하고 싶다. 힘겹게, 그러나 동시에 훌훌, 묵묵하고 끈질기게 써 내려간 작가의 저 모든 '식탁' 앞에서의 시간들을 혼자 상상해 보면서, 김이설 작가에게, 그리고 그가 그렇게 마주한 시간들의 두께에, 뜨거운 응원의 마음을 띄운다.

소설들을 쭉 읽으면서 몇 가지 단상들이 두서없이 떠올랐다. 김이설 작가가 지금까지 추구하고 추적해 온 어떤 '스타일'을 떠올리는 이들은 아마도 이 소설집에 첫 번째로 수록되고 또 시기적으로도 가장 먼저 쓰인 「미끼」에 더 많이 주목하리라 생각한다. 그러나 뒤로 갈수록 그에게서 어떤 무거운 이행의 흔적, 무던하면서도 그만큼 더욱 차가워지는 또 다른 '스타일'의 궤적을 느낄 수 있었다. 짐짓 아무 일도 일어나지 않는 것처럼 보이는 장면들, 그러나 사실은 그 안에서 모든 것들이 일어나고야 마는 그 아무것도 없음의 풍경들…… 김이설 작가가 시간이 지날수록 확연히 보여 주는 행보는, 바로 삶 자체가 헤집듯 노출하는 그 아무것도 아님의 모든 것, 그것을 더욱 차갑게 드러내는 것이라 생각한다.

소설들을 다 읽으면서 그 모든 소설들을 횡단하여 줄곧 내 머릿속을 관통했던 단 하나의 길다란 어구는 바로 이것이었다: 밥을 차린다는 것, 상을 차린다는 것, 이 끝없이 반복되는, 어쩔 수 없이 매번 되돌아오고 마는 너무나 익숙하고도 낯선 행위의 고됨과 지난함. 그런 의미에서 나는 "식탁에서 글을 쓴다는 의미를 이해하는 당신에게 축복을"이라는, 저 쓸쓸하면서도 따뜻하고 포근하면서도 서늘하기 그지없는 작가의 말을 비로소 이해할 수 있었다 또한 그런 의미에서 '밥'이라는 단어와 그 파생어들을 중심적 매개로 삼은 김신식 선생의 해설은 김이설 작가의 세계의 일단을 보여 주기에 매우 충실하고 중요한 글이라고 생각한다.

수록 작품들 중 「아름다운 것들」에서 유독 마음에 찌르듯 와 박히는 문장들이 많았음 또한 고백해야겠다. 이를 테면 이런 문장들이다: "어떻게 자기 혼자 살겠다고 자기만 죽을 수 있는가." 286쪽 또는 "아프다고, 고쳐보겠다고, 정말 살겠다고 했다면 내가 살지 못했을 것이다." 287쪽 그리고 "사는 것이 전부는 아니었다. 사는 것이 사는 것의 전부가 되는 게 옳은 것인지, 나는 확신할 수 없었다." 294쪽 …… 삶과 죽음이 완벽하게, 그러나 동시에 불완전하게 뒤집힌 이 문장들을 마주하고 오래 곱씹을 수밖에 없었음을 고백한다. 그러고 보면, 매번 새삼, 부끄러울 정도로 새삼스럽게, 그렇게만 확인하게 되는 사실이지만, 모든 읽기의 과정은 또한, 부끄럽지 않기 위한 고백의 과정이기도 할 것이다. 지금 이곳은 폭우와 홍수가 몰아닥친 후, 세계의 우기와 건기 사이이다.

2016. 6. 3.

최근 발터 벤야민 연구에서 단연 주목 받아야 할 저자는 미카엘 뢰비Michael Löwy이다. 벤야민의 소위 「역사 철학 테제」곧 "역사의 개념에 대하여"라는 글에 대한 하나의 소상하고도 간명한 해설서인 첫 책에서 그는 벤야민 사상의 중심에서 마주치게 되는 이 테제들이 단순한 진보의 이념을 넘어 독일 낭만주의, 마르크스주의, 유대 메시아주의 사이에서 우리가 모두 알고 있는 요소들이지만 어떻게 하나의 진정한 변증법적 통일 아닌 통합을 이루는지 조목조목 보여 주었고, 두 번째 책에서는 자본주의와 제국주의라는 근대 정치경제와 그에 대한 혁명-정치라는 축 위에서 벤야민 사유의 전반적인 스펙트럼을 다양한 관점에서 진단하고 있다. 매일 책만 읽고 살 수는 없을까, 물론 없겠지. 하지만 나는 언제나 그 불가능한 꿈을 꾸고 있다. 말하자면 이는 불가능한 이론적 푸념의 가능한 한 형식이다.

Michael Löwy,

Walter Benjamin : *avertissement d'incendie*, Éditions de l'éclat, 2014/2018 ;

La révolution est le frein d'urgence, Éditions de l'éclat, 2019.

2019. 9. 19.

무엇을 철학(함)이라 부를 수 있나

— 피에르 부레츠에 대하여

프랑스에 처음 왔을 때부터 개인적으로 따로 공들여 읽고 있는 저자들이 몇 명 있는데, 그중 하나가 바로 피에르 부레츠Pierre Bouretz이다.

우선 그의 저작들이 위치해 있는 영역을 어떻게 자리매김해야 할까, 일단은 '철학사' 또는 '사상사'라고 간편하게 이야기할 수 있겠지만, 그가 철학자 또는 사상가의 역사들를 통해 직조해 내는 마주침과 헤어짐의 풍경, 그리고 그 풍경이 끝끝내 드러내고야 마는 바로 그 철학자/사상가의 [그 자신들도 몰랐을] 어떤 종료되지 않은 종착점들을 목격하고 있자면, 그가 끈질기게 추구하고 있는 것이 바로 역사학/역사서술historiographie의 방식 그 자체의 철학적 의미, 또는 바로 철학 그 자체의 역사적 구성성이라는 비본질적 성격에 대한 연구와 천착이라는 사실을 잘 알 수 있다. 부레츠는 바로 그 점에서 가장 매력적이며 또한 독보적이다.

이 지점과 관련해서 2006년에 출간된, '우리가 철학함이라고 부르는 것은 무엇인가' 혹은 '우리는 무엇을 철학함이라고 부르는가' 하는 근본적 물음을 한나 아렌트Hannah Arendt의 정치철학적 문제를 중심으로 다룬 책인 『철학함이란 무엇을 일컫는가*Qu'appelle-t-on philosopher?*』가 특히 중요한 저작이라고 하겠는데 물론 2003년에 출간된, 헤르만 코헨Hermann Cohen, 프란츠 로젠츠바이크Franz Rosenzweig, 발터 벤야민, 게르숌 숄렘Gershom Scholem, 마르틴 부버Martin Buber, 에른스트 블로흐Ernst Bloch, 레오 슈트라우스Leo Strauss, 한스 요나스Hans Jonas, 에마뉘엘 레비나스Emmaneul Levinas 등의 유대계 철학자들을 통해 철학과 메시아주의의 사상사적 관계를 논했던 대작『미래의 증인들*Témoins du futur*』과 함께, 철학함의 작업이 단순히 하나의 '정전'이자 '집대성'처럼 출간되는 책의 형태 속에 있는 것이 아니라 예를 들어, 니체의 후기 유고들, 또는 벤야민의『아케이드 프로젝트*Passagen-Werk*』, 혹은 루트비히 비트겐슈타인Ludwig Wittgenstein의 정리되지 못한 노트들처럼 완성되지 못한 끊임없는 완성의 과정, 더 잘 실패해야 하고 또 그렇게 더 잘 실패할 수밖에 없는 진행의 도정과 실천에 있음을, 그리하여 그것이 또한 철학함의 가시성과 비가시성을 동시에 드러내는 일임을, 매우 '감각적으로' 보여 주는 지성의 작업물이라 하겠다.

바로 이 지점에서 나는 보이는 글쓰기와 보이지 않는 글쓰기에 대해서 생각할 수밖에 없다, 내 사유의 가시성과 비가시성, 그것이 수놓는 철학함의 현재적 역사성에 대해서. 그리고 또 생각한다, 너무도 쉽게 쓰이는 이 세상의 글들과 책들에 대해서, 그리하여 궁극적으로 철학함과 글쓰기라는 것이 어떤 것일 수 있으며 또 어떤 것이 되어야 하는가 하는, 거의 영원그래서 또한 순간에 가까운 저 물음에 대해서. 하여 다시금 묻자면, 철학함이란 무엇을 일컬음인가. 철학함이란 무엇보다 글쓰기의 형식이자 태도이며, 그것은 언제나-이미 저 순간의 완성으로 가는 영원한 미완성의 사이에서 출현하는 어떤 감행이다.

2019. 9. 19.

저는 어쩌면 철학자들을 위해 글을 쓰는 철학자일 것입니다. 그렇다고 직업적 철학자들을 위한 전문적인 글을 쓴다는 뜻은 물론 아닙니다. 저는 교재 집필자가 아니라 오히려 그 반대, 곧 모든 교본을 파괴하는 자입니다. 그들 대다수는 저와 서로 많은 영향들을 주고받았지만 제 글을 외면하거나—그러므로 읽지 않고 비판하는 것만큼이나 직업적으로 '철학적'인 게 또 있을까요—행여 읽는다 해도 애써 무시하고자 합니다. 하지만 이는 충분히—아프게—이해할 수 있는 부분이기도 합니다. 제가 그들을 위해 글을 쓴다고 말했던 저 '철학자'들이란 학위나 자격의 문제를 떠나 스스로 철학적 물음들에 깊이 전염되어 그 물음들이 없이는 결코 온전히 살 수 없는 이들만을 의미합니다. 바로 그런 의미에서 외견상 전혀 반대되는 뜻으로 읽힘에도 불구하고, 이러한 저의 '철학적' 태도는 알튀세르가 말했던 "비철학자들을 위한 철학"과 일맥상통하는 부분이 있습니다. 그러나 앞서 언급했던 '직업적 철학자들'과 또 전혀 다른 문제 하나는—그들의 문제가 어쩌면 의도적 오해일 터라면—소위 '비철학자들'에게 저는 바로 그 '오해'에조차도 이르지 못하는—혹은 그를 오히려 초과하고 마는—어떤 완전한 몰이해 속에 있다는 것입니다. 그러나 그러한 백척간두, 진퇴양난의 상황에서가 아니라면, 가장 급진적이고 근본적인radical 의미에서 철학을 수행할 수 있고 또 수행해야 할 다른 장소는 과연 어디에 있겠습니까. 저에게 철학이란 바로 이러한 양방향의 위기와 쌍생아 같은 난국의 안팎에서 일종의 불가능성을 자신의 수행성으로 삼는—다시 한번, '실천의 아포리아'가 아니라—'아포리아의 실천'입니다.

저는 바로 그 사이에서, 여전히 이렇게 쓰고 있습니다. 그렇기에 이 사이의 '자학'이란 마치 철학이나 문학처럼 어떤 학문 아닌 학문의 이름인지도 모릅니다.

날짜 없음.

소위 평론가라는 이들이, 그 스스로 아무런 미적 근거의 제시도 없이, 최소한의 인상비평'조차'도 되지 못하는 자신들의 알량한 '인상'만으로 어떤 작품에 별점을 매기는 행태를 어떻게 바라봐야 할까…… 별점 5개, 별점 3개, 별점 3개 반…… 1과 0.5 사이의 차이를 만들어 내는 세밀한 이 '수리-미학적' 근거는 과연 또 무엇일까?

연예인에 가까워진 어느 한 평론가의 말처럼, 나는 평론이 '사랑'이라고, 그 사랑의 '기록'이라고까지는 말 못하겠지만, 적어도 평론가라면, 한 작품의 살과 뼈 속으로 한 번쯤 깊숙하게 침잠하고 그 혈관과 신경들을 하나도 빼놓지 않고 통과하고 난 다음에서야, 그 작품을 통해 허물을 벗고 다시 태어나는 과정을 겪고 난 다음에서야, 비로소 그 무엇이라도 말할 수 있고 또 그렇게 말해야 하는 존재라고, 나는 생각한다.

세상에 소위 '평론가'는 많지만 '비평가'가 드문 이유도 어쩌면 바로 이것이 아닐까. 왜냐하면 평론은, 아니 비평critique은, 자아가 타자를 평가하고 재단하는 단순한 줄 세우기나 점수 매기기가 아니라, 타자를 통해 자아의 조건들을 깊이 성찰하는 자기-죽임sui-cide, 自-殺과 다시-태어남re-naissance, 復-活 사이의 끊임없는 왕복 운동이기 때문이다. 덧붙여, 우리의 밴드 3인조 음악집단 '레나타 수이사이드Renata Suicide'라는 이름의 탄생/부활이 지닌 어원의 여정에는 바로 이러한 죽임과 태어남의 '사이'가 있다.

같은 날, 앞서서.

비평에 대하여

— encore un effort !

어쩌면 비평critique이 가능하기 위해서 우리는 아무것도 몰라도 될 것이다. 곧 가장 예리하게 벼린 감각을 활용하기만 하면 된다. 이것이 비평에 대한 첫 번째 가설이다. 편의상 이 첫 번째 가설을 비평에 관한 '순수주의적' 가설이라고 칭해 보자.

그러나 이러한 감각이 어떻게 형성되는가 하는 문제와 관련된 두 번째 가설이 등장한다. 비평이 가능하기 위해서 우리는 모든 것을 알아야 하고 모든 것을 느껴야 할 것이다. 역시나 편의상 이 두 번째 가설을 비평에 관한 '완벽주의적' 가설이라고 칭해 보자. 철학, 문학, 미술, 음악, 연극, 영화, 만화, 건축, 디자인 등등, 최소한 이렇게 제도화된 학제discipline들과 그러한 분과를 이루고 있는 모든 것'이라도' 우리는 총체적으로 알고 느껴야 한다. 그러나 오늘날의 비평가들 혹은 평론가들은 단순히 한두 분야 속에 침몰된 채 자신들이 그 분야의 '전문가'임을 내세우며 몇 마디를 보탠다. 웃기고 불쌍한 일이다, 특히나 자신들의 비평이 얼마나 편협한 사고의 결과물인가를 그 스스로가 파악하지 못하면서 그렇게 하고 있다는 점에서 더더욱. 그들은 사이를 보지 못하는 것이다.

여기서 앞의 두 가설을 넘는 또 하나의 강력한 가설이 등장하는데, 편의상 이 세 번째 가설을 비평에 관한 '이데올로기적' 가설이라고 칭해 보자. 말하자면, 저 '순수주의적' 가설과 '완벽주의적' 가설 그 자체들을 성립시키는 요소들, 다시 말해 저 예리하고 순수한 감각에의 호소와 저 완벽하고 광범위한 지성에의 요구를 모두 성립시키는 가능 조건들은 무엇인가, 세 번째 가설이 비평에 대해 묻고 있는 것은 바로 이것이다. 그러므로 자칭 비평가들이여, 타칭 평론가들이여, 말살될 운명의 종족이여, 이미 멸종 위기에 놓인 지 지독히도 오래된 동족이여, 다시 한번 사드Sade 후작의 말씀을 차용하고 변용하자면, 우리 비평가 시민들이여, 다시 조금만 더 노력을encore un effort !

2012. 10. 5.

과-미학화되는 세계의 진단과 기화되는 예술의 감지 사이

— 이브 미쇼와의 대담

파리 시간 2024년 2월 21일 수요일, 비 내리는 오후, 프랑스의 철학자이자 미학자인 이브 미쇼Yves Michaud와 그의 자택에서 대담을 가졌다. 현대 예술에 관한 이브 미쇼의 미학적 논의를 전반적으로 회고함과 동시에 그 시각을 통해 바라본 사진예술, 한국의 사진작가 배병우의 작품 세계에 대한 대화가 이루어졌다. 프랑스어로 진행된 이 대담은 올해 서울의 옵스큐라OBSCURA 갤러리 출판사를 통해 출간 예정인 사진작가 배병우 작품론을 다루는 책 *Bae Bien U : Sacred Wood*의 한 부분으로 나의 영어 번역을 통해 수록된다. 책 속에는 이 대담과 나의 다른 비평을 포함해, 명지대 석좌교수 유홍준과 배병우 작가의 대담, 그리고 일본의 미술사가 치바 시게오千葉成夫, 독일 뒤셀도르프Düsseldorf 예술대 교수 로베르트 플렉Robert Fleck, 독일 비평가 토마스 바그너Thomas Wagner 등의 작품 비평 또한 함께 수록될 예정이다.

한국에서도 『기체 상태의 예술』, 『예술의 위기』 등 여러 번역본들을 통해 소개된 이브 미쇼의 미학적 논의는 가장 최근에 프랑스에서 출간된 『"예술은 완전히 끝났다*L'art, c'est bien fini*"』에서 결정적으로 드러난다. 그에 따르면 현재의 미학적 체제는 과-미학화hyper-esthétisation라는 현상으로 요약된다. 과거에 예술이라고 불렸던 것뿐만 아니라 우리 생활 주변의 거의 모든 것들이 과도하게 '미학화'된다는 것이다.

고전적이고 낭만적인 기준에서의 근대 예술이 예술 작품이라는 사물 자체의 유일무이한 아우라aura로부터 가능했던 것이라면, 현대 예술은 그 작품이라는 사물로부터 벗어나 모든 것을 예술로 만드는 일종의 '기체화'된 상태, 곧 분위기atmosphère와 경향tendance으로서 존재하게 되었다는 것이다. 그러므로 현대 예술은 "미학의 승리le triomphe de l'esthétique", 다시 말해 미학 자체가 예술을 대체하는 체제로 볼 수 있다. 그러한 상황에서 예술은 작가만의 영역을 떠나서, 한편으로는 미술을 분류 없이 분류하며 아카이빙 없이 아카이빙 하는 미술관, 거대 기업의 미술 재단, 미술 시장 등의 영역에서 더욱 경제화/금융화되었으며, 동시에 다른 한편으로는 SNS나 장소특정적 예술 행위 등을 통해 어디에나 '공기'이자 '분위기'로서 존재하는 것이 되었다.

이러한 상황에서 사진은 단순히 현실을 재현하는 매체가 아니라 현실 그 자체를 새롭게 규정하는 것이 된다. 이러한 현실은 SNS의 셀카, 자기 광고들을 통해 극대화된다. 사진은 사물 그대로를 담는 것이 아니라, 거꾸로 사진이 포착한 것이 존재의 현실을 규정하는 것이다. 이러한 맥락에서 배병우 작가의 소나무 사진들은 자연을 자연 그대로 담아내는 것이 아니라, 오히려 그렇게 포착된 사진 속에서 재구성된 자연을 표현한다. 소나무라는 자연적 사물은 단순히 중립적인 '자연'이 아니라 '구성된 문화'이다. 이 문화가 바로 민족적이며 사회적인 정체성identité을 구성한다. 소나무의 이미지는 한국인들과 유럽인들 사이에서 전혀 다른 지각의 방식으로 경험된다. 그런 의미에서 배병우의 사진은 '보는' 것이 아니라 '느끼는' 것이다. 사진 역시 이러한 의미에서 '작품'이라는 사물보다는 '분위기'라는 예술적/사회적 현상으로서 존재한다. 배병우의 한국 종묘, 고궁, 왕릉의 사진들, 프랑스 샹보르성의 숲 사진들 역시 이러한 맥락에서 이러한 사회적 정체성의 구성과 문화적 차이를 '느끼게' 해주는 미학적 이미지들로 기능한다.

우리가 알던 고전적 예술의 상태와 규정은 이미 '완전히 끝났다'. 미쇼는 예술을 통한 해방의 가능성을 부정한다. 그 대신에 이러한 '기체 상태'의 분위기와 경향으로 존재하는 현대 예술의 상황에 대한 미학적 '진단'을 통해 우리의 예술적 행위가 어떤 방향으로 진행될 것인가를 '감지'한다.

2024. 2. 21.

파리스 보르도네Paris Bordone의 작품,
〈수태고지L'Annonciation〉 1545~50.

보통 일직선상에서 서로를 마주하여 만나고 있는 마리아와 천사의 모습으로 표현되는 수태고지 주제의 일반적인 그림들과는 다르게, 보르도네의 이 작품에서는 마치 서로가 전혀 아무런 상관이 없는 듯, 성령의 상징인 비둘기와 함께 등장한 천사의 왼쪽 화면이 마리아가 전면에 배치된 오른쪽 화면과 완전히 유리되어 있다. 극대화된 공간감이 주는 대비와 분리 속에서 내가 발견하는 것은, 접촉 없는 현시,

사라짐으로써 [비로소] 현현하는 매개자, 곧 존재들의 우연 속에서 구성되[고야 마]는 어떤 부재의 필연이다. 기둥들은 그렇게 이 사이를 나누며 유리시키는 동시에 그 간격을 통해 다시 통합한다.

캉 보자르 미술관에서.

Au Musée des Beaux-Arts de Caen.

2019. 10. 6.

파올로 칼리아리Paolo Caliari, 일명 베로네세Veronese의 작품, 〈성 앙투안의 유혹La Tentation de Saint Antoine〉.

성 앙투안의 유혹이 지닌 거대한 환영illusion/vision의 풍경을 눈앞에 펼쳐 보여 주는 일반적인 그림들의 구성과는 매우 다르게, 베로네세 초기의 가장 중요한 작품들 중 하나로 꼽히는 이 그림에서는, 마치 손에 닿을 듯하고 바로 곁에 서 있는 듯한 저 '유혹'과 '시련' 사이의 물리적 실체가 압도적으로 다가온다.

캉 보자르 미술관에서.

Au Musée des Beaux-Arts de Caen.

같은 날, 뒤이어.

태생적이랄까, 체질적이랄까, 아니면 차라리 사후적이랄까, 내가 스스로 생각하는 나 자신은 예민하고 섬세한 부분이 도를 넘을 정도로 지나친 사람이라서, 거꾸로 아주 조금이라도 예민하지 않고 섬세하지 않은 거친 것을 보거나 그런 사람을 마주하면 그냥 지나치거나 무시하지 못하고 일단 본능적인 거부감부터 일어난다. 이것은 분명 나의 문제라고 생각한다. 그러나 나도 어쩔 수 없다. 내 나름대로는 지금까지 살면서 그러한 즉발적인 거부감을 줄이고 되도록이면 둥글게 살아 보려고 노력했다고 생각하는데, 매번 그러한 노력에 보기 좋게 실패하는 나 자신을 발견하곤 한다. 예민하거나 섬세하지 못해서 차라리 내게는 무지와 무례로 보이는 것을, 나는 결코 참아 내지 못한다.

그런데 엊그제는 반대로 아주 작은 일에, 그러나 그만큼 크게, 감동했던 일이 있었다. 프랑스 친구들과 나는 가끔씩 파리의 한국 식당들을 순례하곤 한다. 내 프랑스 친구 A가 한 식당에서 B가 바닥에 떨어뜨렸던 젓가락을 다시 탁자 위로 올려놓자, 그 장면을 유심히 보고 기억했던 모양이다 나는 그것을 분명히 느낄 수 있었는데, 왜냐하면 나 역시 그런 종류의 사람이기에 그 장면을 염두에 두고 있었기 때문이다. 시간이 조금 지나 C가 식당에 도착하여 B가 떨어뜨렸던 바로 그 젓가락을 사용하려고 하자, A는 C에게 '그 젓가락은 좀 전에 바닥에 떨어졌던 것이니 새것을 달라고 해야겠다'고 말했다. 옆에서 이 모습을 지켜보던 나는 왠지 이 말에 잔잔하지만 깊은 감동을 느낄 수 있었다. A는 그만큼의 섬세한 주의력과 사려 깊은 성격을 갖고 있는 사람인 것이고, 내가 감동적으로 느낄 수 있었던 것이 바로 그것이었다. 나는 그 사실 자체에 감동한 것이다. 이는 아주 사소하게 보이는 일일지 모르지만, 그런 미세한 부분에서 발휘되고 표출되는 예민하고 넓은 섬세함이야말로 내가 가장 아끼고 사랑하는 것에 다름 아닌 것이다. 그리고 물론 이 모든 것을 느끼기 위해서는 그만큼의 섬세한 감각적 관찰이 필요하다.

그로부터 두어 시간이 지난 후 우리는 함께 장소를 옮겨 술잔을 기울이며 담배를 피웠는데, A가 담배를 피울 때 그에게서 재떨이가 약간 멀리 떨어진 곳에 있길래, 나는 말없이 재떨이를 그에게 조금 더 가까운 곳으로 손가락을 이용해 살짝 밀어 놓았다. 이 행동은 사실 거의 보이지 않았다. 왜냐하면 나는 그러한 행동을 보통 대화 중에 아무도 알아차릴 수 없을 정도로 조용히 하기 때문이다. 그런데 여기에서 나는 두 번째로 감동하게 되었는데, A가 나의 그 보일 듯 말 듯한 몸짓을 절대 놓치지 않고 나에게 감사하다고 그 역시 대화 중에, 그러니까 진행되던 대화를 전혀 방해하지 않고서도 나직하게 말했기 때문이었다. 그러니까 그는 나의 그 보이지 않는 작은 행동이 그를 위한 배려였다는 사실을 분명하게 인지했던 것이다. 그러므로 나는 이 두 번째 감동을 통해 아까의 첫 번째 감동이 결코 틀린 감정적 판단이 아니었음을 재차 확인할 수 있었던 것이다. 다시 말하자면, 나는 이런 종류의 예민함, 그러니까 아주 작은 부분들 단 하나도 놓치지 않으며, 감정의 미묘한 선을 예리하게 떨리게 하여 큰 울림을 만들어 내는 섬세함을 사랑하는 것이다. 이는 일견 사소해 보이지만 '보이지 않아서' 더욱 드물고 고귀한 인간에 대한 예의이며, 이것은 나의 강박적인 집착이기도 하다.

이 일화는 물론 아주 작은 하나의 사례일 뿐이다, 내가 생각하는 섬세함과 예민함의 정도가 어떤 것인지, 그리고 그 정도가 서로에게 인지되는 형태와 방식에 대한 나의 이상이 어떤 것인지, 그 미세하게 떨리는 세부를 서로 감지할 수 있는 관계가 존재하는 세상에 대한 나의 절망에 가까운 희망이 어떤 것인지를 단편적으로나마 설명할 수 있는 하나의 사례 말이다. 하지만 불행히도 이런 느낌을 받을 수 있는 일상의 소사는 말 그대로 드물고 귀하다.

그러나 지금 나의 일반적인 삶은 어떠한가, 생각이 거기에 미치지 않을 수가 없다. 어떤 의미에서, 나는 그러한 예민함과 섬세함으로 부서지기 쉬운 신경을 갖고 있으면서도, 반대로 그토록 예민하고 섬세한 신경을 감출 수 있는 가면 또한 갖고 있다고 생각한다. 그러나 그 가면 역시 그리 두껍지는 못하다. 그 가면도 결국에는 내구성이 다하면 닳게 되고 그래서 쉬이 지치고 피곤하게 되는 것이다. 내가 진단하고 판단하는 현재 나의 상태는 바로 그런 것이다, 가면의 노화와 쇠락. 그 노화와 쇠락은 더욱 빠를 수밖에 없다는 점에서도 나는 너무 신경질적으로 섬세한 신경 상태를 갖고 있다. 모든 것에 화가 나다가도 또 바로 모든 것에 감사하게 되는 광폭한 광기의 정신 상태라고도 할 수 있다.

그래서 나는 이제 그 어떤 가면도 쓰고 싶지 않다. 내구성이 다하여 너덜너덜한 종이 쪼가리처럼 되어 버린 그 가면을 버리고 싶다. 나는 내가 상정한 예민함과 섬세함의 세계 속에서 그 기준을 희생하지 않으며 살고 싶다. 그러한 기준을 과하다고 말하는 모든 것, 모든 사람, 모든 상황들과 이제는 결코 타협하고 싶지 않다. 내게 무지이자 무례라고 느껴지는 모든 예민함과 섬세함의 부재에 대한 나의 허탈한 분노의 감정이 정당하게 생각되는 조건 속에서 살아가고 싶다. 나는 이 모든 보이지 않을 정도의 미세한 떨림을 서로 느낄 수 있는 관계가 보편화된 세계를 원한다. 그리고 나는 이러한 세계에 대한 나의 헛된 희망을 결코 버릴 수 없고 버리지도 않을 것이다. 미래futur는 모든 것을 향해 열려 있고, 장래avenir란 아직 이곳에 도달하지 않은, 여전히 예측할 수 없는 어떤 것이다. 미세하게 떨리는 무음에 가까운 어떤 소리들에, 아무런 몸짓 없이도 예리하게 귀를 기울일 수 있는, 그 불가능에 가까운 예민함과 섬세함의 어떤 가능성에, 나는 내 생애 전부를 걸고 무모하지만 절실한 내기를 하고 싶다. 물론 내 스스로도 인정하거니와, 이는 정말 바보 같은 승산 없는 내기이다.

2019. 6. 17.

피할 수 없이, 예술의 정치

아무리 생각해도, 또 아무리 애를 써봐도, 오직 예술밖에는 없는 것 같다. 우리의 몸은 여전히 모든 것이 충돌하는 전장이고, 예술은 언제나 바로 그 현재에서 가장 격렬하게 정치적인 행위이다. 예술은 그러한 미학-정치 위에서 작동하는 이데올로기이자 감각적인 것의 체제이다.

2019. 10. 14.

콩트르샹 출판사Editions Contrechamps 같은 훌륭한 음악 도서 전문 출판사 덕택에, 카를하인츠 슈톡하우젠Karlheinz Stockhausen이나 죄르지 리게티와 같은, 내가 실로 온 마음을 다 바쳐 존경해 마지않는 혁명적 작곡가들이 직접 쓴 글들을 이렇게 한곳에 모아 놓고 편하게 읽을 수 있게 된 것은, 참으로 소중하고 감사한 일이 아닐 수 없다. 피에르 불레즈 또한 그 자신이 명문장가이고, 리게티의 결코 적지 않은 글들 또한 현대음악의 핵심적 개념과 기획들을 이해하는 데에 실로 필수불가결한 또 하나의 '예술 작품'이지만—나는 소싯적에 번역도 되지 않은 리게티의 2권짜리 저작 전집Gesammelte Schriften을 독일어로 띄엄띄엄 읽느라 얼마나 많은 고생을 했던가—최근에 이 출판사의 판본 덕분에 비로소 읽기 시작한 슈톡하우젠의 깜짝 놀랄 만한 글들, 그리고 불어 번역으로 다시 기억을 확인해 가며 읽기 시작한 리게티의 명불허전의 글들, 또 다른 '음악들'의 매력은 아무리 강조해도 지나치지 않다. 결국 현대음악을 이해하고 향유한다는 것은, 철학적이고 개념적인 작업, 더 적확히 말해서, 궁극적으로 우리를 둘러싼 소리의 시공간을 어떻게 직조하고 구조화하며 또한 감각화할 수 있는가 하는 근본적인 물음의 작업을 떠나서는 결코 가능하지 않은 일이라는 것, 이 사실 역시 아무리 강조해도 지나치지 않다. 환원주의의 위험에 빠지지 않도록 언제나 날이 바짝 서 있을 정도로 경계하면서, 나는 여전히 이렇게 말할 수 있다, 대단히 다양하고도 복합적인 의미들의 망 안에서, 음악은 감각화된 텍스트이며, 텍스트는 구조화된 음악이다. 그리고 또한 그것이 내가 말하는 "사유의 악보"의 여러 얼굴들이기도 하다. 나는 지금껏 그렇게 음악과 글 사이에서, 글쓰기와 음악하기 사이의 틈들 속에서 작업해 왔다.

2017. 10. 25.

니콜라 푸생Nicolas Poussin의 회화와 아시리아의 유물들 앞에서.

니체의 말을 따라, 언제나 어린아이처럼 살아야 한다. 그것이 니체적인 맥락에서 가장 [건]강한 존재일 것이다. 푸생이 그린, 자신의 마지막 소유물인 사발을 던져 버리는 디오게네스처럼.

Selon Nietzsche, il faut vivre toujours comme un enfant, qui sera le plus fort dans le contexte nietzschéen, comme Diogène jetant une écuelle, son dernier bien, peint par Poussin.

그러나 어린아이가 될 수 없다면 차라리 사자의 삶이 더 낫다.

Mais si tu ne peux pas être un enfant, il est plutôt mieux de vivre la vie d'un lion.

2018. 11. 20.

가장 강한 존재에 대해 생각한다. 돌이켜 보면, 그 언제나 '국민'의 생명을 헌신짝보다도 못한 것으로 취급하던 '국가'였다. '시민'의 아픔을 그저 개인적인 울분으로만 취급하던 '사회'였고, 그래서 그 슬픔을 함께하고 그 아픔을 나누면서 공동의 해법을 발견하기 위해 힘을 모으기보다는, '이제 그만해라', '그 정도면 됐다'면서 여전히 '가만히 있으라'고만 말하는, 그저 강한 척만을 하기에도 바쁜 파렴치한 나라였다. '구조적'으로 우리 전체에게 일어날 수 있는 일들을 단지 운이 나쁜 일부 사람들의 '개인적'인 불행으로 치부하기만 하는 세상이었다. 강한 척하지만 가장 나약하고 비겁한 국가였다.

언제나 그래 왔다. 그리고 여전히, 완전히 해결되기는커녕, 조금이라도 해결된 일조차 전혀 없는, 그런 세상은 계속되고 있는 중이다. 70년 전의 제주 4·3도, 40년 전의 광주 5·18도, 아직 완전히 밝혀지지 못한 채 그 가해자와 학살자들은 오히려 호의호식하며 잘살아 왔는데, 이런 세상에서 "아직" 또는 "이제서야 겨우" 5년밖에 지나지 않은 세월호 사건의 진상 규명을 간절히 원하고 철저히 바라는 마음은 어쩌면 '사치'에 불과한 것일까. 니체적인 의미에서, 우리는 강해져야 했다.

개인적으로 문재인 정부에 대해 크게 기대한 것은 없었지만 그것은 어쩌면 단지 '최소한'의 운동이었던 촛불이 역시나 '최소한'으로 마련할 수밖에 없었던 제도적 형태일 뿐이었다, '최소한' 자신들이 촛불의 적자임을 내세우는 한, 세월호 사건에 대한 진상 규명만큼은 '최소한' 제대로 될 줄 알았다. 그러나 우리 모두가 아는 대로, 그런 일은 일어나지 않았고 여전히 일어나지 않고 있다.

당신들이 조국이냐 아니냐 하는 문제에 마치 당신 자신들의 프티부르주아적이고 자유주의적인 정치 신념 전체가 걸려 있는 양 '목숨'을 내걸었을 때, 그리고 그 문제를 마치 '검찰 개혁'이라는 절체절명의 과제를 풀기 위한 마법의 해법처럼 여기면서 "조국 수호"라는 대단히 중의적이고 징후적인 모토를 내걸었을 때, 그 반대편에는 다른 사람들이 있었다[그리고 어떤 의미에서 2023년 현재 우리는 '윤석열 정부'라는 형태로서 그 모든 정치적인 패착들이 도달하고 만 거대한 증상이자 흉측한 징후를 정치적으로 직접 경험하고 있다고 말할 수 있다].

자신들의 '목숨'을 내걸고자 해도 전혀 그렇게 할 수 없었던 사람들 왜냐하면 그들은 두 번 죽고 세 번 죽었기 때문이다, 그 정도로 무언가를 '수호'하고 싶었지만 수호할 대상을 잃어버린 사람들 왜냐하면 그들은 지킬 것을 잃어버린 채로 그래도 희망을 지키고자 절망과 싸우고 있는 사람들이기 때문이다, 그 사람들이 여전히 존재하고 있었고 지금도 그렇게 존재하고 있다.

이 부재하는 존재들, 마치 이 세상에서는 보이지 않는, 없는 것처럼 취급되는, 그러나 분명히 거기에 있는 사람들, 그들의 삶은 이 '나라', 이 '사회'에서 지금까지 그래 왔듯이 계속해서 망각되고 마는 것일까. 우리가 피켓을 들고 거리에 나서서 함께 목소리 높여서 쟁취해야 할 일이 있다면, 그것은 '조국'이라는 한 개인의 고유명을 상징화하여 수호하는 일이 아니라, 바로 저 사람들이 살아야 하고 또한 그들의 다른 이름인 우리들이 함께 살아야 하는 이 '조국'이라는 보통명사를 지키고 바꾸며 뒤엎어서 바로잡아야 하는 일이 아닐까. 그리고 이 가장 근본적인 물음에 대한 응답은, 여전히 우리 안에서 계속해서 '다음으로' 끝없이 미루어지고 있는 것은 아닐까. 다음은 없다, 오직 그 사이들만이 있을 뿐이다.

지금의 세계를 보라, 칠레를 보고 에콰도르를 보고 아이티를 보라, 레바논을 보고 이라크를 보고, 그리고 홍콩을 보라. 그리고 다시 한국을 보라. 바로 이러한 의미에서[만], 우리는 여전히 국제주의자internationaliste가 되어야 한다. 이 부정하고 부당한 세상과 싸워야 하며, 그렇기 때문에 싸우고 있는 것은, 결코 우리만이 아니다. 그러나 그에 대한 응답은 오직 우리만의 것이다. 우리-사이의 이름도 없고 국적도 없는 국제주의적 연대는 다시 그렇게 시작되어야 한다.

2019. 11. 1.

철학에 의 사명 같은 것을 생각했던 적이 있었다. 그때는 내가 더 어린 시절이었고, 게다가 20세기 말이었다 여기서 이 "시절"과 "세기"라는 단어들의 용법 자체가 이미 내가 어떤 '시대정신Zeitgeist'에 속해 있[었]는지를 너무도 극명하게 알려 주는 표지가 된다, 물론 여전히 메타적인 술어로도 '시대정신'이라는 말을 사용한다는 바로 그 사실 자체도 역시나…… .

지금은, 글쎄, 철학의 그런 역사적 사명 같은 것은, 마치 근대문학의 종언과도 마찬가지로, 개인적으로나 집단적으로, 일종의 '종언'을 고했다고 생각하는 편이다. '우리'의 철학은 차라리 '종언'의 선언과 현상과 배후에서 그 징후를 진단하고 그 여파를 읽어 내야 하는 일이다. 또는 이렇게도 생각한다. 그 주제가 '인간의 죽음'이었든 '차이와 타자의 복권'이었든 '철학의 예술화'였든 '미학의 정치화' 혹은 거꾸로 '정치의 예술화'였든 간에, 무의식적으로 비 존재와 비 본질을 논하던 절대적/상대적 '철학의 역사'를 포괄하는 철학은 이제 종언을 고했다고. 다시 말해서, 이제는 어떤 새로운 '역사의 철학'이, 그것도 스스로 상정하기만 하면 되었던 어떤 유일한 중심부에서가 아니라 그 스스로 계속해서 인식해야 할 수밖에 없는 어떤 무수한 주변부에서, 그렇게 소환되고 필요해지며 또한 요구되고 있다고.

미셸 푸코가 '성/섹슈얼리티의 역사'를 말하면서 사용했던 핵심적인 술어들인 "존재/실존의 미학esthétique de l'existence"과 "진실에 의 용기courage de la vérité"를 통과하지 않고서는 우리에게 그 어떤 해방

émancipation도 가능하지 않을 것이라는 점을 끊임없이 상기하고 암시했듯, 현재 우리에게 가장 절실하고 가장 시급한 생존과 계급의 중대한 문제들 중 하나는 이 성sexualité을 둘러싼 이 주체성subjectivité의 구성과 그에 따르는 이론적/실천적 투쟁에 다름 아니다. 그러므로 또한 질 들뢰즈가 말했듯 거기에 나만의 첨언을 더하자면, 철학의 사명이 하나의 절대적인 사명이 아니라 하나의 정세적인 개입이자 개념적인 창조인 한에서, 철학은 "권력과 '대화'를 할 수 있는 것이 아니라la philosophie ne peut pas parler avec les puissances 오직 '협상'만을 추진할 뿐이다mène seulement des pourparlers". 당연히 이러한 '협상'이 편안히 탁자 위에 앉아 나눌 수 있는 공론 같은 것이 될 수는 없을 것이다. 그러한 '협상'이란 차라리 "권력에 대항하는 일종의 게릴라une guérilla contre les puissances"라는 어떤 '투쟁'의 형태로부터 기대되고 시도될 수밖에 없는 것이다.

뿌리 깊은 남성 권력에 대항하는 새로운 역사의 철학은 이제 이 '여성' 주체라는 계급의 해방을 하나의 중요한 목표이자 축으로 삼지 않고서는 결코 성립할 수 없는 어떤 것이 되었다. 그러한 점에서도 철학은 "일종의 전투 없는 전쟁une guerre sans bataille", 곧 하나의 게릴라전을 수행할 수밖에 없는 것, 그러면서 전체적인 전쟁의 판도와 그 전선을 끊임없이 진단하고 파악할 수밖에 없는 것. 최소한 이 모든 비극적인 죽음들이 다시는 일어나지 않기 위해서라도, 그리고 최대한 이 죽음들에 대한 모든 슬픔과 분노의 정동이 새로운 체제를 바로 지금 여기에 도래시키는 역사의 천사로 작동하게 하기 위해서라도.

그러므로 철학의 사명보다는 이제 철학의 운명이라는 말을 쓰고자 한다. 젠더만이 이 '시대'의 문제인 것은 물론 아니다. 다시금 반복하자면, 우리가 주체성이라는 말을 재사용하든 역사라는 개념을 재활용하든 권력과 지식과 타자와 해방이라는 술어들을 재창조하든, 철학은 운명처럼 정해진 사명을 따르지 않고 이제 사명처럼 주어진 운명의 길을 스스로 내어 갈 것이다. 그리고 그 사이의 길 위로 철학의 천사가 악마의 모습으로 강림할 것이다.

2019. 11. 25.

장르 불문

— 플라톤과 아리스토텔레스 사이

장르를 가리지 않고 거의 모든 음악을 들어 왔으며 또 듣고자 노력하는 나에게도 일반적으로 결코 정이 가지 않는 두 가지 장르의 음악이 있다. 힙합과 컨트리가 바로 그것물론 모든 다른 감정의 규칙들에서처럼 이러한 와중에도 몇 가지 예외들이 있기는 하다, 단적인 예를 들면, 비스티 보이스Beastie Boys와 드렁큰 타이거Drunken Tiger, 그리고 K. D. 랭Lang의 경우가 바로 그런 예외들이다. 그 이유를 나 자신도 정확히 이야기할 수는 없지만또는 이야기하기가 싫지만, 왠지 인류 역사에서 가장 유명할 이들 중 두 사람을 묘사한 이 그림부분 으로 바로 그 이유를 대체할 수 있다는 기이한 확신이 드는 것은 어쩔 수 없다. 다시 말해, 플라톤Πλάτων과 아리스토텔레스Ἀριστοτέλης 사이. 각설하고, 장르를 불문하고 누군가를 재단하고 평가하기 위해 또 다른 누군가를 주어진 권좌에 앉게 하는 서바이벌 콘테스트의 프레임을 아무런 반성도 없이 받아들이는 음악계 안에서 진정 음악 그 자체는 이미 사라진 지 오래라고 생각한다. 그러나 이러한 '진정성'의 오래된 프레임을 넘어, 또한 음악은 바로 그 서바이벌 속에서 다른 삶과 죽음을 벌써 꿈꾸고 있다. 그러므로 비판의 지점은 음악의 장르와 상품으로서의 유통 체계에 있다기보다는 바로 그러한 체제와 상호작용하는 음악 현상 자체의 변화 과정에 가닿아 있는 것. 플라톤의 시인 추방이라는 악몽을 매일 밤 꾸는 아리스토텔레스의 시학적 현실태, 그것은 장르를 불문하고 콘테스트라는 형식 속에서 매일 낮 다시 테스트를 받고 있다.

2016. 11. 27.

ÉDITOS/

Le 5 décembre, une grève «corporatiste»?

Par LAURENT JOFFRIN
Directeur de la rédaction

Il me semble que c'est un très bon exemple des symptômes paradoxaux de notre société capitaliste, cette coexistence/cohabitation surréaliste entre un article pour la légitimité de la grève des ouvriers/salariés au sommet de la crise de l'ultra-libéralisme et une publicité "Black Friday" pour la fête des acheteurs/consommateurs au sommet de la prospérité de l'ultra-consumérisme sur la même page.

Autrement dit et philosophiquement parlant, c'est l'un et les deux visages à la fois des phénomènes fondamentaux et cruciaux de nos jours.

신문의 같은 페이지에 병치된, 초-자유주의의 위기의 정점에 놓인 임금

노동자들의 파업의 정당성을 옹호하는 한 기사와 초-소비주의의 번성의 정점에 놓인 구매자/소비자들의 축제를 옹호하는 한 '블랙 프라이데이' 광고 사이의 이 초현실적인 공존/동거, 내게는 이것이 우리 자본주의 사회의 역설적 징후들을 가장 잘 보여 주는 사례로 보인다.

달리 말하자면그리고 철학적으로 말하자면, 이는 우리 시대 근본적이고 중추적인 현상들 중의 하나그리고 동시에 그 두 얼굴이다.

2019. 11. 27.

American politicians ask if this "antisemitic" behaviour can be admitted, and they always force to answer their question only with yes or no. This scene shows the very crisis of our democratic system. They avoid the humanistic and democratic conversation and just demand one fixed answer. Their 'yes or no' question presupposes that all these protests against war genocide and for world peace are linked to antisemitism. Of course, I understand European and American trauma of their historical tragedy of holocaust and of their own crime, too. But this time, people ask them if this "antihumanistic" question that forces only yes or no can be admitted to our democracy. It is them who have to answer this question. We have to protect our democracy from politicians' totalitarianism. Neither antisemitic nor antipalestinian we are, we have to fight against antihumanism in this war and against antidemocracy in this society.

Our democracy is a fragile art trembling between the surfaces of these problems, not between yes and no.

미국의 정치가들은 이러한 "반유대주의적" 행위가 과연 용인될 수 있는지를 물으며, 그들의 질문에 오직 '예'와 '아니오'로만 답하기를 계속해서 강요한다. 이것이 바로 우리의 민주주의 체제가 처한 위기를 잘 보여 주는 장면이다. 그들은 인본주의적이고 민주주의적인 대화를 피한 채 그저 하나의 고정된 대답만을 요구한다. 그들의 '예/아니오' 질문은 전쟁 학살에 반대하고 세계 평화를 위하는 이 모든 시위들이 반유대주의와 연결되어 있다고 전제하는 것이다. 물론 나는 유럽과 미국이 홀로코스트라는 역사적 비극에 대해 품고 있는 트라우마를 그리고 그들 자신의 죄악 또한 이해한다. 하지만 이번에는 세계 인민이 그들에게 물어야 한다, 오직 '예'와 '아니오'만을 강요하는 이러한 "반인간적인" 질문이 과연 우리의 민주주의 안에서 용인될 수 있는 것인지. 이제 우리의 이 질문에 그들이 답할 차례이다. 우리는 이러한 정치가들의 전체주의로부터 우리의 민주주의를 지켜 내야 한다. 우리는 반유대적이지도 반팔레스타인적이지도 않다. 우리는 전쟁 속에서 펼쳐지는 반인본주의와 우리 사회에 만연해 있는 반민주주의와 싸울 뿐이다. 우리의 민주주의는 '예'와 '아니오' 사이가 아니라 이러한 문제들의 표면들 사이에서 떨리는 하나의 불안정한 예술이다.

2024. 5. 12.

도주와 사랑 사이

— 엘렌 식수의 강의록들

3년 전부터 출간되기 시작한 엘렌 식수Hélène Cixous의 강의록들은 정말 개인적으로 번역은 되도록이면 피하고 보는 내향적인 성격이지만—아니면 차라리 그 해당 언어 학습에 도전하고 마는 뒤틀린 성격이지만—한번 착수하게 되면, 완벽하지 못한 자로서의 완벽주의를 추구하게 되는 내 또 다른 성격에 비춰 몇십 년이 걸리더라도 한번 한국어로 번역해 보고 싶은 충동이 일어나는 책들이다. 이런 드문 충동을 느끼는 건 조르주 바타유의 저작들 이후 참으로 오랜만이다.

식수의 첫 번째 세미나2001~2004 인 『도주의 문학*Lettres de fuite*』이 출간되었던 2020년에 나는 이 두꺼운 책을 오랜 시간 소중히 붙잡고 있었다. 그 안에 담긴 식수의 모든 '말'들은—그 말들이 포함하고 있는 너무나 다양한 문학적 전거나 자료와 더불어—세션에 따라 진행되는 세미나의 언어 유한의 공간 임과 동시에 단락되지 않고 끝없이 이어지는 시적 언어 무한의 시간 이기도 했다. 그 언어에 푹 빠져 지냈던 것 같다. 마치 그 유한한 문자들의 공간 안에 무한한 시의 시간이 있는 것처럼. 이어 올해 2023년 9월에 다시 두 번째 세미나2004~2007 인 『사랑해야 한다*Il faut bien aimer*』가 따끈따끈하게 출간되었다. 한동안 이 언어에 또다시 마법처럼 붙들려 있을 것 같다. 저 도주와 사랑 사이에서.

나는 메두사의 웃음 너머로 에로스의 눈물을 삼킨다.

Je ravale les larmes d'Éros au-delà du rire de la Méduse.

2023. 11. 7.

추상과 여성주의

— 다시 프랑크푸르트에서

리 크라스너Lee Krasner 회고전에서.

À la rétrospective de Lee Krasner.

Peut-on utiliser le terme « l'abstraction féminine/féministe », en ajoutant un adjectif pour déconstruire l'ombre sur l'opération philosophique ou l'expression artistique de l'abstraction qui semble objective et même absolue ?

우리는 과연 '여성적/여성주의적 추상'이라는 말을 쓸 수 있을까, 일견 객관적이고 절대적인 것으로 여겨지는 저 '추상'이라는 철학적 작용 혹은 예술적 표현에 드리워 있는 어떤 그늘을 해체하는 하나의 형용사를 덧붙임으로써?

Schirn Kunsthalle, Frankfurt am Main, 25/10/2019.

2019. 11. 9.

잡지의 물성

— sujet et objet

나는 통칭하여 '잡지'라고 불리는 간행물의 한 장 한 장을 손으로 넘기며 읽을 때 종이와 손가락 사이에서 느껴지는 바삭거리는 물성matière이 안겨 주는 어떤 '낮은 물질주의bas matérialisme, 이는 조르주 바타유의 용어이다'를 숭배한다.

나는 그때, 언제나처럼, 객체客體, objet 와 비체卑體, abject 사이, 또는 주체화主體化, subjectivation 와 예속화隷屬化, assujettissement 사이의 현기증 나는 변증법적 이미지의 내부를 겉돈다.

정신은 물질이라는 항성恒星 주위를 공전하는 우주적 먼지이거나 그 먼지들이 뭉쳐서 만들어 낸 행성行星 이다. 정신은 그 스스로는 자전하면서 그렇게 밤과 낮을 만든다. 물질이라는 태양이 만들어 낸 낮의 이면에서 밤의 이성이 괴물을 낳는다. 이성의 낮은 괴물이고 그 괴물의 밤은 다시 이성이다.

2018. 1. 16.

"Les Alsaciennes qui lisent sont dangereuses."

— À la librairie "Quai des Brumes", Strasbourg.

Les femmes qui lisent sont dangereuses au sens du renversement, mais les hommes qui ne lisent pas sont encore plus dangereux au sens de l'ignorance. Et ce qui est encore plus important, c'est ce qu'ils/elles lisent.

"책을 읽는 알자스 여자들은 위험하다."

— 스트라스부르, '안개의 기슭' 서점에서.

책을 읽는 여자들은 전복의 의미에서 **위험하다. 하지만 책을 읽지 않는 남자들은** 무지의 의미에서 **더더욱 위험하다.** 그리고 더더욱 중요한 것은, [그들이] 무엇을 읽는가 하는 것이다.

2017. 12. 19.

콜론타이

— 여성과 혁명 사이

올해 2024년, 레닌Ленин 사후 100주기를 맞아 프랑스에서도 몇 종의 새로운 의미 있는 서책들이 나오고 있다. 나는 일단은 장-자크 르세르클Jean-Jacques Lecercle의 2024년 신간 『레닌과 언어라는 무기*Lénine et l'arme du langage*』를 읽고 있는 와중에 오히려 새삼 레닌의 '고전적인' 저작들을 다시 꼼꼼히 읽는 것을 통해 개인적으로—그러나 여기에서 새삼 '개인'이란 과연 무엇인가—이 100주기를 내 나름 기념하며 다시 생각해 보고 있다.

레닌의 글을 읽을 때마다, 사안의 구체성에 대한 열정과 이론의 보편성에 대한 냉정이 공존하는 그 빛나는 '반시대적 현재성actualité intempestive'—나의 용어이다—에 새삼 내 머리는 뜨거워지고 내 가슴은 차가워진다……. 나의 모토는 이렇게 반대이다, 가슴은 차갑게, 머리는 뜨겁게. 지금은 아쉽게도 품절된 상태이지만, 나는 『레닌 재장전*Lenin Reloaded*』마티, 2010의 공동 번역자이기도 하다. 그러나 다시 읽으면서 동시에 레닌의 한계들 역시 새삼 느껴지곤 한다. 그러한 여러 한계들 중에는, 가족과 여성, 성과 사랑에 대한 그의 '미진한 혁명성'도 포함된다.

'레닌 사후 100주기' 독서의 곁에서, 나는 지난 2월에 출간된 러시아의 혁명가/페미니스트 알렉산드라 콜론타이Александра Коллонтай의 "한 사유의 전기la biographie d'une pensée", 곧 올가 브로니코바Olga Bronnikova와 마티유 르노Matthieu Renault가 공동 저술한 『콜

론타이: 가족의 해체, 사랑의 개조*Kollontaï. Défaire la famille, refaire l'amour*』La Fabrique, 2024를 읽고 있는 중이다. 그의 당대보다는 바로 '우리 현재'의 페미니즘을 위해서도, 콜론타이의 생애와 사상과 활동은 그 자체로 너무나도 현재적actuelle이며 또한 흔들리지 않는inébranlable 초인적인 의지와 타협 없는intransigeante 혁명적인 신념으로 가득 차 있어서, 나는 읽는 내내 감탄과 흥분을 감출 수 없는 상태이다. 지금 우리 사회의 다양한 젠더, 가족, 차별 문제—그리고 그 안팎에서 여전히 굳건히 작동하고 있는 계급 문제—와 마주하여, 우리는 콜론타이가 감행한 저 혁명적 페미니즘을 다시 읽으며 사유하고 실천해야 한다고 생각한다. 그러나 우리는 이 '오래된 미래'가 된/될 혁명적 급진성을 우리의 현재에서 과연 다시 마주하여 재사유/재전유할 수 있을 것인가. 콜론타이는 다시 그렇게 우리에게 혁명과 여성 사이의 어떤 불안한 길, 안온의 괴리와 추락의 감행 사이, 그 어두운 곳을 여전히 밝게—그와 동시에 일견 밝아진 듯 보이는 곳의 숨은 어둠을 더욱 어둡게—비추고 있다.

2024. 3. 10.

"Dans les deux cas il [Lénine] ne fut ni un empiriste ni un dogmatique, mais un théoricien de la pratique, un pratique de la théorie."

— Georg Lukács, *La pensée de Lénine*, Denoël, 1972[1924], p.144.

"두 경우에서 레닌은 경험주의자도 아니었고 교조주의자도 아니었다. 그는 실천의 이론가이자 이론의 실천가였다."

— 루카치 죄르지Lukács György, 『레닌의 사상』1924.

1. 앞서도 언급했지만, 올해 레닌 사후 100주기를 맞아 개인적으로 레닌이 소싯적부터 내게 미친 많은 영향들을 추억하며 그의/그에 관한 글들을 다시 돌이켜 살펴보고 있는 중이다. 그리고 나는, 철학/인문학에 있어서 진정으로 '해석학적herméneutique'인—다시 말해, '훈고학적'인 것이 아니라—작업이 존재한다고 한다면, 그것은 바로 이러한 일견 '시대착오적anachronique/intempestif'인 재독再讀에 있다고 생각해 오고 있다.

2. 올해 2024년, 레닌 사후 100주기를 맞아 프랑스에서 출간된 몇 권의 책들 중, 장-자크 르세르클의 『레닌과 언어라는 무기』는 콜론타이의 한 '사상적 전기'와 함께 이미 추천한 바 있지만, 그에 덧붙여 마리나 가리시Marina Garrisi의 책 『레닌을 발견하다*Découvrir Lénine*』Les Éditions Sociales, 2024 역시 추천하고 싶은데, 이 작은 책은, 레닌의 '정치'를 중심으로 각 장모두 11장으로 되어 있다을 발췌한 레닌의 텍스트로 시작하여 그에 관한 저자의 해설을 지나 더 읽어 볼 참고 문헌에

대한 소개로 마무리하고 있기에 그러나 작은 책이기에 이 참고 문헌 목록은 사실 내 눈에는 매우 빈약하게 보인다, '레닌 함께 읽기'를 종용하는 세미나 용도로 딱 적합할 것 같아서, 나중에 내가 레닌의 철학에 대한 강의를 할 때 기본 교재로 삼고 싶은 책이다. 더불어 가리시의 이 책은, 내가 개인적으로 참 좋아했던 책인 루카치의 『레닌의 사상』 이 글은 레닌이 타계했던 1924년, 그러니까 지금으로부터 딱 100년 전 그해에 발표되었다 을 적극 인용하고 이용하고 있어서—사실 요즘 루카치의 이 중요한 책을 언급하고 있는 다른 글은 거의 본 적이 없기에—더더욱 반갑게 느껴진다.

3. 개인적인 기준이지만, 내가 2010년에 번역했던 『레닌 재장전』 수록 3개의 글들, 곧 테리 이글턴Terry Eagleton과 프레드릭 제임슨Fredric Jameson과 다니엘 벤사이드Daniel Bensaïd의 글들 외에 레닌에 대한 가장 중요한 글을 꼽으라고 한다면, 나는 서슴없이 루이 알튀세르가 1968년에 발표했던—그리고 알튀세르 사후 『마키아벨리의 고독 *Solitude de Machiavel*』에 다시 수록되는—글 「레닌과 철학Lénine et la philosophie」을 선택할 것이다. 아직 읽어 보지 못한 분들을 위해 일독을 강권한다 그리고 이 글은 반드시 알튀세르가 브레히트에 관해 썼던 글들과 함께 읽어야 한다고 말하고 싶다!.

2024. 3. 17.

병든 것들, 쉬이 혼절하는 부서지기 쉬운 것들을 위한 노래를 부른다. 이 노래는 음표들의 시간적 구성이 아니라 이미지들의 공간적 병치로 이루어지고 바로 그것을 통해 탄생한, 그런 노래, 그런 음악이다내 첫 책의 제목을 "사유의 악보"라 명명했던 여러 이유들 중 하나도 바로 이것이었다. 오랫동안 나만 그런 줄 알았다, 나만 그렇게 만들어 오고 또 나만 그렇게 배열해 온 줄 알고 있었다. 하지만 그것은 나의 오래된 착각이자 개인적인 망상일 뿐이었고, 이를테면 그것은 '기억술의 이미지 지도Bilderatlas Mnemosyne'를 구상하고 실행했던 이단적 미술사가이자 이미지/도상의 사상가 아비 바르부르크Aby Warburg가 오랫동안 해왔던 작업의 모습이기도 했다. 예를 들면, 그것은 발터 벤야민이 익숙하면서도 낯선 저 "변증법Dialektik"이라는 기이한 이름으로 오랫동안 불려 왔던 현상의 역사이자 사유의 이미지이기도 했다. 이미지들은 그저 아무 차례 없이 배열되는 것이 아니다. 이미지들 사이에서는 변증법적 충돌이 있고, 바로 그 매번 다른 방식으로 발생할 수 있는 충돌의 만남이 이미지들 사이에서 전혀 다른 로고스logos를 만들어 내고 전혀 다른 파토스pathos를 발생시키며 심지어는 전혀 다른 에토스ethos를 요청한다말하자면, 조르주 디디-위베르만Georges Didi-Huberman의 경우가 정확히 그렇다. 내 공간의 벽 위에서, 저 이미지들의 배열과 병치와 충돌과 공존과 잔존/후생Nachleben 사이에서 만들어지는 하나의, 그리고 여러 개의, 이야기가 있다, 이야기들이 있다. 벽은 그렇게 흐르고, 병이 들다가, 다시 혼절한다, 부서지기 쉬운 것들은 그렇게 병이 든 듯이 깨졌다가 다시 서로 붙는다, 사라진다, 그리고는 다시 잠에서 깨어난다, 흐른다, 고였다가는, 다시 물꼬를 튼다. 게르하르트 리히터Gerhard Richter의 계단을 내려오는 나신 너머로 내 이야기는 마르셀 뒤샹Marcel Duchamp의 똑같이 계단을 내려오는 나신으로 거슬러 올라가기도 한다, 나신의 이미지들 사이에는 그러한 잔존의 연결과 후생의 접속이 놓여 있다, 그럴 수 있고, 또 그렇게 될 것이었다. 그 조각난 순간마다, 매 순간, 하나하나에, 마치 영이 깃들듯, 초혼의 의식을 치르듯, 저 나신들이 강림할 것이다, 각각의 이미지들 속으로 빙의할 것이다, 그 모든 것들이 제각각 강림하고 빙의되어, 하나의 시공간을 여럿이 점유할 것이다. 하나의 몸속에는 여럿의 혼이 있을 것이고, 하나의 정신은 여러 육신을 점할 것이다. 그 나신들은 다시 하나로, 하나이지만 허옇고 뿌연 여럿의 불투명한 모습으로, 그렇게 재림할 것이다. 그 지극히 물질적/육체적이면서 동시에 지극히 정신적/영혼적인 나신은, 다름 아닌 어둠의 해골이는 'vanitas'의 형상 또는 'thanatos'의 표상일 것인가 과 빛의 촛불그러나 나는 이를 '신' 또는 '믿음'이라 부르지 않을 것이다 사이에 위치하고 있으며 또 그렇게만 위치할 것이다. 그 나신은 그렇게 바로 여기, 해골과 촛불 사이에 있어야 한다, 그 나신은 그렇게 다른 곳이 아닌 바로 여기, 어둠과 빛 사이로 임해야 한다. 물론 이것은 나의 여러 가능한 이미지의 이야기들 중 단지 하나의 판본일 뿐, 그 이미지들의 다양한 잔존과 후생의 방식들 중 단지 하나의 방편일 뿐이다.

배수아 작가에게. 그의 글을 읽고 촉발된 하나의 단상을 붙들고, 혹

은 그 단상에 이끌려. 뱀이거나 물이거나. 땅을 길게 휘저으며 똬리를 틀거나, 둑을 무너뜨리며 콸콸 넘치거나. 하나의 의식rituel, 그 안에서 뱀들은 하늘로부터 번개처럼 땅 위로 내리친다. 그렇게 하늘과 땅 사이에 뱀이라는 다리가 놓인다.

2016. 6. 5.

미학의 전장, 정치의 지도, 종교의 중핵

— 클루스카르, 카스토리아디스, 드 세르토, 디디-위베르만에 대하여

최근 내게 가장 핵심적으로 다가오며 나를 계속 찌르는 것은, 바로 현대 미학-정치의 종교적인 중핵이다. 이는 일단은 집단적인 이론과 실천의 문제이기도 하지만, 또한 내게 지극히 개인적인 영역의 물음이기도 하다. 그러나 나는 지극히 개인적일 때 가장 정치적이[었]다, 라고 생각한다. 그 종교적 중핵을 읽기 위해 나의 용어로 말하자면 선택해야 할 우회로들, 에둘러 가야 할 길들이 많다, 라고도 생각한다. 예를 들면, 요즘 한창 다시 읽고 있는 나의 中毒은 언제나 重讀일 수밖에 없었는데 로베스피에르Robespierre와 발리바르와 라뤼엘Laruelle의 텍스트들이 내게는 그런 길들, 그런 우회로들이라고 할 수 있다. 그렇게 생각하고 있다. 또 다른 하나 아니, 넷 의 우회로가 있다, 그렇게 생각했다. 프랑스에 오면서 이 네 사람의 글들은 꼭 제대로 독파해야지 하고 생각했던 적이 있[었지만 아직 완벽하게 수행하지는 못하고 있]다. 미셸 클루스카르Michel Clouscard, 코르넬리우스 카스토리아디스Cornelius Castoriadis, 미셸 드 세르토Michel de Certeau, 그리고 조르주 디디-위베르만이 바로 그들이다. 그리고 이 계획은 또 다른 나의 계획인 '요한 복음서 다시 읽기/쓰기'와 내재적으로 연결된다. 이 계획들 중 그 일부 혹은 서막이 이번 가을쯤 결실을 볼 수 있기를 바라고 있으며 그럴 수 있는 가능성들도 얼핏 보인다. 그러나 이미 말했듯이, 내뱉었듯이, 그렇게 발설했듯이, 우회로들에 대한 '선택 아닌 선택'을 한 이들이 누리는/저지르는 행운/범죄가 있다. 아마도 나는 그 운을 통해 어떤 죄를 저지를 것이고, 또한 그 죄를 통해 어떤 운을 누릴 것이다. 이것이 내가 저 현대 미학-정치의 종교적 중핵에 대항하며 또 동시에 그

것을 향유할 수 있는, 나만의 증여don, 또는 나만의 포틀래치potlatch, 곧 나만의 '종교'이자 '희생제의'가 될 것이라고 생각한다. 그렇게 생각하고 있다. 하여, 많은 우회로들을 에둘러서, 나는 다시금 조르주 바타유를 떠올리고 있다. 그러므로, 아마도, 나는 전쟁이다. 그 전쟁의 전장은 미학이며, 그로부터 탄생하는 해방의 정치를 통해 어떻게 종교적 중핵을 관통할 것인가, 이 물음에 바로 이 투쟁의 관건이자 쟁점이 사이로 놓여 있다.

2014. 5. 31.

민주주의의 미래 7

— 해석의 유혹, 취약함의 인간학

"Alors, j'ai vu monter de la mer une Bête ayant dix cornes et sept têtes, avec un diadème sur chacune des dix cornes et, sur les têtes, des noms blasphématoires. Et la Bête que j'ai vue ressemblait à une panthère ; ses pattes étaient comme celles d'un ours, et sa gueule, comme celle d'un lion. Le Dragon lui donna sa puissance et son trône, et un grand pouvoir. L'une de ses têtes était comme blessée à mort, mais sa plaie mortelle fut guérie. Émerveillée, la terre entière suivit la Bête, et l'on se prosterna devant le Dragon parce qu'il avait donné le pouvoir à la Bête. Et, devant elle, on se prosterna aussi, en disant : « Qui est comparable à la Bête, et qui peut lui faire la guerre ? »"

— L'Apocalypse de Jean, 13, 1-4.

Les images de la tentative d'assassinat de Donald Trump dans les médias me un catholique athée rappellent ces phrases de l'Apocalypse de Jean presque automatiquement. Bien sûr, je ne suis ni complotiste ni eschatologique. Donc, ce que je veux dire ici n'est ni une déclaration fanatique de la réalisation des prophéties ni celle de l'émergence de l'antéchrist.

Mais je pense qu'il est certain qu'il existe toujours un grand récit de la catastrophe dans lequel les gens ne cessent de fabriquer, de répéter et de varier les narrations similaires, paradoxalement, à la fois en attendant et en se souciant de cette catastrophe. En tant que philosophe, je crois qu'il y a quelque chose de fondamental et d'inévitable dans la naissance, l'évolution, la résurrection et la disparition de ce genre de grand récit.

L'être humain est celui qui interprète des choses, et dans la plupart des cas, il y a le souci le plus sérieux et la passion la plus ardente en même temps dans cette interprétation. L'interprétation en tant que phénomène humain n'est pas seulement avec la raison et la logique, la sensibilité et l'émotion, l'histoire et l'atmosphère, la société et la structure, la culture et les opinions publiques, les régimes politiques comme démocratie ou totalitarisme, mais encore plus facilement toujours avec la folie, la déraison, le fanatisme et le biais de confirmation. Le fait même que je me rappelle automatiquement ces phrases de l'Apocalypse de Jean en regardant les images autour de cette tentative d'assassinat qui influencera profondément l'élection présidentielle américaine nous montre bien un essentiel humain, c'est-à-dire, un guide à la folie, une séduction de la déraison, un raccourci à la croyance aveugle, et un circuit du biais de confirmation.

Si les sciences humaines peuvent toujours être une anthropologie en tant que recherche radicale des humanités, elles doivent commencer par et revenir à cette fragilité de l'humanité. Voici la base la plus faible de la politique qu'on croit solide, et le fondement le plus fragile de l'esthétique stable sur laquelle on croit que cette politique s'appuie.

그리고 나는 바다에서 한 짐승이 솟아나는 것을 보았습니다. 그 짐승은 열 개의 뿔과 일곱 개의 머리를 가졌는데, 그 뿔에는 모두 왕관이 씌워져 있었고 각각의 머리마다 신성을 모독하는 이름이 붙여져 있었습니다. 내가 본 그 짐승은 표범을 닮았지만 발은 곰과 같았으며 입은 사자와 같았습니다. 용은 그 짐승에게 자신의 권능과 왕좌와 거대한 권위를 주었습니다. 그 짐승은 머리 하나에 치명적인 상처를 입은 것처럼 보였지만, 그 치명적인 상처는 곧 치유되었습니다. 그러자 온 세계가 놀라 그 짐승을 따랐습니다. 용이 그 짐승에게 권위를 주었기에 사람들은 용을 숭배했고 또한 짐승도 숭배하면서 이렇게 반문했습니다. "누가 능히 이 짐승과 동급일 수 있겠는가? 누가 감히 그 짐승에 맞서 싸울 수 있겠는가?"

— 요한 계시록/묵시록 13, 1-4.

2024년 7월 13일 도널드 트럼프Donald Trump의 저격 암살 시도와 그를 둘러싼 미디어의 이미지와 담론 들을 살펴보면서, 무신론적 천주교도인 나에게는 바로 위의 요한 계시록/묵시록의 구절이 거의 자동적으로 떠올랐다. 나는 물론 음모론자도 아니고 종말론자도 아니며 소위 성경 신비주의자는 더더욱 아니다. 그래서 또한 당연하게도 내가 여기에서 하고자 하는 말은, 예언이 실현되었네, 적그리스도가 나타났네, 하는 따위의 광신적 언설이 전혀 아니다.

하지만 사람들이 끝없이 이와 비슷한 이야기를 만들어 내고 또 반복/변용하면서 바라거나 저어하는, 걱정하면서도 동시에 고대하는 어떤 파국의 서사가 있다고 생각한다. 이 파국이란 인간에게 위험인 동시에 매력인 것, 위기인 동시에 마력인 것. 인문학자로서 나는 바로 이러한 서사의 탄생과 진화, 그 재생과 소멸 속에 인간의 어떤 근본적이고도 불가피한 모습이 있다고 보는 것이다.

인간은 해석하는 존재이며 대부분의 경우 그 해석은 가장 심각한 걱정과 가장 절실한 열정을 동시에 동반하기 마련이며, 또한 그러한 해석은 이성과 논리, 감성과 정서, 역사와 분위기, 사회와 구조, 문화와 여론, 민주주의와 전체주의 등의 정치체政治體뿐만 아니라 그보다 훨씬 쉽게 광기와 착란과 맹신과 확증편향을 수월하게 수반하기 마련이다. 미국 대선에 크나큰 변수로 작용하게 될 이번 사건을 보면서 내게 자동적으로 바로 저 요한 계시록/묵시록의 문장들이 떠올랐다는 사실 자체가 바로 인간의 어떤 본질적이기까지 한 부분, 곧 이 광기로의 인도, 이 착란에의 유혹, 이 맹신으로의 첩경, 이 확증 편향에의 회로를 잘 보여 주는 사례이다. 이렇듯 인문학은—단순히 유아론적인 자아로서가 아니라 근본적 자기반성의 거울로서—바로 '나'라는 구성적 정체성의 '사이'를 돌아보지 않는다면 그저 말을 위한 말의 잔치로 끝날 가능성이 크다.

인문학이 그 가장 근본적인/급진적인radical 의미에서 여전히 인간학anthropology일 수 있다면, 그것은 여전히 바로 이러한 인간의 가장 취약한 부분에서부터 출발하고 다시 그리로 돌아와야 할 어떤 것이다. 우리가 서 있다고 믿는 굳건한 정치의 가장 연약한 기반이, 그리고 그 정치가 기대고 있다고 여기는 확고한 미학의 가장 취약한 지반이, 바로 여기에 있다.

2024. 7. 14. 프랑스 혁명기념일에.

알레르기와 알리바이

— 회고-역사학적 욕망과 회귀-훈고학적 충동 사이

모든 가능한 것들의 불가능성. 그리고 하나의/여럿의 지성사.

그렇다, "La saga". 프랑수아 도스François Dosse의 이 적절한 '중의적' 표현대로—나는 이 표현 속에서 그가 드러내고자 하는 영광과 자조를 동시에 느낀다—, 1944년과 1989년 사이의 프랑스 현대 지성사—이를 또한 세분하자면, 제2차 세계대전의 끝자락부터 68혁명 직전 사이의 20여 년1944~1968 과 68혁명 이후 20여 년1968~1989 —는 당대부터 지금까지 일종의 'saga 전설이자 영웅담'가 되었다. 그리고 바로 그 사이에 뱅센Vincennes 실험 대학이라는 하나의 '사건'이 위치한다 물론 현재까지 그 '혁명적 전통'은 생-드니Saint-Denis의 파리 8대학으로 이어지고는 있으나, 이 역시 일종의 'saga'가 되어 버린 지 오래이지 않은가.

프랑수아 도스 자신이 그의 여러 책들을 통해 오랜 시간 끈질기게 뒤좇았던—그리고/그러나 동시에 그 자신조차도 그 속에 속해 있을 수밖에 없는 이러한 'saga'로서의—이 지성사의 세계. 현재 프랑스혹은 넓게는 유럽의 한 주도적인 '학풍'은, 이 지나간 시대/세대에 대한 뒤틀린 향수라는 알레르기와 길 잃은 비판이라는 알리바이 사이에서, 혹은 어떤 회고-역사학적인 욕망과 어떤 회귀-훈고학적인 충동 사이에서, 마치 유령처럼 배회하고 있다.

내가 조금 이른 시기에 단행할 마음을 품고 있는 '은퇴' 이후 또는 '제2의 삶'이라는 상상적 표상 혹은 이상적 실재 속에서 계획하고 있는 것은, 이 알레르기와 알리바이 사이가 봉착한 실천의 아포리아를 넘어서는 어떤 아포리아의 실천, 다시 말해, 저 욕망과 충동 사이를 비집어 그 틈을 벌려 열어젖히는 또 다른 공동체의 실험이다. 그 실험은 아마도 바타유-블랑쇼-낭시의 도주선ligne de fuite을 따르면서도 동시에 그 선으로부터 비껴 나가는, 공동체 없는 이들의 공동체를 위한 것이 될 터이다.

François Dosse,

La saga des intellectuels français. Tome I. À l'épreuve de l'histoire, 1944~1968, Gallimard, 2018.

La saga des intellectuels français. Tome II. L'avenir en miettes, 1968~1989, Gallimard, 2018.

Vincennes. Heurs et malheurs de l'université de tous les possibles, Payot, 2024.

2024. 2. 20.

길을 정하지 마, 끝까지 그 길을 따라가

— 페소아의 문장으로부터

페르난두 페소아Fernando Pessoa가 쓴 『순례자*O Peregrino*』의 한 구절을 프랑스어 번역본으로 읽는다. 검은 옷의 남자가 말했다던 이 하나의 경구, 저 하나의 지상명령, 그 단호한 목소리가 지금 이 순간 내 마음에 화살처럼 날아와 꽂힌다. "길을 정하지 마, [그리고/그러나] 끝까지 그 길을 따라가Ne fixe pas la route ; suis-la jusqu'au bout." 그러나/그리고 나는, 너무 오랫동안 이 순례의 길을, 그 어떤 것도 정하지 않은 채로, 그렇게 끝이 없는 끝을 향해, 따라 걸었던 것은 아닐까:

"나는 다시 잃어버린 과거로 향했다, 그 구역의 벽에서 검은 옷을 입은 사람이 나타난 것을 보았던 순간으로. 나는 속으로, 다시 한번, 그의 말들을, 그의 목소리로, 반복해 되새겨 보았다:

— 길을 정하지 마, 끝까지 그 길을 따라가."

"Je me suis dirigé à nouveau vers le passé perdu, vers cet instant où, du mur du domaine, j'avais vu apparaître l'Homme en noir. En mon for intérieur je me suis répété, une fois encore, ses mots, avec sa voix :

— Ne fixe pas la route ; suis-la jusqu'au bout."

— Fernando Pessoa, *Le Pèlerin* traduit par Parcídio Gonçalves , Éditions de la Différence, 2013, p.73.

2014. 10. 12.

시의 확인사살

— 앙리 메쇼닉에 대하여

앙리 메쇼닉Henri Meschonnic의 아래와 같은 문장들을 읽고 있자면, 내가 고등학교 3학년 때부터 지금에 이르기까지 거의 20년 동안이나 나 자신의 가장 깊은 좌우명으로 삼고 있는 조르주 바타유의 잠언 한 자락, 곧 "시는 언제나 어떤 의미에서 시의 한 반대이다La poésie est toujours en un sens un contraire de la poésie "La littérature et le mal", *Œuvres complètes, tome IX*, Gallimard, 1979, p.197."라는 저 '폭력-계시적' 선언 한 자락을 다시금 떠올리게 된다. 다름 아닌 이러한 역설과 착란 사이의 정신이, 오히려 지금까지 나만의 논리와 안정을 진정으로 불가능하게 버티게 해줬다는 사실, 그 하나의 사실을 새삼 확인한다, 그렇게 확인 사살한다. Lis !

"Les poèmes qui font comme la poésie ne sont pas ce que j'appelle le poème, le travail du poème. Ils sont au passé. Ils ont confondu la poésie avec l'histoire de la poésie. Mais s'identifier aux réussites illustres de la poésie n'a rien à voir avec la poésie. Avec le poème. Le poème ne fait son travail que s'il s'en détourne. Alors au lieu d'avoir des lettres, il commence une oralité. L'oralité est l'air qu'il respire, et qui dans son récit devient son récitatif. Sans le savoir ou le vouloir, il est une critique de la poésie."

— Henri Meschonnic, *La rime et la vie*,

Verdier/Gallimard, 1989/2006, p.19.

“자신을 시로서 행하는 시들은, 내가 시, 즉 시의 작업이라고 부르는 것들이 아니다. 그런 시들은 과거에 있다. 그런 시들은 시와 시의 역사를 혼동해 왔다. 그러나 시의 눈부신 성공과 동일시되는 일은 사실 시와는 아무런 상관이 없다. 시와는 말이다. 시는 오직 스스로에게서 비껴 날 때에만 시의 작업을 행한다. 문자들을 취하는 대신, 시는 읊조리기 시작한다. 읊조림[나는 여기서 메쇼닉 시학의 주요 개념들 중 하나인 ‘구술성oralité’이라는 일반적 번역어를 포기한다]은 시가 호흡하는 공기이며, 시가 그 자신의 서사 안에서 아니리[辭說, récitatif]가 되어 가는 그런 공기이다. 그렇게 되는 법을 알지도 못하고 원하지도 않지만, 시는 그렇게 시의 비판이 된다.”

— 앙리 메쇼닉, 『운율과 삶』.

2014. 9. 23.

조르주 페렉을 기리며

— 파리 갈리마르 서점에서

À la mémoire de Georges Perec, à la librairie Gallimard, Paris.

파리, 갈리마르 서점에서, 조르주 페렉을 기리며.

2017. 6. 12.

파리, 사물들의 종류, 기억들의 분류

— 조르주 페렉과 함께 쓰는 인생의 사용설명서

조르주 페렉Georges Perec과 함께, 파리와 함께 이 글을 쓴다. 그의 소설들을 둘러싸고, 그가 살았고 또 내가 살고 있는 도시 파리 안에서, 나는 쓴다. 그에 대해서 쓰는 것이 아니라 그와 함께, 그의 글과 그 글이 남긴 흔적들을 따라, 그리고 이 도시에 대해서 쓰는 것이 아니라 이 도시와 함께, 이 도시와 그것의 장소들을 따라, 그 사물들과 함께 쓴다. 생-미셸Saint-Michel 거리에서, 노트르담Notre-Dame 성당 앞에서, 보부르Beaubourg와 라탱Latin과 마레Marais 지구에서, 몽파르나스Montparnasse와 페르-라셰즈Père-Lachaise 묘지 곁에서, 오페라Opéra와 피라미드Pyramides를 통과해, 피갈Pigalle과 블랑슈Blanche와 클리쉬Clichy 사이에서, 몽마르트르Montmartre 언덕에서 파리를 굽어보며, 그렇게. 그러므로 이것은 한 작은 여행의 이야기가 될 텐데, 사실 모든 여행의 이야기란 또한 자서전적 글쓰기의 일종이다. 다만, 일상을 이야기하지 않고 그 일상을 벗어난 비일상적 여행의 경험을 이야기함으로써 '나' 자신을 더 정확히 말하는 것이 된다는 의미에서만, 오직 그러한 역설 안에서만. 마치 부재가 존재를 환기하듯, 죽음이 도리어 삶을 오롯이 드러내듯, 지금 여기 내게 없는 어떤 결여의 불확실성이 거꾸로 지금 여기에 있는 '나'라는 존재의 확실성을 증명하듯, 그렇게. 그래서 파리의 길과 골목을 찾아 떠나는, 아니 차라리 그 길과 골목들에 이끌리는 여행은, 우리 모두의 '나'라는 존재를 다시금 근본적이고 본격적으로 생각하게 하는 하나의 자서전적 계기를 이룬다.

페렉의 글쓰기가 정확히 그랬다. 1936년에 폴란드계 유대인으로 프랑스에서 태어나, 단 한 번도 동일한 스타일로 글을 쓰지 않으며 그 모든 소설들을 써냈던, 그리고 1982년 이른 나이에 삶을 마감했던 실험적 작가. 그를 따라, 그와 함께, 나는 이 모든 장소들과 그 장소에 서려 있는 기억들에 관해, 조각난 말 맞추기로서의 글쓰기를 시도한다. 그것은 마치 문자로는 작성되지 못했지만 나날이 우리 몸 밖의 어떤 기억의 저장소에 각인됨을 반복하는 하나의 일기처럼, 어느 날 우리가 묻어 둔 지도 몰랐거나 아예 잊어버렸던 어떤 기억의 타임캡슐을 우연찮게 발굴하는 필연처럼, 눈에 뻔히 보이지만 그 자체로 숨겨진 글쓰기, 의도하지 않게 어느 날 보물처럼, 혹은 축복이나 저주처럼, 그 둘 모두로서, 그렇게 발견하고 발명하게 되는 우연과도 같은 필연이다. 페렉은 그의 소설 『잠자는 한 남자*Un homme qui dort*』1967의 첫 문장에서 이렇게 쓴다: "네가 눈을 감자마자, 잠의 모험이 시작된다. Dès que tu fermes les yeux, l'aventure du sommeil commence." 잠과 꿈은 깨어남과 현실을 그 거울로 삼는다. 우리가 여행에서 걷는 모든 길과 겪는 모든 순간들은, 내가 '나'라는 사실에 잠시 눈을 감는 순간, 그럼으로써 눈을 뜨고 있었을 때에는 생각하지 못했던 모험들로 우리를 인도한다. 눈을 감자마자, 보이던 것은 보이지 않는 것이 되고, 바깥의 빛 대신 안쪽의 어둠이 열리며, 아니 차라리, 외부에서 빛나던 어둠이 잠잠히 숨어들어 내부에서 어둡던 빛이 갑자기 드러나며, 잠은 꿈을 깨우고 꿈은 또 다른 현실을 꿈꾸게 한다.

아마도 이것이 여행일 것이다. 그 눈 감음이란 내가 '나'임을 잠시 잊게 하고 나였다고 생각한 '나'로부터 잠시 눈을 돌리게 하는 일이기도 한 것, 그래서 복잡한 관계 안에서 하나의 확정적 위치로서만 존재하는 '나'라는 존재 본연의 익명성을, 두 눈으로, 눈을 감고, 그렇게 보게 되는 일이기도 한 것. 이것이 필시 여행일 것이다. 왜냐하면 내게는 이름이 없기 때문에. 이름이 있어도 여행 안에서 나는 이름을 잃기 때문이다. 여권과 같은 신분증에서 확인할 수 있는 나는, 이 거리 위 그 어디에도 없다. 아무도 나를 알아보지 못하고, 나 역시 아무도 알아볼 필요가 없다. 여행, 길을 찾아가고 그 길이 이끄는 여행이란, 그래서 익명성 그 자체가 거꾸로 나 자신의 확신 없는 확실한 조건이 되는 상황을 바로 그 '나'에게 툭 던져 준다. 존재 그 자체에 대한 확실한 인식이나 규정이 근본적으로 불가능하다는 점, 우리 존재 자체에는 언제나 근본적인 한계가 내재한다는 점을 상기시키면서, 여행의 길은 자서전적 '나'의 실체를 부정하고 그럼으로써 오히려 역설적으로 진정한 '나' 자신에 가닿는다. 그런 의미에서도 역시, 여행은 하나의 자서전적 발걸음이다.

여행은 또한 하나의 삶이다. 다만, 여행이 단순히 삶의 중요한 부분이라는 의미에서가 아니라, 거꾸로 삶 자체가 하나의 여행이라는 보다 근본적인 의미에서, 오직 그러한 의미에서만. 일견 나의 확실성은 내가 언제 어디에서 태어났다는 사실, 그 시간의 지점과 공간의 시점에 의해서 이미 그 시작부터 결정되어 있는 것같이 보인다. 그래서 페렉은 『나는 태어났다*Je suis né*』1990 에서 이렇게 쓰는 것이다: "내가 태어났다, 그렇게만 시작하는 글을 상상하는 것은 어려운 일이다. Il est difficile d'imaginer un texte qui commencerait ainsi : Je suis né." 아무런 시간이나 주소 없이, 숫자나 지점 없이, 그 자체로 '태어났다'고만 말할 수 있는 '나'란 존재하지 않는 것처럼 보인다. 나는 어디에서 태어나서 어디로 가며 어디에서 끝날 것인가, 혹은, 나는 언제 탄생하여 어느 순간에 존재하며 또 어떤 시간에 끝날 것인가. 반대로 '나는 태어났다'라고만 말할 수 있는 나란, 이 여행의 모든 순간에, 바로 삶의 그 현재라는 찰나에만 존재하는, 그래서 오히려 그 매 순간 '진정한' 나를 말할 수 있는 주체 아닌 주체가 아닐까. 그러니 또한 여행은, 사람들이 흔히 말하듯 '나'를 찾아가는 과정이다. 다만, 진정한 '나'라는 존재가 어디 외따로 숨어 있어 찾아내야만 하는 비밀 같은 진리가 아니라, 언제나 여기-거기, 그리고 지금-순간에 존재하고 있는 무관심한 욕망의 자리라는 점에서, 오직 그 점에서만. 그래서 여행을 통해서, 그 모든 길과 골목 들을 거쳐서 '진정한 나'를 찾았다고 하는 것은, 사실 거짓말에 가깝다. 그 '나'란, 날아가 버린 줄 알았으나 사실은 그 자리에 그대로 있었던 한 마리의 파랑새처럼, 실은 내 안과 밖에 그대로 있었다. 그러므로 여행에서 나를 찾는 것이 아니라 나에게서 여행을 찾는 것이다. 나를 찾아가는 과정이 여행이 아니라, 여행을 찾아가는 주체가 바로 나, 삶에서 계속되는 현실의 여행과 잠의 모험을 지속하고 있는 그 주체 아닌 주체가 바로 나인 것이다. 그러한 나와 너에게, 더 이상 새로운 호기심이나 신기와 경이 같은 것은 없다. 세계는 그런 곳이 아니다. 모든 것은 그저 거기에 그대로 있기에. 오직 산책하는 자의 방황과 배회만이 있을 뿐이고, 그 방황과 배회는 부정적이거나 예외적인 것이 아니라, 그 자체가 삶을 부르는 다른 보편적 이름일 뿐이다. 그래서 페렉의 풍경 안에서 수없이 등장하는 공원과 미술관, 카페와 영화관, 극장과 음악당, 서점과 화랑, 상점과 거리, 지하철의 통로와 노선 들, 길과 골목의 위치와 순간들, 그 공간들의 종류와 시간들의 분류는, 그 자체로 하나의 거대한 인생의 사용설명서mode d'emploi를 이루는 것이다. 그래서 다시 한번, 여행은 삶이며, 삶이 바로 여행이 된다.

페렉은 『나는 태어났다』의 마지막 부분에서, 죽기 전에 어쨌든 해야 할 몇 가지 것들을 언급하면서 다음과 같이 쓴다: "여전히 내가 하고 싶지만 그것이 어디에서 이루어질지 모르는 일이 한 가지 있는데, 그것은 나무 한 그루를 심고 그것이 자라는 것을 보는 일이다. Il y a encore une chose qui j'aimerais faire, mais je ne sais pas où elle se place, c'est : Planter un arbre et le regarder grandir." 그것이 어디에서 이루어질지, 어디에 그 스스로 자리를 잡을지, 혹은 언제 이루어질 수 있을지, 죽기 전 어느 때에 그 일이 실제로 일어나 내가 나무를 심고 그것이 커가는 것을 볼 수 있을지, 나는 알지 못한다. 그것은 마치 이 세상이 멸망하기 전에 사과나무 한 그루를 심겠다는 말로 대중적으로 회자되곤 하는 스피노자의 몸짓에 가닿는다. 그렇다면 이것은 희망의 표현인가, 그럴 수도 있다. 그러나 내게는, 스피노자의 저 근거가 희박한 경구도, 페렉의 불확실한 소원도, 모두, 인생의 불가능성과 그 인생의 주인으로 상정된 '나'라는 존재의 불확실성을 가장 확실하게 드러내 주는 하나의 비유로 읽힌다. 따라서 그것은 희망도 아니고 절망도 아니다. 우리가 그 나무를 심는 일에, 그리고 그것이 자라나는 것을 보는 일에 하나의 이름을 붙인다면, 그것은 다시금 여행이 될 것이고 또한 인생이 될 것이다. 아라공이 함께 걸었던 '파리의 농부Paysan de Paris'의 어지러운 발걸음처럼, 혹은 벤야민이 구석구석 들여다보았던 파리의 '파사주passage'가 지닌 근대의 슬픈 풍경들처럼, 혹은 앙드레 브르통이 세상을 향해 열고 다시 그 세상을 향해 닫았던 저 '나자Nadja'의 뜨고 감기기를 반복하는 두 눈처럼, 나는 파리의 곳곳을 걸으며 커피를 마시고 담배를 피우며 책을 읽고 글을 쓰고 음악을 듣고 만들며 사람들을 바라본다. 계속해서 이야기하기 위해서, 여행을, 그래서는, 다시 삶을. 페렉이 『사물들*Les choses*』1965 의 에필로그에서 마르크스의 문장을 인용하고 있듯: "수단은 결과와 마찬가지로 진리를 구성한다. 진리의 탐구는 그 자체로 진실해야 한다. 왜냐하면 진실한 탐구란 펼쳐진 진리이며, 그 흩어진 구성 요소들이 결과 안에서 서로 합쳐지는 것이기 때문이다. Le moyen fait partie de la vérité, aussi bien que le résultat. Il faut que la recherche de la vérité soit elle-même vraie ; la recherche vraie, c'est la vérité déployée, dont les membres épars se réunissent dans le résultat." 여행이라는 '수단'은 삶이라는 '결과'와 마찬가지로 진리를 구성하는 하나의 부분이기 때문에, 아니 단순한 부분이라기보다는 차라리, 여행과 삶은 단지 진리를 구성하는 흩어진 개별적인 요소들이 아니라, 그 자체로 삶을 구성하는 하나의 진리이자 그 진리를 향해 걷는 여행의 길이므로.

사이-세계에서.

2017. 11. 6.

남겨진 사유

세계-사유.

사유는 언제나 이렇게 남겨진 잔존의 찌꺼기로부터 다시금 발굴되는 무엇이다.

세계는 또한 그 발굴 지점들의 사이로부터 발생하는 때와 곳이다.

안으로 모아져 응축되는 통일을 이루는 것이 아니라, 그 밖으로 흩어져 뿌려지는 것들의 부서지기 쉬운 사유의 조각들이고 그렇게 남겨진 모든 것들을 위한 바깥의 음악, 바깥의 사유이다.

나는 어느 곳에도 소속되어 있지 않다, 나의 유일한 소속감은 세계-사이에서 오는 것이다. 나는 오직 바깥으로부터만 도래하고 그 사이에서부터 출현하는 현상이다. 그 현상은 본질 같은 것을 전제하지 않는, 오직 표면들만을 갖는 사이이다. 나는 그 어떤 곳으로의 소속도 거부하지만, 이러한 거부는 사실 나의 의지가 아니다. 이는 나를 어쩔 수 없이 끝없이 거부하게 만드는 부정성에 대한 내 바깥의 미학-정치적 요청이자 그 사이들의 윤리적 명령이다.

짬통 뒤에서 자고 깨면서 짬통 속을 먹으며 살고 바로 그 짬통 속에서 죽으리라는 고양이와 쥐의 신탁을 받았던 그 개들은 어떻게 되었을까. 짬통 그 자체와도 같은 우리의 세계는 우리가 태어나자마자 우리 자신을 낳은 사이를 먹으면서 연명하게 될 것이라는 사실을, 그리고 바로 그 사이에서 우리가 죽을 것이라는 사실을 그렇게 고지

한다. 그래서 우리에겐 언제나 주어진 시간도 모자라고 어디서나 할당된 공간도 부족하다. 내게 남겨진 사유란 어쩌면 그 두 마리 개들 사이에서 나오게 될 전혀 다른 어떤 생물을 위한 것이다. 그것은 언제나 불가능성의 가능성이라는 내용으로, 가능성들의 불가능한 조건들이라는 형식으로, 그러한 내용-형식의 배와 등이 붙은 쌍생아처럼 나타난다. 그것은 무엇보다 하나의 생물이기에 하나의 몸을 갖게 될 것이겠지만, 또한 사이에서 나온 것이기에 그 스스로 또 다른 사이의 여러 몸들을 배출하며 다시 사이로 돌아갈 것이다. 그 두 세계 사이에서,

나는 글을 쓴다. 그러나 세계는 단지 둘이 아니며, 내가 쓰디쓰게 쓰는 곳의 방점은 '두 세계'가 아니라 그 '사이'에 있다. 하여 그 사이란 그렇게 '곳'이면서 동시에 '때'이다. 세계-사이는, 세계의 시간이면서 동시에 사이의 공간, 뒤섞인 시차들의 세계이면서 동시에 뒤얽힌 관계들의 사이이다. 나는 그 사이에 있고 또 없다. 나는 그렇게 사라지면서 남겨질 것이다, 상실되면서 잔존할 것이다.

세계-사이에서.

날짜 없음 — 그 모든 사이의 날들과 곳들에

세계-사이

1판 1쇄 2024년 9월 10일
지은이 최정우
펴낸곳 타이피스트
펴낸이 박은정
편집 박은정
디자인 코끼리
출판등록 제2022-000083호
전자우편 typistpress22@gmail.com
ISBN 979-11-986371-9-2

° 책값은 뒤표지에 있습니다.
° 파본은 구입처에서 교환해 드립니다.